民国演讲

MINGUO YANJIANG

经济与道德

民国演讲

第十编

潘光旦 等 著

中国文史出版社

出版说明

本丛书选取的六百余篇民国时期的演讲，来自社会地位、术业专攻、身后评价不同的近二百位民国人物，政界、军界、商界、新闻界、学术界、教育界、文艺界、民间团体等，无所不包，力求全面地呈现多元化的民国风貌。

本丛书涉及史料庞杂，文章取舍与编排依循一定原则，具体说明如下：

一、本丛书收录的演讲稿，时间范围从 1912 年 1 月起，至 1949 年 9 月末止。全套共分为十编，每一编均以时间为轴，依演讲者出生年月排次；以人物为面，按演讲发表时间排序。每位人物均附生平简介。

二、本丛书收录篇目以演讲为主，其他如宣言、广播稿、采访谈话、讲义以及当众宣读的论文、报告、答辩词等，亦有部分收录。

三、本丛书所选资料来源广泛，多为翻阅国家图书馆及各地方图书馆馆藏民国文献，如民国时期出版的各种文集、报纸、杂志等，经重新录入、点校所得。所收录文章有不同版本者，以出版（发表）时间较早或内容较全的版本为主。

四、本丛书所选之演讲者，均为在其所属领域具有代表性或典型性的人物，但限于篇幅、编者知识水平以及其他种种因素，尚有部分人物演讲未能收录。

五、对于生平演讲颇丰的人物，在筛选其文章时，编者在主题不重叠的前提下，尽量撷取背景、场合、受众不同，且较有内容价值的若干篇目，以求多方位地展现该人物的思想和主张。

六、鉴于本丛书的史料性，编者在进行编校加工时，以尊重原作为基本原则，对于严重违背史实、观点偏激、存在不当舆论导向的个别语句，酌情做删节处理，处理后并不影响原文主旨大意的表达。

七、由于民国时期语言文字、标点的用法与现在有所不同，为方便现代读者阅读，编者在尽量保留作品原貌的情况下，做了如下处理：

（一）繁体字改为简体字。

（二）原文竖排均改为横排。

（三）原文无标点或仅有部分标点的，由编者根据文意断句加标点。原文标点有明显错漏的，编者予以修改或增补。

（四）原文有明显错误、漏缺等情况的，由编者加“〔 〕”，并在六角括号中注明正确或增补的字，以供参考。原文有明显衍字的，由编者直接删改，以免造成困惑和歧义。原文不清、无法辨识且难以根据上下文推断的文字，用“□”表示。其他无从判断正误的情况，不妄作改动。

（五）原文不符合现代汉语写法的词语，如“澈底”、“那末”、“罢”（吧）、“底”（的）等，均按现代汉语习惯写法进行更改，并不影响语句原意。

（六）原文中的人名、地名等的译名以及相关专有名称，在不影响读者理解的情况下，原则上不改为现今通用译名；有碍理解的，由编者作注说明。

（七）凡未标“原注”的注释，均为编者所加。

本丛书卷帙浩繁，尽管尽心竭诚，力求取精用宏，然因我们能力有限，亦难免存在缺失疏漏，热望社会各界批评与指正。

编　者

2019 年 10 月

前　言

民国是新旧思想交替的时代，是中外思潮碰撞的时代，是政治风云变幻的时代，更是文化色彩斑斓的时代。

了解一个人，多是先听其谈吐；了解一个时代，自然也少不得听它的声音。于是，便有了这套“民国演讲”系列丛书——说民国与民国的说；声音的历史与历史的声音。

演讲，即是就某个问题对听众说明事理或发表见解，展示想法或愿景，归根结底是一种交互行为。从某一个角度来说，交互推动进步。人与物的交互刺激发明和创造，比如工具的使用及生产技术的革新；人与人的交互产生人文伦理和传世价值，激发人类去思考良知、理性和社会责任。演讲作为一种人与人之间的交互方式，既能将物质的也能将精神的文明成果集合并发散，承前并启后，抑扬顿挫，精准了当，让讲者内心燃烧，让故事迸溅火花，由是观之，可谓是顶高级的传播艺术。至今为止，这种艺术仍既是经典的，也是前沿的。

我们本着这样的认识和眼光，从瀚如烟海的故纸堆中，拣选出近二百位民国时期来自不同领域的出色人物，收录了六百余篇民国时期的各类演讲。其中一些人物的一些演讲还是第一次进入读者的视野，这样的瞩目当属来之不易。这些演讲作品中，既有关乎济世救国的拳拳之心，或王者之气，或匹夫之责；也有阐述百年树人的教育方略，或家长之情，或师长之意；更有充满文学之妙的作家才情，或指点江山，或陶醉草野。无论是叱咤风云，还是低吟浅唱，无论是逆势反常或是领情会意，无论是节日祝词还是庆生悼挽，都明确无误地引领读者进入了那个年代的景色深处，其中自有仰山之高，悬河之美。

操持数年，自知不免挂一漏万，也还是不肯罢手，一一敛来，旨在使一个时代的演讲作品得以归拢，得以装束，得以排列齐整地成体系地被集结，被收藏，被后人打量、阅读和品味。

既然说的是民国的人、民国的事，自然就回避不了民国的某一些人、某一些事——那些有过态度的和要过态度的、那些受待见的和不受待见的——人和事——也还是听听他们的说。我们通过斟酌与报备，予以选录和保留，以显示这份记载与收藏的确实与丰富。可以说，这是迄今为止收录量最大、编排体系最完备的一套民国演讲作品。

由于对民国时期文化的珍视与体恤，对于个别未能联系上演讲者后人的篇目，我们不忍轻易舍弃，只有将作品先行用之，望有关人士能够谅解，并在见到该书后及时与我们联系，以便奉寄样书和稿酬。

编　者

2019 年 10 月

目　　录

CONTENTS

罗常培
(1899—1958)

生平简介

罗常培（1899—1958），字莘田，号恬庵，笔名贾尹耕，斋名未济斋，北京人。语言学家、语言教育家。1916 年考入北京大学中国文学系，后转至哲学系。历任西北大学、厦门大学、中山大学、北京大学教授，历史语言研究所研究员，北京大学文科研究所所长。中华人民共和国成立后，筹建中国科学院语言研究所，并任第一任所长，还曾任《中国语文》总编辑、中国文字改革委员会委员、普通话审音委员会委员和召集人、1954 年和 1958 年两届全国人大代表、《语言研究》常务编委等。1958 年 12 月 13 日去世，终年五十九岁。他曾参加制订《汉语拼音方案》的讨论，创办了北京大学语言专修科。他毕生从事语言教学、少数民族语言研究、方言调查、音韵学研究，与赵元任、李方桂并称为早期中国语言学界的“三巨头”，其学术成就对当代中国语言学及音韵学研究影响极为深远。

从昆曲到皮黄[①]

1942 年 12 月 6 日

电台上时常放送皮黄和昆曲的唱片，有时候还请些“爱美的”戏剧家来广播。比方说：本台 XPRA 成立三周年纪念，我还被请来广播过一次。据我个人揣测，那天，听众们对于评剧《红鬃烈马》滇剧《九华宫》，都会感到相当的兴趣。至于昆曲呢，大家只听见演奏着咿咿呜呜了半天，究竟唱了些什么，所谓“游园惊梦”“硬拷”“闻铃”究竟是怎么一回事，恐怕有百分之七十以上不见得能欣赏或了解。那么，我们现在就要问：昆曲是什么？它在中国戏剧史和中国文学史上占个什么地位？

中国的戏剧从金元以后才有长足的进步。当时分为南北两支：杂剧流行于北方，戏文流行于南方。元中叶以北戏势力极大，南戏消沉不振。中叶以后，南戏才渐露出复兴的曙光来。到了明朝嘉靖年间更加活跃，万历以后作家辈出，降至明末清初可以说是南戏的黄金时代，居然压倒北剧取而代之。这么一转移间，为什么盛衰易势呢？这和“昆腔”

---

① 本文是罗常培在昆明广播电台的演讲。

的勃兴实在有很大的关系。

在明朝南戏盛行的时候，因为发源的地点不同，各地的土腔也各有它的特色。发源于海盐的叫海盐腔，发源于余姚的叫余姚腔，发源于江西的叫弋阳腔。海盐腔流行于浙江的嘉兴、湖州、温州、台州。余姚腔流行于浙江的绍兴，江苏的常州、镇江、扬州、徐州，安徽的贵池、太平。弋阳腔流行于南北两京湖南闽广。这三种腔调在当时是很有名的。到了嘉靖年间昆山人魏良辅创立水磨调后，在音乐上得了一大进步，它不单压倒北曲，并且让其他三种腔调也相形见绌。因为良辅是昆山人，所以俗称作“昆腔”。据徐文长《南词叙录》说：“昆山腔……流丽悠远，出乎三腔之上，听之最足荡人。妓女尤妙此。如南宋之嘌唱，即旧声加以艳泛者也。”昆腔改革顶大的一点，还在音乐方面。因别的腔只有板拍和锣鼓，它却加上了洞箫、月琴、笛管、笙、琵琶、鼓，管弦诸乐俱备。故《南词叙录》又说：“今昆山腔以笛管笙琵按节而唱南曲者……殊为可听，亦吴俗敏妙之事。”因为伴奏音乐的复杂格外使它凄婉动听，于是昆腔的势力遂一天比一天地扩展起来了。在嘉靖年间它还只流行于苏州一带，后来渐渐蔓延到太仓、松江、常州和浙江的杭嘉湖等处。到了明末清初甚至连北平也流行了。所以王伯良《曲律》说：“迩年（万历）以来，燕赵之歌童舞女，咸弃其捍拨，尽效南声，而北词几废。”龚芝麓听袁于令演所撰西楼传奇诗也有“可怜苏北红牙拍，犹唱江南金缕衣”等句。昆腔在北平扎下根底以后，不单留在北平的南方人很欣赏它，连清朝的宫廷王府也时常演奏它。到乾隆朝，昆曲的盛行遂达极点。当时称昆腔为“雅部”，别种腔为“花部”。三十九年刊行《缀白裘》十二卷网罗昆曲散段。四十二年巡盐御史伊龄阿奉敕设局扬州修改戏曲，黄文旸、凌廷堪等都参与这件事，经四年才完工。五十七年苏州叶堂（广明）撰《纳书楹曲谱》二十卷，这是昆腔谱里最正派的一种。这时候昆腔真是“如日中天”一样。

昆腔盛行，北曲遂日渐衰落。这期间虽有何良俊的好奇提倡北曲顿仁的琵琶，独弹古调，事实上北曲已经不绝如缕了。好古的文人，还有喜欢模仿北曲杂剧的。又如洪昇的《长生殿》传奇里酒楼、合围、絮阁、哭像、神诉弹词、觅魂等全出都用北曲，这种风气从明人汤显祖等已经开端。不过这种经昆腔采用的北曲，绝没有保存纯粹北调的道理，大部分已经“昆曲化”了。所以现在《纳书楹》和《集成曲谱》里保存的一些元人杂剧的散段，像赚布、女弹、卖花、摆阵、孙诈、擒庞、五台、离魂、刀会、训子、北诈、扫秦、北拜、回回、渔樵、逼休、寄信、撇子、认子、胖姑、伏虎、女还、借扇、送京、访普之类，虽然吉光片羽，实已形存神亡了。

乾隆末叶，昆曲盛极而衰，于是，“花部”遂代“雅部”兴起。

据《扬州画舫录》说：“两淮盐务例蓄花雅两部以备大戏。雅部即昆山腔；花部为京腔、秦腔、弋阳腔、梆子腔、罗罗腔、二黄调，统谓之乱弹。”此外尚有高腔、吹调等，也应该属于花部。“花”“雅”得名的来源，《燕兰小谱》解释说：“元时院本凡旦色之涂抹科诨取妍者为花，不傅粉而工歌唱者为正，即广雅乐之意也。今以弋腔、梆子等曰花部，昆腔曰雅部，使彼此擅长，各不相掩。”这已经讲得很明白了。高腔和京腔都是从弋阳腔变来的。高腔的得名大概因为演奏它的伶人多产于河北高阳，京腔最初指弋阳腔流行于北平的说部（《新定十二律京腔谱》）。二黄发源于湖北黄冈和黄陂二县（嘉庆张祥珂《偶忆编》），盛行于安徽安庆一带（《扬州画舫录》），或称湖广调。秦腔发源于陕西、甘肃，乾隆间流入北平。西皮和二黄合称作“皮黄”，是北平徽班所专习的。有人说皮是黄陂，黄是黄冈，同出于湖北。但据道光初张亨甫的《金台残泪记》却说“时肃腔为西皮调”（卷三）。安徽的伶人何以在二黄以外兼演西皮腔呢？这因为乾隆末年徽伶高朗亭到北平后，以安庆花部合京秦二腔，名其班曰“三庆”（《扬州画舫录》）。为是迎合当时都中人士的好尚。梆子腔来自句容（《扬州画舫录》），大概就是现在附属于皮黄里的南梆子，和山西梆子不同。山西梆子是糅合山西勾腔、秦腔和梆子腔而成的，光绪间流行于北平。吹腔出于徽调的高拨子，现在也附属在皮黄里，像《败马记》探亲相骂、《小上坟》之类都是。罗罗腔是一种不大通行的民间戏。

总括花雅两部升沉的历史来讲，从明朝万历到乾隆的中叶是昆曲的极盛时代，到乾隆末年昆曲的势力渐渐被西秦、南弋两腔给压下去，道光以降花部争鸣，各树旗帜，昆曲遂成了若有若无的状态。到了咸丰同治之间皮黄就成了独霸的局面了。推究它的原因，第一由于厌旧喜新的趋势，第二由于看客趣味的低落，第三由于北平人不喜欢昆曲。现在且谈一两件梨园盛衰的掌故，以见消长的痕迹。

乾隆末叶，北平的花部，京班先占势力，伶人多系土著，所演的以京腔为主。当时著名的伶人有八达子、天保儿、白二等。白二最得意的戏是《潘金莲葡萄架》（《燕兰小谱》）。从他擅长的戏剧，我们就可以推测他演戏的风格和观众的趣味了。正在这个当儿突然在乾隆四十四年从四川来了一个妖艳旦角魏三，于是本地伶人的势力就被他夺去了。

魏三名长生，字婉卿，四川金堂人，是秦腔的花旦。他到北平加入双庆部，打炮戏演了一出《滚楼》，遂轰动全城，每天观众达千余人。当时都中人士已然厌倦弋腔的嘈杂，忽然听到繁音促节的秦腔，看见淫亵动人的表演，都觉得耳目一新，于是魏三的名字震动京师，甚至那时的王公贵人几乎没人不认得他了。（《燕兰小谱》《啸亭杂录》《梦华琐簿》）他有一件小事值得提出来，就是现在旦脚踩跷和梳水头都是由他首创（见同上），这在扮演史上是颇重要的。后来因为他的徒弟陈银官表演更加猥亵，在乾隆五十年左右师徒遂先后被赶回四川，嘉庆六年魏三再入北平，年老色衰，资产荡尽，一次正在扮演表大嫂背娃子，下场即气绝（《梦华琐簿》），经大家资助，才得勉强柩归乡里。

魏三回四川后，安庆的伶人高朗亭又继他入北平，“以安庆花部合京秦两腔，故名其班曰三庆部。而曩之宜庆萃庆集庆，遂湮没不彰”（《扬州画舫录》）。这是徽班到北平的起始。朗亭名月官，工傻子成亲剧，时人拿他的神韵和魏三的风流对称（《听春新咏别集》）。他的作风，不难想见。

三庆成立以后，其他徽班也接踵而起。嘉庆中叶已经有三庆、四喜、和春、春台、三和五部。他们不单合并京腔、秦腔，而且吞并昆曲其他花部。因为它能这样兼容并包，难怪徽班成了梨园的盟主了。

至于雅部的状况，乾隆末年只有保和一部死守住昆山孤城，后来有庆宁、迎福、金玉、彩华四部也想挽回它的颓势。这四部的伶工都是苏州人，势力虽赶不上徽班，却也赖他们保存一些风雅。四大徽班里只有四喜部支撑昆曲的危局，但比起其他三班来就显然露出不景气的现象。道光末年，太平军起，南北隔绝，苏州的伶人没法子到北方来，昆曲更加一蹶不振。从此后，不单在北平主持不了剧坛，甚至在它发祥地的苏州也成了少数文人墨客的好尚了。正在这个时候，徽班三庆部忽然出了一个名伶，就是安徽人程长庚。他本来精通昆曲，兼工二黄，声调绝高，底气充足，登台一奏，响彻云霄，而且资性聪明，剧学渊博，对于戏剧改良的地方很多，直到现在，无论内行外行，没有人不知道大老板的名字。同时有张二奎、余三胜也是老生中的特出人物。当时推张为状元，程为榜眼，余为探花。程长二黄少花腔，余长西皮以花腔著，张的唱工实大声宏，且以做工见长。光绪间继他们而起的又有汪桂芬、谭鑫培、孙菊仙三人。汪学长庚，谭学三胜，孙近二奎，此外文武老生有杨月楼，武生有俞菊生，正旦有余紫云、陈石头、时小福，老旦有龚云甫，净有黄三，丑有刘赶三，人才济济，可以算是皮黄的黄金时代。近来评剧的情况想来是大家所熟悉的，我就不再多说了。可是推溯当代许多名伶的家世，几乎没有不跟光绪间的名伶有关系的。

以上所说，是近几百年来中国戏剧演变的略史。生在现在这个时候，我们先不必谈雅部的昆曲，就是有人想模仿几句汪桂芬、孙菊仙，试问时下喜欢听评剧的人有几个不掩耳却走的？可是时俗的好尚是一个问题，风雅应否保存又是一个问题。据我的朋友罗膺中说：中国文学史上许多作品是不能离开音乐的。这个见解非常有道理。我们要深切了解一种有音乐性的文学作品能够在伴奏的音乐没灭亡的时候去探索它，比较省事得多。词的唱法失传了，大家才觉得姜白石的旁谱可贵，都想就着它暗中摸索，另外有些拿《碎金词谱》的工尺当作宋代遗音的，又在那儿辗转传讹地断定哪些雄壮、哪些哀靡，假如当年词的宫谱保存下来又何必这样费事呢？现在明代南曲的宫谱既然幸而保存，一部分赖它流传的北曲，虽然有点儿昆曲化，总比完全失传强得多。我们应当趁着前人的宫谱还没散佚，苏州的老伶还没死绝的当儿，赶紧急起学习，然后对于读曲、作曲、谱曲才有办法，才不至等它失传以后瞪着眼睛后悔。至于为怡性悦情起见，在兴至神来的时候偶尔哼几支遣闷消愁，正所谓“劳者自歌，非关倾听”，管他别人欣赏不欣赏呢？我们如果认为昆曲在中国戏剧史和中国文学史上占有相当的地位，那么有志研究中国文学的人总不该漠视了这种作品。

潘光旦

(1899—1967)

生平简介

潘光旦（1899—1967），原名光亶，后署名光旦，又名保同，字仲昂，江苏宝山罗店镇人。社会学家、优生学家。与叶企孙、陈寅恪、梅贻琦并称为清华百年历史四大哲人。1913 年江苏省政府咨送北京清华学校。1922 年毕业赴美留学，入达特茅斯学院，1924 年获学士学位；同年入哥伦比亚大学研究院，获理学硕士学位。1926 年返国后历任上海吴淞国立自治学校教务长，东吴大学法律学院预科主任，光华大学社会系主任、文学院院长，暨南大学讲师，中国优生学会会长等职务。1927 年春与胡适、徐志摩等在上海筹设新月书店。1929 年 10 月出席第三届太平洋国际学会任中国代表团代表。1934 年起历任清华大学社会系教授、清华大学校务委员会委员、长沙临时大学教务长、国立西南联合大学教务长、民盟中央常委。中华人民共和国成立后，任中央人民政府文化教育委员会委员、第二到四届全国政协委员、中央民族学院专门教授。1957 年被划为右派。“文化大革命”时遭到不公正待遇，1967 年含恨病逝。1979 年其右派问题获得平反。

当前民族问题的另一种说法[①]

1934 年

前不多几年我们时常听见“救国”的论调，最近几年又时常听见“出路”与“前途”的论调，最近在报章刊物上所数见不鲜的却又是一些“复兴”的论调。其实这三种论调是一样的，不过“复兴”二字，因为还戴着“民族”两个大字的帽子，似乎要比较新鲜一点、冠冕一点罢了。

这前后三种论调实在是一样的，救国讲路径，复兴也讲路径，出路自然更讲路径，而三种论调所提出的路径，是同样的错综纷歧。三种论调不免引起对于固有文化与民族能力的态度与此种态度所唤起的情操，而态度与情操的表现，也是同样的疑信参半、爱恶靡常、喜怒无定。三种论调自然也都有它们运用的方法，而此种方法的浮嚣浅薄，不生一些效力，也正复相同。

所谓路径的错综纷歧，莫衷一是，我们可以举一些例。

---

① 本文原载 1935 年 6 月 5 日《北平晨报·社会研究》及燕京大学《社会研究》第八十八期。编者说明：“此文为清华大学教授潘光旦先生在燕大社会学会公开演讲的讲稿，全文颇长，今先将前半公诸读者。”但后半未见继续刊载。

一、政治的路径——戊戌政变；辛亥以来的全部革命工作；辛亥以来一切在野党派的活动……最近的例，赵厚生先生的“政才”与“政术”的主张，见本年9月16日的《东方杂志》。

二、教育的路径——科举的废除与新学制的成立；新学制的组织上的种种变更，日本式、美国式、法国式……；新学制目标上的变更，如军国民教育、党化教育，以及最近之民族中心教育；教育界的侧重点的不同，如大学与人才教育、中等与职业教育、小学与国民基本教育、平民教育与识字运动、成人补习教育；教育方法上的种种个别的主张；少数私人终身为教育事业的努力、牺牲，例如黄任之先生、张伯苓先生等；……最近的一例，中华书局《中华教育界》曾出一“教育出路”专号。

三、宗教，道德，与其他所以正人心的路径——定孔教为国教的运动（陈焕章辈）；近年来西南的尊孔；三民主义的宗教化与中山先生的神道化；基督教的“中华归主运动”；青年会的“人格救国”运动，新生活运动；密宗佛教的提倡；……最近的一例，中央的尊孔运动。

四、经济的路径——民国初年的实业救国运动（最努力者，如张四先生）；农本主义的提倡（章行严先生）；各种建设运动；合作运动（陈果夫先生等）；历届抵制外货与提倡国货运动；共产党在经济方面的主张与活动；开发西北运动；……最近的数例，经济统制的论调，生产教育的论调，农村改进运动。

五、社会组织的路径——共产主义在社会方面的种种主张与活动，如工农阶级的造成等；梁漱溟先生的村治运动；合作运动的社会方面……

六、文化的路径——笼统的主张（例如罗家伦就中央大学校长职时的一篇演说）；全盘西化与科学化的主张（吴稚晖先生，胡适之先生，吴先生的摩托救国论，胡先生的汽车文明论，都曾轰动一时）；最近的一例为陈序经先生的全盘西化论；新国粹派的主张与活动（例如陈立夫先生的唯生论与最近文化建设协会的工作）……

七、生物或种族的路径——中山先生民族主义的一部分；体育的提倡；生育节制的提倡；优生的议论……

这便是路径错综纷歧的一些表现。大约有六七条，小的支路还不知有多少。在这许多路上走的人，起初固然是兴高采烈，只认定自己的路走去，但不久也许就和别人撞一个满怀，或者路越来越窄，根本就走不通，或碰上许多钉子，有的走上了圆路，兜着许多圈子，似乎走通了，其实没有通。他们也许原先走的是全盘西化的路，到此他们的心理上就可以有三种不同的反应。第一是失望的反应、怀疑的反应，失望的是民族怕没有前途，怀疑的是民族也许根本没有自救、自寻出路、自己振奋的能力。越怀疑，就越自馁，终于认定自己是一个不成材、没出息的民族，从而"妄自菲薄"起来。第二是跌倒不承认输的态度，或执迷的态度。他们总以为大家努力还不够认真，还没有到家，否则此路是一定通的。他们本来是喜欢菲薄自己的，但他们所菲薄的是以往的文物，而不是民族的能力，不过到此，他们的菲薄一定会进而为诅咒。第三是狐狸吃不到葡萄后的一种幡然变计，以为西洋文化本来没有什么了不得，与其费尽心机，学它不像，何如把自己固有的文化，再来鼓吹一下，也许可以收一推陈出新的效果。有这种反应的人，我在这里叫他们作新国粹派。这条路，尤其是单独走去，前途也还大有问题，不过目前尚在出发的时候，大家还轻易见不到罢了。在目前出发的时候，他们的态度是一种南方人所谓"生姜汤自暖肚"的态度，稍一不慎，也许会像旧的国粹派一样，"妄自尊大"起来。

所以除了路径以外，大家对于固有文化与民族能力的态度，也是非常的不一致。此外，各人在赶路的时候，真正脚踏实地，向前迈进的也不多。大都是"叫嚣东西，隳突南北"，他们没有带罗盘针、测量器，却带了一只鼓、一只钟、一副铙钹。铙钹是宣传的工具；钟鼓是鼓动的利器。前途的路越难走，越走越不通，铙钹钟鼓之声便越响，尤其是钟鼓。专在一种出路上说话、做文章的人，在话里和文章里最多也最响亮的语气是督促大家迈进。有一位在一篇大文章的后面，嚷着："我们要快快地做，快快地做。"又有一位讨论民族复兴的条件，在篇首很明白地说："复兴民族不是一件轻而易举的事，绝不是单靠传单、标语、口号等宣传所能济事的。"又说："民族复兴并不在复兴意志的强弱，而在复兴条件的是否存在而定。"但是在篇末终于不免敲了一下钟，打了一下鼓，他说："在这种种限制下求民族复兴，当然是万分困难的事，但如能对症下药，毅然决然地做下去，那也未始不是民族的出路。"最有趣的是有一位领袖的演说词。这位领袖是主张在民族文化方面求出路的。究竟怎样求法，他虽然没有讲明白，但是暮鼓晨钟的声音，却是又多又清楚，我曾经不惮烦地记了下来：

……必须大家具有……今后我们便要赶快……我们每个人都应当……我们必定要……我们以后应当一本诚心去做……我们以后要……我们总要……男子要有……女子要有……我们今后总要……大家岂不……我们只要……我们切不可……

这一类专门责成大家的意志，专门教大家定下决心，鼓起毅力，和打起精神的救国论、出路论或复兴论，我以后都把它们比作敲钟打鼓，和实际上能不能自救、能不能找到出路、能不能复兴，全都不相干。

我们现在继续要问，何以会有这种种纷乱、反复、浮嚣的情形？闹了二三十年的救国，寻出路，与复兴运动，何以成绩会这样的可怜、失望？我的答复是，我们根本没有把问题看清楚，也没有把问题说明白。自救，自寻出路，自己奋兴，固然是我们的一大目的，但是问题的陈述却不宜这样的简单，把问题陈述得太简单了，便无形地在自己的见解上与努力上加上了一些时间和空间的限制。救国运动，说到"救"字，自然是刻不及待的，“复兴”两字里，也包含着一种时间上的限制。《复兴》杂志的主笔赵正平先生在一篇讨论复兴的文章里，打头就说：“孔子曰：‘我欲仁，斯仁至矣。’爱国者亦曰：‘我欲复兴，斯复兴至矣。’此为国民主观上应有之觉悟。”赵先生接着又问：“然如撇开主观，纯就客观上研究，我中华民族果能在最短期间复兴乎？”他认为是可以的。可见不说复兴则已，否则谁都盼望可以在短期间内成为事实。至于出路之说，则不特有时间上的限制，并且有空间上的限制。求出路的人不但急于要求出路，并且要抄近路，并且这近路只要一条，多了，或有了岔路，便不免有徘徊瞻顾的危险。心切于求的人，往往目眩于视，只看见一条路的人，眼光自然无须放远，结果，就把一个囫囵的问题，割成许多零块，把一个很有余地的问题，看作非常狭窄，以至于窄得走投无路。

这囫囵的问题是什么？说出来也是十分寻常的。它是一个民族位育的问题。位育是一个生物的、社会学的概念，英文叫作 adjustment 或 adaptation，以前我们跟着日本人，译作“适应”或“顺应”，但这两个译名实在是不恰当的，因为它们只代表位育的局部，而不是全部。其实这概念，我们很早就有，并且也早就有了替它题名的字眼，就是“位”“育”二字。《中庸》上说：“致中和，天地位焉，万物育焉。”有一位注解先生在下面注着说：“位者，安其所也；育者，遂其生也。”这不就恰好是近代生物社会学里 adjustment 或 adaptation 一个概念的意义么？这概念原有动静两个方面，“位”字也恰好代表静的一面，“育”字代表动的一面。在西洋，最初发挥这概念的是生物学家，生物科学里有一门叫作生态学的（ecology）便完全建筑在这个概念上。后来社会学家也采用了这个概念，有一位社会学家作了一本专门讨论近代各家的社会学说的书，标题就叫作《社会位育各论》，原来这些学说的最大目的就在帮助人类在社会环境中的位育，近年以来，社会生态学也已经变作一个很时髦的名词，而研究社会问题的时候，社会生态的入手方法也就很有效果。所谓生态学、社会生态学和人文生态学，其实就不妨直截痛快地叫作位育学、社会位育学和人文位育学。

讲位育，当然要有两个条件：一是生物的个体或团体，一是这个体或团体所处的环境。生物和环境是息息相关的，要是这关系，对于知觉的生物很是美满，我们就说位育得好，否则便是不好，这种不好的局面，我们也替它起了一个名字，叫作“失其位育”（maladaptation 或 maladjustment）。此种关系的发生亦有一些宾主常变的分别，因此分别我们从生物的立场看去又可以把位育分作三种：一是消极的，即由生物迁就环境；二是半消极半积极的，即由生物选择环境中不同的部分而加以迁就；三是积极的，即由生物转移环境或改变环境。知道了位育有此不同的三种，便明白为什么“顺应”与“适应”两个译名是不很妥当了。

我们可以举个例来表证这三种不同的位育。我国黄河流域诸省，因为黄河上流的特殊地理情形和此种情形所造成的水势，是常闹乱子的。对于这种常闹乱子的环境，我们的先民也用过不少的应付的方法。这种种应付的方法，归并起来，就不出三种。一是消极的适应，水来了，暂时躲开，水去了，再退回来，冷一些不妨，饿一些也无碍，铺满了沙或硝的土地，总是舍不得放弃。这就是一种迁就的位育了。二是迁移到别处去，例如长江流域或东三省。这就是第二种对环境做一番拣选的位育。三是根本想法来治理黄河，于筑堤防水以外，还要用更积极的方法来宣泄多余的水。这就是对环境要加以转变的第三种位育了。民族的经验里，大约采取第一种位育的人最多，第二种就少些，第三种最少。

我们目前位育问题中的生物团体是中华民族，环境是二十世纪的世界。我们的问题的本身是：以此民族，入此环境，从民族一方的立场来看，究竟如何而后能“安其所”“遂其生”？无疑的，我们和其他生物个体或团体在别的环境中一样，总得做三种功夫。第一，不能不做相当的迁就，换言之，就是竭力接受一部分的目前宰制世界的西洋文化。第二，对于西洋文化中的各个部分，不能没有一番挑选，哪些值得全部接受，哪些只好接受到相当程度，哪些最好全不接受，是宜乎先加以推敲的。第三，目前的民族虽然很像衰败，但它是有过几千年的阅历和经验的，难道这些阅历和经验，对于今日人类的其他的部分，竟然会全无贡献？愚者千虑，容有一得，难道我们整个民族的生活经验，竟不值当代人的一盼，全都得抛向故纸堆中去？设或不然，那么，我们可能的几微的贡献究属在哪里？怎样的可以整理出来，以供世界的采择？世界能采择到什么程度，就等于我们转移世界环境到什么程度。这便是我们当前民族问题的一个比较囫囵的看法和说法。

把民族问题这样一看一说之后，我们便立刻觉得救国论、出路论与复兴论的褊狭渺小，而不切实。即就迁就的位育而言，我们所宜力谋迁就的又何止政治组织一端，何止科学方法与精神一端……何止民族体格的锻炼一端……再就其他两种的位育而论，那问题便更见得阔大。

中国人文思想的骨干

1934 年

一个国家或一个时代的文化，必有其重心所寄，必有其随时随地不忘参考的事物，必有其浸淫笼罩一切而大家未必自觉的一派势力。这种重心、事物或势力，归纳起来，大率不出欧美所称神道、人事、自然三大范围，或中国所称天、地、人三才的范围。中西相较，天可以对神道，地可以对自然或一切物质环境，人可以不用说。

就西洋文化史而论，希伯来文化是重神的，希腊文化是比较重人的，中古时代的文化和希伯来的相像，“文艺复兴”时代的文化和希腊时代的相像：所以英人安诺德（M. Arnold）有“西洋文化，无非为希伯来主义与希腊主义互为消长”之说。降至近代，神道的地位固已日就衰落，但西洋文化之究为人的，抑为物的，则论者颇不一其辞；我们隔江观火，也许比较清楚，不妨认为名为是人的，而实际则是物的，面子上是人本，骨子里是物本，因为我们随时随地可以观察到物质以人为刍狗的事实。不过我们也觉得，物本的文化，在一部分思想界里，现在已经发生一种反响，所以近年以来，在那里力求解脱的，也大有人在。

就中国文化史而论，在各个方面我们也都能找出一些代表来。春秋、战国是各派思想孕育得比较成熟的时期；那时候真是什么都有。讲天道的有墨子，重自然的有老、庄，以人事为本位的有孔孟。战国以后，各派盛衰消长之迹，大体上也很显明。墨子最先消歇，儒家最受推崇，道家除在两晋六朝与唐代之际，一部分因统治人物的提倡，有过一度振作外，平日的势力并不十分具体。汉以后佛教势力日渐扩大，至六朝而臻极盛，但是它的性质并不划一，大率平民所崇拜的是它的神道的部分，而智识分子所注重的是修身养性的部分，多少不脱人道的意味。

但全部中国文化史终究是一个重人道的文化史。各派思想中，最有线索、最有影响的也终究是儒家。春秋战国以前暂且不说，秦重用法家，排斥以古非今的儒生，固然是儒家遭逢厄运的一个时期；但这时期并不长久。汉代以后，儒家的地位便已根深蒂固。三国、两晋、六朝和唐的时期里，儒、释、道三家并育不悖，但主体依然要推儒家；六朝与唐代的四五百年间，佛家虽盛，但也曾再三受政府的压迫，出家人被勒令还俗之事，屡有所闻；无非是儒家不肯放弃它主体的身份的表示。五代以后，儒家地位的牢不可破，也是无须说得的。

儒家思想的对象是人道，所以人文思想和儒家思想两个名词往往可以通用。所谓人道并不是很笼统的一种东西。西洋“文艺复兴”时代里所盛称的人道（humanity）似乎目的专在对付历代相传而畸形发展的神道（divinity），近时西洋人文主义者所盛称的人道（law for man），又似乎专门对付物道（law for thing），两者都可以说是很笼统的。中国儒家的人道却并不笼统，它至少可以有四个方面，四方面缺一，那人道就不完全。

第一方面——对人以外的各种本体。

第二方面——对同时存在的别人。

第三方面——对自己。

第四方面——对以往与未来的人。

这四方面合拢来，就成为题目中所称中国人文思想的骨干。现在分别说一说。

一、第一方面当然是最基本的。所谓各种本体，可以包含许多东西，概括着西洋的神道与物道或中国二才中的天地两才所指的一切事物。一切自然的物体当然在内。但人道范围以内的事物，或人为的事物，无论抽象的所谓精神文化，或具体的物质文化，如一派信仰、一种制度、一件器用，也往往会畸形发展到一个尾大不掉的程度。使人不但不能驾驭，反而被驾驭，不特无益于人，反有害于人，原以辅助人道始者，反以危害人道终；这样的一种事物就俨然取得了本体的身份，可与人道对抗，驯至人道无法抵抗而至于衰微寂灭。

我们不妨举几个例。欧洲中古时代神道抹杀人道的事实，是谁都知道的。近代文化中物道抹杀人道的种种情势，近来也逐渐受人公认，都可以不说。但历史上与目前和人道不相成而相害的事物固远不止神道与物道而已。国家主义的只认国家不认人，社会主义的只认阶级或社会而不认人，家族主义的只认家族不认人，金钱主义的只认金钱不认人——何尝不是很显著的例证。这些主义自然也有用得到人的地方，但他们所见的并不是人，而只是公民，只是社会或阶级的一分子，只是家族的一员，只是父亲的儿子，是生产财富的一分势力而已。就在个人主义所认识的也并不是人，而只是一个个人！就在近代教育所注意与期望的也并不是人，而是一些专家，一些不通世事的学者罢了。人道之在今日，事实上已经被宰割，被肢解。

人利用了自然的事物创造了文物的环境；他自己应该是主体，文物的环境终究是一个客体；但结果往往会喧宾夺主，甚而至于反客为主。人也创造了全部的意识的环境，包括宗教、道德观念、社会理想等等在内；他自己应该是一个主体，而意识的环境是一个客体；他自己的福利是一个常，意识环境的形式、内容与组织是一个变，应执变以就常，不应强常以就变；但结果也往往弄得常变倒置，主客易位，这种局面，是讲究人文思想的文化所最犯忌的局面，因为充其极，人类在天地间的地位，可以根本发生动摇，至于立脚不住。所以在希腊的人文文化里，便有“任何东西不宜太多”（nothing too much）的原则，太多了就有积重难返、尾大不掉的危险。中国的儒家思想在这方面比希腊人还要进一步，它以为就是这一条“任何东西不宜太多”的原则也不宜太多，即不宜运用得过火。孟子不有过一段评论子莫的话么？杨子为我，墨子兼爱，子莫执中，孟子说：“执中为近之；执中无权，犹执一也；所恶执一者，为其贼道也，举一而废百也。”所以儒家的人文思想里，于“经”的原则之外，又有“权”的原则。执中无权，犹且不可，其他不执中的种种执一的例证，也就不必举了。

二、中国人文思想的第二方面的对象是与本人同时存在的人；换一种说法，它所要考虑的是人与人之间，彼此应有什么一种分别，和应有什么一种关系。在这一方面，中国文化可以说是最在行的，就是希腊文化也没有它那样见得清楚，说得了当。

说来也是谁都知道的。中国人文思想里又有一条极简单的原则，叫作“伦”的原则。但这条原则虽然简单，虽只一个字，却有两层意义，一层是静的，一层是动的。静的所应付的是上文所说人与人之间的分别，动的所应付的是人与人之间的关系。所谓静的人伦，指的是人的类别、人的流品。类别事实上既不会不有，流品也就不能不讲，因为人是一种有价值观念而巴图上进的动物。《礼记》上说：“拟人必于其伦。”那伦字显而易见是指的流品或类别。历代政治，最注意的一事是人才的遴选，往往有专官管理，我们谈起这种专官的任务来，动辄说，“品鉴人伦”，那伦字显而易见又是指的类别与流品，近来我们看见研究广告术的人，讲起一种货物的优美，也喜欢利用“无与伦比”一类的成语，那伦比的伦字当然又是静的类别而不是动的关系。

明白了静的人伦，才可以谈到动的人伦，因为动的是建筑在静的上面的。这动的人伦便指父子、君臣、夫妇、兄弟……之间分别应有的关系。静的人伦注意到许多客观的品性，如性别、年龄、辈分、血缘、形态、智慧、操行之类，如今动的人伦就要用这种品性做依据，来研求每两个人之间适当的关系，即彼此相待遇的方式来。静的人伦所重在理智的辨别，动的人伦则重在感情的运用。

这静的伦与动的伦是相须相成、缺一不可的。仅仅有静的伦，仅仅讲流品的辨别，社会生活一定是十分冷酷，并且根本上怕就不会有社会生活，历史上也就不曾有过此种实例。仅仅有动的伦，仅仅谈人我的应如何相亲相爱，完全不理会方式与程度上的差别，结果，不但减少了社会进步的机缘，并且日常的生活流入了感伤主义一途；这种被感伤主义所支配的社会生活，历史上却很有一些例子，在今日的西洋，例子尤其是多。我们在这里，就可以看出“人文思想”和常人所乐道的“人道主义”的不同来了。同一重人道，同一注重道的和同，而后者所见的“同”等于“划一”，等于“皂白不分”，所见的“和”，等于和泥土粉末之和，而不是和调五味之和；前者所见则恰好相反；荀子在《荣辱》篇所说的“斩而齐，枉而顺，不同而一”，最能代表这一层精意。前者并且其同与和之间，特别着重和，认为与其同而不和，毋宁不同而和。

西洋希腊以后的文化是不大讲伦的，即使讲，也十分偏重动的一方面。最近自生物学与遗传学发达以后，静的一方面才受到优生学、心理学与教育学者的充分的注意。不过在日常生活里，这方面的影响还很有限。在中国，以前是动静二者并举的，现在治伦理学与人生哲学者讲起伦字，却十有八九只讲动的伦，而不讲静的伦。但我们相信以前所谓“彝伦攸叙”或学宫中明伦堂上的“明伦”二字绝不单单指人与人的感情关系，殆可断言。

三、中国人文思想的第三方面的对象是一个人的自己。人是一个总称，所指是一般的人性、人道、做人的标准、完人的理想等。但每一个个人也是人。一个人应付一个人固属很难，应付自己却也不易。人是一种动物，动物皆有情欲，在演化过程中的地位越高，情欲的种类与力量也似乎越多越大。在别种动物的生活里，情欲变化既少，随时又受自然的限制与调节。例如性的冲动吧，在大多数的高等动物里，一年中只有一个时期以内是活跃的，即自有其季候性的，但到人类就不同了，唯其不同，于是就发生了自觉与自动应付的问题。情欲之来，放纵既然不利，禁绝亦非所宜；于是怎样在两个极端中间，寻出一条适当而依然有变化的途径来，便成为历代道德家以至于生理与心理学家所努力的一大对象。但努力的人虽多，而真能提供合乎情理的拟议来的似乎只有人文思想一派。别的派别的目的似乎专在防止放纵的一个极端，防止越严，便越与另一极端相接近，就是形同禁绝。旧时基督教对于性和其他物欲的观念，便是一例。佛家的也是一例。但物极必反，好比时钟的摆一般，基督教的禁欲主义便终于造成了"文艺复兴"时代以及后来的自然放纵主义。此在当时虽也有人把它看作人文主义的一部分，其实它和人文思想的标准相去的距离，和禁欲主义的毫无分别，不同的只是方向罢了。

1932年的夏季，我有烟台之行，在轮船上遇见一件很有趣的事。在头等舱的饭厅里，我发现在一只四方桌上，坐着四个女子，东南两边的两个，是天主教里的"嬷嬷"，南方人叫作"童身姑娘"，她们除了面部和两只手以外，其余的身体是包扎得几乎不透风的；西北两边的却是两个白俄的娼妓，她们不但袒胸露臂，并且连鞋子、袜子都没有穿，只穿上拖鞋。她们四个每餐都这样地坐在一起，自然只有两搭角说话，两对过之间则横着一道无底的鸿沟，到"审判的末日"，还是通不过去。

在受人文思想支配下的中国文化里，这道鸿沟是没有的，至少就大体而论，没有这么广阔深邃。我们平日应付自己的情欲时，所持的大体上是一个"节"的原则，既不是"纵"，也不是"禁"。我们把男女和饮食同样看作人生的大欲，本身原无所谓善恶。诗人论一代的风气制度，首推《周南》《召南》之化，甚至于把"内无怨女，外无旷夫"看作良好政治的一个基础和一个表识。讲禁欲主义的佛教虽在中国有很大的势力，但佞佛的人平日既有"做居士""带发修行"一类的假借的方法，而遇到做和尚、做尼姑的风气太厉害的时候，政府也会出来干涉，影响所及，便远不如基督教对于中古欧洲的深刻。在性以外的其他方面，亦复如是。例如饮酒，我们的原则是“不饮过量”“不及乱”，如大战以来美国民族所开的那种玩笑，在中国是从没有发生过的。但近时也很有人把“节”与“禁”混为一谈，例如妇女节制协会对于烟酒的态度，名为节制，实际上却主张禁绝。

节字从竹，指竹节，有分寸的意思，凡百行为要有一个分寸，不到家不好，过了火也不好。不但情欲的发出要有分寸，就是许多平日公认为良善的待人的行为也要有个分寸。所以《论语》上有“恭近于礼”，则远耻辱，“克己复礼”始得谓仁——一类的话。礼字原有两层意义。教育修养的结果，使人言动有节制、有分寸，便是合礼。这是第一义，是多少要人内发的。凡属可以帮生活的忙，使言动合乎分寸的事物工具，也是礼，是第二义，是由社会在环境中加以安排的。后来的人似乎但知礼的第二义，即仅仅以“仪”为“礼”而忘了礼的第一义，积重难返，最后便闹到了“礼教吃人”的地步。如今“恭近于礼”与“克己复礼”的礼，显而易见是第一义的礼。恭也要恭得有分寸，克己也要克己得有分寸；所以“摩顶放踵利天下”的宗教家与侠客，在人文思想家的眼光里，并不是最崇高的典型人物。

中国人文思想在第四方面的对象是以往与未来的人与物。人文思想者心目中的人是一个整个的人、囫囵的人。他认为只是一个专家、一个公民、一个社会分子……不能算人；人虽是一个有职业、有阶级、有国、有家……的东西，他却不应当被这许多空间关系所限制，而自甘维持一种狭隘的关系或卑微的身份。这是在讨论第一方面时已经提过的。如今我们要更进一步地说，一个囫囵的人不但要逸出空间的限制，更要超越时间的限制。换一种说法，他现在那副圆颅方趾的形态，他的聪明智慧，他的譬如朝露、不及百年的寿命，并不能自成一个独立的单位，不能算是一个囫囵的东西。真要取得一个囫囵的资格，须得把以往的人类在生物方面与文化方面所传递给他的一切，统统算在里面。不但如此，他这承受下来的生物的与文化的遗业，将来都还得有一个清楚的交代。约言之，他得承认一个“来踪”，更得妥筹一个“去路”。认识了来踪，觅到了去路，这个人才算是相当的完整。

在中国人文思想里，这一点是极发达的。在文化的传统方面和生物的传统方面，我们都轻易不肯放松，师道尊严，创述不易，所以叙一个大师的学问时，我们总要把他的师承与传授的关系，叙述一个明白，甚至于要替他编列出一张道统或学统的世系表来。但尤其要紧的，毕竟是生物的传统。若有人问什么是儒家思想最基本的观念，我们的答复是：就是本的观念，或渊源的观念。所以说到，万物本乎天，人本乎祖，孝悌是为人之本，君师是政治之本，乡土是一人根本之地，一个人无论如何不长进，只要不忘本，总还有救。所以要尊祖敬宗，所以要慎终追远，所以要有祠堂，要有宗谱。既倦倦于既往，又不能不惴惴于未来。所以便有“有后”之论，所以要论究“宜子孙”的道理；有了有价值的东西，总希望“子子孙孙永保存”。更进而把以往与未来相提并论，于是祠堂与宗谱里便充满了“源远流长”“根深叶茂”“继往开来”“承先启后”“光前裕后”……一类标语式的笔墨。记得唐朝有一位文学家替人家作墓志铭，劈头就是两句：“积德垂裕之谓仁，追远扬名之谓孝。”追远扬名之所以为孝，是谁都了解的，但积德垂裕之所以为仁，却早经后人忘却，反而见得新颖可喜。

这一方面的人文思想，在西洋是很不发达的。近日始有一派的思想稍稍地谈论到它，就是讲求淑种之道的优生学。美国有一位优生学者说，我们要提倡优生学，我们先得提倡一种“种族的伦理”；又有一位说，我们应该把忠恕的金科玉律推广到下代子孙的身上。试问这种见地和我们“垂裕后昆”“庆钟厥后”的理想又有什么分别？所谓种族的伦理与下逮子孙的忠恕又岂不就是上文那位唐代的文学家所提的仁字。不过我们却要忝居先进了。

我们到此，便可以把上面所讨论的人文思想的四个方面并在一起说一说。这四个方面都受一个原则的节制。就是分寸的原则或节制的原则。在第一方面，我们要防人以外的本体或俨然有本体资格的事物出来喧宾夺主，以至于操纵我们的生活。换一种说法，就是人和它们各个的关系，都得有一个分寸。“敬鬼神而远之”“虽小道，致远恐泥”一类的话，所指无非是一些分寸的意思。甚至于我们把人看作中心、看作比其他本体都要重要的时候，也还得有个分寸，绝不能目空一切，唯我独尊。所以孔子对于鬼神、天道、死，始终保持一个存疑的态度，不否认，也不肯定。所以至少在董仲舒的眼光里，通天、地、人三才的人才配叫作儒。所以至少儒者平日对人接物的态度要居敬，要自谦，要虚己。这便是“人文思想”与“人本主义”根本不相同的一点了。西文中“儒门业士盟”（humanism）一字，有人译为人本主义，也有人译为人文主义；但若就中国儒家的思想而论，那确乎是人文而非人本；目下美国流行的想取基督教而代之的那一派信仰，才不妨叫作人本主义。他们那种超过了分寸的自负心理与自信心理，以为一切一切，都在人自己的手里，要如何，便如何——以前中国的人文思想家便不能接受。我也以为不相宜，我不但不能接受人本主义，并且觉得人本主义中的主义两字就不妥当，有执一的臭味，所以本文始终只说人文思想，而不说人文主义。

人文思想的第二方面，也不免受分寸观念的节制，是最显明不过的。静的人伦，一壁以自然的变异做基础，一壁以价值的观念来评量，自然是讲分寸的。动的人伦所承认的最大的原则，不外用情要有分寸，满足一种欲望时要有分寸。所以亲亲有杀，尊贤有等；所以孟子有亲亲、仁民、爱物的论调。讲到用情要有分寸，岂不是就和人文思想的第三方面衔接了起来？一个人情欲的外施，有的是比较限于自身的，例如饮酒，有的却迟早要影响到别人的休戚利害，例如性欲。不论为了自己的福利讲分寸，或为了别人的福利讲分寸，以至于为了节省物力讲分寸，结果总是一般的福利的增加，一般的位育程度的提高。这种福利的增加与位育程度的提高，以前的人文思想学者就叫作“和”。所以说：“发而皆中节，谓之和。”又说：“礼之用，和为贵。”

其实平心而论，除了在情欲上讲分寸以外，社会生活就再也没有可以发生“和”的途径。如其走放纵的那条路，结果自然到处是权利的冲突，虽不至于到道学先生所说的“人欲横流”的地步，至少那种骚扰纷乱的局面，例如目下的国际情势与大都市里的工商业状况，是无可避免的。如其走禁绝的那条路，修道的修道，念佛的念佛，理论上，在人与人之间，便根本不发生和不和的问题，因为和的局面是先得假定有两个不同的东西发生接触；如今因禁欲的教条的关系，两个人既同在一种紧缩与收敛状态之中，调和不调和的问题当然不会发生。但事实上，这禁绝的路，却往往是产生更大的不和的一个因缘。在个人方面，近代精神病学所告诉我们的种种的病态已经是够明白了。而此种个人的内部的不和迟早亦必不免形诸生活、造成社会的不和而后已。

其在第四方面，这分寸的原则也是一样的适用。无论哪一方面，我们都发现由三个据点所构成的一个格局，两点是静的两极，一点是动的中心，就是人自己或人所立的一个标准。第一方面是天、地与人道之人。第二方面是社会、个人与能兼筹并顾到社会需要与个人需要的人。第三方面是情欲的放纵、禁遏与适当的张弛操守，也就是节制。第四方面呢？两极端指的是既往与未来，而中心之点是现在或当时；三点之中对人最有休戚关系的当然是现在，理应特别加以措意。但若我们过于注意现实，只知讲求所谓现实主义，置以往的经验成效与未来的理想希望于完全不闻不问之列，那我们也就犯了执一的弊病，不鉴戒于前车的得失，则生活的错误必多，无前途的瞻望希冀，则生活的意趣等于嚼蜡，这便是弊病之所在了。反之，如果一味依恋着过去，或一味憧憬于未来，则其为执一不悟，更自显然；至其弊病之所在，在前者为食古不化、故步自封的保守主义，在后者则为不知止与不知反的进步主义或维新主义；方之于水，前者等于不波的古井、不流的腐水死水，后者则有如既倒的狂澜、横流的沧海，奔放而靡所底止，两者都失去了水的效用。但若我们一面把握住现在，一面对以往与未来，又能随时予以适当的关注，无论前瞻后顾，脚步始终踏实踏稳，这些弊病就不至于发生了。一样的执中，这执中是有权衡的。有权衡也就是有分寸。

人文思想的四个方面很早就在中国儒家哲学里打成了一片，有如上文所述。西洋的思想界，自文艺复兴以来，也不时以人文主义相号召，最近二十余年间，且骎骎乎有成为一种运动之势。上文所叙的四个方面，也随时有人谈到，但不是举一遗二，便是主甲的人与主乙的人互相攻讦。例如近来美国流行的宗教人文主义便始终没有越出第一方面的范围，并且始终没有摆脱狭隘武断的人本主义的臭味。白璧德（Irving Babbitt）教授一派的人文主义是以第三方面做重心的，其涉及第一方面时，则谓与神道主义携手可，与自然主义携手则万万不可，议论往往有不能自圆之处，且对于任何事物的深恶痛绝，本身便不是一个人文思想应有的态度。他们也承认人与人间的关系，应适用差等的原则，但于伦的观念，所见尚欠真切。至于第四方面，他就几乎完全没有提到。至优生学者，则一面接受狭隘的人本主义，认为人类对于自己的前途演化，即自己的运命，可以完全控制，一面根据变异、遗传与选择的理论，自亦特别注意到第二方面类别与流品的部分；第三方面则几于完全不问。英国哲学家席勒（F. C. S. Schiller）一派的人文主义最初几完全致力于智识与逻辑的“人文”化，后来和优生学者携手以后，范围始较前扩大。总之，在近代的西洋，我们还找不到一派比较完备的、可与中国儒家哲学相比拟的人文思想。

性与养的问题

——优生学谈座之一

1935 年 1 月

性与养这个问题初看似乎很不寻常，其实，性就是遗传，养就是环境。若说遗传与环境的问题，大家就一看便认识了。孔子说："性相近也，习相远也"，"惟上智与下愚不移"。不管他说得到底对不对，他所称的"性"显而易见就是现在所认识的遗传。孟子说："苟得其养，无物不长；苟失其养，无物不消。"也不管他说得到底对不对，他所称的"养"显而易见就是现在所认识的环境。在西洋也有同样的情形。莎士比亚在他的剧本里，曾把遗传与环境两种事物对待地提到过，而所用字眼也就是"性""养"两字，性，它叫作 nature，养，它叫作 nurture。后来优生学的祖师英国人戈尔登（Francis Galton）也就采用了它们，认为是最可以包括一切遗传与环境现象的两个字。我们现在在题目里取"性与养"，而不取"遗传与环境"，并没有别的意思，不过要表示这个问题是一个中外古今所共有而急切不容易解决的问题就是了。

有了这么一段关于题目的解释，我们便可以开始谈话。

常识告诉我们，古往今来出生的婴孩虽多，但没有两个是完全相同的。常识又告诉我们，任何婴孩对他的父母，大概比对别人家的父母要多像几分。这两点常识虽然极其浅近，但是全部优生学的学问便建筑在它们上面。为什么呢？假若各式各样的父母可以产生各式各样的子女，而产生的数目又大有不齐，同时产生以后所施的教养，又往往有许多分别，那么，显而易见的，这一代人口的成分和下一代的成分比较起来，一定会发生许多变迁；代数一多，变迁尤大；不上几百年，一个民族的品性上，也许会起很显明的变化。这种变化也许越变越好，那就是优生的；越变越不好，那就是反优生的。

婴孩的不相同，不必等到出生以后才看得出来；事实上在出生以前，做母亲的便可以感觉到。一个生过好几个孩子的母亲往往会告诉别的母亲说，老三在肚子里便不老实，老五却打头就是很文雅的。这种不相同的地方，当然到出生以后，一天要比一天明显，到了后来，往往可以运用种种测验的方法，把它们测量一番。现在研究教育心理学的人，一部分的功夫就用在这种测验的方法上。

但对于普通做父母的人，最可以了解与激发深省的，还是他们自己的子女的不相同。同一父母的子女，虽然生长在同一的家庭以内，他们的环境和训育当然不会完全相同，子女之间一部分的不相同自然便是此种环境与训育不同的结果；但有时候子女之间在形貌、才力、成就各方面的不同的程度，往往比环境与训育不同的程度还要见得深刻；换言之就是环境与训育的力量，至此便不足以解释。这在普通的父母便但知其然而未必知其所以然了。

这所以然便是先天的气质。这“先天气质”四个字，似乎先得加以解释。以前中国医书上讲先天后天，总是拿生产之顷算一个关键，生产以前是先天，生产以后是后天。我们现在却要拿得胎受孕之顷算一个关键，成胎以前才是先天，成胎以后就已经是后天。至于气质，那就是遗传的本性，也是两个老字眼，以后我们时常要用到它们，作为可以与遗传互通的一个名词。遗传既然也就是上文解释题目时所说的“性”，所以它也就和“性”可以互训。这是我们要向宋元以来的理学家道歉的一点。宋元以来的理学家，因为咬定了孟子“性善”之说，而同时对于人类不同的遗传，不能不加以相当的承认。所以便有“义理之性”与“气质之性”的分别；前者是人尽相同的，后者因人而异。我们现在不讲求形上之学，近代的生物学也劝我们在这一点上不必多费口舌，所以就不但不把“性”劈作两种，并且根本承认——性和气质是一件东西。

气质的表现，普通又可以分作两个方面，一是结构的，一是作用的，再用两个老字眼来说，一就是体，一就是用。在体的方面的表现，比较来得显明，因而比较容易受人承认。譬如，在欧美高加索种人中间，眼睛的颜色普遍有不同的两种，一是棕的，一是青的；一对棕睛的父母可以生一个青睛的婴儿，但不出半年，这青睛会变作棕睛，和父母的一样。这在欧美人是毫不以为惊奇的，他们知道这是气质的逐渐表现。更没有人站在环境的立场，出来说这是环境良好的结果，是父母朝夕抱弄、定睛细看的感应。在中国，我们没有这样方便的例子可举，但一个小孩，发育到相当岁数，自然会抽牙，到了青年期以内，自然会长成相当的身材，是高个儿，是矮个儿，大家根据他的家世，并且还可猜得比较的准。这类气质的表现，都是不成问题的。

但是气质在用的方面的表现就不这样显明了。唯其不显明，所以就得用比较细密的方法来加以探讨。我们在下一次或不止一次的谈话里，就准备介绍好几种西洋学者已经试用过的方法。其中尤其值得注意的是双生子的比较研究。

寄养儿童与家庭环境

1935 年 3 月

我们谈了好几次话，虽然把双生子的题目给打发开了，但是我们还没有能够把“性与养的问题”的大范围通盘地检阅一过。

“性”和“养”这人生二大因素，究属哪一个更来得基本，更来得有先入为主的势力，我们还可以从好儿方面来测验。其中有一方面便是寄养儿童的测验。

中国以前有身份的人家，往往很看不起抱养子女的办法，有子的固然用不着抱养，无子的又十九采用立嗣的方法，就是，一样立一个后辈，一定要向同族近支中觅取，而不向不相干的异姓中抱领。在以前修家谱的凡例中间所以往往有“异姓抱养不书”的一条明文。西洋的情形和我们不很一样，中产以上的人家，不论自己有无子女，因为慈善的动机，有时候也喜欢抱养别人家的子女，让他们和自己亲生的子女一同生长。因为这种风气比较盛行，所以社会上便有一种特别的慈善机关，专做这种介绍的工作。

研究“性与养的问题”的人，始终认为在比较“性”与“养”的力量的时候，我们总得把二因素中之一，按住不动，即选择一种资料，其二因素中的一因素是显得固定的或划一的，然后看其他一个因素对于这种资料的品性，有多大转移变化的影响；要是影响很少，那么，可知命定此种品性的更基本的力量，必然地是出自那比较固定与划一的一个因素；要不然，那结论便正好相反。以前讨论双生子的时候，我们发见研究的人早就采用这个方法。对于同卵双生子，他们按住不动的是他们的“性”，而所发见的是“养”的变化虽大，而所引起的品性上的转移却并不大。对于异卵双生子，他们按住不动的是“养”，即选择了些在“养”的方面情形很划一、很固定的资料。但是“养”虽划一，而品性之转移变化，并不因此而减少；于是乎得到了一个一致的结论，就是，前之品性的变化少，是由于“性”的相同，后之品性的变化多，乃由于“性”之相异。换言之，即无不以“性”为更基本的一种动力。如今养子的研究，在性质上便和异卵双生子的研究很有几分相像，因为它所选择的一种局面，在“养”的方面是划一的，而在“性”的方面，则并不划一。换言之，养子与亲生子女的家庭环境是相同的，但是他和他们的“性”，却因来历不同，便有许多差别；除非是在抱养的时候，做义父母的人就下过一番挑剔的功夫。

大约七八年以前，美国有一位女士——勃克斯博士（Barbara S. Burks）就做过这样的一个研究，题目很长，叫作“性与养对于心理发育的相对的影响：抱养亲子的相肖程度与本生亲子的相肖程度的一个比较的研究”，登载在1928年美国全国教育研究会的年报里。勃克斯博士的资料是二百十四个养子（与养女）。他们开始被抱养的时候都还不到一周岁，实际上的平均年龄只是三个月。在研究的时候，他们最大的不过十四足岁，最小的也有五足岁。同时勃克斯博士又挑了一百对夫妇双全并且自己有儿女的家庭，来做一个对照。挑这一百个家庭的标准，是他们的社会地位、经济身份与其各部分的环境要和二百多个养子所加入的家庭很是相等；至于子女的年岁，自然也要相等；唯其相等，才来对照。她的理论是这样的：假若一个人的聪明（智力），是生活训练、父亲榜样与物质境遇三种事物的产果，那么，那二百多个义子女和他们义父母的相像程度，在研究中所选择的局势之下，应该和亲生父子母女之间的相像程度没有分别。假若有分别的话，那分别便一定是由于义子义女所带来的遗传了。她详细分析与比较的结果，确乎发现是有分别的，并且有得很多。

勃克斯博士发见在智力方面，真亲子的相关系数[①]是0.53，而义养亲子的相关系数只得0.20，相差有0.32之多，这0.32的不同便不能不推到遗传身上。又亲生子女的平均智商是115.4，而义子义女的平均智商只有107.4，相差有8点之多，这8点的差别又不能不说是遗传上的差别，因为双方的家庭环境是一样的。

和勃克斯博士差不多是同时举行的，还有一个很著名的养子研究。芝加哥大学心理学系教授福瑞曼氏（Freeman）等的研究，在性质上是和勃克斯的大同小异的，但结论却很有不同。他们发见义养子女的智力，因为加入较好的家庭环境，便有逐渐进步、和义父母的智力越来越相像的趋势，加入的时期越长久，此种进步便越来得显著；因此他们便认为智力并不是一种固定的东西，是可因环境而有进退的，并进而肯定环境势力的伟大。但是福瑞曼教授等的研究，和勃克斯博士的比较起来，有两个显然的缺点：一是他们的那批养子养女，在被抱养的时候，是多少经过一番挑剔，就是，做义父母的人对于他们的来历，不免有过一番查考，对于他们的聪明程度，也不免有过一番比较与选择，这一点福氏自己也至少承认一部分。第二个缺点是在被抱养的时候，养子或养女的年龄已经比较的大，平均是四年又八个月，较之勃克斯的资料要大四年又五个月。年龄一大，便有两种不利：一是这四年多的抱养以前的环境影响，一定和抱养以后的环境影响分不清楚，因而牵动研究的结果与此种结果的价值；二是义父母在抱养时要挑剔的话，便多了许多可以

---

① “相关系数”是量断事物品性间相像程度或相关程度的一种系数。完全相像或完全相关，即等于1；全不相关或全不相像，即等于0。

凭借的地方。譬如聪明这一点，一个三个月的婴孩，究竟聪明不聪明，怕不容易辨别。但是一个四五岁的小孩子的聪明程度，就很容易辨别，而被引为挑选的根据。因为这两个缺点，福氏等的研究虽有它的价值，究不及勃氏的无懈可击。很多人公认勃氏的研究是一种不刊之作。

勃氏的研究又尝明白地计算出来，家庭环境与遗传的比较是百分之十七对百分七十五到八十，其余是其他环境重要得多。这种数字的比较，假若我们不知道她所由达到它们的统计的步骤，也许没有多大意义，但遗传与家庭环境的轻重异势，是可以无疑的。

但百分之十七的数字，也未可等闲相视；谁不希望可以在一个良好的家庭环境里生长？不过若说家庭环境一好以后，便可以转变遗传的气质，那就不免希望太奢了。

女子教育、家庭前途与种族运命

1935 年 5 月 15 日

五月一十五日，北平师范大学女生同题讨论会开成立会，约赴演讲，指定的范围为家庭问题，当即择定“女子教育与家庭前途”题，下文为当日所讲之大要。

光旦识

健全的社会生活总不能不平衡地顾到三个方面：一是当代社会全般的发展；二是社会分子之间的个别的发展；三是社会未来的发展，即种族的发展。偏重了第一方面而忽略了第二方面，社会生活所得的是相当的安堵，但不免牺牲了变化与进步。反之，所得的是相当的变化与热闹，但秩序与治安却未必有多大的保障。偏重了第一、第二，而忽略了第三方面，则无论进步如何的快，变化如何的多，秩序如何的安定，结果，也不过是昙花般的一现罢了。

健全的个人生活也有三个方面不能不平衡地顾到。一是一个人的“人类的通性”，或简称作“人性”，西文叫作 humanity。这通性或人性的发展，是不能不注意的，否则他的同类意识便无所附丽，他和别人的关系，便无从发生。二是一个人的“个别性”，或简称作“个性”，西文叫作 individuality。一个人有一个人的特点，有一个人的本领、才干、兴趣，自然应当给他一个表现与满足的机会。三是一个人的男性或女性，西文叫作 sexuality。男性或女性有两个效用，一是个人生活的调剂，二是种族生命的绵延。我们目前尤其是注意后一种的效用。

上文两段话，我们又可以并起来说。健全的个人生活和健全的社会生活，在理论上只合相成，不合相害，只合并行不悖，不合背道而驰。个人的人性的发展便是一时代以内社会生活的安堵的保障。个人的个性的发展，便是社会变化与进步的张本。个人男性或女性的发展便是绵延种族生命的一个担保。

要求得这个人生活与社会生活的三方面的平衡发展，而不遗忘，不偏倚，于是社会生活里便形成了两个很大的组织，其大几乎和社会自身可以抗衡：一是教育，一是家庭。家庭是一个小社会，在已往的中国，家庭的利害几乎支配了一切的社会活动。家庭的利益常常和社会的利益发生冲突。至于教育，中国以前内圣外王、君师合一一类的思想，今日西洋新教育家所提倡的“学校即社会”论，可以证明时无古今，地无中外，都是把教育看得极大。教育就是社会生活的训练，就是社会生活。

何以知道教育的功能与目的是在求得这三方面的平衡发展呢？这非得看教育自身的发达史不能知道。往古不论，即就西洋这一百多年来教育的发达而论，我们可以看见三个注重点的推演。最初，西洋教育承袭中古以来的衣钵，是极看重“通性”或“人性”的训练的。基督教信仰的灌输、希腊文拉丁文的必修、英美普通教育里的三 R 主义等等，都为的是要使社会分子都取得一些共通的经验，都走上社会生活的常道。因为不如此，便不足以取得社会生活的安堵。到了第二期，一方面工业革命的结果，引起了更大的分工的需要，一方面生物科学的发达，又显示了人类流品的不同，于是“通性”教育的维持便一变而为“个性”教育的提倡。这一段“个化”教育的提倡史与发达史是我们自己目击与体验得到的事，无须乎多说。到了最近，西洋的注重点，似乎又有一番新的推演，就是演化论发达以后，优生的学说，种族卫生的学说，种种关于遗传、性别、淘汰选择作用的研究，合拢来，又教大家一方面对于男性、女性的不同，得到了更深刻的认识。一方面对于种族的前途，发生了很热烈的兴趣，而此种兴趣，在几个先进的国家里，如英、美、德、荷兰、瑞典等，又逐渐地在教育制度里显露出来。

上文所说的是一种推演的过程，在时间上很有一些先后。这过程的最后一部分，现在也还不十分确定，即其重要还没有受多数人的承认。但我们可以相信，这三个注重点，迟早会合起来，而在教育的努力里，得到平衡的注意。在“通性”与“个性”两方面，这种平衡发展的局势事实上已逐渐形成。

又何以知家庭的目的与效用也在这三方面的平衡发展呢？中国人以前讲做人之道的八个步骤，其实归纳起来只有三个，就是修身、齐家、治国。为三者之中，齐家尤其是一个枢纽。西洋近代的社会学者也有类似的见解。孔德以降，他们大都承认家庭是社会的单位，所以养育个人，使能加入社会生活而无遗憾。换言之，也无非是承认它是一个个人与社会间的枢纽。家庭组织而健全，它对个人与社会，便有左右逢源的好处；不健全，便有左支右绌或左右袒的坏处。换言之，真能做枢纽的家庭组织是能兼顾到个人的通性与个人的个性的。小家庭制虽好，但有不大顾全通性的地方，儿童公育的理想虽很能吸引一部分人，但不免有抹杀个人个性的地方，所以都不能算作健全。最近西洋有一部分思想家，例如英国的实验主义者席勒（F. C. S. Schiller）以为我们实在用不着个人主义，也用不着社会主义，而用得着一种家庭主义（familism），因为唯有它才能把个人与社会兼筹并顾。此种见地虽是，但不免过火。我个人以为只要能认定家庭为社会的单位，为社会生活的重心所寄，也就够了。真要成为一种主义的话，结果怕个人与社会两方，不但不能兼顾，且有两头不着脚的危险。以往的中国家庭便是一个绝好的榜样。它所造成的覆辙，我们不愿再蹈。

上文所说的家庭的目的与效用是平面的，也可以说是空间的。它还有一面时间上的效用，就是承上启下的子女的生产与教养。生产是生物遗传的承上启下，教养是社会遗传的承上启下。我们目前所特别注意的是前一种的承上启下。而此种承上启下效用，对社会生活，是种族生命的维持，对个人，是男性或女性的表现与满足。近来优生学者特别注意家庭组织的健全，他的动机全在于此。

由此可知教育和家庭实在是两个完全可以相提并论的社会组织。它们所以存在的目的，即它们对于社会的效用，是极相同的，都不脱个人、社会与种族三个方面。所不同的是：效用的发生，有些先后，效用的范围，有些大小，效用的程度，有些疏密罢了。家庭教育在先，范围较小，程度较粗疏；学校教育在后，范围较大，程度较细密。

现在我们谈到题目里的女子教育了。我们不妨先把“女子”和“教育”拆开了谈。我们打头就可以说，现在的教育是不完全的。又可以说，现在我们还不认识女子。何以呢？教育的社会效用，应当有三个方面，即社会全般的安堵、社会分子的发育、种族前途的进展。但目前流行的教育，显而易见只顾到了一和二，而遗忘了三。即一和二的顾到也不完全，以前太看重修身教育、道德教育，固然不是，但目前的学校教育，对于做人之道，除了很狭窄的公民教育以外，几乎全不注意；这不是关于第一方面的不完全么？个别化的教育虽然发达，但都在理智的兴趣方面，在情绪方面，也几乎全不理会，这又是在第二方面的一大欠缺。

我们说我们还不认识女子，这话也不是冤枉的。上文说，一个健全的人格也有三个方面，这三个方面都要求充分的发展，一是通性，一是个性，一是男性或女性。对于通性和个性，我们到如今已有相当的认识，虽不完全，但还不至于抹杀。但对于男性或女性，就在受过教育的阶级里，不是一种讳莫如深的东西，便是一种开玩笑的资料。生活里实际上免不了的一些性的行为，往往是盲人骑瞎马一般的胡乱为之，本人既无清楚认识，社会更无切实的指导。在这种形势之下，自然男子、女子双方都得不到健全的发育与生活的安放，而蒙害更大的当然是女子，一则因为在性的方面，男女的性格与功能是很不平均的，女子的要比男子的更广大、更深刻；再则因为现在还是一个男子占绝大优势的世界，男子不认识自己的性，多少还有一些运用“尝试与错误”方法的机会，女子连这种机会都不能有。所以说，我们现在还不认识女子，连女子都不认识自己。

我们由此更可以进一步地说，我们现在还未曾有女子教育这种东西。女权运动的结果，总算把女子的人性或通性，和女子的个性，重新发见了。但很不幸的，同时却把女子的女性，更深深地埋下了一层。她们因为要和男子争一日之长，不惜把男女的分别轻轻地抹杀了，至少是把它看作无足重轻。此种抹杀的行为，为一时的运动计，固然有相当效力，但为永久的教育计，却有很深刻的害处。女子教育的机会，在西洋已经很大，在中国也已经有很好的开端，但女子所已得到的，还不是历来男子所得的一些东西？男子受通性教育，女子也受通性教育，男子受个性教育，女子也受个性教育。这都是很好的。但男子的男性教育在哪里，女子的女性教育更在哪里？女子的发育率和男子不同，女子的生理作用和男子的更有极大的区别；此种生理作用又引起智识兴趣的途径的不同，以及运用理智方法的互异，凡此种种，试问在目前的教育制度里，又有几个人理会到过？至于此种生理作用与种族前途的不可须臾离的关系，自然更在不论不议之列了。学校以外，教育的场合以外，这一类问题未尝没有人谈，但学校以内如何？对于已婚的女子，已经生产的女子，我们也未尝没有人谆谆告诫她们怎样讲究性的卫生，怎样注意婴儿的发育，但对于未婚而在求学时代的女子又如何？我们的答复是很肯定的一个“否”字。所以说，我们到如今还没有女子教育。

没有女子教育，家庭的前途就不免根本发生问题。只顾到通性与个性的教育，即使顾到得很周密，结果也只不过对家庭的组织，在平面上予以相当的维持罢了。但这种平面的维持也得先有可以维持的资料，就是下一代的子女。这种资料的产生，即家庭在时间上的承上启下的效用，我们目前就不大理会。所理会到的一点点，不是很粗疏的本能的，便是很顽固的习惯的。本能在后面逼着，不能不理会；习惯在四面包围着，不由我不理会；但是合理合情的教育又在哪里？我们做一个公民，要有准备；做一个专家，要有准备；做一种行业的一员，要有准备；独独做夫妇，做父母，便完全无须准备，不但无须准备，并且以此种准备为可笑，以谈此种准备的人为陈腐。换言之，个人的发展，我们要；社会的安堵，我们要；而种族的前途，亦即下一代的个人的发展与社会的安堵，便可以不闻不问，至少是任其自然，不作未雨绸缪之计——试问在这种教育制度之下，在造成此种教育制度的一般风气之中，家庭会有一个多大的地位？家庭前途的发展，会有多少健全的保障？

总之，教育而不注意女子的性的功能与性的特征，便等于没有女子教育，没有女子教育，便等于使家庭所由建筑的一大基础，无从树立。而此种基础的不能树立，终必影响到种族生命的健康。要改变此种不健全的倾向，自然应该从确定教育——尤其是女子教育——的范围与功能入手。这种确定的责任，一半固在从事教育的人，一半也在学校青年——尤其是女青年——的自觉。

性与个人

——性与青年三讲之一

1935 年 10 月

这一次的讲话的总题是“青年与性的问题”，共分三次来说，是由个人推及社会，由社会再推及民族。今天第一次要说的题目，就是“性与个人”。在没有讲这个题目以前，我愿意向大家提出一个根本的问题，那就是对于性的态度或看法问题。因为如果你的态度正当，便什么话都可以说、可以听，否则，什么话也都说不得、听不得了。记得以前有人说过：“如果是持着不正当的态度去读《圣经》，那么《圣经》也会变成一部淫书。”

对于性的看法，也就是对于性的态度，可以分为两种，一种是自然的看法，一种是圆满的看法。先说自然的看法，以前的人把男女饮食相提并论，都认为是人之大欲；新的论法，现在的人说性就是生物所以保存种族的一大本能。这两种看法，都是很自然的，只可惜现在一般人，大都不把它当作一种自然现象去研究。我们试看中西各国办了这多少年的普通教育，又有哪一部分是讲到男女关系的？性的题目根本就不在现在教育系统之内。大家老说教育就是生活，但大家只研究生活的四周，而于这中心的问题，却独独地遗漏了。作《天演论》的赫胥黎作的生理学教本，把生理上各部分都讲到了，只是这性的一部分，却略而不谈。直到最近，才有一小部分教育家，在性的方面，少少地说上几句话，可是无论在大学或中学的任何课程里，也都不曾好好地把它安放进去。不过至少在我们这几次的谈话里我很希望大家不要看它太稀奇，只当作和吃饭一样的平常。本来，在初民时代，人们吃饭，也都是藏起来的，可见饮食、男女两件事原是很对等的，不过，后来饮食开放了，而男女没有开放罢了。

其次，我们再讲所谓圆满的看法。这又要分两方面讲，一方面是性质的，一方面是功用的。也许有少数人是这样的：一见到性字，立刻便会想到男女两方显然的区别，例如生殖器的区别和它们的作用，这是错误的，至少是没有认识完全，因为性的范围很大，不仅仅是某一小部分。男女之间，不但有第一性征上的不同，还有第二性征，甚至第三性征，种种的区别。这是关于性质方面的。至于功用方面，至少也就有我所要讲的个人、社会、民族等三种。性与文化的各方面，如宗教、艺术、文学之类，都和它有不可须臾或离的关系，不过不在我们题目之内罢了。目前的缺点是，大家看性的问题，多半只限于个人，例如养成良好习惯等，很少有人想到性的社会关系，至于性的民族关系，那就更少有人谈到了。我所以要讲这三方面的理由，乃是要使大家整个地去看它，全盘地去认识它。

关于健全的态度或看法，还有一点，也应该说一下。本来，性的冲动，是生理上一种自然的要求，应该给它相当的满足，正和饮食一样，而不该反常地抑制，这是从生理方面说的。再从人类文化的立场说，对于这种自然的冲动，究应怎样应付，也很值得一问。就历史的经验而言，我们可以有，也确乎有过三条路子，一条是让它过度地发展，就是任意放纵，一条是完全不使它发展，换句话说，就是禁欲主义，可是这两条路子，都是走不通的。现在虽有不少的人，是在这两条路上走，但都是违反健康的原则的。那么，第三条路是什么呢？就是节制。节制的意思，是既不放纵，也不抑制。以前的中国人，很早就承认性应该有正当的、有节制的发展。“内无怨女，外无旷夫”的及时婚姻论，就是这种承认的一个具体的表示。

“性与个人”这一个题目，我以为里面至少包含有四个小的问题，那就是：（一）发育问题，（二）知识与教育问题，（三）卫生问题，（四）性的解决问题。仅仅只是讲前面的三个问题，而不讲后面的一个问题，这性与个人的总问题不能算是整个解决。

（一）发育问题。大家知道男女的第一性征是不同的。其实，男女在一开头，就两样。成胎之际。男女的细胞既不同，长大以后，所有的细胞也就没有一个是相同的。细胞既不相同，在组织上及器官上也就两样了。男女在出生以前五六个月，第一性征，便早就发生了区别。等出生以后，直到六岁这一个阶段，除第一性征两方不同外，倒也没有什么很大的区别。出生时，男比女稍高，但过了六七岁，男子长得特别高。十岁以后，直到十六岁，女子却反转来赶过了男子，因为女子发育得较早，女子的春情发动期，比男子要早一年光景。十六岁以后，又反了过来。男子比女子高大，一直到性的成熟期为止。本来在男子十六岁、女子十四岁的时候，双方都比较已经成熟，不过，那只是性细胞的一部分，旁的部分，还是没有完成的。大约男子到了二十三岁，女子到了十八九岁，生理的各部分，才算是完全成熟。六七岁以后，一直到春情发动期，第二性征就逐渐地分别发展出来了，例如说话的声音等等。这种分化，虽根本由于两性遗传基础的不同，而直接却要推源到内分泌腺的化学作用。

以前的人，以为小孩子对于性，是没有兴趣的。现在又有人以为小孩子对于性的兴趣，是非常显著与浓的，例如研究性心理的一部分的精神分析学派。其实这两说都是极端，小孩子出生之初，也并不是没有性的表现，不过，不像那些精神分析派的学者说得那样厉害罢了。大约在六岁以前，对于性的认识，多半是很模糊的；六岁以后，渐渐地就有些感觉了。这时候的小孩子喜欢挤在一起，皮肤的相互摩擦等，这里面多少总有一些性的成分；但在小孩子自己，往往是不自觉的，即还没有多少性的意识。但在十岁前后，直到春情发动期，双方渐渐又避开了，因为那时候便逐渐发生了性的意识。到了春情发动期，女子便有月经来到，表示性细胞已经成熟。男子也生精细胞出来。正合上中国“二七天癸至，二八精至”的旧说。此后便渐入成人期了。

（二）知识与教育问题。性的发育既和全身的发育同共终始，可知自出生以至成熟，自在在需要教育的指导的。指导的责任，最好是由做父母的人担负，可是一般做父母的人，对于性的知识问题，向来是讳莫如深，不肯给他们子女一种正当的指导。退一步说，学校是应该注意的了，可是现在的学校也没有这种准备，此外，也更没有第三者出来指导。在外国，中产人家的家庭医师，对于将近成年青年男女还能约略负一些指点的责任，在中国，连这都没有。至于性教育应该怎样下手，在目前的教育制度里，应该怎样把它安排进去，已经有许多人讨论过了，目前需要的就是要有人肯施诸实行。我们在这里不必多说。就我们个人而论，如其要在性知识方面做一些补充与纠正的功夫，当然非自己努力不可，例如，阅读科学的性知识的书，或向学医的朋友请教等等。可是我又不主张阅读的时候太偏重了狭义的性知识，因为这样又违反了上文所云圆满的看法，我以为大家无妨多多研究些生物学，不要单单地只看性的知识的图书，因为单看图书，就如同只看图画的一角，而不能看到全盘。我更希望以后，生物学与生理学能够变成任何人必修的一项课程，那么，这个问题也就很容易地解决了。

（三）卫生问题。这个问题和我们，要算最切身了。当然，这也是要自动取得的，例如看书。关于这类的书，坊间出版的也还不少，可是有许多，都是借着科学或艺术的招牌而发财的。里面的错误，正是不一而足。读的人态度如果正确，也还好些，不然，所得的结果，是和淫书一样。以前有许多小说，名为劝人为善，实际上多少总有一些诲淫的影响，不阅读，自然不算是一种损失；但若一个人对于性的态度很健全，了解很充分，有把握，有主意，这一类书也绝不会把他引上邪路。无论社会对青年人的一般态度如何，我是对他们有信仰的；只要在性知识、性态度方面他们有适当的准备，他们一定会自己当心自己，用不着社会、宗教、法律等等替他们发急。绝对诲淫的书报固然在所必禁，但是有文学意义、艺术价值而同时附带有性色彩的书，我以为不当禁止。

在习惯方面也是如此，如果对于性的知识，能够了解清楚，一个青年就不会有不良的习惯发生。不良习惯里，以手淫占多数。一百人里，男人犯手淫的，至少有八九十人；女人犯手淫的，至少有五六十人。不过，不良习惯所给予的影响，不在习惯的本身，而往往是在染成习惯以后，所引起身心的不安。手淫当然是一种不正当的解决性欲的方法，可是因社会构造的不健全，许多人不能提早结婚，这种不正常的方法也就难免了。婚前贞操问题，于手淫问题以前，更有不正常的结合问题，例如狎妓、姘识之类。关于这一层，有一位美国的性教育家曾经列举过七个不宜的理由，引在下面，做我们的参考：1. 长期保守贞操，和身体的健康，是毫无妨碍的，美国曾有三百医生签名，证实这是对的。2. 无论男女，婚前失贞，在婚后自己总会觉得懊悔，而对不起对方。3. 不正常的性结合，往往易流于过度，因而斫丧一个人的健康。4. 不正常的结合最容易沾染花柳病一类的恶疾。5. 男子自己在婚前不能守身如玉，而指望对方是一个白璧无瑕的处子，是不恕，是不公道。6. 不正常的结合而产生子女，这种子女在社会上的地位往往成为问题，凡有责任心的人自然不肯因一己的冲动或欢娱，而制造出这种责任来。7. 恋爱应富有永久的情绪的成分，而不正常的结合势必缺少此种成分。

（四）性的解决问题。无论哪一个人，都有性的要求，既有要求，就非想法解决不可，有一部分心理学家说，性欲可以升华，其实升华者，不过拉开而已，并不能真正使性欲消散，性欲是一种特殊的力量，不是一般的精力，可以随便转移运用的。精力好比水，人的各种行为好比水管子，不出于此，即出于彼；但性欲不是这样，它并不能真正地升华。在这方面，最近美国有一位大学教授，叫作泰勒（W. S. Taylor），曾经做过一个研究。他选择了四十个大学研究院的研究生，他们的学识、思想、行为、美术观念等等，都是很高超的，他们的兴趣也是很多面的。为了研究他们对于性欲究竟怎样解决，费了好几年工夫，得到的结果是：在这四十人里，梦遗者七人，手淫者二十五人，与女子相狎（但不至性交地步）者六人，嫖妓者三人，其他不正常之异性结合者五人（有一人兼采一种以上之解决方法者，故总数多于四十人）。这些人，理想虽高，兴趣虽多，然而在暗中，还是走这些路子，所谓守身如玉，所谓升华者如此而已。泰勒的结论是，一个人总有他的最低限度的性欲，这最低的限度是再也没有方法来把它拉开的。以前升华之说是很空疏的。

要真正解决青年的个人的性问题，我们对于这最低限度的性欲，就得充分承认，而替它找一个出路。上文所引的四十个人，走了五六条路，唯一比较不引起道德与卫生问题的是“梦遗”，但以“梦遗”为出路的只得七人，而“梦遗”就不是“升华”，其余三十多人自然更谈不上“升华”两字。既不能“升华”，这些青年所走的即十之八九不是健全的路，那么，我们计将安出呢？我们的答复是，相当地早婚。近来在这方面发言的人，总是责成青年取得性知识，讲求性卫生，严守性道德，而于青年的婚姻问题，却恝置不问，甚至还竭力主张展缓婚姻，直可以说是不谅极了。

性与民族

——性与青年第三讲

1935 年 11 月

今天讲的题目是“性与民族”，就是要想谈一谈性与民族，究竟是有怎样的一种关系。关于性的本身问题，以前我们已经讲过两次，这里似乎无须再多说了。现在我们先来解释解释“民族”两个字的意义。在中国，自从孙中山先生提倡了民族主义以后，到现在也有不少年了。最近呢，更有许多人在那里讲什么民族复兴的问题，于是“民族”两个字，也就洋洋盈耳，成了一个最时髦的口头禅。可是在事实上，一般人对于民族的这一个概念，却始终还没有能够清楚地了解。我们要想明白民族是一个什么东西，首先应该看清民族和种族、和国家，有什么分别。我们可以这样说，民族虽然和种族、和国家都不相同，但它却是介乎两者之间的，因为种族是生物学上的东西，国家是政治与文化上的东西，而民族不但是生物学上的东西，同时也是文化上的东西。

但最近许多人，谈起民族，总是讲政治和文化方面，至于生物方面，却完全不问。大家谈起民族复兴，也是从纯粹文化的立场上立论，例如建设中国本位文化的运动，大家以为文化的水准提高，民族自然就会复兴起来。又有人是从道德的立场上立论，例如新生活运动。当然，提倡总比不提倡好得多。可是实在说起来，这都不是根本的办法。我们要知道，民族乃是由许多不同的人集合起来的，假如人的本身有了问题，那么，无疑地，民族也就随着发生问题。提高文化水准，固是不可能，提倡新道德的运动，又何尝能成功呢？

我们却坚决地认定民族复兴的问题自有其生物的方面，并且这方面比任何方面要更基本。换言之，民族复兴是一个社会生物学，或文化生物学，或人文生物学的，或者，更直截了当的，是一个优生学的概念。民族复兴运动，也就是优生的运动。

任何天然的事物，要使它成为一种有意义、有价值、有用途的东西，都要引起两个问题。一是原料问题，二是培植问题。种一棵花如此，养一只狗如此，训练一个人才如此，复兴一个民族也未尝不如此。不知诸位读过《三字经》没有。《三字经》上说："玉不琢，不成器；人不学，不知义。"玉不琢固然不行，但第一得知道它的确是一块玉；若是砖石，琢成了也是没有多大用处。人不学固然不行，但也先得明白他有多少学习的能力，才不至于白学。换言之，我们必须因材设教。民族复兴的工作正复如此，我们在实地工作之前，对于民族的本质，必得有相当的了解。而这就是近来侈言复兴的人所不问的一件事。

提起民族的本质或原料，我们便不能不谈一谈生物演化的三条基本原则：一是变异，二是遗传，三是选择。变异是创造的，遗传是守成的，选择是使创造与守成之际有所遵循的原则。这三条原则也就是优生学的基础。

先说变异。人是天生不同的，换句话说，人是天生不平等的。但这并不是指的社会上的不平等，因为现在社会上的不平等，并不完全是天然的，而是人为的。但把人为的影响取消以后，我们依然可以发现各个人的聪明、性情等，都是不相同的。世界上没有同样的两个人。就是别的动物，也没有两个个体完全相同的。至于植物，也是一样，无论如何，我们也找不出两片相同的树叶来。生物学家称它这种现象作变异。

他们曾经说过，“天下最不变异的，是变异”，意思就是说，任何一种生物，没有两个是相同的，所以讲优生学的，第一点便充分承认人和人之间自然的差别。

次是遗传。不论何种变异的品性，多少总有一些遗传的倾向，即多少总有几分遗传的根据。在体格方面，这是很明显的，可以无须多说。但是在心理方面，遗传的例证也并不少。我们知道，人有天才和低能的分别，而在天才和低能之间，还有一种庸才，庸才在人群里，比较最多。正好比体格特高的人少，特低的人也少，而不高不低的，总比较多一样。这是人类和其他生物所共有的一个特点，也是统计得来的结果。无论天才、低能、庸才等等，都有遗传的根据，但不全是因为遗传，同时，也有外界的影响，所以为了人类的全能的发展，我们也充分承认教育与环境的影响。

再次是选择。正面的讲法是选择，反面讲法，是淘汰。譬如大家去应一种考试，成功了，就是被选择，失败了，就是被淘汰。在生存竞争的时候，有的是被选择了，有的就被淘汰了。选择可以分为两种：一是自然的。一部分医学者，以为人们生病，完全是因为细菌的作祟；可是有的人生了病，就死了，有的人生了病，却并不死，这是因为除了细菌作祟以外，同时，还有各人内在的抵抗的强弱，唯有弱者才被淘汰。所以因疾病而发生的死亡，便是自然淘汰的一种。二是人为的或文化的。人为的种种，也有淘汰的能力，例如在美国商业最发达，经商可以发财，于是经商发财的人就最受人抬举，而不会赚钱的，久而久之，不免要受人奚落以至于被淘汰。又如中国在以前对于商业是不注重的，同时，却把读书中举看得很重，如果你能够中状元，那简直是了不得，许多人都愿意将女儿嫁给你，于是乎你和你的血统以及你的血统所具备的各种品性就被选择了。文化中的政治、宗教等等以及各种强有力的社会制度，都有这种选择或淘汰的力量。

现在我们不妨进一步地问：中华民族的原料与本质究属如何？它究

属成材不成材？前途的希望又怎样？依我个人的看法，中华民族最初是很成材的；历史期内，此种成材的程度，虽经过一些不很健全的变化，但若今后能控制得宜，希望还是很大。让我们比较详细地说一说。

讲到种族的演化，原有迟早的分别。各种族在地面上并不是同时出现的。据一部分人类学者说：造成中华民族的许多种族，有出世得比较最迟晚的，所以大体说来，民族的年纪还轻得很。原来种族也有年老的时候，如果老了就没有办法了，所以国家不妨老，而种族是老不得的。中华民族并不算老，要是真老，便早已没有办法了。这样比较起来，英吉利、意大利等国的民族，年纪就要老些了。民族和个人一样，越年轻，便活力越大，越能够应付环境的变化。这是成材的一个说法。

在文化方面讲，中国在秦汉以前，便有过很大的变化，可以和古代希腊相比。那时各种科学、哲学，都已开端。这可以证明我们在品性上原是很有变异的一个民族。生物品性上多变异，文化生活上才多变化。这是极自然的道理。这也是成材的一种说法。

可是到了秦汉以后，变化渐渐减少，文化越来越平庸了，现在呢，就更平庸了。外人给我们的刺激，虽是非常之多与强烈，但是我们并没有能做什么适当的反应。换言之，原料起初本是很好的，进行也是很顺利的，可惜中途发生了变卦。常见有一种人，年纪都已十七八岁了，可是体格还是弱小，仿佛十二三岁一样，现在的中华民族，就和这样的人一样，因为受了环境上特别的限制，便发生了中止发育的危险。

但是中华民族就在今日，也并不是完全没有好原料，我们试看沿海各省的居民，他们都是体格健壮、精神饱满，可以充分地接受二十世纪的文化。从前许多人，都以为体育是要训练的，不错，不过，要知道训练是一个问题，而接受训练的体格也是一个问题。前五六年，在杭州举行的全国运动会里，田径方面，男子是刘长春得了第一，女子是孙桂云得了第一，我很知道，他们都是东北人，东北的体育，并不太发达，可是居然能够产出这样的健将，全靠环境吗？靠训练吗？当然不是，所靠的乃是天生的两条腿。原来很多东北人的祖先，都是山东和河北去的移民，那时，交通很不方便，火车也没有，所以到东北去，非要能够跑路不可，而且每年须往返两次。这些人，体格都非常健壮，眼光也非常远大的，并且他们的绰号就叫“跑腿”。祖先既能跑路，产生的子孙，当然也能跑路了。看了这种人口的原料，就知道中国并没有变老。既有好的原料，就应加以保存，使它发扬光大，那么，民族是绝不会灭亡的，所以我觉得中华民族的前途，是并不失望的。

不过，我们如果全盘地看这原料时，确乎是不大好的。但也并不是永久不好，因为它是可以变化的，经过变异的培植、遗传的维持，与选择的控制三种功夫以后，便可以使原料一代一代地提高，一代一代地增强。不过，如果结合的人，都是病夫弱者，那么，当然就一代一代地衰弱，前途是一点希望都没有的，更不必讲什么复兴了。

说到这里，也许有人要问，中华民族起初，既是很成材的，为什么到了现在，却又这样的平庸呢？换言之，上文所说的中止发育，又何自而来的呢？这有两个原因，就是一方面由于自然的淘汰，一方面由于人为的淘汰。

我们先在自然淘汰方面举个例。中国人的自私自利，便是历代荒年所造成的一种品性。在荒年的时候，大家都苦于没有饭吃，而比较能够有饭吃的人，往往是自私自利、心肠比较发达的人；有饭吃的人也就是能传种的人。这样，荒年的经验越多，自私自利的品性便散布得越广，终于成为民族中一种比较普遍的恶劣根性。贪官污吏的所以不容易清除，缘故也就在此。他如麻木不仁、不守秩序、脑筋呆笨等等，也都是在荒年下淘汰出来的，我们目下不能一一细说。

其次，我们再从文化方面去看，中国提倡科学，已有不少年头，可是都只是提倡而已，至今并没有很多的成绩。再看日本就不然了，他们提倡科学的开始，比我们还晚几年，可是因为一方面提倡，一方面有切实研究的能力，成绩已很可观。中国从前科举发达，大家都埋首在四书五经里，不容许人做科学的研究，日子一久，有科学头脑的，好比水边山洞里的鱼的眼睛一样，无形中，也被淘汰了。又如：中国的团结问题也是不容易解决的。从前外国人有一句话说："中国人都很聪明，两个人就成了傻瓜。"这是说合作太难、团结不易的意思。这便是家族制度畸形发展的影响。在家族里，一切事都是由族长主持，不讲法律，只有人情，一离开人情，便是再没有可以教人团结的力量。换言之，于人情外别求团结的力量，也是在一般被淘汰之列，这是表示文化也可以淘汰人的。

关于上文所说的各点，我们不暇推究，诸位如有兴趣，不妨参看我以前在《华年》上发表过的各篇《民族的病象》。

最后，我们应当说几句补救此种局面的话。这可以分两层说。就一般的社会努力而言，我们应研究自然环境与历史背景中种种势力，而加以控制，使它们今后所发生的选择与淘汰影响，都可以有优生的好影响。就个人的努力而言，要使一切健全的民族分子，例如在座的许多青年，都要了解优生的原则，而从他们自己身上，负起改良种族原料的责任来。这又回到我们这几次讲的性的总题目了。要改良种族的原料，是必得经过婚姻与生育两个途径的。能缔结健全的婚姻，能选择遗传良好的配偶，因而能产生遗传良好的子女，多产生一个，便是替民族多添一分良好的原料。同时，遗传恶劣的，我们自然也盼望他们减少他们的贡献。这样做去，民族的原料，或可渐渐提高。原料既已提高，然后再加以相当的培植，民族自然也就可以复兴起来，不然，只是空洞地提倡什么文化、道德，是没有什么希望的。

家族制度与选择作用

1936 年 7 月

半年前，英国人类学家布朗教授（Professor A. R. Radeliffe Brown）来华，在燕京大学讲学，并主持专题讨论会，当时提出的专题很多，其中一个——中国家制的畸形发展与其因果——便由我担任介绍。下文便是一番介绍的话。原稿是用英文写的，如今燕京方面要编印一个结束布朗教授来华经过的集子，又要我再用中文叙述一过，我也照办了，并将原题改称为“家族制度与选择作用”。

光旦识

我选取这个题目做讨论的对象，是有三个理由的。第一，当然是我平日对于这个题目很有几分兴趣。第二，这题目是以前的讨论会所引起的。在（民国）二十四年 11 月 5 日晚上，布朗教授不有过一次关于亲属的演讲么？那天演讲完了以后，大家讨论到中国家制对于民族的社会生活发生了些什么影响，当时布朗教授和杨开道先生两位的见解便大有不同。偌大一种制度，流行了这么久，对于我们的民族当然不免有些影响。不过，这种影响究属是哪一类的，有多么深刻与普遍，还是尚待答复的一些问题。本篇便是一个答复的尝试。第三，这题目实在也是布朗教授自己所暗示给我的。四五年前（1931），他以不列颠科学促进会H组主席的资格，发表过一篇演讲，题目叫作“人类学研究在目前的地位”；这篇讲稿的内容很丰富，但有一点我个人特别感觉到兴趣，就是，他把人类学的领域分作三个部分，而对于三部分之一的“人文生物学”应该管些什么，也有很好的说明。他说：“人文生物学和社会人类学本是两个很分得开的部分，但在两种问题上，它们是彼此须碰头的。这两种问题的一种便是：社会制度对于人口体质的品性会发生什么影响。这种影响的研究，我以为与其属于社会人类学的范围，毋宁作为人文生物学的一部分，因为做此种研究的人，最好是一个受过生物学的专门训练的人。问题的第二种恰好和第一种相反，就是，我们要研究民族文化上的种种区别究有多少可以推溯到种族的差异上去……”布朗教授这一段说明人文生物学与社会人类学的关系的话，我完全赞成，不过我不妨加一句：我以为这两个或两种相反的问题，在比较进步的民族文化里，实在是一个或一种，而应该并在一起研究。让我先解释一下。

我以为所谓种族的差异实在有两类，一是比较原始的，二是比较后起的。人类自猿类分化而来，当其初期，人口的数量既不大，文化的成就也很寡薄，在这时候的种族品性是比较原始的，而此种品性的所由形成，也不出自然淘汰的一条路径。迨后人口日多，文明渐启，社会生活日趋复杂，于是一部分的品性便不能不因社会淘汰或选择的力量，而发生变迁；这种变迁后的品性便是上面所称比较后起的了。换言之，社会势力或文化势力，例如风俗制度之类，一样地可以引起选择或淘汰的作用，和自然环境里的势力并无二致，而同时此种作用所演成的品性，其根深蒂固的程度，即其为比较永久的与种族的，而非暂时的与浮面的，亦不下于自然淘汰所演成的品性。由此可知种族品性与文化特点实在是两种互为因果的事物；种族品性可以产生和限制文化特点，而文化特点又可演成与维持种族特性。所以我在上文说，布朗教授所提的两种问题实在可以算作一种而合并了研究。

我现在就拿中国的家族制度做个例，来证明上面所说的话。事实上，我以为就中国民族的经验而论，怕也没有比这个更好的例子。家族这个制度，无疑地自己就是自然淘汰的间接的产物。种族是要生存的，是非生存不可的，人类的品性，有的对于种族的生存有利，有的有害。恋爱、婚姻、生育、保幼一类的行为倾向所根据的品性自然于种族生存有利，于是便受了自然选择的照拂，越来越确定；而这些品性也就是家族制度所由建立起来的一些品性，不妨就叫作家族的品性（familial tralts）。迨后家族制度一天比一天发达，这些家族的品性，自然不免跟着一天比一天地牢不可破，而这番所由牢不可破的原因却不再是自然淘汰，而是家族制度自身所唤起的文化选择。这些，我们以为凡属文化已达相当水准的民族，包括中国在内，都是先后经历过的，不过在中国，似乎是有些变本加厉罢了。在别的民族里，家族制度与家族品性的此推彼挽，互相汲引，到达民族生活进入一个组织更扩大的境界时（例如国家组织）便迟早会停止或不生效力；但中国民族的经验似乎很与此相反。人口尽管众多，生活尽管复杂，国家组织在表面上尽管扩大，而家制的地位，与夫家族品性的活跃，始终是牢不可破。换言之，家族制度与家族品性在中国是畸形发展了。何以会畸形发展？家族制度的自身以外，更有什么势力把它包围着，不断地在那里激发它，使它畸形发展？畸形发展之后，家族品性对于一般的社会生活究竟又产生了些什么恶劣的影响？这些问题，我们在本篇中想加以初步的答复。

我们先不妨把中国家制的发展与沿革大略温习一下。和许多别的民族一样，中国民族最早的家制大约是母系的。姓的由来、神话时代许多英雄诞生的方式、亲属称谓的一部分，以及其他零星事实，都似乎能证明这一点。从母系演变到父系的一段过程，其详虽尚无法查考，大约就是商代以前很长的那段神话时期的一部分。商民族时代，父系制虽已流行，但还没有确立，至少在初期里似乎还有舅权的存在；伊尹是太甲的舅父，据说伊尹放太甲于桐，便是行使舅权的一个表现。同时，殷商二十九帝中，传位之际，兄终弟及的例子占十四个或十五个，即占一半或一半以上。实际上在那时候兄终弟及是传位的一大原则，总要到上一代的弟兄都轮到以后，下一代的子侄辈才有入承大统的希望，而最有希望的还是小兄弟的儿子。换言之，那时候还并没有宗子权或长子权的办法，商民族的家制是没有宗子权的父系氏族，而不是有宗子权的父系宗族。

有宗子权的父系宗族是周民族文化的一大特点。宗族制度是和封建制度同时存在的，并且是封建制度中不可须臾离的一部分；这在别的民族里，也往往可以遇见，固不仅周民族为然。宗族的所由形成，自来不一其说。诸侯的公子，除了将来预备承袭做诸侯的长子以外，其余都分封出去，成为一宗或多宗；如为一宗，则公子中的老二和他的长子长孙便享有宗子权，叫作大宗；如为多宗，则各公子和他们的长子长孙分别享有宗子权，分别各为大宗。这是一说。甲国的公子，到乙国来，矢忠于乙国的诸侯，接受乙国的封地，也可以成立一个宗，他自己和后代的长子长孙都是大宗。这是二说。第三说最有民本的意味。一个平民，因一己的努力而崛起为士大夫，同时把家族的地位也提高了好几级；这样一个人也配建立起一个宗族来，自身和后来的长子长孙也就成为“百世不迁之宗”。这三说是一向讲宗法的人所分别主张而引起过不少的辩论的。其实依我看来，这三种宗族所由成立的说法都可以成立，所要注意的是，它们适用的时期略微有些先后罢了。大约第一说最适用于封建的初期；第二说最适用于中期，那时候封建诸国的贵族人口已膨胀到相当程度，非流动不足以资调剂；第三说最适用于封建的末期，那时候贵族阶级已逐渐解体，人口之间，于横的、地域间的、有形的流动外，且已发生纵的、阶级间的、比较无形的流动，所谓“社会流动”者是。

长子权实在有两种，有限的与无限的。方才说的是无限的一种，一个宗族之中，只有长房的长子可以享有。无论这长子的年岁大小与辈分高低，他总是一族之长，叫作大宗。大宗有好几种职司：祭祖的时候主祭，婚丧宴享的时候当主席。同时他似乎也有教育与司法的任务。这方面的记载并不多，但有一个例子证明大宗有接受上诉的权利，当时官式的司法机关也竟有借重它来解决案件的。有限的一种长子权则由小宗享有。除了大宗以外的各房长子都可以成为小宗。所谓有限，指的是他的长子权只受他本支或本房的族人所承认，而所谓本支本房，竖看不出五世（包括自己的一辈在内），横看不出四从兄弟，换言之，即非属同一高祖所产生的族人，不受他的统治。小宗的职司和大宗的没有多大分别，不过规模较小罢了。此外，小宗似乎更有一个经济的任务。这方面的记载也很少，但凡属同祖（父之父）的子孙，虽未必同居，而往往共财，即往往成为一个经济的单位，而身为小宗的人（祖父或其代表人，即长子或长孙）有"取有余"的权利，与"补不足"的义务，所谓"有余则归之宗，不足则资之宗"的便是。大小宗的分别，大概是如此。从不为大小宗的任何族人看去，他实在受一个大宗与四个小宗的统治：大宗是百世不迁的，即永远属于老大房的长子，在血统上也许和他已经离得很远很远；四个小宗之中，一个代表高祖，一个代表曾祖。一个代表祖，一个代表父，即所谓祢，这代表祢的其实就是他的大哥哥。

我们把宗族的组织这样比较不惮烦地温习一过，因为它和下文的讨论很有一些关系。历史告诉我们说，封建制度是在公元前第三世纪里废除的，同时，所谓宗法的社会组织也就无形地跟同消灭。不过，制度与精神往往是两件事。就制度而论，真正的封建与道地的宗法，在公元前第七、第八世纪，即在春秋以前，便已渐呈衰退之象，初不待第三世纪官式的废除的宣告。就精神而论，则封建与宗法的寿命延长，固远在第三世纪以后，亦不因官式的宣告而戛然中止。就宗法一端而言，我们更不妨说，它的精神，甚至于一部分的组织，直到现在还流传着，尤其是在中国南部的省区，如潮南、江西、福建、广东、皖南、浙东等处。在有的地方，在某一时代里，氏族组织所发展到的强大的程度，比道地的宗法时代所有的氏族组织不知要高出多少倍。即近在五六十年前，一部分食古不化的学者和省区的长官，对于宗法制度的价值，和恢复的必要与可能，还很郑重地讨论过一番咧！

从封建时代到今日，中国的家制是兼具氏族（clan）与瑞弗士教授（Rivers）所称的联合家族（joint family）两种性质的。联合家族亦即日耳曼人所称的大家族（Grossfamilie）。在建筑宗祠的时候，或编纂家谱的时候，家制的单位总是氏族；至于社会生活的其他方面，包括法律、经济、教育等在内，那单位便往往是联合家族或大家族。无论单位是氏族或大家族，一种变相的长子权总是受大家公认的。如用宗法制度的术语来说，我们不妨提出这样一个大体上的区别，就是，管理祠堂与谱牒的氏族是建筑在大宗法上的，而大家族则以小宗法做基础。这就不啻说，宗法的制度虽久不存在，宗法的精神到如今还活着。

我们现在的问题是，这种宗法的精神与组织何以会一直流传到现在？老派一些的社会学者如同摩尔根（L. H. Morgan）与缪勒利尔（Mueller-Lyer）等动辄以为各个民族的社会生活全都得经过一定的几个时期，或演程，或阶段。中国民族在这方面的经验，从母系到父系，从氏族到宗族，从宗族的解体而形成一种半氏族半大家族的家制，其间固亦未尝无相当的演程可寻，但何以上下三千年之间，一种家族中心或家族至上的精神，竟始终能维持于不坠败，似乎比演程的事实更值得推敲一下。

我以为这其间有两个原因。第一个是文化的或思想的。社会思想的派别，在中国古代原是很多的，尤其是在春秋战国的时候；一端有很纯粹的个人主义，一端也有富有乌托邦性质的社会主义，两端之间，自尚有许多不同的支派，但日子一久，经过美国社会学者桑姆纳与恺莱（Sumner 与 Keller）所称的一番社会演化（societal evolution，即制度、标准、风俗等等间之竞争与选择）以后，有一派社会思想终于占了优势，而对于民族的社会生活上，统治了一千余年之久。这派社会思想便是儒家的思想。儒家思想的一大特点是赞成中庸，反对极端；它既不要个人主义，也不要社会主义，因为个人和社会都代表一个极端，前者是社会最小的单位，后者是社会最大的单位。儒家思想以为一个人要与身外的世界合而为一，要取得位育的效果，总得经过一番努力，这努力共有八个由近及远、自小到大的步骤，就是：格物、致知、诚意、正心、修身、齐家、治国、平天下。这八个步骤之中，最居中心而能兼筹并顾到个人与社会两个极端的，自然是齐家一个步骤。从格物到修身五个步骤，原是属于个人生活的，但要切实履行，也宜乎有一个良好的场合，这场合儒家以为是无过于家庭。治国、平天下两个步骤虽属于社会生活，但其第一步的准备也应该有一个良好的地盘，这地盘也宜乎是家庭。所谓“刑于寡妻，至于兄弟，以御于家邦”一类的话，就指齐家是社会化的起点，治国、平天下是社会化的终点，范围虽有大小，精神应无二致。近世社会学者以家庭为社会道德的初步的养成所，其实也不外这一层意思。我们不妨举“仁”做个例。仁是儒家思想里最基本的一个社会道德。仁的解释很多，有作爱的，有作同情心的，也有作社会意识或同类意识的。无论怎样解释，儒家以为仁的适用应自家庭出发，而出发之际，应以父母为最基本的对象；所谓“仁者人也，亲亲为大”的便是。从此再推而广之，以至于家庭以外的同国的人，本国以外的世界上的人类，以至于人类以外一切有生气的东西；所谓“亲亲而仁民，仁民而爱物”的便是。当其向外缘推广的时候，越是向外推出一步，情感的运用宜乎越减轻一分；所谓“亲亲之杀”和“爱有差等”的便是。儒家以为这样一个适用仁爱的办法不但很自然，很近寻常的人情，并且理论上也是无可避免；否则滥用情感的坏处，正不下于不用情感，即同样地使健全的社会组织与生活，无法实现，无法维持。

我以为儒家这一类的见地是不错的，是很合情理的。布朗教授在某一次演讲里说，我们研究社会生活，理应拿一个小而把握得住的东西做单位，例如一个家族，或一个村落，理应由此向外缘逐步推广研究，而不应倒行逆施，即不应好高骛大，或舍近求远。所见也正复相同，所不同的是儒家注重在社会生活的控制，而布朗教授则注意在研究罢了。

不过我们总得承认，儒家这种见解并没有能实行出来。家族之在中国，固然始终是一个个人与社会间的重要的枢纽，但它并没有尽它的承上启下或左拉右拢的职责。它固然始终是中国社会组织的真正的单位或基体，不过这基体发展得过于庞大了，过于畸形了，畸形之至，它自身便变作一种社会，或自身以外，更不承认有什么社会的存在，我们甚至于可以说，家族自身就是一个小天地，以外更无天地！结果是个人的发育既受了压迫，所谓社会化的过程也受了莫大的障碍，无从进展。在这种文化环境之内，大多数有中上的智力的人，无论他们格、致、诚、正等初步功夫做得如何努力，一到修身齐家的段落，便尔“自画”地不再进行。仁的适用也受了限制，大家不再把它向家庭以外的社会推广开去，而始终以家族为唯一的对象。父母之爱变为孝的宗教，尊祖、敬宗、睦族以外，更无它种有价值的社会生活；祖宗的丘墓成为一种必须死守的偶像，一个人最大的抱负往往是造祠堂、修家谱……这些都是家制畸形发展的一些症候。

这便是家制所由畸形发展的第一个理由。至于儒家的社会思想何以会中途发生变化，使齐家的一个步骤受到特殊的甚至于几乎等于全副精神的注意，这其间当然还别有解释。后世儒者的眼光狭小，不能及远，是一说。或但知执中，而不能行权，修身齐家是人生努力八大步骤的中坚，有的人就握住这中坚不放，以为做人之道，尽在于是，也是一说。专制的君王，一面利用选举的制度，使少数“天下英雄尽入彀中”，一面也利用家族的制度，使大多数的民众养成一种“天高皇帝远”的看法，“不识不知，顺帝之则”的习惯，“不在其位，不谋其政”一类的原则，约而言之，使大众的兴趣集中于家族生活，而对于国事、天下事，不加问闻。心理学家称一个个人可以发生一种“内转”的心理变态，即事事物物，总是向自身求一种主观的解脱，而不向外界谋一个客观的解决；好比一只蜗牛，遇有外来的刺激，便往壳里一缩，满以为问题便可以解决。中国人之于家制，便有一种类似的情形。中国人的集体生活，便往往把家族做一个蜗牛壳子，有事便往里一缩，而担负政治责任的人，也往往不免利用这种习惯，来减轻政治纠纷的程度，因而使这种习惯，更变本加厉地发达起来。这也可备一说。

但是无论第一个解释听去如何合理，要是没有第二个的帮衬，也是难以成立。第二个解释得向民族自然淘汰的经验里去寻找，所以不再是文化的而是生物的了。我们上文早就说过，家族之所以形成，是选择作用或淘汰作用的一个结果。在人口比较稀少，而自然环境比较优渥的民族里，自然淘汰的作用是没有多大的力量的，至少是不引起什么问题的。但在中国则不然。以前在华洋义赈会当过总干事的美国地理学者麦劳瑞（Walter Mallory）曾经替中国起了一个绰号，叫作“饥荒之国”。这绰号是最合适不过的。中国人口早就膨胀过它的目前的天惠与富源所能供给的程度；同时，西北一隅的沙漠化，又早就在进行之中，至今日而区域更广。以无限的人口分润有限，不但有限，并且日在紧缩中的天惠，结果自然是一种十年九荒、十地九荒的局面了。在这种形势之下，生存竞争无疑地是极惨酷的，而竞争的结果，竞争后所遗留的下一代的人口分子，和上一代的总有一些分别。什么分别呢？就是自私心重些的人要比上一代多些，因为只有多量的自私心才可以在饥荒的经济环境里保全一个人。但所谓自私却也得有一个限度；一个人的自私心肠，要能传得下去，即，要使选择作用有用武之地，便不宜专以他自己一个人做对象，而宜乎把妻孥都包括进去，换言之，即至少得把单纯的家庭做个对象。哲学家说自我（self）可大可小，最适于生存的自我，无疑地是以家庭或家族为范围的大我。根据“有余归宗，不足资宗”的原则而成立的宗族有时候也可以成为一个大我，而发生其选择的效用。

耶鲁大学教授亨丁顿（Ellsworth Huntington）氏曾经为中国人自私心的畸形发展觅一解释，毫不迟疑地认为这种性格和饥荒有密切的因果关系，但同时也补说这样一段富有意义的话：“不过说到这里，我们必得顾到另外一种情形。自私自利的心肠未尝不能发达过火。把一切责任义务都掉头不顾的人未尝不可以保障一己的生存，但若把妻孥都抛撇了，他的血统却就从此断绝，再也传不下去。他自然可以续娶，但是他那种逃荒的经济状态未必能许他如愿以偿……即使他续娶，他的子女也不会比义气重些的——即，至少只肯牺牲一两个人来维持全家的——人家那般多；他的后裔也就不会比这种几家多。……这确乎是中国荒年史里所数见不鲜的事。总之，极端的自私自利心肠可以使一家人家度过荒年，生存下去，只要当家的人不把自己做单位，而把全家做单位。”二三千年来，所能生存而传宗接代的人，大约以此种以全家为单位的自私自利者居多，越至后期而越多；此等人越多，家制便越发展，以至于牢不可破，以至于畸形。这便是第二个解释。

上文这两个原因，文化的与生物的，自然又彼此推挽，互相激荡，使畸形的已成之局更来得普遍与深刻。文化的原因所贡献的是一些理论的根据，生物的原因所贡献的是事实的需要与无可避免。用意国社会思想家柏瑞图（V. Pareto）的话来说，以全家做对象的自私心是一种所谓“底脚动力”（residue），而“家齐而后同治”“一家仁，一国兴仁，一家让，一国兴让”一类的话，以及三纲之一、五常之三，一概转变为种种口惠而实不至的所谓“引伸结构”（derivation）。有了这种种引伸结构，于是底脚动力的种种表现便越见得冠冕堂皇，无懈可击。一直到最近，因为国家生活在复杂的国际环境里发生了困难，到处感觉到捉襟见肘的痛苦，于是大家才渐渐憬悟到家制的畸形也许和整个民族的位育问题有很大的关系。

上文所说的全都是属于家制所由过度发展的因的。下文再略说几句关于果的话。布朗教授在他那次关于亲属与“社会统同”（social integration）的演讲里说，亲属统同是整个的社会统同的一部分，又说，亲属制度的功能大小可以命定一个社会的形式。布朗教授这两句话我想我们都承认。我们更要了解的是，这命定究属是怎样来的，究属经过些什么路径。这路径无疑地是种种行为的形态，个人的，或是集体的。如今我们知道一切行为形态有两种根据，一是体质的或生理的，一是社会的或文化的。所谓体质的或生理的根据就是我们在篇首所提的许多种族的品性的综合。要亲属制度或家族制度对于社会的形式发生一种命定的影响，面子上固靠在家族制度下所习得的许多行为形态，而骨子里却靠家族制度下由淘汰作用所提炼出来的许多种族品性。

这些品性又是什么？这回答我们在上文也已经提过，说是许多家族的品性（familial traits），或“宜室宜家”的品性。但这是不够的。我们应该把这些品性列举出来，并且最好要把它们在社会生活上所发生的影响逐一加以推敲，才是圆满。只是替它们起一个总名字，或跟同美国社会学者葛学溥（Kulp Ⅱ）说，中国的社会生活是家族中心的或家族主义的，总嫌过于笼统。

先略举这些所谓“宜家”的品性。极度的自足，极度的依赖，领袖力缺乏；服从性不足，组织能力薄弱，守法或遵守团体决议的困难；同情心浅薄，忍耐性发达，不易接受刺激与神经的不易受震撼；难于激动情绪与感伤主义（sentimentalism）的不发展；冒险性与进取心缺乏，保守性与知足心发达；自私心发达，嫉妒与猜疑心理的强烈，公德心的薄弱。这些品性，有的是彼此相掩叠的，有的是相反而相成的，也有相反而必须分别在两个人身上发见的，例如自足与依赖。但它们无一不与家制的畸形发展有关。这些品性恰好是畸形的家制所能产生与培养的品性，也唯有这些品性才能教畸形的家制维持于不坠败。

中国家族中的人员是难得有和外面一般人来往的必要的。中国家族是一个西洋人所谓比较“关得紧的系统”（a closed system）。在这个系统内的人员，要是有才干的话，便不难自给自足，甚至于把全家的生计都能担当下来，要不然，他也可以有恃无恐，可以一生做一个寄生虫而不受人家的指摘。“少年公子老封君”一类的标语，很可以证明，在中国人心目中，依赖而不越出家族的范围，不但不是一个罪名，并且是一个理想。但就大多数的人说，一个家庭人员总是有一些工作可做，而对于全家的生计总要负一二分责任的，所以，遇有危难，以至于父母兄弟不能相保的时候，也大率能自己混一个最低限度的糊口的方法。在家族环境之内，一个人的欲望与情绪也大都获得满足与发泄的路径，无须乎向外更寻出路。亲亲之道既然没有能向外推广开去，同情心的发展自然不会走得很远。外国人常说“慈爱行为从家里做起”（Charity begins at home），我们总觉得他们言行不符，往往社会服务的努力胜过了爱亲敬长的精神。中国人的慈爱行为总算是能从家里做起，但同时亦未尝不就在家里打住。尽管一个人对于同族的人、同宗的人，甚至于同姓同乡的人，能如何解衣推食，他对于一个素不相识的人，可以丝毫不表示同情心，其人虽处十分危难的境地，他也可以漠然无动于衷。这种漠不相关、若秦人视越人肥瘠的心理，在饥荒的时候，自然是最显而易见，但在平日，也随处可以遇到。他的所以能漠然无动到一个冥顽不灵的程度，一半也因为他的神经不容易受刺激，受震撼；对于些微的事物，他轻易决不动心，决不滥用他的情感。这也未始不是一个有利的品性。但不管有利无利，这也未始不是家庭的环境所产生与选择而来的。基本的欲望与情绪都得到满足与发泄的人自然比较要心平气和，无所用其滥动情感。同时，在中国式的人多口杂的家庭环境之中，也唯有此种不动情感的人最能相安无事，所以此种人是占便宜而受选择的。在家族环境之中，各个人员的相处与合作是完全建筑在血缘或姻缘上的。血缘与姻缘又各有其本能与情绪的基础。一个人听命于他的父亲、祖父或他们的代表如大宗小宗，并不因为他们一定比他自己能力高强，而是因为在血统上，他们是他的尊长，在年岁或辈分上，他们比他要高。换言之，于亲属的尊长与年辈的高大以外，他更不承认有什么可以领袖他、指挥他的权威。一个领袖人才不容易在中国家族里发育，不容易在中国社会里出头，原因在此。有组织能力的人，结局也是如此。家人之间如有冲突发生，此种冲突的解决，十有九个不诉诸事理，而诉诸根据血缘的一些情感，而居间解决的权威也绝不是一些法理、一些聪明果断，而是年龄之老，或辈分之高。对于吃亏的人员，时常谆劝的一种美德是凡百忍耐，唯有忍，才能教大事化小，小事化无。清代朱锡珍作《忍字辑略》，龙起瑞替他作序，说“言忍之道，用之一人一家之事，不啻十得其八九矣”，可见忍和中国的家庭生活是不可须臾离的。从选择的立场看，遇有不和睦的情事发生，越是生性比较知足与忍耐的分子，越有在家族制度下位育与竞存的机会，比较躁急与倔强的分子是比较容易遭淘汰的。其他所谓宜家的品性也大都可以用同样的方法来解释，来引申，读者可以类推，恕不多赘。

这些所谓宜家的品性，如果始终在家庭或家族范围以内活跃，也就不成什么问题了，设或不然，我们便决不能用“宜家”这两个字。但“宜家的品性”未必“宜社会”“宜民族”“宜国家”，而畸形家制下所产生的许多品性终于不免应用到社会生活上去，终于不免直接限制了我们社会行为的形态，而间接命定了社会组织的方式。结果，无疑地是很不合适，即很不相宜。中国民族人口的膨胀与文化的进展，很早就用得着一种远比家族组织更巨大、更复杂、更有效率的社会组织。这种组织不能向壁虚构，必得有适当的行为形态与种族品性做它的双重基础。家族组织固然也有它的双重基础，但这种基础，用之于家族组织虽极相宜，用之于国家组织或其他比家庭更大的集体生活，便不免捉襟见肘而到处发生罅漏。这便是中国民族二千余年来所经历的最大的一种痛苦，国家组织的始终不能完成由于此，一般社会生活的保守与无进境也未始不由于此。在闭关时代，这种痛苦虽存在，我们还不十分感觉得到，但在 20 世纪的国际环境里，在动辄讲国家本位、动辄讲集团生活的时候，我们的痛苦便再也无法讳饰了。

说有为有守

——致大学毕业生

1943 年

这一篇文字里的话是专为近年大学毕业生说的。

有为有守是一个做人做事的大原则，谁都应当认识清楚的，特别是行将参加实际的社会生活的大学毕业生；也是任何时地的人应当认识清楚的，特别是在目前时代与环境里的大学毕业生。

有为有守是建筑在物理上的一个颠扑不破的原则。物理有动静，有张弛，有翕辟，有力的蓄积，有力的发挥，人理也就是如此，人生不能不讲求进止、去处、语默、动定、操守的道理，不能没有情志的涵养与行为的表现。到了有价值观念的文明人，又很自然地在这一层道理之上添上一重道德的渲染，一重标准的责成，说，如何才应当动，如何才应当静，如何才要有为，如何才要有守。我国的民族文化，对于这原则与讲求这原则的必要，似乎认识得比任何民族文化更为清切。“尺蠖之屈，以求信也”，寥寥两句，是全部《易经》与其所倡导的文化的基本精神。

近代的西洋文化对于一切物理有博大精深的发明，而于物理如何适用于人理，则反较前人为粗疏怠忽。所以人人讲动，讲作为，讲速度与效率；人人像热灶上的蚂蚁，像截去了头的青蝇；人人认为只有动作是积极的，静止是消极的，进取是功德，保守是罪过，全不思动作进取可能是乱动躁进，漫无目的，静止保守为的是潜心涵养，容有理由；更不思，不有静止，何来动作？不有蕴蓄在先，何来抒放于后？譬诸射击，不先张弦，何由放矢？张弓是力的累积。弛弓是力的消耗，一个过程，两个段落，究属何者为积极，何者为消极，正复无从断定。至于做人做事，有讲求操守的必要，使人人深知操就是有为，而守就是有所不为，这进一步的道德的责成，自更在不论不议之列了。近顷有人以笃行的学说劝导青年，认为只要有作为，一切人生问题自迎刃而解。其实一味作为的结果，不过对事业的认识与事业的成就可以多添数分而已，揆诸“人生大于事业，做人重于做事”的原则，这种一味作为的学说依然不免偏枯的弊病，是很显然的。

不过有为有守的原则也正复不易讲求。被动的有为有守易，自动的有为有守难；个人的有为有守易，集体的有为有守难。大学生在学校里，一方面因为一般的经济条件的限制，不能不安于淡泊，我说“不能不”，因为此种清苦的生活，可以说是完全出乎环境的不得已，一方面既没有多少自动克制的功夫，一方面如果经济的来源比较宽裕，生活上便不免趋于流放。无论淡泊与流放，都是被动的结果，而不是中心自有主宰的表示。颜子以箪食瓢饮居陋巷为可乐，乃是因为中心自有主宰，能固穷而不滥，处贫贱而不移。颜子的守是自动的，而我们的守是被动的。1923 年来，大学生有休学而经商的，昆明一带的大学生，走仰光，跑腊戍，一时几乎成为一种风气，当时虽大为社会诟病，但也有加以称赞的，认为是自想办法，自谋出路，认为这种青年前途一定比较的有作为。但走仰光、跑腊戍，又何尝不是当时一般的风气，此辈青年的加入，也不过是风行草偃的一部分的表示而已。他们除了解决个人生计以至于累积一些财富而外，别无远大的目的，别无比较超脱的理想，在动机上与一般的商人无殊，在能力上十九必须因人成事，还赶不上这班商人。这样的有为，表面上是自动的，实际上是被动的，是中心没有主宰的。经济一方面的操守如此，其他方面的操守又何尝不如此。有思想，无思想，发议论，不发议论，思想与议论的性质趋向，又何往而不受环境的支配、潮流的鼓荡，以至于一部分外界威力的挟持操纵？开口闭口地赞美“大时代”，歌颂“现阶段”，千方百计地想迎合“潮流”，无非是大学生人格破产的一些征兆。在这种形势之下而言自主自动的有为有守，我们也诚知其不易，离开了大学的环境，而言此种有为有守，我们也诚知其更难，但也正唯其不易言，就更有不得不言的隐痛。

操守的不能自主而易趋于被动，大部分是基于个人意志力的薄弱与教育效能的低微，至于个人单独的操守易致，而集体综合的操守难成，则为之厉阶的，更有民族的因缘在。民族的大病曰私。私的病深入腠理，诚中形外，所以凡百措置，无往而不见私的迹象。有人很沉痛地说过，以前的人，生前无补于大局，临了一死报国家，都是私的，因为不死不足以保全他一人一家的名节，名节是他身家的一部分。所以以前虽多有守之士，甚至于以牺牲生命来表示所守的坚贞，曾无补于团体生活的分崩、民族命运的沦替。其他规行矩步、硁硁自守的分子，目的端在小我的苟安免祸，可以不必说了。所谓“有守”者如此，“有为”的不容易集体化与组织化，更可想而知。“众擎易举，独力难成”的理论，我们何尝不知？但一到行事，我们十九会得到一个“独力易举，众擎难成”的结果，而独力的成功难期久大，也是一个必然的终局，和尚吃水的比喻最足为此种局面的写照，是谁都知道的。在南洋，在江北，移民中每多匹马单枪、肇开草昧的志士，所以当外人组织势力没有到达之前，我们可以大有作为，而此种势力一旦侵入之后，我们的成就便无法维持，南洋与东北之兴起以此，其终于沦亡也未尝不由于此；实际上敌人的南进北进，便是我们这种弱点所招致的，说见敌人南进策的灵魂堤林数卫的言论。由此也可见，在闭关自守、交通阻滞而文化系统比较完整的前代，个人的操守不能说完全没有用处，甚至于还有过“言足以兴，默足以容”的积极的贡献；但一到环海棣通、文化交流的今日，个人的作为进取既难望有成，个人的保守缄默更势所未许了。

大学生毕业后加入社会，目前最亟须深知力行的，殆无过于自主与集体的有为有守的一点。集体的有为，在目前已无须申说，但集体而能不依傍门户，利用势位，凭借余荫，一以集体自身所培养的理想为指归，所产生的力量为挹注，则知者盖寡，行者更鲜。至于守，即就不贪污一层而言，在目前的形势之下，更有自主与集体化的必要，则识者更有如凤毛麟角，不可多得。畏法律，畏人言，而不贪污的，终必不免于贪污而后已，以一人之力加入贪污的群体，也终难免于同流合污而江河日下。为今之计，无论做好也罢，不做坏也罢，大学毕业的青年应当自动地团结起来，来群策群力地做些好事，来砥砺廉隅相互规勉地不做一些坏事，唯有能这样的青年才能改革，才能创造，也唯有维护这种青年的国家才足以语于自力更生。

战后社会建设的途径

1946 年

社会建设牵涉到政治、经济以及社会的所有各方面，是一个广泛的问题。今天我只预备提出一个建设的原则并探究建设力量的来源，着重当在后者。因为，如果找不到另外的力量加入建设，则虽指出建设途径，也是空谈，无从选到。

关于建设的原则，建设的最后目标，有人赞成仿效美国，着重个人，着重自由竞争。我们虽爱好美国社会的优点，但也不愿重走旧路，兼拾他们的缺憾。此外另有人称许苏联，特别着重整个的社会，但他们的表现，也并不是没有毛病。总之，抄文章不是办法，有时抄得好，有时抄得坏，并且有时根本无从抄起。我们应当个人及社会兼顾，对个人，求他健全发展，对社会，要使它能给每个人以适宜的地位及充分发展的机会。这就是我们“协调的社会建设”的原则。

假如把最小单位的个人及最大单位的整个的群比作两个纲，那么每纲下面还可分成三个目，成三个方面。属于人的：一、人相同的通性；二、人与人不同的个性；三、性别，男人与女人。中国过去几千年曾只知道女人是女的，而忘掉女人还是人并且是个人的道理。属于群或社会的：一、秩序，或社会和谐；二、文明的进步，和谐水平的代代提高；

三、绵延，使创造和谐，创造更进一步文明的民族，能传续下去，是属于生物一方面的。假如希腊民族不只能有和谐、有进步，而且能够绵延，后来社会当不知能多受多少福泽。属于个人的三目与属于群的三目是对对相关的，有通性才有和谐，有个性发展才能进步，并且因有性别才能绵延。

以上两纲六目的原则，是我衡量一切社会运动的标准。忽略其当中任一目或几目的运动，我敢断定，它即使发生也不能持久或会引起新的问题。同样，任何社会建设也不能违背以上两纲六目的原则。如不能把力量向两纲六目上分配适当，虽一时或有建树，多少年后恐要从头做起，即说不定还要开一段倒车。

关于建设力量的来源，我们提出三个：一、新力量的产生及培植，这是生物的力量，属于遗传范围。除非我们全民族的质地有所改良，新力量不会产生。二、潜在力量的拿出及发挥，属于经济支配及教育机会的问题。假如将来分配不均的情形依然如是，教育机会依然不等的话，大部分人，把所有力量都只忙于一个基本需要的取得，是没有力量能拿出来放到建设上去的。三、旧力量的转移及升化。

现在提出几个具体问题，就这些问题来想办法，一面固是问题本身获得解决，一面也打开了建设力量的来源。一、人口问题，二、家庭制度，三、社会的团结力。

一、人口问题。关于人口的质地。质的变迁有时很快，据一部分注意人口质地的学者估计，下一辈产生的责任，并不由上一代平均负责。结婚生产的迟早多寡不会一样，因而下一辈的一半是由上一辈的八分之一产生，另一半产生于上一辈的八分之七，至少西洋一部分的人口情形是如此，所以产生下一辈一半的八分之一，如果是好的，整个人口质地的水平提高，如果是坏的，水平被拉下来。就事实看，这八分之一部分往往是不太好的。故而，由建设力量来源上来看人口政策，是必须被重视的。

人口问题的另一方面，是社会流动。流动可分作比较有形的流动，及比较无形的流动。比较有形的是空间地域上的流动。过去中国人口挤在一部分区域里，土地被精耕得已不肥沃。但在这区域外，中国还有的是广阔天地，何不动一动，去开拓东北、云南以及各处边疆，省得人多地少，用去整个力量才换来一点基本需要的满足，动一动，也好发散出潜在的力量。美国人当初还不是西北欧洲人，当地地少人稠，不得发展，结果动一动，产生出现在的美国及所谓美国文化。美国西部的开发也复相同。再看南洋华侨，在广东、福建时也是压得紧，无所表现；海路开通后，向南动一动，现在已有了可观发展。战前华侨汇款年以数万万计，如果没有移动这力量哪得表现。因而我们要在边疆问题、交通问题等的改善上，去求人口的移动。

社会像个梯子，是有阶层的。有的社会，阶层划分极严，也有的不严。我们虽不如印度，但阶层还是不少。为提倡行业的改变、阶层的改变，这些所谓人口的无形流动、工业化、普及教育及均产等都需要实行。虽然，社会阶层不可能完全取消，至少，也希望它能流动得愈自由愈好。除掉因为能力不等外，不应再有另外社会政治的因素阻碍流动。这里牵涉到各种自由的争取，只有在比较自由的空气下，个人能力才能充分发展，阶层流动才能达到理想程度，使一部分潜在力量得以发挥。

人口问题的另一方面：数量。关于中国人口无论怎样估计纷歧，太多，总是不成问题的。美国土地上只维持一万万三四千万人，还有人嫌多。何况我们可耕地面积不如他们（据估计，中国可耕地占全面积的29%，美国占59%），财富也不如他们，大多数老百姓的生活只有两件事：吃饭、养孩子。说得痛心一点这是寄生的生活。斯宾塞尔曾提出一个学说："个化对待生育。"越是低等动物，生殖越多，也越少个化。反之，越是高等动物，生殖越少，个化也越多。文化比较低落的人，什么文艺、哲学、政治都谈不到，只在吃饭、生孩子，常在生也常在死。新西兰及澳洲，每千个孩子中只死十个。我们最低的估计死二三百，最高估计要死五六百。就在这常生常死里，产生了多大痛苦，要发生多大的损失。我们再不能不想想办法来限制人口。生育节制、公共卫生要同时进行，要生得少而都留得住。但我们最高当局的先生们，只看惯中山先生的“民族主义”一讲，而对节制生育不能入耳，但事实上，假如人口数量不能改变，就这样生殖下去，工业化、增加国家资本什么都谈不到，即使增加一些也被吃掉，何况不见得就能增加起来。弗洛伊德说性的力量是可以升化成旁的力量。我们老百姓用于生孩子的力量，为何不能拿出来升化，转移到建设事业上去?

二、家庭制度。中国的家庭制度，非改革不可。庞大的家庭正违反了两纲六目的原则。健全家庭，应是个人及社会的联系。它育出健全的个人，再摆到社会中去，做一个健全分子，有他的用处。但我们的家庭却整整吃掉两头。对个人，在家中个性无法发展；对社会，它膨胀成小的团体，各扫门前雪，说中国根本就没有社会这件东西，也不为过。我把家庭比作原子，我们要想办法怎样把它劈开，劈不开，个人、社会都不得健全。我们常见很多人终生就不做事情，三十岁前忙孝敬父母，忙过上面忙下面，三十岁后又忙教养子女。做官的，父母死去，也各要几年奔丧守孝。试问他们哪还有时间，给社会贡献些力量，给文化做些事业？原子的家庭把所有的力量都禁锢在里面。而外国，家庭使个人都做了健全的社会分子，贡献于将来文化。但他们也不是没有缺点，力量都放出去，不结婚，不生子，使他们社会又发生不能绵延的问题。相反的，我们却把力量都用在了绵延上。因而建议一个健全的家庭制度，虽处在使它能让力量放出去，也能还留住一些，好不致影响绵延，我曾主张不大不小的家庭制度，即是小家庭中添上老辈，中间一代是家庭主人，老人要轮流奉养，这样个性得到发展，可以有力量拿到社会上去。同时家庭中，每年三四个月住有老人，对民族意识有很大关系，这样才能有力量拿出，也有力量留下用于绵延。

三、社会的团结力。讲到这里，大家想已感到问题的所在。从前我们常听说中国没有组织力，现在总看到中国人不能团结了。菲尔康德把社会分成两个方面，或两个段落，社区与社会。社区里，个人还没有十分自觉，因而人与人的关系建在原始的力量上，建在通性上；社会恰好相反，每个人自觉了，各人自有主张，有见地，他们的团体靠大家的同感建立在共同意见上。这样看来，现在中国还在社区段落。人们常说中国是一盘散沙，我要否认这一点。我比它作一团面粉，由于滴水及蠹虫，混成一个个发霉的或虫蛀的小团，连沙子都不如，不能再有一点用处。国家里，各种原始关系，总像滴水、蠹虫，把人们结成一个个霉团、蛀团，这样结合惯了，便再谈不上大的团结，因而，训政假如需要，也是指训练所有无知识的人，要他们练习做真的政党，学做志同道合的团结。不幸，所训无成，造成党外无党，党内生了派，旧的力量又挤入党内，形成了小的霉团。不客气地说，现在各党还是建立在家庭、婚姻及同行同会等的磨石上。这样小我不抛弃，便谈不上团结。

方志敏
(1899—1935)

生平简介

方志敏（1899—1935），江西弋阳人。无产阶级革命家，农民运动领袖。青年时期积极参加五四运动，1922年加入中国社会主义青年团，1924年加入中国共产党，参与创建江西的中共党团组织。曾任中共江西省委常委兼农委书记，国民党江西省党部执行委员兼农民部长，江西省农民协会秘书长、主席，领导农民运动。1927年蒋介石发动“四一二”反革命政变后，方志敏潜回赣东北，恢复中共基层组织，组织农民武装。次年1月领导弋阳、横峰起义，进行游击战争，开展土地革命，组织工农政权，创建了赣东北革命根据地和中国工农红军第十军。历任中共江西省委书记，信江、赣东北省和闽浙赣省苏维埃政府主席，红十军代理政治委员，赣东北革命军事委员会主席，红十一军政治委员，红十军团军政委员会主席等职。曾当选为中共第六届中央委员，中华苏维埃共和国中央执行委员、主席团委员，并获中华苏维埃第一次全国代表大会授予的红旗章。1934年红军长征前，奉命率领抗日先遣队北上，途中遭国民党军重兵围困，在突围时，因叛徒出卖，于1935年1月被捕。在狱中写下了《可爱的中国》《清贫》《狱中纪实》等著作。1935年8月于南昌就义，遗骨安葬于南昌市郊梅岭。

团结起来，帮助国民革命成功[①]

1927 年 2 月

今天是江西第一次全省农民代表大会的日子。江西自革命军克复以来，江西各阶级的民众都得到了集会结社之自由，同时我们农民也得到了同样的自由。所以，我们农民亦得以组织农民协会。从前我们农民虽占全民众百分之八十以上的数量，生产品都由我们创造出来，然而社会上的人们并不把我们农人瞧得上眼，都只看到那些官僚、土豪劣绅、地主、资本家。我们农民受尽他们的欺凌，不敢同他们反抗。这就足见我们农民没有力量的缘故。为什么没有力量？就是不能团结。我们如能团结，他们要压迫我们，我们就可以赶走他，打倒他。现在，农民已经觉悟了，没有团结，是不行的，所以都来组织农民协会。我们有了农民协会，他人就不敢轻视我们、压迫我们了。现在江西全省的会员已有三十万之多，我们的力量可算很大。今天齐集各地代表来这里开会，就是要把全省农友的力量团结和集中，设法子起来解除自己的痛苦，这是此次代表大会的重要意义之一。再看我们的工作，有的地方做得很好，有的地方做得很错误的。此次要把各地过去的工作，拿来检查一下，以便我

① 本文是方志敏在江西第一次全省农民代表大会开幕时的演讲。

们今后设法纠正，也算是这次代表大会的重大意义。

今天是第一次代表大会。我相信在这次大会之后，我们农友一定能够得到很好的教训与经验，努力帮助国民革命之成功！

在江西省政府欢迎工农代表大会上的致辞

1927 年 2 月 27 日

今天是省政府委员诸同志欢迎我们农工代表。省政府委员诸同志在上午十一点钟的时候，就来这里静候我们，这是多么的对不起！志敏谨代表农民代表向省政府委员诸同志表示谢意。但是我们晓得省政府是自党内产生的，并且是领导各阶级民众联合革命，去打倒帝国主义的走狗军阀和一班贪官污吏，为大多数民众谋利益的。革命政府就是代表实行先总理农工政策，为农民工人求解放而谋利益的政府，所以说革命政策的基础就是工农。就我们江西而言，工农方面就占有全省总人数的百分之八十六点一，故革命政府就是要建在农民工人的身上，基础才为巩固的。比如我们建筑一栋房屋，必须选择在一个大磐石上面，基础才是巩固的。不但省政府是代表工农谋利益的，就是我们最高的国民政府，本来也是如此。从前的政府，是代表本身谋利益而来压迫我们农工；现在的政府，是革命政府，是扶助工农的；但是，那些反革命派回到以前的那样做贪官污吏，当然政府要替我们铲除。现在我们回想江西的去年，革命军打倒那一流帝国主义走狗的走狗之后，所有反革命派和贪官污吏、土豪劣绅，都诚惶诚恐，怕我们革命的政府给他们一个什么处分，故当时没有敢出头露面公然活动的。这一流的人物，目前天天在这里来谋活动，准备又来做贪官污吏，压迫我们工农了。我希望革命的政府，对待这一流麻木不仁的东西，要丝毫不客气地给以严厉的处分，这样才是革命政府。这是我今天代表农民提出来的第一个要求。第二，就是省县农民协会经费确定拨付问题，要按时如数拨给。第三，就是近来各县土匪猖獗，致令农民不能安心耕稼。当前我们的一个迫切要求，要请省政府诸委员同志，向中央党部请愿，仍旧保留第三次全省代表大会决议举办农民自卫军一条，因为中央党部现已废除此条，我们觉得这是很重要的。

逃跑只是死路一条

1934 年 8 月

亲爱的同志们：

过去我们在国民党统治之下，受豪绅地主、资产阶级的压迫和剥削，所过的生活简直比牛马还不如，真是苦到了极点。自从共产党领导我们起来斗争暴动，推翻了国民党的统治，建立了苏维埃政府以来，我们的生活就与从前大不相同了。现在不要还债，不要交租，不要交纳苛捐杂税。农民都分得了足够的土地，工人都享受劳动法的保护，劳动妇女都与男子同样地取得自由解放。所有工农劳苦群众不但大大地改善了生活，而且提高了社会地位与政治地位，有权到政府理事参加管理政权。我们可以说，假使不是敌人不断地残酷进攻与野蛮地经济封锁，苏区群众生活的改善程度，一定还不止这样，还要更好更快乐。正因为革命后得到这多实际利益，所以，苏区工农劳苦群众，在共产党领导之下，更加坚决为苏维埃政权而斗争。在这几年英勇顽强、艰苦奋斗中，创造了强大的红军，扩大了大块的苏区，一次又一次地打退了国民党反动派的进攻。

万恶的国民党卖国头子——蒋介石为着进行五次“围剿”，把华北卖给日本帝国主义，并准备出卖福建，把半个中国送给各帝国主义，换得帝国主义更大的帮助，调动百分之九十的军队来进攻苏区和红军。敌人这一进攻主要的是采用堡垒主义的战术，企图逐步推进，缩小苏区；同时在苏区周围，实行毒辣的经济封锁，并派遣反革命分子，到苏区内部进行反动阴谋活动，以配合敌人的军事进攻。敌人这三个策略是同时并进的，而且是互相联系的。所以，反革命分子在苏区内的欺骗宣传，都是夸大敌人堡垒政策与经济封锁的力量。不是说敌人的炮台如何厉害，就是说苏区内食盐如何困难，以动摇群众对革命胜利的信心，煽惑群众逃跑。在反革命分子欺骗宣传煽惑之下，有部分落后群众，只看到敌人疯狂地造炮台，没有看到敌人造炮台的弱点，更没有看到我们有粉碎敌人炮台的力量。还有的只看到苏区食盐缺乏的一方面，而没有看到白区无钱无米，柴、菜、油、盐件件困难（因为这些在白区都是要钱才能买到的），以致失却对革命胜利的信心，忘记革命前所受的痛苦，抛弃革命得来的利益，忍心离开天堂般的苏区而跑往人间地狱的白区；不做自由的苏维埃公民，而依然去做豪绅地主、资本家的奴隶。

在这里大家应该清楚了解的，就是这些逃跑出去的工农劳苦群众到底得到了什么好处没有呢？事实做了有力的答复，他们跑到白区去并没有得到丝毫的好处，而且也不可能得到丝毫的好处。他们得到的只是不堪忍受的痛苦与无限的悔恨！我可以把这些逃跑出去的群众在白区吃亏吃苦的事列数些出来：

第一，就是他们身上带出去的花边，一到白区，便被白军搜得精光，好点的衣服物件，也被劫去。

第二，年轻的男子都被国民党编成壮丁队强迫去扛石头、造炮台、修马路，稍有不到之处，便要受鞭打脚踢，有的竟被活活地打死。

第三，吃了这些苦还不够，还要被押解到南昌、湖北去，编作白军，充当炮灰。

第四，青年妇女个个要受到白军的奸淫、调戏，老年妇女都在外面讨饭，流离失所，或分派到土豪家里做奴妈。

第五，起初国民党欺骗说，到白区有口粮发，实际上是完全骗人。除了十二岁以下的小孩每天有二餐照得见人面的稀粥以外（也只开头几天），至于十二岁以上的人的生活是无人过问的，甚至饿倒在路上，国民党也是不管的。

第六，到白区去住屋要交房租，一间小屋每年交二三十块洋钱租金；柴要买，三个铜板一块小柴；米要买，一块洋钱只买一斗多；油要买，一块洋钱只买三四斤；菜也要买，一斤粗菜要花十几个铜板；盐虽然稍为便宜一点，但加上国民党各种捐税，比苏区盐价还贵。这时逃跑出去的人，才想起当初跑出来的时候，反革命分子向他们说了怎样怎样的花言巧语，现在证明，全都是骗人的鬼话。想起苏区住土豪的大房屋，不要租钱；人人家里有雪白的米，吃不完；山上有柴砍不完，烧不完；家里有打油的榨子，油尽吃；有种菜园地，菜吃不完；苏区虽因敌人封锁缺点盐，但仍然还是买得到，煎硝也可以煎出一部分盐来，由此而抛弃苏区这许多东西到白区去吃点盐，那是太不上算了。逃跑出去的群众到这时才明白上了反革命的恶当，个个都后悔不该逃跑出来，甚至互相望着痛哭流泪。

第七，工农群众在苏区有权话事，有权办事，能力强的都被选出来做苏维埃委员、主席，就是不能担任工作在家里做事的，也没有人敢来压迫你，欺侮你，人人都是平等自由。但是到了白区就不同了，在国民党什么机关什么局里，只有土豪劣绅、地主、资本家的座位，没有工农的站地。那些吃人的剥削鬼，哪里看得起我们穷苦工农？把工农看得猪狗不如。尤其令人气愤的是，一些从苏区驱逐出去，多年没有回家的豪绅、地主、反动派，看到从苏区逃跑出来的群众，都要跑到他们面前来显一阵威风，不是冷言热语地嘲讽，便是恶言恶语地谩骂，使稍有血气的人都不能忍受下去。

第八，在逃跑出去的群众中，有些与豪绅地主有私仇的，或为国民党不放心的分子，多被关禁或暗杀，或押送到南昌去坐监牢，有些跟随白军出发或与白军一处宿营的，又被我红军袭击打死或打伤。

这些都是逃跑群众的痛苦事实，也是苏区群众跑去白区所得到的结果。所有这些事实，都说明苏区群众向白区逃跑，正是往死路上跑，说明“逃跑只是死路一条”的这一句话是千真万确的事。

同志们！我们过去在豪绅地主、资本家、国民党统治下，受了许多压迫和剥削，痛苦非常，所以我们才团结起来，打倒压迫、剥削阶级。现在我们已从革命胜利中得到了解放、自由和土地，我们还要再跑到那班吃人的剥削鬼跟前去磕头吗？那班吃人的剥削鬼绝不会给我们一点好处，他们只是想方设法吸取我们的血汗，我们还要把血汗让他们吸取吗？他们过去剥削我们，在家中享福摆脸，革命后，他们被我们驱逐出去，土地财产也被我们没收，他们再不能剥削我们了。男的在外面讨饭，女的当娼卖钱赚吃，苟延生命，难道我们还让他们剥削，依然来享福摆脸吗？

现在我大概地讲了逃跑群众的痛苦事实，我只能讲大概，要是把逃跑群众在外面吃苦的事实，都要一件件讲出来，那讲个十几天也讲不完。不过简单讲了上面那些事实，也就够我们痛恨了。

苏区少数工农群众之所以逃出苏区，其原因不外有下列两点：（一）政治上的动摇，看到敌人造炮台，以为无办法，革命不能成功了，因而逃跑。（二）听信反革命的欺骗，以为白区有糖拌饭吃，没有尝过白区生活的痛苦，因而逃跑。关于第二点我已讲清楚了，不必重复。我现在再问一句：敌人的炮台是不是能够长久存在呢？革命是不是会成功呢？同志们！我可以肯定地说：“敌人的炮台是很快要被我们消灭的。”革命从前是胜利，现在也是胜利，将来必然是更大胜利。革命势力一定要最后消灭反革命势力，敌人现在在死亡之前没有别法维持下去，只好拼命造乌龟壳，但这个乌龟壳不是什么铜墙铁壁，我们有打破敌人乌龟壳的一切力量。现在让我说出这个理由来：第一，敌人堡垒内的守兵都是穷苦工农出身，生活十分痛苦，都迫切要求革命。同时日本帝国主义积极进攻中国，国民党投降出卖，士兵是很痛恨的。加上苏维埃政治影响的扩大与我们兵运工作的积极进行，是可以使他们哗变过来参加红军的。如乐平一个敌人炮台里面的士兵全部跑过来参加革命，炮台也就塌台了。第二，敌人堡垒附近周围村坊的群众，都是痛恨敌人的。依靠他们斗争的配合和帮助，我们就可以粉碎敌人的堡垒。如贵溪游击队在高石群众帮助之下，打塌了十六个乌龟壳。第三，工农游击队日夜不停地在敌人堡垒周围活动，用地雷打击敌人。经过较长的时间，可把敌人堡垒内守备队完全消灭。守备队消灭了，炮台自然也不存在了。第四，我们游击队可以深入敌人后方，袭击敌人堡垒而拆毁之。如贵溪游击队一次拆毁了高石的十六个堡垒，就是一个光荣的例子。第五，敌人堡垒一般建筑不坚固，用钢炮很容易炸毁它。敌人现在进攻苏区开始用钢炮了。过去我们缴到敌人的只是迫击炮、机关枪，现在我们能缴到敌人的钢炮，而且我们兵工厂自己也很快就要造成钢炮，不久我们就要用钢炮把敌人堡垒一个个炸得粉碎。第六，敌人堡垒线愈长，需要守备兵愈多，敌人的兵力也就更加分散，后方愈加空虚，更有利于我们去开展游击战争，创造新的苏区与新的游击区域。如赣北新苏区与皖南游击区的创造，这不仅可以粉碎敌人封锁我们的企图，而且还能造成我们包围敌人堡垒线的形势，使敌人的堡垒完全丧失它的作用。第七，国民党勾结帝国主义来侵略中国，瓜分中国，加深了中国的经济浩劫与民族危机，使全中国有一亿五千万群众没有饭吃，没有衣穿，尤其是今年全国大旱，饥饿人更不知有千千万万。他们不能坐待死亡，一定要起来斗争暴动，建立苏维埃政权，创造新的苏区，来帮助我们胜利地粉碎敌人的五次“围剿”，那敌人的堡垒还能不被我们打得粉碎吗？因为我们具备了这许多打破敌人堡垒的条件，我们承认敌人的堡垒给了我们一点困难，但我们相信敌人这些堡垒很快要被我们一个个打破的。只有愚蠢的敌人才会幻想用一些石头、泥土造许多乌龟壳来阻止革命的发展，也只有政治上不坚定的分子，才会在敌人堡垒面前惊慌动摇。苏维埃中央政府毛主席说得好：敌人的堡垒不是铜墙铁壁，只有群众的力量，才是铜墙铁壁。古代皇帝造了许多坚城厚壁，现在到哪里去了？群众一起来，一个个都没有了。所以大家不要怕堡垒，都要有打破敌人堡垒的决心，坚决地、持久地与敌人作战，那敌人的堡垒一定要被我们全部摧毁的。让那些因为害怕敌人堡垒而逃跑的分子，在我们全部粉碎敌人堡垒的胜利面前哑口无言，大悔自己估计错误吧！

根据上面的理由，很清楚地看出，工农劳苦群众在苏区坚决革命好处很多，如果跑往白区去，则是自寻苦吃，死路一条。苏区的每一个农民、每一个革命分子都应该在这一了解之下，更加坚定起来。无论如何要为苏维埃政权斗争到底，敌人的堡垒丝毫不能动摇我们。白区的食盐，绝对不能诱惑我们。我们要坚决相信革命的胜利与革命的出路。事实上在反对敌人五次“围剿”的战争中，我们已经获得了许多胜利。根据不完全统计，我中央红军自去年7月份起至今年7月共击溃敌军四十一个团，消灭敌军二十个团，俘虏白军旅长四名，团长四名，营长五名，连以下官兵两万余人。红四军方面军自去年至今年4月共击溃敌军四个师六十多个团，消灭敌军四个旅十多个团。湘赣、湘鄂赣红军自去年12月至今年4月，共击溃敌军四个旅三个团，消灭敌军一个旅三个团。闽浙赣红军自去年11月至今年7月，共击溃敌军三个团三个营两个连，消灭敌军三个营一个连。各个苏区红军共计击溃敌军约一百多个团，消灭敌军约四十个团（还有湘鄂西、鄂豫皖及其他苏区红军所击溃消灭敌军的数目未统计入内）。我们闽浙赣苏区，除了红军击溃敌军、消灭敌军以外，还有工农游击队与各县地方武装在五六月中杀伤敌人一万九千余人。各地游击队活跃在皖赣、皖南，游击战争广泛地开展，皖赣边新苏区的创造，特别是红军北上抗日先遣队的出发，不但大大动摇敌人的后方，而且动摇国民党的整个军队，都说明敌人五次“围剿”已经部分地被粉碎了。我们现在是处在反对敌人五次“围剿”的决战时期，我们相信在粉碎敌人五次“围剿”以后，我们不但能够完全解决食盐问题，而且要如苏联一样，建设社会主义的国家，过苏联劳动群众一样好的生活。因此苏区内每一个革命群众，都应该有远大的眼光，有铁一般的坚决意志，有无产阶级的气节，有英勇顽强的、坚决不变的精神。要革命到底，就是在某时某地受到部分挫折的时候，也不要丝毫失望、半点灰心，依然要努力向前干下去，绝对不要三反四复，跑来跑去。逃跑出去的人，当然还是要回转来的，那时回转来苏区，就是苏区群众不怎样讥笑他，他自己也总觉得不好意思吧！在革命斗争中，动摇一次，逃跑一次，那就是自己一生的污点。全苏区工农劳苦群众都应该鄙薄逃跑的行为，反对逃跑的现象，不放松与逃跑分子做政治上、思想上的斗争。当然我们并不是说不要逃跑群众回来革命，相反的，苏维埃对于逃跑群众的态度是欢迎他们回来的，所以不没收他的东西，不收回他的土地，而替他们好好保存，并盼望他们早日回来革命，脱离国民党的压迫剥削。这就证明苏维埃是工农劳苦群众自己的政府。工农劳苦群众只有拥护苏维埃，为苏维埃政权斗争到底，才是唯一的出路，才能得到最后的彻底解放！

亲爱的同志们，我们手携着手一心奋斗前进吧！反革命绝不能战胜我们，相反的我们的力量要最后战胜反革命。历史已经判决豪绅地主、资产阶级、国民党，是迟早要进入坟墓的，全世界要属于工农。谁要投降地主、资产阶级、国民党方面，谁就没有前途，谁要坚决站在工农方面，谁就要最后胜利。我们自己是工农，我们还要投到阶级敌人方面去吗？抛弃一切动摇，唾弃一切反革命的欺骗，我们一致在自己的党和自己的苏维埃政权领导之下，坚决去为我们伟大的目标——建立苏维埃新中国斗争到底！

闻一多

(1899—1946)

生平简介

闻一多（1899—1946），原名闻家骅，又名多、亦多、一多，字友三、友山。伟大的爱国主义者，坚定的民主战士，中国民主同盟早期领导人，中国共产党的挚友，学者、新月派代表诗人。1912年考入清华学校。1919年五四运动时积极参加学生运动。1922年赴美国芝加哥美术学院学习，留学期间创作《七子之歌》。1925年回国后，历任国立第四中山大学（1928年更名为中央大学）、武汉大学（任文学院首任院长并设计校徽）、国立山东大学、清华大学、西南联合大学的教授。1944年加入中国民主同盟，成为积极的民主斗士。1945年12月1日，昆明爆发“一二·一”惨案，闻一多为死难者写挽词，并撰写《一二·一运动始末记》揭露真相。1946年7月15日在云南昆明被国民党特务杀害，时年四十七岁。诗集有《红烛》《死水》。作品主要收录在《闻一多全集》中。

“五四”历史座谈[①]

1944年5月3日

刚才周炳琳先生报告了“五四”时候北大的情形，五四运动的中心是在北大，而清华是在城外，五三那天的会不能够去参加。（记者按：周炳琳先生方才说到五三晚上北大学生集会于北大第三院大礼堂，决定次日的游行示威。）至于后来的街头演讲，清华倒干得很起劲，一千多人被关起来，其中有许多是清华的。我那时候呢，也是因为喜欢弄弄文墨，而在清华学生会里当文书。我想起那时候的一件呆事，也是表示我文人的积习竟有这样深：“五四”的消息传到了清华，五五早起，清华的食堂门口出现了一张岳飞的《满江红》，就是我在夜里偷偷地去贴的。所以我今天看了许多同学的壁报，觉得我那时候贴的东西真太不如今天你们的壁报了。我一直在学校里管文件，没有到城里参加演讲，除了有一次是特殊的之外。那年暑假到上海开学生总会，周先生（炳琳）代表北大，我代表清华到上海听过中山先生的演讲，我的记忆极坏，此外没有什么事实可以报告，只知道当时的情绪，就像我的贴《满江

---

① 本文是闻一多在西南联大新舍南区十号教室发表的演讲。

红》吧！

方才张先生说“五四”是思想革命是正中下怀，（记者按：张奚若先生说道：“辛亥革命是形式上的革命，‘五四’则是思想革命。”）但是你们现在好像是在审判我，因为我是在被革的系——中文系里面的。但是我要和你们里应外合！张先生说现在精神解放已走入歧途，我认为还是太客气的说法，实在是整个都走回去了！是开倒车了！现在有些人学会了新名词，拿他来解释旧的，说外国人有的东西我国老早就都有啦！我为什么教中国文学系呢？“五四”时代我受到的思想影响是爱国的、民主的，觉得我们中国人应该如何团结起来救国。“五四”以后不久，我出洋，还是关心国事，提倡 Nationalism，不过那是感情上的，我并不懂得政治，也不懂得三民主义，孙中山先生翻译 Nationalism 为民族主义，我以为这是反动的。回国以后在好几次的集会中曾经和周先生站在相反的立场。其实现在看起来，那是相同的，周先生，你说是不是？我在外国所学的本来不是文学，但因为这种 Nationalism 的思想而注意中文，忽略了功课，为的是使中国好，并且我父亲是一个秀才，从小我就受诗云子曰的影响。但是愈读中国书就愈觉得它是要不得的，我的读中国书是要戳破它的疮疤，揭穿它的黑暗，而不是去捧它。我是幼稚的，但要不是幼稚的话，当时也不会有五四运动了。青年人是幼稚的、重感情的，但是青年人的幼稚病，有时并不是可耻的，尤其是在一个启蒙的时期，幼稚是感情的先导，感情一冲动，才能发出力量。所以有人怕他们矫枉过正，我却觉得更要矫枉过正，因为矫枉过正才显得有力量。当时要打倒孔家店，现在更要打倒，不过当时大家讲不出理由来，今天你们可以来请教我，我念过了几十年的经书，愈念愈知道孔子的要不得，因为那是封建社会底下的，封建社会是病态的社会，儒学就是用来维持封建社会的假秩序的。他们要把整个社会弄得死板不动，所以封建社会的东西全是要不得的。我相信，凭我的读书经验和心得，它是实在要不得的。中文系的任务就是要知道它的要不得，才不至于开倒车。但是非中文系的人往往会受父辈诗云子曰的影响，也许在开倒车……负起“五四”的责任是不容易的，因为人家不许我们负呀！这不是口头说说的，你在行为上的小地方是会处处反映出孔家店的。

新文艺和文学遗产[①]

1944 年 5 月 8 日晚

今天晚上在场发言的，建设新文艺的人物有八位教授（记者按：八教授为冯至、朱自清、孙毓棠、沈从文、卞之琳、闻家驷、李广田、杨振声），而我和罗先生（常培）是干破坏的，破坏旧的东西，……月亮出来了（闻先生指着初从云中钻出来的满月说），乌云还等在旁边，随时就会给月亮盖住。我们要特别注意……要记住我们这个“五四”文艺晚会是这样被人阴谋破坏的；但是我们不用害怕，破坏了，我们还要来！“五四”的任务没有完成，我们还要干！我们还要科学，要民主，要打倒孔家店和封建势力！……文学遗产在“五四”以前是叫作国粹，“五四”时代叫作死文学，现在是借了文学遗产的幌子来复古，来反对新文艺，现在我就是要来审判它：中国在君主政治底下，“君”是治人的，但不是“君”自己去治，而实际治人的是手下的许多人，治人就是吃人！……中国的政治由封建而帝制，再由帝制而民治……中国的封建社会里面有四种家臣：第一种是绝对效忠主子的，是儒家；第二种次之，是法家；第三种更次之，是墨家；而庄子是第四种，是拒小惠而要

① 本文是闻一多在联大文艺晚会上的演讲。

彻底拆台的。但是因为有前三种人的支持，所以没有效果。后来，由反抗现实而逃到象牙塔中，辛亥以后，治人吃人的观念并没有打倒。管家人吃人，借了君子的名字。在“五四”，第四种人出塔了，他们要自己管理自己，管家的无立足余地了，但是他们仍旧可以存在的，不过不再是替君子管而是替人民管了。可惜第四种人在塔外住不惯，又回到塔里面去了！那么前三种人又活跃了！但他们觉得新主子不如旧主子好，所以才有“献九鼎”啊！新主子一出来首先要打击五四运动，要打击提倡民治精神的祸因。后来他们发现民主是从外国来的，于是义和团精神又出现了，跟外国人绝交。现在谈第四种人，他们拼命搬旧塔的砖瓦来造新塔，就如有人在提倡晚明小品，表面上是新文艺，其实是旧的。新文学同时是新文化运动、新思想运动、新政治运动，新文学之所以新就是因为它是与思想、政治不分的，假使脱节了就不是新的。文学的新旧不是什么文言白话之分，因为古文所代表的君主旧意识要不得，所以要提倡新的。第四种人中的道家则劣处较少。新文学是要和政治打通的。至于文学遗产，就是国粹，就是桐城妖孽，就是骸骨，就是山林文学。中国文学当然是中国生的，但不必嚷嚷遗产遗产的，那就是走回头路，回去了！现在感到破坏的工作不能停止，讲到破坏，第一当然仍旧要打倒孔家店，第二要摧毁山林文学。从“五四”到现在，因为小说是最合乎民主的，所以小说的成绩最好，而成绩最坏的还是诗。这是因为旧文学中最好的是诗，而现在作诗的人渐渐地有意无意地复古了。现在卞先生（之琳）已经不作诗了，这是他的高见，做新诗的人往往被旧诗蒙蔽了渐渐走向象牙塔。

论文艺的民主问题[①]

1944 年 9 月

前天有两个外国朋友先后来看我，谈到中国民主问题。一位是美国朋友，他站在美国人的立场，希望中国有第三个力量起来，担负建立新中国的责任，我说第三个力量有是有的，目前还在生长发展中。另一位是澳洲朋友，站在澳洲人的地位，比较倾向于英国方面，一方面骂美国人，一方面却更多地同情中国。他问中国究竟需要怎样的民主，他的意见，应该是社会主义的民主。他说英国目前正一天天地接近苏联，打算向着那个方向走去。他曾和丘吉尔谈话，丘氏也承认了这一点。丘氏的矛盾是印度问题；不过一般的英国人，认为丘氏适合于做战时的领袖，战后建设大概不大合适，他们希望以后对印度问题能有更开明的办法。这位澳洲记者问起我：中国的民主运动是否太温和了？战斗性是否还不够强烈？我说我是站在青年人一边的，和老辈人的看法不同；我个人看

① 1944 年 9 月 24 日一部分文化界、文艺界人士在昆明举行座谈会，讨论当时民主运动与文艺运动的问题。这个会由光未然主持，出席的有楚图南、章泯、李何林、尚钺、李公朴等十一人。闻一多因病未赴会。事后光未然走访了闻一多，并将他的谈话与其他与会者的发言一起发表在《文艺的民主问题》一书中，总的标题是《文艺的民主问题座谈会》。

来，目前的民主运动的确战斗性不够，也许有些老辈人认为操之过急反而不好。

这位澳洲记者也写小说的，和我一样，过去也曾学过画，因此他很关心中国文艺界的情形。他听说最近世界上最好的短篇小说是中国的；我问他从哪里听来的，我说我们倒有些受宠若惊了。

外国朋友的确很想了解中国。譬如今天来看我的另一位美国朋友对我说："我来到中国，为的是要看看活着的中国人民。"他说现在在美国替中国说话的有三个人：一个是落了伍的胡适之；一个是国际文艺的投机家林语堂；一个是感伤的女人赛珍珠。他们的文章，都不能表现中国的真实。他说他每回读到林语堂的文章，描写中国农民在田里耕作时如何的愉快，以及中国的刺绣、瓷器如何的高贵……他就很生气地把这位林博士的著作撕毁了掷到墙角里去。我听到这里，感激地向他伸出手来，我说："你是我所遇到的少有的美国人！"

座谈会上的报告和各位先生的发言，我大体上是同意的。谈到文艺家和民主运动的问题，有人说一个文艺家应该同时是一个中国人，这是对的；就现在的情形看来，恐怕做一个中国人比做一个文艺家更重要。因为现在是抢救的工作，不能太慢了。我甚至还怀疑，就是现在的作家，在写作以外，实际生活的政治程度是不是够高，恐怕还是问题。政治工作较文艺写作更难，正像在前线冲锋肉搏较之在后方的工厂中做苦工更难一样。更进一步地说，如无冲锋经验而描写前线冲锋的故事，因体验得不真切，写出的也一定没有力量。——这是一个生活与写作的老问题。

没有民主运动的实践，一定创造不出民主主义的作品。假使在英美的社会，作家自己如果不做民主的战士，由于社会周围充满了民主的空气，作家也许可以用观察来弥补。在中国缺少这种空气，自己不做便体验不着，观察不到。写作的问题便是一个做人的问题，人的火候到了，写出的东西自然是对的。——这样的说法，同时也解答了第二个问题——文艺作品如何反映民主主义内容的问题。

诚如大家所指出的，目前还有许多有知识、有成就的文艺家，本身还站在民主运动之外，他们的生活与写作甚至有了反民主的倾向。对于这些人，大家主张，除了加强劝导之外，还要加强理论上的批评。这点我是赞同的。我还主张，应该无情地打击。目前在进步的朋友中间，委曲求全的思想还是很盛行。我以为社会上没有那么容易的事，在大变革的时期，一定需要大牺牲，不能顾忌太多。政治上的委曲求全，我是了解的，但我还是要坚持，在文艺工作上，委曲还是应该有限度。我想，我们理想的本身，就是一首诗，今天应该坚持这种精神，不要要求成功太切。中国人自来是善于委曲求全的，用不着我们再来宣传这种思想。

关于如何创造民主主义新文艺的问题，我想先提出形式问题来谈谈。前些时何其芳先生有信来，说起张恨水的小说在重庆很盛行，他认为这个形式（章回小说的形式）很可利用，并问到我的意见。我所想到的，是最接近我们的这个圈子，智识分子的圈子。——对大众自然应该给予教育，好在他们是一张白纸，没有成见，新形式也许一样可以接受。至于智识分子和学生，问题最多，挑剔相当厉害。所以艺术技巧方面，是要极力提高。旧形式恐怕打不到他们的面前，恐怕还是要用西洋最高的东西，才能打动他们。我看那些容易和民众接近的地方，问题倒比较简单，比较顺利，我们住在大后方，不可忽略了后方的另一面。这里才是苦海，周围的人难对付，艰巨的工作在这里。

旧形式是一种旧习惯；如果认为非利用旧形式不可，便无异承认习惯是不可改变的。我的性格，喜欢走极端，我对一切旧的东西都反对，希望最好一点也不要留。我所以赞成田间的诗，原因也在这里，因为它把旧腔调摆脱得最干净。这种极端的感情，也许是近二十年来钻进旧圈子以后的彻底的反感，说不定过分了一点，但暂时我还愿意坚持我的意见。

组织民众与保卫大西南[①]

1944 年 10 月

诸位：

我们抗战了七年多，到今天所得的是什么？眼看见盟国都在反攻，我们还在溃退，人家在收复失地，我们还在继续失地。虽然如此，我们还不警惕，还不悔过，反而涎着脸皮跟盟友说：“谁叫你们早不帮我们，弄到今天这地步！”那意思仿佛是说：“现在是轮着你要胜利了，我偏败给你瞧瞧！”这种无赖的流氓意识的表现，究竟是给谁开玩笑！溃退和失地是真不能避免的吗？不是有几十万吃得顶饱、斗志顶旺的大军，被另外几十万喂得也顶好、装备得顶精的大军监视着吗？这监视和被监视的力量，为什么让他们冻结在那里，不拿来保卫国土，抵抗敌人？原来打了七年仗，牺牲了几千万人民的生命、数万万人民的财产，只是陪着你们少数人闹意气的？又是给谁开的玩笑！几个月的工夫，郑州失了，洛阳失了，长沙失了，衡阳失了，现在桂林又危在旦夕，柳州也将不保，整个抗战最后的根据地——大西南受着威胁，如今谁又能保证敌人早晚不进攻贵阳、昆明，甚至重庆？到那时，我们的军队怎样？还是

① 本文是闻一多在昆明各界双十节纪念大会上的演讲。

监视的监视，被监视的被监视吗？到那时我们的人民又将怎样？准备乖乖地当顺民吗，还是撒开腿逃？逃又逃到哪里去？逃出去了又怎么办？诸位啊！想想，这都是你们自己的事啊！国家是人人自己的国家，身家性命是人人自己的身家性命，自己的事为什么要让旁人摆布，自己还装聋作哑！谁敢掐住你们的脖子！谁有资格不许你们讲话！用人民的血汗养的军队，为什么不拿出来为人民抵抗敌人？以人民的子弟组成的队伍，为什么不放他们来保卫人民自己的家乡？我们要抗议！我们要叫喊！我们要愤怒！我们的第一个呼声是：拿出国家的实力来保卫大西南，这抗战的最后根据地的大西南！

但是，今天站在人民的立场，我们一方面固然应当向政府及全国呼吁，另一方面我们也得认清我们人民自身的责任与力量。对于保卫大西南，老实说，政府的决心是一回事，它的能力又是一回事。郑州、洛阳、长沙、衡阳的往事太叫我们痛心了，保卫国土最后的力量恐怕还在我们人民自己的身上。一切都有靠不住的时候，最可靠的还是我们人民自己。而我们自己的力量，你晓得吗？如果善于发挥，善于利用，是不可想象的强大呀！今天每一个中国人，以他人民的身份，对于他自己所在的一块国土，都应尽其保卫的责任，也尽有保卫的方法。我们这些在昆明的人无论本省的或外来的，对于我们此刻所在的这块国土——昆明市，在万一它遭受进攻时，自然也应善用我们自己的方法来尽我们自己的责任。诸位，昆明在抗战中的重要性，不用我讲，保卫昆明即所以保卫云南，保卫云南即所以保卫大西南，保卫大西南即所以保卫中国，不是吗？

在今天的局势下，关于昆明的前途，大概有三种看法，每种看法代表一种可能性。第一种是敌人不来，第二种是来了被我们打退，第三种是不幸我们败了，退出昆明。第一种，客观上即会有多少可能性，我们也不应该做那打算，果然那样，老实说，那你就太没有出息了！我们应该用奋发的心情准备迎接敌人的进攻，并且立志把他打退，万一不能，也要逼他付出相当代价，再做有计划的、有秩序的荣誉的退却。然后走到敌后，展开游击战争，给敌人以经常的扰乱与破坏，一方面发动并组织民众，使他成为坚强的自卫力量，以便配合着游击军。等盟国发动反攻时，我们便以地下军的姿态，卷土重来，协同他们作战以至赶走敌人，完成我们的最后胜利。我们得准备前面所说的第二种，甚至干脆地就是第三种可能的局面，我们得准备迎接一个最黑暗的时期，然后从黑暗中，用我们自发的力量创造出光明来！这是一个梦，一个美梦。可是你如果不愿意实现这个梦，另外一个梦便在等着你，那是一个噩梦。噩梦中有两条路，一条是留在这里当顺民，准备受无穷的耻辱；一条是逃，但在还没有逃出昆明城郊时，就被水泄不通的混乱的人群车马群挤死，踏死，碾死，即使逃出了城郊，恐怕走不到十里二十里就被盗匪戳死，打死，要不然十天半月内也要在途中病死，饿死。……衡阳和桂林撤退的惨痛故事，我们听够了，但昆明如有撤退的一天，那惨痛的程度，不知道还要几十倍、几百倍于衡阳、桂林！诸位，你能担保那惨痛的命运不落到你自己头上来吗？噩梦中的两条路，一条是苟全性命来当顺民，那样可以说是一种“不自由的生”，另一条是因不当顺民就当难民，那样又可说是一种“自由的死”。但是，诸位试想为什么必得是：要不死便得不自由，要自由就得死？自由和生难道是宿命的仇敌吗？为什么我们不能有“自由的生”！是呀！到“自由的生”的路就是我方才讲的那个美梦啊！敌人可能给我们选择的是不自由和死，假如我们偏要自由和生，我们便得到了自由的生，这便叫作“置之死地而后生”。

诸位，记住我们人民始终是要抗战到底的，万一敌人进攻，万一少数人为争夺权力闹意气而不肯把实力拿出来抵抗敌人，我们也有我们的办法。不要害怕，不管人家怎样，我们人民自始至终是有决心的，而有决心自然会有办法的。还要记住昆明在国际间“民主堡垒”的美誉，我们从今更要努力发扬民主自由的精神。哪一天我们的美梦完成了，我们从黑暗中造出光明来了，到那时中国才真不愧四强之一。强在哪里？

强在我们人民，强在我们人民呀！今天政府不给人民自由，是它不要人民，等到哪一天，我们人民能以自力更生的方式强起来了，它自然会要我们的。那时我们可以骄傲地对他说：“我们可以不靠你，你是要靠我们的呀!”那便是真正的民主！我们今天要争民主，我们便当赶紧组织起来，按照实现那个美梦的目标组织起来，因为这组织工作的本身便是民主，有了这个基础，我们便更有资格、更有力量来争取更普遍的、完整的和永久的民主政治。

在鲁迅逝世八周年纪念会的演讲

1944 年 10 月

有些人死去，尽管闹得十分排场，过了没有几天，就悄悄地随着时间一道消逝，很快被人遗忘了。有的人死去，尽管生前受到很不公平的待遇，但时间越过得久，形象却越加光辉，他的声名却越来越伟大。我想，我们大家都会同意，鲁迅是经受得住时间考验的一位光辉伟大的人物。因为他为中华民族的文化事业留下了宝贵的遗产。他是中国历史上最伟大的文学家。

鲁迅生前所处的环境异常危险，他是一个被“通缉”的“罪犯”！但是他无所畏惧，本着有一分热发一分光的精神，他勇敢、坚决地做他自己认为应该做的事，在文化战线上打着大旗冲锋陷阵，难怪有的人为什么那么恨他！

鲁迅在日本留学，住在十里洋场的上海，他和洋人、和大官打过不少交道。但他对帝国主义，对买办大亨，对当权人物，没有丝毫的奴颜媚骨，宁可流亡受苦，也不妥协。鲁迅之所以伟大，之所以能写出那么多伟大的作品，和他这种高尚的人格是分不开的。学习鲁迅，我想先得学习他这种高尚的人格。

有人不喜欢鲁迅，也不让别人喜欢，因为嫌他说话讨厌，所以不准提到鲁迅的名字。也有人不喜欢鲁迅，倒愿意常常提到鲁迅的名字，是为了骂骂鲁迅。因为，据说当时一旦鲁迅回骂就可以出名，现在，也可以对某些人表明自己的“忠诚”。前者可谓之反动，后者只好叫作无耻了。其实，反动和无耻本来就是分不开的。

除了这样两种人，也还有一种自命清高的人，就像我自己这样的一批人。从前我们住在北平，我们有一些自称“京派”的学者先生，看不起鲁迅，说他是“海派”。就是没有跟着骂的人，反正也是不把“海派”放在眼上的。现在我向鲁迅忏悔：鲁迅对，我们错了！当鲁迅受苦受害的时候，我们都正在享福。当时我们如果都有鲁迅那样的骨头，哪怕只有一点，中国也不至于这样了。

骂过鲁迅或者看不起鲁迅的人，应该好好想想，我们自命清高，实际上是做了帮闲帮凶！如今，把国家弄到这步田地，实在感到痛心！现在，不是又有人在说什么闻 × × 在搞政治了，在和搞政治的人来往啦，以为这样就能把人吓住，不敢搞了，不敢来往了。可是时代不同了，我们有了鲁迅这样的好榜样，还怕什么？纪念鲁迅，我想应该正是这样。

在“五四”青年运动座谈会上的发言[①]

1945 年 5 月 3 日

今天这会是历史学会主办的，我愿以读史的立场来说几句话。当初五四运动是一个零碎的青年运动，没有组织，慢慢才出现群众的运动，那时由于国民党的加强，这运动转成了一个具体的政治运动：由于一个党派有组织地集团地接受和领导，于是这运动有了结果。当时我们感激国民党，感激孙中山先生的领导。但是先生们却渐渐地冷落起来了。于是用各种方法来阻止我们，当然那时还没有今天这样高明用请看电影的方法。他们认为有了党派问题就严重了，于是企图高压制止，有些同学也因此观望不前。当我们读史的时候，我们庆幸有这个党派来捡起这个运动，而当时的人却讨厌什么党派，这个教训是应该特别深深体会的。老辈如果退后几十年以史家的眼光来认识它，他一定高兴于当时国民党的起来，而绝不会厌恶或害怕。读书的人看事应特别加上智力，今天的情形，一定还有人筹备犹豫，怕受党派利用，因为某某党也在喊民主，这特别是因为中国人向有所谓清高的风气，请诸位特别留意这点。今天

① 本文是闻一多在西南联大历史学会主办的“五四”青年运动座谈会上就“史实的追忆”这一讨论题所做的发言。

廿六年，当你读到今天的历史时，你一定会感到庆幸今天有某某党派，就像庆幸当时有国民党一样。我们读书的人不是人云亦云的，也不被人利用离间的，我们应以读史的眼光来看我们所处的时代。

妇女解放问题①

1945 年 5 月 5 日

认清楚对象

争取妇女解放的对象该是整个社会而不是男性。一切问题都是这不合理的社会所产生，都该去找社会去算账。但社会是看不见的，在这里只能用个人的想象来把它看成一个集体的东西——房屋。我们在这房屋中间生活了几千年，每人都被安放在一个角落上。有的被放得好，放得正，生活过得舒服；有的被放得不正，生活不舒服，就想法改良反抗，于是推推挤挤拿旁人来出气。其实，旁人也没有办法，也不能负责的，这是整个社会结构的问题，就像一座房屋，盖得既不好，年代又久了，住得不舒服，修修补补是没有用处的，就只有小心地把房屋拆下，再重新按照新的设计图样来建筑。对于社会而言，这种根本的办法，就是

① 本文原载《大路》第 5 期，文末编者云：“本篇是闻先生准备对联大女同学会演讲的原稿，后因演讲会未能举行，便改在五五文艺晚会上和《屈原》一并讲出，今仍原稿。”

“革命”。革命并非毁灭，只是小心地把原料拆下来，重新照新计划改造。所以计划得很好的革命，并不是太大的事情。

奴隶制度产生的因素有二：一是种族，二是两性

现在的社会是不合理的，因为这社会里有阶级，阶级的产生由于奴隶制度。奴隶制度产生的因素有两个，一是种族，二是两性。在两个种族打仗的时候，甲族的人被乙族的俘去了，作为生产工具，即是奴隶，原来平等的社会就开始分裂成主奴两个阶级。奴隶的数目愈来愈多的时候，这两个阶级的分别也愈为明显，倘没有另外的种族，那么一切不平等、阶级产生的可能性也可减少。其次，问到最初被俘的甲族人是男的还是女的，回答说是女的。被俘来的不仅做奴隶，还可做妻子。因为在图腾社会中有一种很重要的制度叫“外婚制”，就是男子不能和他本族的女子结婚，一定得找外族的女子做配偶。在这制度下两族本可交换女子结婚，但因古代婚姻，不单是解决两性的问题，重要的还是经济的问题，大家都需要生产、劳动力，女子在未嫁前帮娘家做活，娘家当然不愿她出嫁而减少一个帮手，使自己受到损失，所以老把女儿留在家里。但另一边同样急切地需要她去生产孩子，在这争持的情形下，产生了抢婚的行为，她既是被抢来的生产工人，便怕她逃回去，或被娘家的人抢回，才用绳子捆起，成为这族的奴隶。所以谈到奴隶制度时，两性的因素不可缺少，甚至“奴隶制”是“外婚制”的发展呢！

女性、奴性和妓性

中国的古人造字，“女”字是“”，或“”，象征绳子把坐着的

人捆住，而“女”字和“奴”字在古时不但声音一样，意义也相同，本来是一个字，只是有时多加一只手牵着“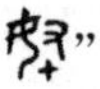”而已。那时候，未出嫁的女儿叫“子”，出嫁后才叫“女”或“奴”，所以妇女的命运从历史的开始起就这么惨了。

现在的社会里，奴隶已逐渐解放了，最先被解放的奴隶是距主人最远的农业奴隶，主人住在城里，他们住在乡间。其次被解放的是贵族的工商职奴隶，主人住在内城，他们住在外城。再其次是在主人身边伺候主人的听差老妈子，而资格最老、历史最久的奴隶——妇女——却还没有得到解放，因为她们和她们的主子——丈夫——的距离太近，关系太密切了，而且生活过得也还可以，不觉得要解放。

从历史上看中国的女性，就是奴性的同义字，三从四德就是奴性的内容。再不客气地说一句，近代西洋女性的妓性比较起来也好不了多少，只是男女关系不固定些而已。奴则老是呆在家里，不准外出，而且固定屈于一个男子，妓则要自由得多，妓因有被迫去当的，但自动去当妓，多少带点反抗性。所以近代西洋的妓性比中国的奴性要好一点，因为已解放了一纲，只是不彻底而已。

真女性应该从母性出发而不从妻性出发

彻底解放了的新女性应该是真女性，我们先设想在奴隶社会没开始时的那个没有阶级、没有主奴关系的社会，真女性就该以那社会中的天然的、本来的、真正的女性做标准。有人说女子总是女子，在生理上和男子不同，就进化来证明女子该进厨房，其实是不对的。根据人类学，在原始时的女性中心社会里的女子，长得和这时代的女子不同，胸部挺起，声量宽洪，性格刚强。而那时候的男子反因坐得久了，脂肪积储在下体，使臀部变大，同时又因须抚养儿女，性情温柔，声音细弱。所以除了女子能生育而产生母子关系而外，和男子并没有什么不同。真女性就应该从母性出发而不从妻性出发（从妻性出发不成为奴即成为妓）。母亲对待儿子总是慈爱的，愿为儿子操劳、忍耐，甚至勇敢地牺牲，从母性出发的真女性是刚强的，具有一切美德，如：仁慈、忍耐、勇敢、坚强。就是雌性的动物在哺乳的时候，总是比雄的还来得凶，来得可怕，俗语中的“母大虫”“雌老虎”，古书上称猎得乳虎的作英雄，都是这个意思。女子彻底解放以后，将来的文化要由女子来领导，一切都以妇女为表率，为模范，为中心。

我们不反对女子中看又中用
但最要紧的还是中用

妇女的解放，并不是个人的努力所能成功的，必须从整个社会下手，拆下旧房屋，再按照新计划去盖造，使成为没有阶级、没有主奴关系的社会。历史照螺旋形发展，从当初开始有奴隶的社会到今天刚好绕了一圈，现在又要到没有奴隶的社会了，这并不是进化，不过这得有理想、有魄力，才能改变到一个新社会。三千年来的历史全错了，要是有一点地方对的，也是偶然碰上了而已。我的这种想法也许有点大胆，有点浪漫，但在这些地方——譬如苏联，已经试验成功了。台维斯的《出使莫斯科记》里说：“美国的女子中看不中用，苏联的女子中用不中看。”苏联女子就是从母性出发的真女性，是实际有用的，并不是供人看看的花瓶。当然我们不反对女子中看又中用，但最要紧的还是中用，倘以中看为标准而做去，充其量，只是表现出妓性。还有《延安一月》的作者告诉我们延安的妇女已不像女性，也就是说延安的妇女是真正解放了，已不再是奴隶了。现在既有具体的、试验成功的榜样供大家学习，为什么还躲在这社会里呻吟而逃避呢？毕竟妇女解放问题被提出了，热烈地展开讨论了，表示妇女解放的条件已成熟，离真正解放的日子也不远了。一旦妇女真正解放，文化也就变成新的，文学艺术各部门都要以新姿态出现了！

给西南联大的从军回校同学讲话

约 1945 年 7 月

我也是参加校务会议的一分子，但我所讲的只代表我个人。关于治标治本的问题，刚才查先生、冯先生说得很清楚，很详细。我也替大家感到很高兴。不过我想，大家是去从军，而不是去治标。这些治标的对象是我们造出来的，所谓“天下本无事，庸人自扰之”。自缚自解只是绕圈子而已。但是这种治标，不是我们从军的目的，从军的目的就是治本。假使不抱治本的目的去从军，则我们还配得上做一个知识分子么？谈到知识分子，我们总以知识分子自夸，觉得很骄傲，很光荣。这，与其说是光荣，不如说是耻辱。由于知识分子少，固然显得宝贵，显得身价高。因此我们的地位之尊贵是由和一班没知识的大众相形之下而成的。所以我们个人之光荣，是以国家之不光荣换得来的。我听到很多从军同学回来诉说在印所受的污辱。如有一个盟军俱乐部，英国、美国、法国……连印度人也准进去，独不准中国人进去，因为他们认为我们是“China man”，不管你知识分子不知识分子。可见你们个人在国内，可以很神气，而在国外，人家就不管你什么东西了。所以国内不改善，在外人看来，你们只是一样的中国人！把这些经历反省反省，认得清清楚楚，就不会白去了。

我们去从军，受那些连长、排长，那些老粗的虐待，或是过分的恭维，也还是如刀割般苦痛的。我们可以骂他们："正是你们丢了我们的脸，使我们受外国人的罪！"大家想想，为什么他们这样？想一想吧，这原是我们的责任！抗战以来，感到军队里知识分子太少，都希望赶快让知识青年去从军，借此机会改善军队。但是为什么到今日才晓得要找知识青年？根本我们的打仗就不想要知识青年来打的！本来，战争之发动就是用农民壮丁来干，农民去送死，我们去建国。这说来好听，根本当时的军队就没有组织，没有计划。送死，由他们去！以前卖命由他们去，现在就轮到他们管你们了！当初，苦事让人家干，现在因他们而丢脸，我们是不应该把他们当作敌人来仇恨他们或可怜他们，这是错的！这是整个社会制度表现出来的现象。当初他们入伍时候，是没有知识就拉过来的，等到入伍后，也从未教一点知识给他们。相反的倒是让他们身体没闲，或者宁愿他们睡死，病死，却千万不要让他们的脑筋清醒，不让他们有知识。

统治者只要奴才去打仗，不要知识分子去打仗！好像现在要打内战啦，你们肯干吗？所以他们当初一时妙想天开，想找些知识分子去从军。他们一则糊涂，一则聪明。聪明的是这么一来，他们只把你们当一般壮丁一样训练，你们受得了就来，受不来就活不了。他们要把你们壮丁化，麻醉你们；麻醉得越多越好，奴化得越多越好。所以，人家是聪明的，我们就不能太笨了！现在我们可以反省一下，到底是怎样一回事。想对了，也还不愧为一个知识分子，上了当就要变乖。要知道绝不是几个知识分子抱着空中楼阁的理想，老是想从事改良改良，这么天真就办得到的。但是我们的思想就是我们的武器！只要我们是人，有人格，这人格的尊严就是我们的武器！千万不要自己欺骗自己。做知识分子就要做一个真的知识分子！不是普通的技术青年而要做个智慧的青年！千万不要因为人家多给你们几个钱的待遇就算了事，要从大处看！

今早，有一个从军同学给一首诗我看。好诗，但写得我不同意。他说印度人怎的没希望了。是人就有希望，只要我们团结和醒觉！除非我们是苍蝇，是臭虫，……打了八年仗，八年前和八年后的苍蝇都是一样的，但是人就变了，受了这么多的苦是会变的！尽管受尽压迫和痛苦，终有一天是印度人的世界，而不是英国人的世界。印度有希望，何况我们中国！

还有一点，以为只有知识分子，才有办法，别人一概不成。这种想法是错的。不要以为有了知识分子就有力量，真正的力量在人民。我们应该把自己的知识配合他们的力量。没有知识是不成的，但是知识不配合人民的力量，绝无用处！我们知识分子常常夸大，以为很了不起，却没想到人民一醒觉，一发动起来，真正的力量就在他们身上。一班人活不好，吃不好，联大再好，也没有用的。我们是知识分子，应有我们的天职。我们享受好，义务也多，我们要努力。但以为自己努力就成了，就根本错！刚才那位写诗的同学说：印度人像没有生命似的，这才厉害。只有我们知识分子才怕死，人家不知死，混混沌沌地把生命分得不清楚，一旦把他们号召起来，还得了！武器在我们手里时，就觉得这是不好玩的，要人命的东西；在他们手里，干起来就拼！因为真正的力量在人民，所以越压迫，越吃苦，报复起来就越厉害！因此我希望诸位无论干哪种工作，不要以为自己是大学生。这不该看成普通的谦虚，一种做人的手段，因为我们确实不如他们。不但口里说，而且心里也硬是要想：我们是不如他们的。我们的知识是一种赃物，是牺牲了大多数人的幸福而得来的。可是知识救不了我们；他们那人敢说敢做，假如真要和我们拼起来，我们只有怕，没有办法！所以，问题就在他们要拼不要拼的问题；如果要，那我们就完了！

只有在一个合理的社会里，在一个没有人剥削人、人食人的社会里，知识才是一个武器，知识在一个合理的社会里才有大用；不然，是不中用的。所以，我希望各位能较抽象、较远大、较傻劲地看去。我所以说是傻，因为许多人都以他们的经验，说我们这样做是幼稚，是傻。其实我们的经验越多，只越教我们怯懦而已。现在，在军队里，可惜不是你们做主；但假如我们是和人民在一起，我们就有希望了。

兽·人·鬼[①]

1946年1月

剑子手们这次杰作我们不忍再描述了，其残酷的程度，我们无以名之，只好名之曰兽行，或超兽行。但既已认清了是兽行，似乎也就不必再用人类的道理和它费口舌了。甚至用人类的义愤和它生气，也是多余的。反正我们要记得，人兽是不两立的，而我们也深信，最后胜利必属于人！

胜利的道路自然是曲折的，不过有时也实在曲折得可笑。下面的寓言正代表着目前一部分人所走的道路。

村子附近发现了虎，孩子们凭着一股锐气和虎搏斗了一场，结果遭牺牲了，于是成人们之间便发生了这样一串纷歧的议论：

——立即发动全村人手去打虎。

——在打虎的方法没有布置周密时，劝孩子们暂勿离村以免受害。

——已经劝阻过了，他们不听，死了活该。

——咱们自己赶紧别提打虎了，免得鼓励了孩子们去冒险。

——虎在深山中，你不惹它，它怎样会惹你？

① 本文是闻一多在国民党制造“一二·一”血案后发表的演讲。

——是呀！虎本无罪，祸是喊打虎的人闯的。

——虎是越打越凶的，谁愿意打谁打好了，反正我是不去的。

议论发展下去是没完的，而且有的离奇到不可想象。当然这里只限于人——善良的人的议论。至于那为虎作伥的鬼的想法，就不必去揣测了。但愿世上真没有鬼，然而我真担心，人既是这样的善良，万一有鬼，是多么容易受愚弄啊！

民盟的性质与作风[①]

1946 年 6 月 28 日

（这篇稿子是从几次谈话中综合而成的）

诸位来宾，今天承诸位光临，给我这个机会，以一个政治团体代表人之一的资格向诸位领教。这给予我个人的感觉，除了光荣之外，还有无限的感慨与兴奋。此刻我的心事真是千头万绪。但为了避免浪费诸位的宝贵时间起见，我还是把我的话头尽量限制在少数的几点上谈吧。

首先，我要向诸位说明的，是无党无派在中国民主同盟中的地位。刚才李公朴先生向诸位报告过，今天我们百分之八十的盟员是无党无派，但是他还忘记了同样重要的一点，那便是我们最高的领导人张表方老先生也是一个无党无派。在上最高的领导人，在下绝大多数的群众，都是无党无派，这现象说明着，到了今天无党无派确乎是民主同盟的主要力量。而在将来我们组织的发展中，无党无派盟员的数量一定更加扩大，无限度地扩大。所以，无党无派在我们内部，又不只是今天起着决定作用，而且恐怕永远要起着决定作用。

这是一件有趣的事，对内我们是无党无派，而对外我们又是有党有

① 本文是闻一多在昆明民盟云南省支部召开各界贤达会上发表的演讲。

派。无党无派，因为我们昨天不问政治；有党有派，因为我们今天在问着政治。从不问政治到问政治，从无党无派到有党有派，这一转变，从客观环境说，是时代的逼迫，从主观认识说，是思想的觉悟，我们觉悟了我们昨天那种严守中立、不闻不问的超然态度，不是受人欺骗便是自欺欺人。昨天如果我们是因为被人捧为超然的学者专家，超然起来的，那么我们今天确是觉悟了，知道那种捧是不怀好意的灌米汤，因为只有我们超然，老爷们才更好放手干他们那套卑鄙的吃人勾当。如果我们昨天的超然，是掩饰自身的怯懦、无能和自私自利的美丽幌子，那便是比自己干的吃人勾当更为卑鄙的卑鄙行为，我们今天更应该忏悔。好了，不管昨天怎样，我们今天总算醒了，我们也不讳言我们为自己今天的觉醒而骄傲。

今天我们再不是袖手旁观或装聋作哑的消极的中立者了，今天我们要站出来，做活动于两极之间的积极的中间人。但是所谓中间人并不是等于无原则的和事佬。我们要明是非，辨真伪，要以民主为准绳来做两极之间的公断人。我们除了牢不可破的对民主的信念以外，没有任何成见，也不可能有任何成见。为什么我们不可能有成见呢？因为我们绝大多数是有党有派中的无党无派，因此我们的党派，在本质上，便带着某种程度的无党无派性。你也可以说，我们是今天各党各派中最富于无党派性的一个党派，或是说，最无党派成见的一个党派。不是说我们昨天还是不问政治的无党无派，今天问政治了，才变成有党有派的吗？我们固然“觉今是而昨非”，但也正因我们一向是不问政治的无党无派，所以今天问起政治来，只有政治主张，而无党派成见。唯其无党派成见，所以我们愿意不惮烦难地在两极之间做中间人，而不打算排斥任何一个。唯其有政治主张，所以我们不能做无原则性的和事佬，而要在两极之间，做个明是非、辨真伪的公断人。

以上我从无党无派在同盟中的重要性，证明了同盟本质上的中间性。不用说，中间是从两极生出的，两极的存在是中间的存在的先决条件，所以说到同盟的中间性，同时就说明了民主同盟是国共两党的小兄弟。小兄弟年纪轻，不免情急一点，并且“新生之犊不畏虎”，自然也就显得火气大而嘴头硬了。但说嘴头硬便是完全因为年纪轻，那也不尽然，我们实在还有不念旧恶更正大的理由使自己有恃而无恐。老实说，我们是一个光杆，既没有武力，又没有政权，而我们偏要说话，嘴头再不硬点，还中什么用呢？而且，还要记住，也正因为我们是这样一个光杆，我们才可以硬，值得硬啊！谁都知道，我们民主同盟没有武力，也不要武力，所以谈起政治来，我们的脚跟是比任何人都站得稳些的，脚跟站稳了，自然说话也就响亮了。同时因为只是动口不动手，这手也便可以随时伸出来给你看的。

所以，我们的和平的手段又天然地决定了我们公开的态度。手段必须和平，态度必须公开。这里道理讲起来自然多得多，但我们今天无须在此地讲它。我今天要说明的，倒是我们所以要这样做，一半也是由于自己的积习。大家知道，我们多数人是从事教育文化工作的，而和平不正是教育的手段，公开不正是教育的态度吗？如果承认暴力和欺骗正是教育的敌人，那么，我们多数人干了一辈子教育工作，便证明我们的生活记录上不可能有半点使用过暴力和欺骗的污点，而今后我们的政治活动中，也不可能有那一套。老实说，我们就是抱这样一个傻念头来从事政治的，那便是，用教育的手段和教育态度来发行政治，把整个国家社会变成一个学校，我们相信政治本来就应该照我们这样做，不照我们这样做的政治，本来就不应该存在。我们也相信，不应该存在的政治，只要我决心不许它存在，它早晚就得消灭。除非我们不管，我们管了，一切就必然服从我们。我们对我们的这一套，因为有了科学的认识，所以有着宗教的信心。

我刚才讲同盟的中间性的时候，曾说到中间是从左右两极生出的，更具体地就左右两极与中间发展的程序说，其实是因先有右，而后有左，既有左右，便自然有了中间。用古代哲学家的话，这正是“一生二，二生三”的发展程序。但是从一发展到三便是终结，从四以下以至无尽数，都不过是一或二或三的重复和再重复。近来报上常常把民主同盟、青年党和无党无派的社会贤达总称为第三方面，而这其间主干显然是民主同盟。这就说明了，民主同盟是最第三性的第三方面，也可以说是中间的中坚。因此我们可以肯定，凡是真正第三性的党派或个人必与我们合作，不与我们合作的必非真第三性，或者只有在与我们合作的期间，一个党派或个人才配称第三性，一旦停止与我们合作便立刻失却它或他的第三性的资格了。反过来也是很明白的，凡是我们愿与之合作的，也必然真是属于第三性的，否则必是由第一或第二性假冒的第三性。

最后，特别要请诸位注意的，当我们承认自己是第三的时候，我们同时也就承认了第一和第二。当我们承认自己是中间的时候，我们同时也就承认了左右两极，因为有第一、第二，才可能有第三，有了左右两极，才可能有中间。换言之，我们必须先承认了别人然后才谈到我们自己。我们是待他而后存的，所以我们不可能是排他的和独占的。我们知道排他和独占就是毁灭我们自己，正如今天任何一个中国的政党，如果是排他和狡占的，我们深信都要归于毁灭一样。因此，我们对于旁人的批评，不管如何严厉，目的总是要成全他，以便与他合作。我们既批评别人，当然也不拒绝别人的批评；但是潜藏毁谤和造谣中伤，我们是不受的。谁要使用这样的手段，谁便犯了排他和独占的，而排他和独占是我们坚决反对的。总之，我们的目标是合作，自己与一二两个大党合作，同时也要一与二彼此互相合作。我们民主同盟自身便是一个各党各派与无党无派共同合作的榜样，我们愿把我们内部合作的精神和经验，贡献给全国的各党各派，乃至无党无派，来共同完成和平民主团结的新中国的建设。

我们个人间平时很少有见面的机会，一则因为大家都忙于职务，难得抽身；二则也因为我们这些作为一个政治团体的代表人，明珠不能暗投，纵有机会和诸位个别地见面，也不愿谈到政治。今天承诸位光临，得到和诸位见面的机会，感谢之余，就让我们趁此机会，公开地向诸位伸出我们这只合作的手吧！请诸位认清：这只“无缚鸡之力”的书生的手，不可能，也不愿意以威逼人，因此也不受人的威逼；这只“空空如也”的穷措大的手，不可能，也不愿意以利诱人，也不受人的利诱。你尽可瞧不起它，但是不要怕它。真是，有什么可怕的呢？不信，你闻闻看，这上面可有一丝一毫血腥味儿？这只拿了一辈子粉笔的手，是可以随时张开给你看的。你瞧，这雪白的一把粉笔灰，正是它的象征色。我再说一句，不要怕，这是一只洁白的手啊！然而也不可以太小看了它。也许许多这样的手团结起来，它可以团结更多更多的手，无数的拿锄头的手、开马达的手、打算盘的手、拉洋车的手，乃至缝衣煮饭，扫地擦桌子的手……到那时，你自然会惊讶于这只手的神通。因为它终于扭转了历史，创造了奇迹。

你说这是空想，是梦话吗？不，不，一点也不是。假设今天每一个中国人都非入一个政党不可，而这一个党又是可以按各人自己的意愿，毫不受拘束地来选择的，那么大家不妨想想看，在今天三大政党中，绝大多数的中国人会选择哪一个。让我大胆地说一句吧，中国民主同盟！你说这又是空想，是梦话，如果那个假设真能成立，你的话也许不错，但是那个假设根本就不能成立。我说假设是可以成立的，可以的，因为成立的条件已经具备了。今天客观的情势不是在逼迫着每一个中国人，为他自己生存的条件和生存的权利，不得不加入一个团体来奋斗吗？而且这逼迫不是正在一天天地加紧吗？我知道我们自己便是这样逼出来的，而我也相信，照这样下去，是会逼到每一个中国人头上来的。今天逼人者似乎已经下定决心，逼的机构与计划似乎已经布置得十分充分，所以逼已经是定局了。只看这被逼者投奔的去处，是否有能力收容他们并善用他们的力量。我们中国民主同盟十分明白时代所课与它自己的任务，只是这任务如何完成，一半固然靠我们自身的努力，一半也得靠大家的鼓励和支持，所以我们这只手也是同样向大家伸出的。

八年的回忆与感想[①]

1946 年

说到联大的历史和演变，我们应追溯到长沙临时大学的一段生活。最初，师生们陆续由北平跑出，到长沙聚齐，住在圣经学校里，大家的情绪只是兴奋而已。记得教授们每天晚上吃完饭，大家聚在一间房子里，一边吃着茶，抽着烟，一边看着报纸，研究着地图，谈论着战事和各种问题。有时一个同事新从北方来到，大家更是兴奋地听他的逃难的故事和沿途的消息。大体上说，那时教授们和一般人一样只有着战事刚爆发时的紧张和愤慨，没有人想到战争是否可以胜利。既然我们被迫得不能不打，只好打了再说。人们只对于保卫某据点的时间的久暂，意见有些出入，然而即使是最悲观的也没有考虑到战事如何结局的问题。那时我们甚至今天还不大知道明天要做什么事，因为学校虽然天天在筹备开学，我们自己多数人心里却怀着另外一个幻想。我们脑子里装满了欧美现代国家的观念，以为这样的战争，一发生，全国都应该动员起来，自然我们自己也不是例外。于是我们有的等着政府的指示：或上前方参加工作，或在后方从事战时的生产，至少也可以在士兵或民众教育上尽

① 本文原载西南联大学生出版社 1946 年 7 月出版的《联大八年》。

点力。事实证明这个幻想终于只是幻想，于是我们的心理便渐渐回到自己岗位上的工作，我们依然得准备教书，教我们过去所教的书了。

因为长沙圣经学校校舍的限制，我们文学院是指定在南岳上课的。在这里我们住的房子也是属于圣经学校的。这些房子是在山腰上，前面在我们脚下是南岳镇，后面往山里走，便是那探索不完的名胜了。

在南岳的生活，现在想起来，真有“恍如隔世”之感。那时物价还没有开始跳涨，只是在微微地波动着罢了。记得大前门纸烟涨到两毛钱一包的时候，大家曾考虑到戒烟的办法。南岳是个偏僻地方，报纸要两三天以后才能看到，世界注意不到我们，我们也就渐渐不大注意世界了，于是在有规则性的上课与逛山的日程中，大家的生活又慢慢安定下来。半辈子的生活方式，究竟不容易改掉，暂时的扰动，只能使它表面上起点变化，机会一来，它还是要恢复常态的。

讲到同学们，我的印象是常有变动，仿佛随时走掉的并不比新来的少，走掉的自然多半是到前线参加实际战争去的，但留下的对于功课多数还是很专心的。

抗战对中国社会的影响，那时还不甚显著，人们对蒋委员长的崇拜与信任，几乎是没有限度的。在没有读到史诺的《西行漫记》一类的书的时候，大家并不知道抗战是怎样起来的，只觉得那真是由于一个英勇坚毅的领导，对于这样一个人，你除了钦佩，还有什么话可说呢！有一次，我和一位先生谈到国共问题，大家都以为西安事变虽然业已过去，抗战却并不能把国共双方根本的矛盾彻底解决，只是把它暂时压下去罢了，这个矛盾将来是可能又现出来的。然则应该如何永久彻底解决这矛盾呢？这位先生认为英明神圣的领袖，代表着中国人民的最高智慧，时机来了，他一定会向左靠拢一点，整个国家民族也就会跟着他这样做，那时左右的问题自然就不存在了。现在想想，中国的“真命天子”的观念真是根深蒂固！可惜我当时没有反问这位先生一句：“如果领袖不向平安的方向靠，而是向黑暗的深渊里冲，整个国家民族是否也就跟着他那样做呢?”

但这在当时究竟是辽远的事情，当时大家争执得颇为热烈的倒是应否实施战时教育的问题。同学中一部分觉得应该有一种有别于平时的战时教育，包括打靶、下乡宣传之类。教授大都与政府的看法相同：认为我们应该努力研究，以待将来建国之用。何况学生受了训，不见得比大兵打得更好，因为那时的中国军队确乎打得不坏。结果是两派人各行其是，愿意参加战争的上了前线，不愿意的依然留在学校里读书。这一来，学校里的教育便变得更单纯地为教育而教育，也就是完全与抗战脱节的教育。在这里，我们应该注意：并不是全体学生都主张战时教育而全体教授都主张平时教育，前面说过，教授们也曾经等待过征调，只因征调没有消息，他们才回头来安心教书的。有些人还到南京或武汉去向政府投效过的，结果自然都败兴而返。至于在学校里，他们最多的人并不积极反对参加点配合抗战的课程，但一则教育部没有明确的指示，二则学校教育一向与现实生活脱节，要他们炮声一响马上就把教育和现实配合起来，又叫他们如何下手呢?

武汉情势日渐危急，长沙的轰炸日益加剧，学校决定西迁了。一部分男同学组织了步行团，打算从湖南经贵州走到云南。那一次参加步行团的教授除我之外，还有黄子坚、袁复礼、李继侗、曾昭抡等先生，我们沿途并没有遇到土匪，如外面所传说的，只有一次，走到一个离土匪很近的地方，一夜大家紧张戒备，然而也是一场虚惊而已。

那时候，举国上下都在抗日的紧张情绪中，穷乡僻壤的老百姓也都知道要打日本，所以沿途并没有做什么宣传的必要。同人民接近倒是常有的事，但多数人所注意的还是苗区的风俗习惯、服装、语言和名胜古迹等等。

在旅途中同学们的情绪很好，仿佛大家都觉得上面有一个英明的领袖，下面有五百万勇敢用命的兵士抗战，反正是没有问题的。我们只希望到昆明后，有一个能给大家安心读书的环境。大家似乎都不大谈，甚至也不大想政治问题。有时跟辅导团团长为了食宿闹点别扭，也都是很小的事，一般说来，都是很高兴的。

到昆明后，文法学院到蒙自待了半年，蒙自又是一个世外桃源。到蒙自后，抗战的成绩渐渐露出马脚，有些被抗战打了强心针的人，现在，兴奋的情绪不能不因为冷酷的事实而渐渐低落了。

在蒙自，吃饭对于我是一件大苦事。第一我吃菜吃得咸，而云南的菜淡得可怕，叫厨工每餐饭准备一点盐，他每每又忘记，我也懒得多麻烦，于是天天只有忍痛吃淡菜。第二，同桌是一群著名的败北主义者，每到吃饭时必大发其败北主义的理论，指着报纸得意扬扬说："我说了要败，你看吧！现在怎么样?"他们人多势众，和他们辩论是无用的。这样，每次吃饭对于我简直是活受罪。

云南的生活当然不如北平舒服。有些人的家还在北平、上海或是香港，他们离家太久，每到暑假当然想回去看看，有的人便在这时一去不返了。

等到新校舍筑成，我们搬回昆明。这中间联大有一段很重要的历史，就是在皖南事变时期，同学们在思想上分成了两个壁垒。那年我正休假，在晋宁县住了一年，所以校内的情形不大清楚，只听说有一部分同学离开了学校，但是后来又陆续回来了。

教授的生活在那时因为物价还没有很显著的变化，并没有大变动。交通也比较方便，有的教授还常常回北平去看看家里的人，如刘崇鋐先生就回去过几次。

一般说来，先生和同学那时都注重学术的研究和学习，并不像现在整天谈政治，谈时事。

《中国之命运》一书的出版，在我一个人是一个很重要的关键。我简直被那里面的义和团精神吓一跳，我们的英明领袖原来是这样想法的吗?"五四"给我的影响太深，《中国之命运》公开地向"五四"宣战，我是无论如何受不了的。

大学的课程，甚至教材都要规定，这是陈立夫做了教育部长后才有的现象。这些花样引起了教授中普遍的反感。有一次教育部要重新“审定”教授们的“资格”，教授会中讨论到这问题，许多先生发言非常愤慨，但这并不意味着反对国民党的情绪。

联大风气开始改变，应该从三十三年算起，那一年政府改三月二十九日为青年节，引起了教授和同学们一致的愤慨。抗战期中的青年是大大地进步了，这在“一二·一”运动中，表现得尤其清楚。那几年同学中跑仰光赚钱的固然有，但那究竟是少数，并且这责任归根究底，还应该由政府来负。

这两年来，同学们对学术研究比较冷淡，确是事实，但人们因此而悲观，却是过虑。政治问题诚然是暂时的事，而学术研究是一个长期的工作。有些人主张不应该为了暂时的工作而荒废了永久的事业，初听这说法很有道理，但是暂时的难关通不过，怎能达到那永久的阶段呢？而且政治上了轨道，局势一安定下来，大家自然会回到学术里来的。

这年头愈是年青的，愈能识大体，博学多能的中年人反而只会挑剔小节，正当青年们昂起头来做人的时候，中年人却在黑暗的淫威面前屈膝了。究竟是谁应该向谁学习？想到这里，我觉得在今天所有的不合理的现象之中，教育，尤其大学教育，是最不合理的。抗战以来八九年教书生活的经验，使我整个地否定了我们的教育。我不知道我还能继续支持这样的生活多久，如果我真是有廉耻的话！

最后一次的讲演[①]

1946 年 7 月

这几天，大家晓得，在昆明出现了历史上最卑劣、最无耻的事情！李先生究竟犯了什么罪？竟遭此毒手，他只不过用笔写写文章，用嘴说说话，而他所写的，所说的，都无非是一个没有失掉良心的中国人的话！大家都有一支笔，有一张嘴，有什么理由拿出来讲啊！有事实拿出来说啊！（闻先生声音激动了）为什么要打要杀，而且又不敢光明正大地来打来杀，而偷偷摸摸地来暗杀！（鼓掌）这成什么话？（鼓掌）

今天，这里有没有特务？你站出来！是好汉的站出来！你出来讲！凭什么要杀死李先生？（厉声，热烈的鼓掌）杀死了人，又不敢承认，还要诬蔑人，说什么“桃色案件”。说什么共产党杀共产党，无耻啊！无耻啊！（热烈的鼓掌）这是某集团的无耻，恰是李先生的光荣！李先生在昆明被暗杀，是李先生留给昆明的光荣！也是昆明人的光荣！（鼓掌）

去年“一二·一”昆明青年学生为了反对内战，遭受屠杀，那算是年轻一代，献出了他们的血，献出了他们最宝贵的生命！现在李先生为了争取民主和平，而遭受了反动派的暗杀，我们骄傲一点说，这算是

---

① 本文是闻一多在云南大学至公堂召开的李公朴先生追悼会上的演讲。

像我这样大年纪的一代，我们的老战友，献出了最宝贵的生命。这两桩事发生在昆明，这算是昆明无限的光荣！（热烈的鼓掌）

反动派暗杀李先生的消息传出后，大家听了都摇头。我心里想，这些无耻的东西，不知他们是怎么想法？他们的心理是什么状态？他们的心是怎样长的？其实很简单，他们这样疯狂地来制造恐怖，正是他们自己在慌啊！在害怕啊！所以他们制造恐怖，其实是他们自己在恐怖啊！特务们，你们想想，你们还有几天，你们完了，快完了！你们以为打伤几个，杀死几个，就可以了事，就可以把人民吓倒了吗？其实广大的人民是打不尽的，杀不完的，要是这样可以的话，世界上早没有人了。

你们杀死了一个李公朴，会有千百万个李公朴站起来！你们将失去千百万的人民！你们看着我们人少，没有力量。告诉你们，我们的力量大得很！多得很！看今天来的这些人，都是我们的人，都是我们的力量！此外还有广大的市民！我们有这个信心：人民的力量是胜利的，真理是永远存在的，历史上没有一个反人民的势力不被人民毁灭的！希特勒、墨索里尼不都在人民之前倒下了吗？翻开历史看看，你们还站得住几天！你完了，快完了！我们的光明就要出现了。我们看，光明就在我们的眼前，而现在正是黎明之前那个最黑暗的时候。我们有力量打破这个黑暗，争到光明！我们的光明，就是反动派的末日！（热烈鼓掌）

李先生的血，不会白流的。李先生赔上了这条性命，我们要换来一个代价。“一二·一”四烈士倒下了，年轻的战士们的血，换来了政治协商会议的召开，现在李先生倒下了，他的血要换取政协会议的重开！（热烈的鼓掌）

我们有这个信心！（鼓掌）

“一二·一”是昆明的光荣，是云南人民的光荣，云南有的光荣的历史，远的如护国，这不用说了，近的如“一二·一”，都是属于云南人民的，我们要发扬云南光荣的历史！

反动派挑拨离间，卑鄙无耻，你们看见联大走了，学生放暑假了，便以为我们没有力量了吗？特务们！你们错了！你们看看今天到会的一千多青年，又握起手来了，我们昆明的青年决不会让你们这样蛮横下去的！

正义是杀不完的，因为真理永远存在！（鼓掌）

历史赋予昆明的任务是争取民主和平，我们昆明的青年必须完成这任务！

我们不怕死，我们有牺牲的精神，我们随时像李先生一样，前脚跨出大门，后脚就不准备再跨进大门！（长时间热烈的鼓掌）

罗　庸
(1900—1950)

生平简介

罗庸（1900—1950），字膺中，号习坎，笔名有来耘人、佗陵、修梅等，原籍江苏江都，生于北京。古典文学研究专家、国学家。1917年进入北京大学文科国文门（1919年改称国文系）学习。1921年入北大研究院国学门做研究。1922年与同辈一起创办私立华北大学。1927年应邀赴日本东京帝国大学讲学。同年秋，应鲁迅之邀任广州中山大学中文系教授兼系主任。是鲁迅《两地书》和《鲁迅日记》都曾提及的知名学者。1931年任浙江大学教授。1932年回北平任北平大学文科教授，并在故宫博物院兼职。抗日战争全面爆发后，随校迁至长沙、昆明，任教于西南联合大学。1946年昆明师范学院成立，任该校国文系教授兼主任。1949年赴重庆，在梁漱溟创办的勉仁文学院任教。1950年病逝于重庆北碚。主要著作有《宛平方音考》《佛学概论》《中国文学史概要》《魏晋思想史稿》《陈子昂年谱》《汉魏六朝诗选》等。

诗　　人

1942 年 4 月 15 日

这是一个很陈旧的题目，已经有许多人讲演过或做过文章。我所以还要讲这个题目，只不过想述说自己的一点看法。我根本不懂外国诗，也不大懂中国的新诗，这里所谈，大半是根据中国旧诗而说的。

诗人一名，大概在战国时就有了，《楚辞・九辩》：“窃慕诗人之遗风兮，原讬志乎素餐。”从此便成为两汉人习用的名词。

辞赋兴起以后，又有了“辞人”一个名词，与诗人相对待，《扬子法言・吾子篇》“诗人之赋丽以则，辞人之赋丽以淫”，足见汉人把诗人看得很高。

六朝人尊视屈赋，以为上不类诗，下不类赋，于是又造了“骚人”一个名词。昭明太子《文选序》说：“又楚人屈原，含忠履洁，君匪从流，臣进逆耳，深思远虑，遂放湘南。耿介之意既伤，壹郁之怀靡愬，临渊有怀沙之赋，吟泽有憔悴之容，骚人之文，自兹而作。”后人遂以骚人之文，与变风变雅等量齐观。李白《古风》：“龙虎相啖食，兵戈逮狂秦，正声何微茫，哀怨起骚人。”正袭《文选序》之意而来。大致自战国至盛唐，诗人骚人，始终是很尊贵的名词。

宋代以后，忽然又有“墨客”一个名词出来，与骚人相对待。这名词不知始见何书，但彭乘的笔记就题名《墨客挥犀》。自从这名词出来以后，凡能作两句歪诗者，就都以骚人墨客自居。其名愈俚，其实愈滥，几至不可究诘。但有一件事是好的，便是从此很少有人唐突诗人这一个尊称。

近二十年来，新诗发生，由外国诗的影响，诗人一名，才又在新文坛上出现。于是，凡有一两本诗集出版者，大家便群以诗人呼之。诗人一名，几乎代替了当日的骚人墨客。

我不知道在外国是否应当如此，若在中国，诗人一名，是不应该如此滥用的。

所以，《诗人》这个题目，有重讲一次之必要。

记得闻一多先生在一篇文章里曾经说过，“诗”和“志”古来本是一字，志就是史志，所以诗人也便是史官。这话非常确切。毛诗《关雎序》说：“至于王道衰，礼义废，政教失，国异政，家殊俗，而变风变雅作矣。‘国史’明乎得失之迹，伤人伦之废，哀刑政之苛，吟咏情性，以风其上，达于事变，而怀其旧俗者也。”《孟子》也说：“王者之迹熄而诗亡，诗亡然后春秋作。”可见诗之用即史之用，诗人也就等于秉笔的史官。

史官是多识前言往行的，所以诗人必须是蓄德的君子。《易·大畜·象辞》：“天在山中，大畜。君子以多识前言往行以畜其德。”《小雅·四月》之卒章：“君子作歌，维以告哀。”这作歌的君子，便是诗人。

多识前言往行以畜其德，便是博文约礼的功夫，《论语·雍也篇》：“子曰：君子博学于文，约之以礼，亦可以弗畔矣夫。”颜渊赞叹孔子，也说：“夫子循循然善诱人，博我以文，约我以礼。”所以诗人必须好学下问，虚己受人，内之为集义择善之资，外之为鉴往知来之助，迨其深造自得，由博反约，自然卓尔有立，笃实光辉。诗人之大本大源，全在于此，试看大小雅里那些忧时念乱的诗人，哪一个不是多识前闻，强立不反的？如《大雅·召旻》之五章："维昔之富不如时，维今之疚不如兹。"七章："昔先王受命，有如召公，日辟国百里；今也日蹙国百里。于乎哀哉，维今之人，不尚有旧！"如《小雅·小旻》之四章："哀哉为犹，匪先民是程，匪大犹是经；维迩言是听，维迩言是争。如彼筑室于道谋，是用不溃于成。"如果不是娴习史事，深明于治乱之故，如何说得出来？就是屈原，也是因为"明于治乱"，才能坚决地说"彼尧舜之耿介兮，既遵道而得路，何桀纣之猖披兮，夫唯捷径以窘步"的。后世诗人，如陶渊明，也是"历览千载书，时时见遗烈"，才能"高操非所攀，谬得固穷节"的。如果德之不修，学之不讲，闻义不能徙，不善不能改，纵令终日俪白妃青，嘲风弄月，正是孔子所谓"群居终日，言不及义"者，如何算得诗人。

君子是"无终食之间违仁"的，所以诗人必须纯是一片民胞物与之怀。因为仁者是"己欲立而立人，己欲达而达人"的，视天下一物未康，即亏吾性，才能够同天下之忧乐，忘一己之得失，此非真能克己复礼者不知也。三百篇之伟大不可及，正在此处。如《大雅·民劳》："民亦劳止，汔可小康。惠此中国，以绥四方。无纵诡随，以谨无良。式遏寇虐，憯不畏明。柔远能迩，以定我王。"如《小雅·节南山》之五章："昊天不佣，降此鞠讻。昊天不惠，降此大戾。君子如届，俾民心阕。君子如夷，恶怒是违。"以及《大雅》的《板》《荡》，《小雅》的《正月》《十月之交》《雨无正》《小旻》各篇，莫不悃诚恻怛，字字血泪，而绝与作者个人之得失荣辱无关。自诗教废坏，作者之心量日狭，蔼然仁者之言，日以少见，除了《离骚》的"长太息以掩涕兮，哀民生之多艰"，杜子美的"穷年忧黎元，叹息肠内热"，颇得诗人之旨外，如阮籍咏怀，陈子昂感遇，元白新乐府，只算得"其余则日月至焉而已矣"。此外硁硁自守，归洁其身者流，都只算得自了汉，不得称为诗人的。如终日孜孜，只在自身利害上打妄想，便是不仁之甚，所谓哀莫大于心死者，此正诗人之所悲愍，又如何算得诗人！

多识前言往行便能彰往察来，所谓困革损益，百世可知，才能于其所学，确然不惑，所以诗人必须是洞烛机先的知者。因为真能克己复礼者，必能寡欲养心，此心不为物蔽，则深静虚明，无微不照，所谓至诚之道，可以前知也。如《小雅·正月》之四章：“瞻彼中林，侯薪侯蒸。民今方殆，视天梦梦。既克有定，靡人弗胜。有皇上帝，伊谁云憎。”如《魏风·园有桃》：“园有桃，其实之殽。心之忧矣，我歌且谣。不知我者，谓我士也骄。彼人是哉，子曰何其。心之忧矣，其谁知之？其谁知之，盖亦勿思。”所谓“视天梦梦”“其谁知之”，皆众人皆醉，诗人独醒之境。以一醒处众醉，虽大声疾呼，终无救于沦胥，此千古人类之悲剧也。屈原最能不疑于其所行，所以《离骚》里一再地说：“瞻前而顾后兮，相观民之计极，夫孰非义而可用兮，孰非善而可服？”“惟夫党人之偷乐兮，路幽昧以险隘，岂余身之惮殃兮，恐皇舆之败绩。”真可谓掬出肝胆。此后如杜子美的《自京赴奉先县咏怀》《悲陈陶》《悲青坂》《留花门》，白乐天《新乐府》里《立部伎》《时世妆》各篇，都有见微知著的意思，去风雅未远。诗人之即为哲人，正在此处。若乃奄然媚世，随波逐流，甚至长君之恶，文过饰非，则是侧媚小人，曾俳优之不若者，又如何算得诗人！

知者必不惑，仁者必有勇，所以诗人必能以天下为己任。孔子的“吾岂匏瓜也哉，焉能系而不食”，孟子的“如欲平治天下，当今之世，舍我其谁”，最能见此精神。屈原的“乘骐骥以驰骋兮，来吾导夫先路”“忽奔走以先后兮，及前王之踵武”“怀朕情而不发兮，余焉能忍与此终古”更纯是一片迈往之怀。盖有猷有守则必欲有为也。但必须真是能知能仁，才不是欺人之谈，否则徒作大言而已。如杜子美的“许身一何愚，窃比稷与契”，“致君尧舜上，再使风俗淳”，大概还有几分把握；像李太白的“我志在删述，垂辉映千春，希圣如有立，绝笔于获麟”，恐怕便是无验之谈了。后之作者，或离群绝世，甘自隐沦，或猖狂妄行，大言欺世，都是不得中行，有违敦厚温柔之旨，都算不得诗人的。

唯仁者能好人，能恶人，所以诗人对于并世的小人，十分痛恶。如《小雅·巷伯》之六章：“彼谮人者，谁适与谋？取彼谮人，投畀豺虎；豺虎不食，投畀有北；有北不受，投畀有昊！”如《鄘风·相鼠》之卒章：“相鼠有体，人而无礼；人而无礼，胡不遄死！”表面看来，似乎疾恶太严，实则正是诗人的好仁之验。孔子说：“我未见好仁者，恶不仁者。好仁者无以尚之，恶不仁者其为仁矣，不使不仁者加乎其身。”屈原是疾恶如仇的，但比巷伯相鼠的诗人就敦厚多了，《离骚》只不过说“众皆竞进以贪婪兮，凭不厌乎求索，羌内恕己以量人兮，各兴心而嫉妒”而已。后世诗人之刺时，或隐晦其词，或间杂比兴，终莫敢直谏，然犹不免以文字取祸，风谏之义，遂不得不与日俱衰了。

好善恶恶便是“直道而事人”，那结果是“焉往而不三绌”，所以诗人往往不谐于时，不是放逐迁流，便是穷而在下。诗人怀了一腔忠悃，所遇到的是冷水浇头，悲愤怨诽是当然的事。但诗人是温柔敦厚的，哀乐不过其中，所谓“国风好色而不淫，小雅怨诽而不乱”。所以孔子说：“小子何莫学夫诗，诗可以兴，可以观，可以群，可以怨。”在文学上讲，这不乱的怨诽，感人更深。如《邶风》的《北门》：“出自北门，忧心殷殷，终窭且贫，莫知我艰”，可算得怨了，但它下面却说：“已焉哉，天实为之，谓之何哉！”如《鄘风·柏舟》的“母也天只，不谅人只”，《卫风·氓》的“反是不思，亦已焉哉”，都是忠厚之至的。因为诗人是躬行忠恕的，绝不怨天尤人，但责之于己者却是十分鞭辟入里，所谓反身而诚也。大概诗人于行有不得处，则必自反，这便是克己功夫。自反而仁，而有礼，而忠，则俯仰无惭，益坚自信，其发于诗者，必是峻峭斩绝，不磷不淄。三百篇里忠臣烈女的作品，没有一篇不是至大至刚的，如《邶风·柏舟》之三章：“我心匪石，不可转也。我心匪席，不可卷也。威仪棣棣，不可选也。”《小雅·十月之交》之卒章：“悠悠我里，亦孔之痗。四方有羡，我独居忧。民莫不逸，我独不敢休。天命不彻，我不敢效我友自逸。”无一不足以廉顽立懦。屈原的《离骚》，这态度尤其鲜明，如说：“忳郁邑余侘傺兮，吾独穷困乎此时也。宁溘死以流亡兮，余不忍为此态也！”又说：“民生各有所乐兮，余独好修以为常。虽体解吾犹未变兮，岂余心之可惩！”千载之下读之，犹为神往。后世的诗人，只有渊明的“且共欢此饮，吾驾不可回”，子美的“居然成濩落，白首甘契阔。盖棺事则已，此志常觊豁”犹有诗骚遗意。盖克己复礼便是无欲则刚，而刚毅木讷，亦即仁之发露。自学与文离，能躬行者未必能诗，能诗者未必有行，风人日少，诗教日衰，一切都说不上了。

诗人到了“宁溘死以流亡”，不但亢龙有悔，简直剥床及肤了，这时旁观者本其受谗之心，必然替他想法开些门路。最简单的办法是贬节，如陈代劝孟子枉尺直寻，女须戒屈原婞直亡身，田父劝渊明“一世皆尚同，愿君汩其泥”，都是这一类。诗人之究为苏武抑为李陵，都在此一念之间。倘不能如渊明的“贫富常交战，道胜无戚颜”，则一失足成千古恨，也不是很难的事。其次的办法是隐沦，如楚狂接舆长沮桀溺之讽孔子。再次的办法是去而之他，如灵氛告屈原的吉占。大概战国的游士都是走灵氛的路，自好的诗人，都是走长沮桀溺的路，《卫风·考槃》便是这一类。这一类在中国文学史上为数独多，所谓穷则独善其身者是。如王维《终南别业》诸诗，清则清矣，恐怕去仁日远了。

《礼记·经解篇》说“诗之失愚”，孔子又说：“好仁不好学，其蔽也愚。”在歧路上的诗人，如果不能以好学的知来调理力行的仁，则眼前只有杀身成仁之一途，屈原便是走的这一条路。在他自己是求仁得仁，一切圆满；但揆之以仁者不忧之义，屈原又只能称为骚人了。

仁者何以能不忧呢？孔子曰：“乐天知命故不忧。”自经沟渎的匹夫，大半是硁硁自守的狷者。若说到无入而不自得的境界，则自杀犹为苟免于时也。直是自强不息，与天合德，才得超凡入圣。古今诗人，只一渊明到此境界，但看“栖迟固多娱，淹留岂无成”，是何等自知？

"脂我名车，策我名骥，千里虽遥，孰敢不至"，是何等自勉？"此中有真意，欲辨已忘言"，又是何等自得？以视子美的"自断此生休问天，杜曲幸有桑麻田"，"问法看诗忘，观身向酒慵"，何啻霄壤！到此境界，诗人亦即是哲人了。

本来，整个的宇宙人生即是艺术，圣贤豪杰、忠臣孝子、诗歌、戏曲、音乐、图画、建筑、雕刻，不过是表现的方法不同而已。诗人所用的工具便是有韵律的文字语言。有些人一生的历史便是可歌可泣的一篇诗，但我们不称他为诗人，就因为他不是用诗的文字表现自己的。所以诗人对于自己所使用的语言文字，必须令其技术精熟，得心应手。这也便是多读前言往行的自然收获，所谓"别裁伪体亲风雅，转益多师是汝师"也。能仁便能与物同体，杜子美的"黄鹂并坐交愁湿，白鹭群飞大剧干"，姜白石的"数峰清苦，商略黄昏雨"，皆是此境。识此则鸢飞鱼跃，无物不活矣，此心能虚静则能体物入微，杜子美的"仰蜂黏落絮，行蚁上枯梨""细雨鱼儿出，微风燕子斜"，绝不同于纤巧小家，即在其能静观自得，非刻意求之也，能写静态者必能写动态；杜子美的《茅屋为秋风所破歌》"茅飞渡江洒江郊，高者挂罥长林梢，下者飘转沉塘坳"，三句中用了八个动词；李太白的《战城南》"乌鸢啄人肠，衔飞上挂枯树枝"，两句中用了四个动词，在他人罕能有此，实在都由静观而来，杜子美所谓"静者心多妙"也。能写物态者必能写事态，如子美的《新安吏》《石壕吏》《兵车行》，亦不过是写茅屋秋风的一副眼光。能写事境者必能写情境，子美的《无家别》《垂老别》，和《梦李白》比较，初无亲疏彼我之分，爱人如己故也。能写情境者必能写理境，子美的"水流心不竞，云在意俱迟"，何遽不若"三夜频梦君，情亲见君意"也。

所以，一切学问的入手处，如能从根本中来，则振本而末从，知一而万毕。学诗若先从词华技巧上着手，便是已落二乘，况下于此，其何以自致于高明？

上来所讲，似乎陈义太高，使人不可企及；然取法乎上，仅得乎中，在此诗教废坠之秋，介绍一点先民典型，也是分内之事。所谓“中道而立，能者从之”，当仁不让，是在达者。

右稿系应西南联合大学某学术团体之约，为一次公开讲演而作。嗣讲演未举行，而稿已草就，因以载《国文月刊》。自记。

陈恭禄

(1900—1966)

生平简介

陈恭禄（1900—1966），江苏丹徒县（今为镇江市丹徒区）高资镇人。历史学家、中国近代史专家。早年受业于青州知府鲍心增。1916年考入美国教会办的扬州美汉中学。1921年考入金陵大学，由化学而农科，后又入历史系学习，1926年毕业。曾经任金陵大学历史系讲师。1933年8月到武汉大学，越一年任教授。在武汉大学主讲中国通史、中国近代史、(日本史、印度史）专史研究等课程。1936年重回金陵大学，任教授。1949年后长期任南京大学历史系教授，并当选为南京市第二、第三届政协委员，南京历史学会理事，九三学社社员。1966年10月8日病逝。著有《中国上古史史料之评论》《甲午战后庚子乱前中国变法运动之研究》《近代中国史料评论》《曾国藩与海军》《中国近代史》《中国通史》《日本全史》《中国近百年史》《中国近代史资料概述》等。

中日文化上之关系

1929 年 3 月

文化之定义

文化者，人民生活之表现，含包一切思想、哲学、政治、社会、美术者也，夫各国之风土人情、气候习惯不同，而思想、哲学、政治、社会、美术亦随之而异。亚洲古国，中国居一，其东邻日本，受我国文化既深且巨。处于今日中日外交复杂，问题叠生之时，对于中日文化上之关系大概，学者应有相当之了解也。

日本文化受中国文化之浸礼

一、中日文化上之交通及其媒介

中日文化之接触，有两途径：（一）由日本九州渡对马岛而至朝鲜，然后过辽东而入中国内部。（二）由九州入扬子江而至上海，再往扬州，遵陆前进，直达京师。其文化上之媒介可略述之如下：

（子）属国　周初箕子封于朝鲜（今平壤），中国文化得输入朝鲜。

朝鲜东邻日本，日本开国后，与朝鲜互通信使，日本因得输入中国文化。

（丑）留学生　隋炀帝时日本已派留学生至中国，使臣小野妹子所率之学生，其明例也。至唐时留学生更盛，时有阿倍仲麻吕者，留中国四十年，不肯归国，卒身死异乡。曾作长诗以见其志，诗曰：“衔命将辞国，非才忝侍臣。天中恋明主，海外忆慈亲。伏奏违金阙，騑骖去天津。蓬莱乡路远，若木故园珍。西望怀恩日，东归感义辰。平生一宝剑，留赠结交人。”又有吉备者，受业于赵玄默七年，回国时，挟中国古书多本，于日本文化上贡献不少。

（寅）高僧　唐宋时日本佛教盛行，高僧来中国采经者众，奝然于宋时来取《孝经》及中国各种佛经回国，以资参考。

（卯）使臣　日本自古聘报中国，唐时两国文化接触影响最深。朝廷称日本为君子国，日本使臣来朝，享以盛典，且有求必允。

（辰）避难者　明末清初间，明廷遗臣多避难于日本，在日本传授中国学术，朱舜水其一也。

（巳）商人　中国《康熙字典》及《玉海》，于清时输入日本，盖日本求之于中国商人也。

二、学术

（子）文字　日本开国时，未有文字，西元前2世纪，朝鲜人王仁带中国《千字文》及《孝经》往日，是为日本文字之滥觞。当时以中日言语不同，困难遂生，有主用汉字汉音者，有主用汉字而用日音者，论调纷纷。迨7世纪吉备做片假名，取汉字之偏旁，而假日音。后空海又就草书，做平假名，即今之伊吕波也，其字全本于草书，而假日音，故谓之平假名，平者全也。8世纪时有《古事记》之作，后人以其文欠工，乃模仿中国《汉书》而编《日本书纪》。江户幕府末年，赖山阳作《日本外史》，传入德国，德国图书馆长误为汉人所作，列入中国汇书，此可见日本高深学术之文字，全用中国文字也。

（丑）史书　日本史书仿自中国，援例以证，即可了然。古史记之“远方夷狄不受正朔”，乃中国史书语气，而日史抄录者也。《日本通鉴》亦全仿《资治通鉴》而作。江户幕府末年，德川光国读《伯夷传》，受文献佚亡之刺激，而作《大日本史》。对于褒贬正统之意，发扬尽致，于日本维新大有贡造。

（寅）经学　日本学者羡中国经学之发达，欲研究之，征百济五经博士段杨尔，后又请百济学者汉安茂至日解经，采用汉唐注疏。至西元1318年，改用程朱之注说。学者研究五经者，朝廷诏其入朝讲经，处士亦常与焉。

（卯）哲学　中国先秦哲学传入日本甚早。其后深受佛教之影响，主静主敬。明代传入日本，分为两派，宗王阳明者主修养，中江藤树深究之。宗程朱者，主学问，藤原惺窝乃其代表也。

（辰）尊孔　7世纪时，日本留学生习见中国尊孔之礼，及归，亦祀孔子，文武天皇建太学，敬拜孔子，仪礼隆重。至17世纪江户幕府时更张尊孔之风，建孔子大成殿，立七十二哲，及王阳明等牌位，更设祭田，将所入以祭孔。

（巳）学校　日本学校始于大化改革以后，仿中国唐制设太学于京城，立学宫于各地。贵族有入学资格，平民无与焉。

三、科学与工艺

（子）历书　日本古时无年无月，以花开为春，花落为秋。纪元后554年，始由百济输入历书，并请历书博士于百济，以推算年月。7世纪时，查百济历书有误，遂采中国元嘉历。后中国改用仪凤历，日本又改用之，旋中国改用宣明历，日本又仿之，垂用千余年。至17世纪时，采取元之授时历，及明之大统历，互作参考而新创一书，日贞亨历。

（丑）水车　水车创自中国7世纪时。日本人羡中国水车之便利，仿造之，号为龙骨水车。

（寅）医学　5世纪时，中国医学已由新罗输入日本。至唐太宗时，日本更直接入中国，互市药材。

（卯）工业　日本初时工业不发达，乏工人，至第5世纪始，求工人于吴，从此织布工、缝衣工、酒工、陶工、冶工、造船工，概由中国百济相继入日，其政府重工，工业遂渐发达。

（辰）制糖法　唐时中国始模印度制糖，糖业大盛，历年输入日本。日本以利权之外溢也，17世纪时，将军命人考究制糖法，未得其精，糖味不佳，至18世纪初叶，长门人永凤富效清人制糖于长崎，得法，糖业日趋进步。

（巳）茶业　唐人好茶，日人效之，列为珍品，贡于天皇，其初煮茶之法则，煎时和盐用姜。

（午）殖轮　日本开国初年，凡天皇死后，其侍仆必自杀殉葬，用侍死者之灵。至西元后1世纪时，禁殉葬，用泥人代之，实受中国俑之影响也。

四、音乐与美术

（子）乐　中国古时音乐发达，后衰于3世纪。5世纪时，日本得中国乐工乐器。6世纪时，吴人吴聪斋又携中乐器入日，教授生徒。7世纪初，日本已有《万岁乐》《河水乐》《菩萨破》《想夫怜》《夜半林乐》《王昭君》《折杨柳》《后庭花》等数十种。

（丑）建筑　5世纪前，日本建筑鄙陋，生活低暗。至西元后468年始，建筑亭台楼阁、高楼大厦，其工人聘于吴。7世纪时建奈良大佛，美丽夺目，游客叹为观止，此亦受中国之影响也。

（寅）雕刻　北魏时，中国雕刻发达，尤善雕佛。盖于纪元前4世纪，希腊亚历山大王入印度，希腊文化一同输入，迨印度佛教传于中国，中国间接受希腊文化之影响。唐时雕刻更为发达，日本圆仁尝入中国研究也。

（卯）字　日本著名字学家有橘逸势，善隶书；空海善草书；嵯峨天皇仿魏夫人字迹，负有盛名。世谓之三迹。

（辰）画　中国画法，以人物山水著名，明前日人模仿甚力。及17世纪吴兴画家沈南苹赴日，留住长崎三年，画花草，日人神代绣江受业门下。18世纪时，日本人池野无名，得中国之名画，效其笔意，其作类近中国画家倪瓒、黄公望之山水，时人称为日本之倪黄。

五、政治思想

（子）天皇　日本天皇治理国家之责任，与中国本同。视民如子，痛痒相关，宫内悬中国殷周贤君之名以自励。朝臣尽忠天皇，不事二主。人民按时纳税，罔问政治。

（丑）政府　6世纪以前，日本受治于酋长。文化改革以后，始采中国中央独裁制，分置百官，行采邑、驿马、信匮、井田、赋税等制。

（寅）法律　唐初日本学者大和长冈来中国研究刑名之学，大宝法令亦采自唐制，故其刑法与中国略同。

（卯）都城　日本古代天皇死后，嗣君多即迁都。至7世纪时，受中国影响，奠都奈良，七代后，始迁入平安，其规模，一准长安。

（辰）年号与御讳　7世纪时，孝德天皇即位，仿唐制而建国号，曰大化，是为日本年号之始，御讳亦盛于是时。

（巳）朝仪　9世纪时，天皇曾下诏曰，朝会拜跪常服之制，一本于唐。

（午）纸币　日本于大化改革以后，始有钱币。15世纪时，仿造中国纸币，种类不一，碍于流行。明治以后，始改革之。

中国文化受日本之影响

一、古代影响

中国古代文化，未受日本之影响。唯于明时，杨埙往日学其漆法，及归，中国称之为杨埙漆，颇负盛名。

二、现代学术

（子）佛教　日人研究佛学比华人殊深切，梁任公近著第一辑所言之佛学，曾取材于日本学者。梁漱溟所著之《东西文化及其哲学》，且不知《大乘起信论》之不可信，再版时，读日书始知之。此外《佛教大辞典》，亦日人之著作也。

（丑）历史　中国第一部历史教科书，译自日本。顾康伯之《中国文化史》，亦多取材于日书。

（寅）名词　20世纪中国学术名词，多取于日本，“手续”二字，尤其明证。

（卯）政治　清末宪法之内容，仿抄日本。

（辰）军制　现代中国之军人，多为日本士官学校之卒业生，军队之组织，亦取法于日本陆军。

三、原因

日本虽列强国，然其物质科学文明，究未若欧美之昌盛，而中国留学日本者数约十万，比别国为多，其故安在耶？无他，以其地位近，文字略同，而日本生活与中国相去不远，及出洋时不需护照故也。

结　论

日本文化虽乏创作而尚模仿，然采取西方之物质、东方之文明，合并而陶冶一炉，其进步遂动全世界之注目。由此观之，一国文化之需求，模仿之精神不可或缺，盖取他人之长，补一己之短，成效自有可观。苟以创作之能力，加入模仿之精神，文化之进步，正不可限量也。

程懋筠
(1900—1957)

生平简介

程懋筠（1900—1957），江西新建人。音乐家。出身官宦世家，幼时尤好音律。其后在江西省立高等师范学校深造，专攻小提琴。1916年留学日本，入东京音乐学院（日本上野音乐学院），主修声乐，两年后兼修作曲。1926年返回中国，先后执教于南昌一中、南昌二中及南昌女子中学、浙江省立湘湖乡村师范学校、杭州英士大学。1928年受聘为国立中央大学（南京大学）艺术系声乐副教授，曾任音乐组主任；其间曾谱《国立中央大学校歌》、《中华民国国歌》（又名《三民主义歌》）。以后曾在江西主持"推行音乐教育委员会"，并办《音乐教育》月刊，曾任南昌中正大学音乐教授。1949年未随国民党赴台，留在上海从事音乐教育，曾任上海国立幼儿师范学校、上海美术专科学校声乐教授。1957年7月31日在南昌去世，终年五十七岁。

女性与音乐

1934 年

各位先生，各位同学：

今天能得到和诸位谈话的机会，至为荣幸！现在所要讲的题目是“女性与音乐”。先让我说女性的能力：我觉得女子的能力和男子并没有什么差别。就从智力和体力两方面来说吧：

一、智力方面

据美国某大学的统计，女生在廿四五岁以前，成绩总比男生好，甚至超过男生几倍。虽然在廿四五岁以后，女子便多不如男子，这并不足以证明女子天生的是一种到廿四五岁以后便非要比男子退化不可的人种。各种嗜好、社会心理及制度，都会分女子的心，都给女子以不利，都使女子不顾刻苦地向前走，所以看起来好像比男子要差。

智力最可贵的是“创造力”，一般人常以为欧美的女子和男子受教育的机会是均等的，而在创造力方面女子仍不如男子，就在音乐方面，除声乐外，第一流的女音乐家仍不多，所以就认定女子是缺乏创造力。但仔细地想一想，女子有这种现象，除了有上面所说的原因，尚有历史的背景，而且古今中外的女性中有很大的创造力的人物，并不在少数，现在随便举出几位来：

外国的——

希腊女诗人萨福（Sappho），为古代最大的女文学家。

法国女科学家居里夫人（Curie）发明镭锭（Radium）；澳洲女声乐家梅尔巴（Melba），为现存女声乐家之第一人，与男声乐家第一人意大利的卡鲁索（Caruso）同站在世界乐坛的第一流地位。

中国的——

汉朝的班昭，续《汉书》。

六朝时的苏惠，发明回文璇玑图。

宋朝的李清照，被称为历来的第一个女词人。

由上述的几位女性看来，女子何尝缺乏创造力！

二、体力方面

女子的体力从现在一般地看起来，是不如男子，但也不是天生地弱于男子，是可以训练得和男子一样的强壮。鼓山抬轿的女子，恐怕南昌拉黄包车的男子也没有她们那样强健。现在外国许多的女飞行家、女探险家，普通的男子恐怕也不如她们能耐劳苦。

女子的能力既已证明了在智力和体力两方面，都可以不弱于男子，那么，有什么事不可以做？有什么学术不可以学得好呢？况且女子还有那固有的、比男子还胜一筹的特质呢。倘能刻苦努力，做出来的成绩，至少也可以和男子并驾齐驱的！

所谓那固有的、比男子还胜一筹的特质是什么？就是：

“母性”和“音乐上的优越性”。

女子不但能生人，并且能爱人。女子爱护孩童，的确比男子周到得多，女子可以用全副精力，牺牲一切地来养育儿童。所以爱伦凯女士以首先提倡女权的人而反对儿童公育，也是认为母性的爱是女性最伟大的特质。历来伟大的人物得益于母教的很多，如西洋的林肯和达尔文，中国的孟子和岳飞。关于母性这一层，不必多说，现在且仅就女性的“音乐上的优越性”，略举数端来说：

一、富于感情

感情是艺术的原动力。作品中的感情越丰富，感动人的力量就越大，艺术的价值也就越高。倘努力去利用感情，善用感情，而不为它所支配，在艺术的创作上、表现上，的确是获得了一种宝贵的源泉。

二、性格和平

除了勇敢激昂的情绪外，艺术上的属性多偏于和平方面，如愉悦、优美、静寂、庄严、柔婉、忧愁等等。中国音乐更以中正和平为理想。心平气和，才能静心观察，不为外物所蔽。进而至于人与人之间，人与自然之间，也都能谐和。所以音乐的演奏者和欣赏者都要心平气和地从事，然后音乐才能发挥那“潜移默化”的功用。

三、听觉灵敏

女子的听觉，在日常生活中常有比男子灵敏的现象，大约因为女子的性格比男子沉静的缘故。听觉灵敏，在音乐的欣赏和学习上自有莫大的利益。

四、喉音清丽

女子在变声期后，喉音日见清丽；男子则一到成年，喉音日见浑浊。所以世界上有名的女声乐家比男声乐家多得多。

五、筋骨柔软

在同样的年龄，女子的筋骨，常比男子柔软。这在学习器乐上，女子又多一层便利。因为柔软的手指、手腕，不必经过太长久的训练，即能运用如意。所费的时间，自较经济。

由这样看来，女子在心理上和生理上，对于音乐都比男子要强。在上述的“男女能力并无差别”的原则上，女子倘能努力于音乐的修养，将来或不仅仅和男子并驾齐驱呢！

至于人何以须学音乐？音乐对于人有什么益处？可以概括如下：

一、安慰心神

如疲劳忧伤的时候，听了音乐可以解脱。

二、调节劳力

如工人工作时，借歌声以整齐动作，节省劳力。

三、发达官能

如声带、手指等经训练而发达。

四、涵养德性

如令人心气和平，发而中节。

五、激发志气

如慷慨激昂之军歌使人兴奋。

六、充实人生

如增进想象及思考能力，使生活丰富，具着诗的芬芳、剧的变化。

再从实用方面说：中国文化的基本工具，度、量、衡，即起源于“黄钟律”；我们的祖先并知道利用“十二律”，以测天气，名为“葭灰候气”。古今中外的大思想家、大政治家，除一二人外，没有不推崇音乐的。至于女子学习音乐，除了为自己的安慰和修养外，尚有几种意义：

一、为抚育孩童

吾国一般做母亲的，很少能唱那柔和优美的摇篮歌。平常抚小孩入睡时所唱的，多半是信口乱哼加以拼命叫喊，常使小孩子吓得不敢作声。这是一种压迫作用，和摇篮歌以安慰为旨趣的根本不符。欧美一般做母亲的，几乎人人都有点音乐的知识，所唱的摇篮歌，差不多都是诗人和音乐家的佳作，所以外国人在他们的孩子睡在摇篮里的时代，便植下了音乐的根基。吾国现在或将来做母亲的人，倘要顾到孩子们的幸福，也须学习音乐！

二、为改善家庭

吾国普通家庭，毫无高尚娱乐。所以常有身为一家的主人或主妇，竟把孩子和家事完全不管，而成天地游浪到别人家中；或者把斗牌为款待宾客的唯一利器。这都是费时旷日的堕落行为。虽应由男女主人同负其咎，但现在的女子，倘擅长音乐，自可将男子感化，彼此摈除恶劣嗜好，从事于音乐的训练，在夫妇之间，固可以获得“琴瑟谐和”的乐趣，省却时间和金钱的浪费，即宾客来临，也不致除了聚赌，便无娱乐。

三、为服务社会

在病院、伤兵院、监狱和儿童感化院中，现在的女子除了做她们所能做的以外，尚可以利用歌喉或乐器，来安慰及感化那些伤病和犯法的人们，使他们忘却痛苦及改过迁善，这种的服务工作，在女子方面，是最有效果、最有价值的。

最后，十二万分地希望各位同学，能利用这女性的优越性，来致力于音乐，使我们全省美化起来、音乐化起来。并希望在座的同学中能产生出几位和前面所说的澳洲女声乐家默尔芭女士一流的人物，在国内固能促进文化的发展，在国际并能增高祖国的地位，那更是我个人所馨香祝祷的。

蔡　畅
(1900—1990)

生平简介

蔡畅（1900—1990），原复姓蔡林，名咸熙，湖南湘乡（今双峰县）人。中国妇女运动领导人之一。1919 年与向警予共同发起组织周南女子留法勤工俭学和湖南女子留法勤工俭学会，同年与其兄蔡和森赴法勤工俭学，参加新民学会。1923 年正式加入中国共产党。1924 年底由法国转入苏联莫斯科大学学习，翌年回国。1928 年出席中共第六次全国代表大会。1934 年 1 月当选为中华苏维埃共和国中央执行委员会委员。1934 年 10 月参加长征。1941 年任中共中央妇委代理书记，后任书记。1943 年为中共中央起草《中国共产党中央委员会关于各抗日根据地目前妇女工作方针的决定》，提出妇女工作以生产为中心的新方向，开辟了妇女运动的崭新局面。1945 年出席中共第七次全国代表大会，当选为中央委员。1946 年任中共中央东北局委员书记，同年被选为国际民主妇联理事。1948 年在第六次全国劳动大会上，被选为全国总工会第六届执行委员、常委、女工部部长，同年当选为国际民主妇联副主席。1949 年春主持召开第一次全国妇女代表大会，当选为全国妇联主席。同年出席中国人民政治协商会议第一届全体会议，当选为中央人民政府委员。新中国成立后，历任全国妇联第一、二、三届主席，第四届名誉主席，中共第八、九、十、十一届中央委员，第一、二、三届全国人大常委，第四、五届全国人大常委会副委员长。1990 年 9 月 11 日在北京病逝。

一个女人能干什么[①]

1947 年 8 月

今天讲一个问题，就是一个女人能干什么。

一个女人能干什么呢？我的回答是："能干，什么也能干；不干，什么也不能干。能干又不能干，不能干又能干。"为什么这样说呢？要确定女人能干不能干，有两方面的条件。首先要看看环境，就是要看处在一个什么政权下、什么社会制度下，这是一方面；另一方面，也要看个人努力怎样。如果环境好，自己不去努力，只靠人家解放，那就什么也不能干。但如果自己经常努力干下去，就可以得到好的结果。如果努力干，就是从些小的具体工作到管理国家大事都能够干；如果不干，就又会变成新社会的寄生虫。

男女的智力，本来没有大差异，我们从历史的发展上来看看便知。原始共产社会，有所谓母权时代，那时妇女能生产，执掌家政，很多事情都是妇女来管，甚至男子打回来的野兽，也要妇女来负责分配。但一到封建社会，由于私有财产的产生，出现了阶级，强悍的封建主，夺去了别人的土地，让农民给他耕种，于是就有了剥削与被剥削、统治与被

① 本文是蔡畅在妇女大会上发表的演讲。

统治之分，就有了贫富的悬殊，随之也就有了男女的悬殊，男人掌握了家政，做主人，女子降为从属的地位。那时候，当了主人的男人创造了“宿命论”来统治被剥削者，麻醉他们从思想上不要求翻身。对占人口半数的女人呢，更制造许多封建道德，如什么“女子无才便是德”“三从四德”等论调来剥夺女人发展能力的机会，使女人从广阔的社会活动渐渐退到狭窄的小天地——家庭里去。这样来巩固他们的统治。

帝国主义势力的侵入，把我国变为半殖民地半封建的社会，他们勾结了封建统治来榨取广大的人民。这社会的女人，还是喘息于封建压迫之下。

至于“八一五”以前，完全殖民地化了的东北，日本统治者根本不把女人当人看待，他们给女人能力发展以最严格的限制，即使很少数有机会念书或就业的女子，也受着纯粹奴化的思想教育。女校里教的是怎样烹饪、怎样当太太、怎样侍候老师和客人，机关里下级的女职员，便是侍奉上级和忍受上级的戏弄。在这里曾经身受其苦的女同胞，会比我知道得更清楚。

说到劳动妇女，无论在封建社会也罢，半封建半殖民地社会也罢，或殖民地社会也罢，都受着剥削和封建压迫的两重痛苦，比其他阶级妇女更苦些。现在解放区的新民主主义社会却大不相同了。施政纲领上规定女子无论在政治上、经济上、文化上和社会地位，与男子一律平等，不仅在纲领上规定，更重要的是见诸实行。解放区里有女专员、女县长、女政委、女主任、女区长、女村长、女经理、女编辑等。学校里没有男女的限制，工作中没有男女的限制，只看能力和工作经验来决定工作，不像旧社会的以年纪、相貌、财产、资格等限制女性。我们看看东北解放区吧：

最高政权机关政委会有女委员（兼松江省教育厅长），宾县的女政委，哈大理学院的女院长，裕长源火磨、松江商场等的女经理，各省市的女参议员、女校长、女科长、女秘书和女区长、女主任、女队长不可胜计。女护士、女会计、女电报、电话员等各种技术人员里面，也涌现了大批的模范与英雄。

这是女知识分子方面的，至于劳动妇女呢，也普遍地得到提高与深造的机会。过去劳动妇女百分之百的文盲，不仅在社会上没地位，即使在家庭里也没地位。但解放以后的她们也和男子一样卷入了土地改革斗争，一样地分地分房子，一样地站在斗争的最前线，而且和男的一样站在生产的最前线；拥军劳军支援前线，捉匪防奸，巩固后方也尽了很多力，因此出了不少女英雄、模范和群众的领导人物。这些女人，不仅在社会上看重她们，即使在家庭里，也获得了尊敬。现在很多当丈夫的抱着孩子，让妻子去开会，婆婆也舍不得骂能干的媳妇了，她们亲手把“三从四德”“烧茶做饭，喂鸡抱蛋”等等许多坑人的枷锁粉碎了。现在举个例子：

陕北土地革命的折聚英，原是一个不识字的乡下姑娘，后来参加了土地改革，又带头努力生产，组织妇女自卫军；后来进女子大学学习，提高了文化，总共不到几年的工夫，便当上了政治指导员、延安县的参议员，能文能武，被群众所爱戴。齐齐哈尔的石老太太，斗倒了窑主之后，她恨旧社会害她不识字，她就把斗争的果实（二十万元）拿出来办学校，她积极出来替群众办事，遇到困难时，她便和群众开会，大家伙出主意来克服困难。现在她是嫩江省的参议员呢。

至于洮安的张寡妇、瓦房的杨老太太、北安的吴大嫂和东北各地成千上万的翻身妇女，在民主政府的各种协助之下，都正以超凡的热情，因公忘私地努力工作，而且在工作中提高别人和提高自己——这样的例子真是说也说不完。她们拿自己的劳动来改善自己的经济地位，因之家庭地位也随之提高。总之，新民主主义政权下解放了的妇女正以飞跃的姿态来改变着自己原来的面目。

我们认为妇女解放主要的内容，就是要在经济上翻身，所以我号召妇女起来分土地、分房子、生产。我们对劳动生产是看成最高贵、最有价值、最荣誉的事情，希望妇女能劳动致富，从经济上翻过身来。

我们是在中共的领导下，获得了解放的。如果没有共产党的领导，我们的解放根本谈不到。这也证明了有正确的领导，而且加上主观的努力，妇女什么也能干了。劳动妇女能干，知识妇女也能干。

有些女同志曾提出这样的问题说：“在参加革命的初期，我工作和男的一样，为什么后来不如男的呢？”其原因之一是女人除了革命的工作外，还有另一种任务，就是生孩子和带孩子，所以前进不是直线而是曲线的、“之”字形的。正因为这样，女子更应当努力，不然就会赶不上，就会掉队。当然我们要想办法设立保育机关，减轻妇女一部分负担，但总不能减轻怀孕十月的负担。妇女的重担在两肩，因此要有一股劲，否则想做又不做，做起来又没劲，看见别人前进自己又不舒服，做了一下又放下，这就会变成一个庸俗的女性；又有些人想过去如何好，将来如何好，现在却不好好干，这是脱离现实的幻想。还有些人眼高手低，想干大事不干小事：要做政府委员，不做技术工作，认为自己能力很高，想一干就变成英雄，闻名世界。这些思想都不是实事求是的。我们必须知道，妇女几千年来被剥夺了培养能力的机会，因此养成了好些懒性和缺点，如果我们不加倍努力和注意克服，就很容易落后。

“一生了孩子的女干部能不能工作？”我说：“能工作。”过去在蒋匪区从事革命工作的妇女，哪一个不是有一儿半女的呢？那时的环境比现在解放区坏得多了。又看看，现在在乡村工作的翻身妇女，哪一个不是带着儿女的？所以问题不在于有了孩子能不能工作，而是有了孩子怎样把工作搞好。那就看我们是否有毅力，能不能吃苦，和办到科学地管理家务和孩子，和有条件地节制生育等等。

未婚的女同志在工作中，可能碰到一些与自己有关的切身问题，如在某机关中工作，有男同志向你求婚，怎么办？这权柄是属于你自己的，由你决定。有人问，是否可以不结婚？我想这是不可能的。因为结婚是生理上的需要，问题在于怎样避免多走弯路，减轻这个曲线的角度。如果现在是二十岁左右的青年女子，为了很好地工作，这个问题可以推迟几年再解决。假如要结婚，就要考虑生孩子的问题，如果事先没有这样的准备，生了孩子后，自己会感到悲观失望，前途暗淡了。

不可否认，女同志有了孩子，是增加了很大的困难的。同样要把工作做好，则有孩子的女同志比没有孩子的要苦得多，累得多。这一次我看见好些做群众工作的女同志，很多是带着孩子的，洮南有一个女同志带了四个孩子，只有一个保姆，同样把工作做好。她们的为人民服务的精神是值得敬佩和学习的。相反的，后方机关里有个别的女同志，生一个孩子有一个保姆，依然不工作。可见得问题在于我们主观努力够不够、毅力够不够，和善于克服困难与否。

现在我们妇女讲自己的问题，当然强调自己尽了一切努力，至于组织上多体贴和多帮助女同志解决困难也是应该的。不过这超出我们主观力量范围了。女人能干什么，决定于历史条件，决定于主观努力，这是真理，中外都差不多。我这次走过的欧洲民主国家，见过的那些妇女，都是什么也能干的。像捷克的妇女，在祖国解放战争中与异民族做了残酷斗争后，现在复兴建设，都干得很好。法国的妇女领袖、自然科学家戈登夫人，年纪七十四岁还在那里干。苏联有一位很普通的农村姑娘，她由学校毕了业，在火车上学司机，很多人认为她学不好，但后来她学好了，而且还号召了很多的女性去学，并在一个火车上完全由女子来管理一切。抗德战争中她运输了许多军火到前线去，被奖为英雄，后来不断苦干，荣获少将头衔。我在莫斯科曾访问她，她说："这没有什么诀窍，我相信人民的力量，相信斯大林政策的正确，只要对人民有利的我就去做。"她现在是莫斯科地道车管理局副局长。这些都是典型的例子。今天我们解放区，有良好的政治条件，如果我们仍然觉得干不了什么，那就是自己不努力，或努力不够的结果。假如单靠党和政府供给，坐享革命之福专吃解放之饭，那即使有了解放的条件，我们自己不去改造和栽培自己也是枉然。

我们要干，什么也能干，但为谁辛苦为谁忙呢？我们都是旧社会里来的人，过去在旧社会里生活，甚至替统治者做事，都是不能免的。这且不去说它，但是今天呢？在今天新的政治条件下，应该替谁干，为封建残余、地主恶霸服务呢，还是替人民服务？说也奇怪，虽然在新的政治条件下，可是还有人愿意替日暮途穷的统治阶级服务，也有一些不知不觉地替统治阶级服了务的，很多狗腿子和特务，他们已被人民严正打击或被人民清算。很明显，为前者是白流汗，如果为人民干，不顾个人利益，那是最光荣不过的。

另外有一种人认为我是为自己干，是为了自己出头露面，扬名显亲，得一官半职。这种个人英雄主义思想，已成为新社会的渣滓，应该去掉，因为有这样思想的人必然是自私自利、脱离群众的，我们所需要的英雄，是群众英雄，是集体的英雄主义。如果没有群众拥护一味追求名誉地位，前途也就很危险。据说我们东北青年英雄气魄很浓厚，我希望把它发扬为集体英雄主义。

为谁干是个思想问题，确定这个思想，首先检查一下自己的人生观，即是为谁而生存？为国家民族、广大人民呢？抑或为个人私利而生存？人生观确定，就可以弄清楚替谁服务了。当然，替大地主、大资产阶级服务呢，还是替人民服务？这个人人有选择的自由，我们绝不勉强，只有自己从思想上认识应该为人民服务，才算是站稳了立场，才是真正的人民勤务员。

为谁干决定了，那么，干什么呢？目前主要的题目有两个，一个是人民的翻身，一个是支援爱国保田的自卫战争。这两个大课题下有许多具体工作，积极参加城、乡的各种翻身斗争，从领导斗争到替人民记账，站岗放哨，代民收割，推动各种优属拥军、扩军的工作，参加或管理后方生产事业，儿童保育，乡村卫生，妇女识字，交通运输，部队政治，文化娱乐等，里里外外，上上下下，何止千种，种种都是具体的革命工作，都需要人去做。

怎样干法才干得好？这又需要我们去注意了。我们干工作是要老老实实地埋头苦干，这样一定干得好，没经验的也能很快地得出经验来。我们这里就有很多例子，苦干的、正派的人，常常由工人升为厂长、站长，在农村中和政府机关里也如是。因为我们这里没有剥削，政府是人民的，故能注意培养人才。有些人不是老老实实的态度，不合口味的工作就不干，有些呢表面看干得不坏，实际上干得很差。因为这些专讲表面，图形式，铺张，还带有很浓厚的旧习气，对上逢迎，对下蛮横，这都是不正确的态度。干什么工作，要服从组织分配，因组织是根据工作需要的，服从组织要思想上服从，而不是盲从。做工作一定会碰到许多困难，不要因此而垂头丧气，不会干，可以开会讨论，交换意见，想办法，向群众学习，不要以为自己有天才，不相信群众的天才，我们要放下架子，当老百姓的小学生，不要光以为是群众的老师。我们在工作中，不要只会动手动脚，而且要会用脑子，要很好地思索问题，总结经验。所谓经验，就是从许多很小很小的具体工作中积累下来的，这是由小到大、由少到多的积累过程，就是我们培养能力，把自己提高的必经之径。此外没有任何捷径。如果我们偷懒，基础不打好，脱离群众地往上爬，爬到半岭掉下来会摔得更痛。

总之，共产党解放了妇女这个条件已具备，剩下来便是我们自身努力的问题了。我重说一遍，我们是从几千年的压迫中解放出来的女性，到了实际中一定会遇到好多困难，但假如我们能把握住正确的认识，有毅力和善于克服困难，那么什么困难都要在我们面前低头，因为，我们相信共产党，相信毛主席，并且相信妇女自身的力量。

贺　麟
(1902—1992)

生平简介

贺麟（1902—1992），字自昭，四川省金堂县人。哲学家、哲学史家、黑格尔研究专家、教育家、翻译家，现代新儒学八大家之一。1919年考入清华学堂。1926年赴美国留学，先在奥柏林大学获学士学位，后又入哈佛大学获硕士学位。1930年转赴德国柏林大学专攻德国古典哲学。回国后长期任教于北京大学哲学系，并在清华大学兼课。1955年以后，历任中国科学院哲学所西方哲学史研究室主任、哲学研究所学术委员会副主任，中华全国外国哲学史学会名誉会长，以及中国民主同盟北京市委委员，中国民主同盟中央委员，第三届、第五届全国政协委员，并于1982年加入中国共产党。1992年9月23日在北京去世，享年九十岁。主要著作有《近代唯心主义简释》《文化与人生》《当代中国哲学》《现代西方哲学讲演集》等；主要译作有《小逻辑》《黑格尔》《黑格尔学述》等。

经济与道德

1935 年

一个人当他经济富足时道德好，当他经济贫乏时道德亦好，方得谓为有真道德。富无骄，贫无谄，富无淫，贫不移，乃是真道德最低限度的要求，并不是只有大圣贤、大丈夫方如此；换句话说，真正的道德不随经济状况为转移，非经济所能支配。

凡是注重国计民生——经济，同时又关心世道人心——道德的人，总难免不为“经济与道德的关系究竟怎样”一问题所萦绕。再加以一方面我们时常听见经济繁荣的中心即是罪恶的渊薮，或经济生活愈进步则道德生活愈退步的论调；另一方面我们又时常听得有经济决定一切，只要经济问题解决，则政治问题、道德问题、文化问题皆可不成问题随之解决的说法。换言之，一方面有人持“经济万恶”说，一方面又有人持“经济万能”说。这种常有的矛盾的、似是而非的说法，更逼迫着那肯于实际生活上用心思、不为片面的道德名词或片面的新式口号所蒙蔽的人，不能不细心去考察经济与道德的关系。

其实，经济与道德的问题乃是一个老问题，中国几千年前的圣贤对于这问题即曾有过精透圆通的见解。现在且让我们先温习一下人人所熟知的管子、孔子、孟子对于这问题的名言。

关于注重经济的话：

管子：衣食足而后礼义兴。

孔子：足食足兵，民信之矣。

孟子：苟无恒产，将无恒心。

关于注重道德的话：

管子：礼义廉耻，国之四维，四维不张，国乃灭亡。

孔子：去兵……去食，自古皆有死，民无信不立。

孟子：无恒产而有恒心者，唯士为能。

我们试比较玩味他们这番兼赅浑融代表典型的中国人智慧的话，我们便可以看出他们的说法：第一，虽前后所说，好似自相矛盾，而其实无有矛盾。第二，他们既不片面注重道德，亦不片面注重经济。第三，他们也不笼统地、宽泛地说道德与经济有同等的重要，漫无分别；反之，他们对于经济与道德之先后缓急、轻重高下的关系，确有一定的见解。我们可以总括为下列三命题：

一、就立国根本言，道德为立国的大本。国家的基础不是建筑在武力上，也不是建立在经济上，而道德才是维系国家的基础的命脉。以素持德治、礼治的孔孟，有此种见解，自无足怪；而以实行霸道著称的管仲，也说出这类的话，更特别值得重视。

二、就施政次第言，须先着手解决经济或国民生计问题，次及国防问题，次及道德文化问题。《论语》载孔子适卫时与冉有一段对话，最足以表示此意："子曰：庶矣哉！冉有曰：既庶矣，又何加焉？曰：富之。曰：既富矣，又何加焉？曰：教之。"孟子见梁惠王虽然开口就说"王何必曰利，亦有仁义而已矣"，但一谈及施政的程序，他便提出他的“五亩之宅，树之以桑……”的一套经济政策，且谓“老者衣帛食肉，黎民不饥不寒”，“养生丧死无憾”为“王道之始”。足见孔孟施政的方针，一贯地首先着重经济力的培植。

三、就道德与经济的关系言，国民经济的富足，可以促进一般道德之良好。国民经济的贫穷，可以引起一般道德的堕落，唯有特别有道德修养的士或君子是例外。

简言之，他们共同认为道德为目的，经济为工具，道德为立国之本，经济为治国之用。经济的富足与否可以影响一般国民道德的良窳，但少数有道德修养之士其操守却不受经济的影响。由我们以现代眼光看来，这种见解，可谓最合于常识、最平稳、最妥当、最不偏倚、最无流弊了。

但是他们这种见解虽好，究竟止于是简单的、含混的甚或武断的见解，而不是系统的理论或学说。譬如道德何以是立国之本？何以施政次第，须先解决经济问题？经济的贫富何以会影响一般人道德的好坏？经济既能影响人的道德，是否经济决定道德？如是，则能决定的经济岂不是本，而被决定的道德，岂不是用吗？经济与道德逻辑上的关系，换言之，经济与道德必然的、普遍的、永久的关系究竟是怎样的呢？诸如此类的问题，上面所引的管子和孔孟的话，均不能给我们以充分的、满意的答复。现在的时代，人们对于古圣贤的话无有信仰，其实也无须有信仰，所以单是提出古人的嘉言灼见，若无事实的证明、理论的发挥，决不足取信。而且近代凡耳食一点达尔文进化论的人，谁也都知道弱肉强食、优胜劣败、天然淘汰的说法，谁也都知道有强权无公理，经济力、机械力、武力是取决胜负的关键，谁也不会完全相信道德家“礼义廉耻，国之四维”，或“为政以德”的说法。

所以，我们只好对于古圣贤的遗教暂抱怀疑态度。今试对人人所公认的关于经济与道德的一些事实，从理论的分析着手。关于经济与道德，有下列四条不可否认的显明的事实：

一、经济富足可以使道德好（所谓衣食足知荣辱，仓廪实知礼节；有恒产即有恒心，即指此项事实）。

二、经济贫乏可以使道德好（所谓家贫出孝子，士穷见节义；无恒产而有恒心者，唯士为能，均指此项事实）。

三、经济富足可以使道德坏（所谓饱暖思淫欲，所谓经济中心即罪恶之渊薮，即指此项事实）。

四、经济贫乏可以使道德坏（所谓无恒产即无恒心，小人穷斯滥矣，或饥寒起盗心的俗话，均指此项事实）。

这里所列各项事实，尽管彼此互相冲突矛盾，但却无人可以否认这些全是坚实可靠的事实。我们对于这四项事实，第一，须同等重视，不可偏重一项事实而大发议论；第二，我们必须提出一些可以同时解释四项事实的公共理论。根据对于上面四项事实的分析，我们可以抽绎出下面几条理论：

一、经济的贫乏与道德的好坏间无必然的函数关系。换言之，经济富的人不必道德好，经济贫的人不必道德坏；反之，经济富的人不必道德坏，经济贫的人不必道德好。这就是说，我们不能以经济的贫富做道德的好坏的标准，我们不能说经济的贫富必能决定道德的好坏。

二、一个人只是经济富时道德好，但经济一旦贫乏，立即为非作歹，则他当初的道德好绝不是真正的道德好。

三、一个人只是经济贫乏时方铤而走险，有不道德的行为，以图免于饥寒，而当年丰时靖的时候，却是安居乐业的良民，则他的行为绝不是真正的道德坏。

四、一个人当他经济富足时道德好，当他经济贫乏时道德亦好，方得谓为有真道德。所谓贫而无谄，富而无骄；富贵不能淫，贫贱不能移，方是真道德。富无骄，贫无谄，富不淫，贫不移，乃是真道德最低限度的要求，并不是只有大圣贤、大丈夫方如此；换句话说，真正的道德不随经济状况为转移，非经济所能支配。

五、经济贫乏时道德坏，经济富足时道德亦坏，方是真正的不道德，方是自觉自愿地作恶。故此种真正的恶或真正的不道德亦不随经济状况为转移，亦非经济所能支配所能决定。我们可以把孔子“上智与下愚不移”的话，改为“真善与真恶的人均非经济所能移”（但须知真恶的人，不必是下愚，有时是富有才智，能号召多人、领导多人的人物）。

六、真正道德好的人富时可以多做善事，贫时可以少做善事，真正道德坏的人，富时可多做恶事，贫时可少做恶事。换言之，真正有道德的人或真正不道德的人，不但不受经济的支配，且反能利用甚或创造自己的经济力量以做为善或为恶的工具。

总结起来，我们分析事实的结果，认为在某种意义下，经济可以决定或支配道德，但为经济所决定的道德非真道德（因为由经济充裕而改邪归正、安居乐业的人非真道德，因经济困迫方铤而走险的人非真不道德）。而真正的道德或不道德均非经济所能转移，所能决定。为经济所决定的道德，可随经济的改进而改进，可随经济问题的解决而解决，因为其本身即纯是经济问题，而非真正的道德问题。但真正的道德既非经济所能转移，所能决定，故不随经济状况的改进而改进，亦不随经济问题的解决而解决。一个经济上富足繁荣的社会或国家，可以产生真正不道德的人，弄得该国家陷于贫困与毁灭（如乾隆时的和珅以及现在帝国主义的财阀与军阀）。一个经济破产、民生凋敝的国家，亦可以产生具有真正道德的人，创造并利用经济的力量，以达到经济的复兴。决定一个国家的存亡，不在于那些林林总总随经济状况的变迁而转移的人，而在于那些不随经济状况而转移，且能支配经济、利用经济、创造经济的有真正道德的人或真正不道德的人。一个国家强弱盛衰，即以此两种人斗争的胜败消长为准。

且让我们更进一步从经济本身的性质去说明何以为道德所决定的经济方是真经济。从事实看来，天地间没有纯粹的经济；换言之，没有与别的东西绝对不发生关系，离一切而独立的“经济自身”。这就是说，经济不能自来（不能自天而降），不能自去（不能无故自己衰落），不能自己发达，不能自己活动。唯有有理智的、有善恶观念的人方能使之来，使之去，使之活动，使之发展。简言之，经济是人造的。经济不是自然的产物，而是人力征服自然的收获。野生的草木，野生的禽兽，未开发的矿产，未疏浚的河道，未航行的江湖海面，均不是经济。不仅不是经济，而且有时是"反经济"。譬如野兽不仅不能供人用，而且反将噬人；江河不仅不能资灌溉交通，而且反将酿成水灾阻碍交通。足见自然非经济，必利用自然方是经济。但征服自然，利用厚生，乃是人类利用理智的努力和道德的努力所收的效果。近来世界各国为防止经济危机，多提倡所谓"计划经济"。我们虽不明了"计划经济"的专门的意义，但我们敢大胆说一句话，广义说来，所有的经济皆是"计划经济"。不经过自觉的计划或经营——不论出自政府或个人——根本就不会有经济；换言之，就经济的性质或意义论来，经济就是为人力所决定的东西，是由人类的理智和道德的努力创造而成的东西。由此足见一切经济或一切金钱，其背后均有道德的观念和意识的作用在支配它。更足见经济既是理智的和道德的产物，故即所以代表能产生此经济的主人公的意志、思想或道德的观念。经济既是代表它背后的主人公的意志、思想或道德观念的工具，故有时一个人的行为虽表面上好似受经济的支配，而其实乃是受那经济背后的主人公的意志的支配。

中国有一句很富于道德意味的格言"一丝一粟，当思来处不易"。我们也可以说：任何一点经济的建设或物质的文明，其来处亦颇不易，亦是辛苦的经营、道德的努力的收获。如果有任何资财的积聚或增进，不是出于理智的和道德的努力，则该项资财和物质便终无真正的经济价值。试看那承袭巨万家产的阔公子，他们的财产不仅无补于社会经济，而且不久即会荡然无存。又如中国近几十年来，因剥削、贪污、投机而致富的军阀、官僚、奸商，人数当然不少，但因将财产存在外国银行，反为外人利用以剥削国人。所以，这类的资财，不仅没有经济价值，反而有害于国计民生。其故无他，即由于这是无道德背景、非为道德所决定的经济。试反观欧美的大资本家，其出身微贱而致巨富，与中国的军阀、官僚、奸商何尝不同，但因其能合法律的途径，用科学的技术、本道德的信心以完成其事业，故其能创造西洋近代灿烂的物质文明，实非偶然。故西洋资本主义最初的兴起，亦是由于少数具有经济天才的豪杰之士（汽车大王亨利·福特，有“财政界的拿破仑”之称。怀特海教授尝言，经济的企业家为最能发挥伟大的想象力以控制现实的人物）的自觉的道德的努力。但资本制度积渐而僵化，而机械化，可容受人类意志的自由发挥和自觉的道德努力的成分愈趋愈少，流弊愈益暴露，而内在的矛盾亦愈益尖锐，极少数的资本家凭借不平的制度，可坐享百万，而大多数的艰苦努力的劳动人民反被剥夺，被榨取，愈趋于贫困。所以，依我们看来，若果劳动人民能够推翻资产阶级而代之的话，那必是前者的道德努力的分量远胜过后者有以使然。总之，经济的大权终归会落在道德努力者手里的铁则，绝不会变的。

德哲孟斯特贝格（Munsterberg）著有《价值哲学》一书，书中指出基于道德的努力而产生的价值，他叫作“伦理的收获”（Ethical achievements）者有三：属于自然界者为“实业”，属于人事界者为“法律”，属于内心界者为“道德”（指自由的人格和内心的修养）。我觉得他这种说法有两种好处：第一，他指出法律是道德努力的收获。非道德观念进步，道德水平提高，不会有昌明的法律。他说：“公民犯法不损法律真价值，唯无法律，法官枉法，视法律如具文，方损法律真价。”换言之，若无道德以维系法律，则法律扫地尽矣。第二，他指出“实业”，即我们此处所谓经济或物质文明亦是用道德努力以开发自然界的收获。法律既是道德的收获，故中国一般所谓法治、德治之争，可得调解；实业经济既是道德的产物，则中国一般人所谓精神文明、物质文明之争，亦得一调解的途径。道德与法律问题，不在本文范围之内，兹可不论。本篇之主旨即在发挥经济或实业乃道德的收获的说法。

末了，我要引费希特（Fichte）告德意志国民演讲中的一段话来结束：

“我们现在是失败了，但是我们是否要受人轻视，究竟除了别的损失之外，我们是否还要损失我们的人格，这就全看我们自己的努力如何了！军械的斗争已经结束了，但是新的理性的战斗与人格的战斗，却正在开端呢！”

我们现在也同样可以说：

自从鸦片战争以来，我们与帝国主义的武力的斗争已经屡次大败了！自从五口通商、门户开放以来，我们与帝国主义的经济的斗争，又历年失败了！但是在当前新的艰苦的民族抗战中，我们是否要失掉我们的人格，是否要自己摧毁我们的另一道重要的防线——即道德战斗、人格战斗的防线，这就全看我们自己的努力如何了！

儒家思想的新开展

1941 年

在思想和文化的范围里，现代决不可与古代脱节。任何一个现代的新思想，如果与过去的文化完全没有关系，便有如无源之水、无本之木，绝不能源远流长、根深蒂固。文化或历史虽然不免经外族的入侵和内部的分崩瓦解，但也总必有或应有其连续性。

儒家思想，就其为中国过去的传统思想而言，乃是自尧舜禹汤文武成康周公孔子以来最古、最旧的思想；就其在现代及今后的新发展而言，就其在变迁中、发展中、改造中以适应新的精神需要与文化环境的有机体而言，也可以说是最新的新思想。在儒家思想的新开展里，我们可以得到现代与古代的交融、最新与最旧的统一。

根据对于中国现代的文化动向和思想趋势的观察，我敢断言，广义的新儒家思想的发展或儒家思想的新开展，就是中国现代思潮的主潮。我确切看到，无论政治、社会、学术、文化各方面的努力，大家都在那里争取建设新儒家思想，争取发挥新儒家思想。在生活方面，为人处世的态度，立身行己的准则，大家也莫不在那里争取完成一个新儒者的人格。大多数的人，具有儒家思想而不自知，不能自觉地发挥出来。有许多人，表面上好像在反对儒家思想，而骨子正代表了儒家思想，实际上反促进了儒家思想。自觉地、正式地发挥新儒家思想，蔚成新儒学运动，只是时间早迟、学力充分不充分的问题。

中国当前的时代，是一个民族复兴的时代。民族复兴不仅是争抗战的胜利，不仅是争中华民族在国际政治中的自由、独立和平等，民族复兴本质上应该是民族文化的复兴。民族文化的复兴，其主要的潮流、根本的成分就是儒家思想的复兴、儒家文化的复兴。假如儒家思想没有新的前途、新的开展，则中华民族以及民族文化也就不会有新的前途、新的开展。换言之，儒家思想的命运，是与民族的前途命运、盛衰消长同一而不可分的。

中国近百年来的危机，根本上是一个文化的危机。文化上有失调整，就不能应付新的文化局势。中国近代政治、军事上的国耻，也许可以说是起于鸦片战争，中国学术文化上的国耻，却早在鸦片战争之前。儒家思想之正式被中国青年们猛烈地反对，虽说是起于新文化运动，但儒家思想的消沉、僵化、无生气，失掉孔孟的真精神和应付新文化需要的无能，却早腐蚀在五四运动以前。儒家思想在中国文化生活上失掉了自主权，丧失了新生命，才是中华民族的最大危机。

“五四”时代的新文化运动，可以说是促进儒家思想新发展的一个大转机。表面上，新文化运动是一个打倒孔家店、推翻儒家思想的一个大运动，但实际上，其促进儒家思想新发展的功绩与重要性，乃远远超过前一时期曾国藩、张之洞等人对儒家思想的提倡。曾国藩等人对儒学的倡导与实行，只是旧儒家思想的回光返照，是其最后的表现与挣扎，对于新儒家思想的开展，却殊少直接的贡献，反而是五四运动所要批判打倒的对象。

新文化运动的最大贡献在于破坏和扫除儒家的僵化部分的躯壳的形式末节，及束缚个性的传统腐化部分。它并没有打倒孔孟的真精神、真意思、真学术，反而因其洗刷扫除的功夫，使得孔孟程朱的真面目更是显露出来。新文化运动的领袖人物，以“打倒孔家店”相号召的胡适先生，他打倒孔家店的战略，据他英文本《先秦名学史》的宣言，约有两要点：第一，解除传统道德的束缚；第二，提倡一切非儒家的思想，亦即提倡诸子之学。但推翻传统的旧道德，实为建设新儒家的新道德做预备功夫。提倡诸子哲学，正是改造儒家哲学的先驱。用诸子来发挥孔孟，发挥孔孟以吸取诸子的长处，因而形成新的儒家思想。假如儒家思想经不起诸子百家的攻击、竞争、比赛，那也就不成其为儒家思想了。愈反对儒家思想，儒家思想愈是大放光明。

西洋文化学术大规模的无选择的输入，又是使儒家思想得到新发展的一大动力。表面上，西洋文化的输入，好像是代替儒家，推翻儒家，使之趋于没落消沉的运动。但一如印度文化的输入，在历史上曾展开了一个新儒家运动一样，西洋文化的输入，无疑亦将大大地促进儒家思想的新开展。西洋文化的输入，给了儒家思想一个考验，一个生死存亡的大考验、大关头。假如儒家思想能够把握、吸收、融会、转化西洋文化，以充实自身、发展自身，儒家思想则生存、复活而有新的发展。如不能经过此考验，渡过此关头，它就会消亡、沉沦而永不能翻身。

所以儒家思想是否能够有新开展的问题，就成为儒家思想是否能够翻身、能够复兴的问题，也就是中国文化能否翻身、能否复兴的问题。儒家思想是否复兴的问题，亦即儒化西洋文化是否可能，以儒家思想为体、以西洋文化为用是否可能的问题。中国文化能否复兴的问题，亦即华化、中国化西洋文化是否可能，以民族精神为体、以西洋文化为用是否可能的问题。

就个人言，如一个人能自由自主，有理性，有精神，他便能以自己的人格为主体，以中外古今的文化为用具，以发挥其本性，扩展其人格。就民族言，如中华民族是自由自主、有理性、有精神的民族，是能够继承先人遗产，应付文化危机的民族，则儒化西洋文化、华化西洋文化也是可能的。如果中华民族不能以儒家思想或民族精神为主体去儒化或华化西洋文化，则中国将失掉文化上的自主权，而陷于文化上的殖民地。让五花八门的思想，不同国别、不同民族的文化，漫无标准地输入到中国，各自寻找其倾销场，各自施展其征服力，而我们却不归本于儒家思想而对各种外来思想加以陶熔统贯，我们又如何能对治这些纷歧庞杂的思想，而达到殊途同归、共同合作以担负建设新国家新文化的责任呢？

这个问题的关键，在于中国人是否能够真正彻底、原原本本地了解并把握西洋文化。因为认识就是超越，理解就是征服。真正认识了西洋文化便能超越西洋文化。能够理解西洋文化，自能吸收、转化、利用、陶熔西洋文化以形成新的儒家思想、新的民族文化。儒家思想的新开展，不是建立在排斥西洋文化上面，而是建立在彻底把握西洋文化上面。儒家思想的新开展，是在西洋文化大规模的输入后，要求一自主的文化，文化的自主，也就是要求收复文化上的失地，争取文化上的独立与自主。

根据上面所说，道德传统的解放，非儒家思想的提倡，西洋文化的输入与把握，皆足以促进儒家思想的新开展。兹请进而研讨儒家思想新开展所须取的途径。

不用说，欲求儒家思想的新开展，在于融会吸收西洋文化的精华与长处。西洋文化的特殊贡献是科学，但我们既不必求儒化的科学，也无须科学化儒家思想。因科学以研究自然界的法则为目的，有其独立的领域。没有基督教的科学，更不会有佛化或儒化的科学。一个科学家在精神生活方面，也许信仰基督教，也许皈依佛法，也许尊崇孔孟，但他所发明的科学，乃属于独立的公共的科学范围，无所谓基督教化的科学，或儒化、佛化的科学。反之，儒家思想也有其指导人生、提高精神生活、发扬道德价值的特殊效准和独立领域，亦无须求其科学化。换言之，即无须附会科学原则以发挥儒家思想。一个崇奉孔孟的人，尽可精通自然科学，他所了解的孔孟精神与科学精神，尽可毫不冲突，但他用不着附会科学原则以曲解孔孟的学说，把孔孟解释成一个自然科学家。

譬如，有人根据优生学的道理，认为儒家所主张的早婚是合乎科学的；或又根据心理学的事实，以证明纳妾制度也有心理学根据；甚或根据经济学以辩护大家庭制符合经济学原理；亦复有应用物理学、化学的概念，以解释《易经》的太极阴阳之说的。诸如此类假借自然科学以为儒家辩护的办法，结果会陷于非科学、非儒学。这都是与新儒家思想的真正发展无关的。我们要能看出儒家思想与科学的息息相关处，但又要能看到两者的分界处。我们要能从哲学、宗教、艺术各方面以发挥儒家思想，使儒家精神中包含有科学精神，使儒家思想足以培植、孕育科学思想，而不致与科学思想混淆不清。

简言之，我们不必采取时髦的办法去科学化儒家思想。欲充实并发挥儒家思想，似须另辟途径。因儒家思想本来包含有三方面：有理学以格物穷理，寻求智慧；有礼教以磨炼意志，规范行为；有诗教以陶养性灵，美化生活。故求儒家思想的新开展，第一，必须以西洋的哲学发挥儒家的理学。儒家的理学为中国的正宗哲学，亦应以西洋的正宗哲学发挥中国的正宗哲学。因东圣西圣，心同理同。苏格拉底、柏拉图、亚里士多德、康德、黑格尔的哲学与中国孔孟、老庄、程朱、陆王的哲学会合融贯，而能产生发扬民族精神的新哲学，解除民族文化的新危机，是即新儒家思想发展所必循的途径。使儒家的哲学内容更为丰富，体系更为严谨，条理更为清楚，不仅可做道德可能的理论基础，且可奠定科学可能的理论基础。

第二，须吸收基督教的精华以充实儒家的礼教。儒家的礼教本富于宗教的仪式与精神，而究竟以人伦道德为中心。宗教则为道德之注以热情、鼓以勇气者。宗教有精诚信仰、坚贞不贰的精神；宗教有博爱慈悲、服务人类的精神；宗教有襟怀广大、超脱尘世的精神。基督教文明实为西方文明的骨干。其支配西洋人的精神生活，实深刻而周至，但每为浅见者所忽视。若非宗教的知“天”与科学的知“物”合力并进，若非宗教精神为体，物质文明为用，绝不会产生如此伟大灿烂的近代西洋文化。我敢断言，如中国人不能接受基督教的精华而去其糟粕，则绝不会有强有力的新儒家思想产生出来。

第三，须领略西洋的艺术以发扬儒家的诗教。诗歌与音乐为艺术的最高者。儒家特别注重诗教、乐教，确具深识远见。唯凡各种艺术者皆所以表示本体界的意蕴，皆精神生活洋溢的具体表现，不过微有等差而已。建筑、雕刻、绘画、小说、戏剧，皆所以发扬无尽藏的美的价值，与诗歌、音乐亦皆系同一民族精神及时代精神的表现，似无须轩轾于其间。过去儒家因乐经佚失，乐教中衰，诗教亦式微。对其他艺术，亦殊少注重与发扬，几为道家所独占。故今后新儒家的兴起，与新诗教、新乐教、新艺术的兴起，应该是联合并进而不分离的。

儒学是合诗教、礼教、理学三者为一体的学养，也即艺术、宗教、哲学三者的谐和体。因此，新儒家思想的开展，大约将循艺术化、宗教化、哲学化的途径迈进。有许多人，拾起“文人无行”“玩物丧志”等语，误认为儒家轻蔑艺术，或只从表面去解释孔子“敬鬼神而远之”“未知生，焉知死”“未能事人，焉能事鬼”等语的意义，而否认孔子有宗教思想和宗教精神，或误解“性与天道不可得而闻”一语，而谓孔子不探究哲学。凡此种种说法，皆所以企图将儒家褊狭化、浅薄化、孤隘化，不唯有失儒家的真精神，使儒家内容贫乏狭隘，且将使儒家思想无法吸收西洋的艺术、宗教、哲学以充实其自身，因而亦将不能应付现代的新文化局势。

譬如，仁乃儒家思想的中心概念。固不仅是“相人偶为仁”的文字学名词，如从诗教或艺术方面看来，仁即温柔敦厚的诗教，仁亦诗三百篇之宗旨，所谓“思无邪”是也。“思无邪”或“无邪思”，即纯爱真情，乃诗教的泉源，亦即是仁。仁即天真淳朴之情，自然流露之情，一往情深、人我合一之情。矫揉虚伪之情，邪僻淫亵之思，均非诗之旨，亦非仁之德也（复性书院之主讲马一浮先生近著《四书大义》，即以仁言诗教，可参考）。纯爱真情，天真无邪之思，如受桎梏不得自由发抒，则诗教扫地，而艺术亦丧失其精髓。从宗教观点来看，则仁即是救世济物、民胞物与的宗教热诚。《约翰福音》有“上帝即是爱”之语，反言之，上帝即是仁。“求仁”不仅是待人接物的道德修养，抑亦知天事天的宗教功夫。儒家以仁为“天德”，耶教以至仁或无上的爱为上帝的本性。足见仁之富于宗教意义，是可以从宗教方面大加发挥的。从哲学看来，仁乃仁体。仁为天地之心，仁为天地生生不已之生机，仁为自然万物的本性。仁为万物一体、生意一般的有机关系和神契境界。简言之，哲学上可以说是有仁的宇宙观、仁的本体论。离仁而言本体，离仁而言宇宙，非陷于死气沉沉的机械论，即流于漆黑一团的虚无论。

以上仅简略提示儒家所谓仁，可以从艺术化、宗教化、哲学化三方面加以发挥，而得新的开展。今试再以“诚”字为例。儒家所谓仁，道德意味比较多，而所谓诚，则哲学意味比较多。《论语》多言仁，而《中庸》则多言诚。所谓诚，亦不仅是诚恳、诚实、诚信的道德意义。在儒家思想中，诚的主要意思是指真实无妄之理或道而言。所谓诚，即是指实理、实体、实在或本体而言。中庸所谓“不诚无物”，孟子所谓“万物皆备于我矣，反身而诚”，皆寓有极深的哲学意蕴，诚不仅是说话不欺，复包含有真实无妄、行健不息之意。“逝者如斯夫，不舍昼夜”，就是孔子借川流之不息以指出宇宙之行健不息的诚，也就是指出道体的流行。其次，诚亦是儒家思想中最富于宗教意味的字眼。诚即是宗教上的信仰。所谓至诚可以动天地泣鬼神。精诚所至，金石亦开。至诚可以通神，至诚可以前知。诚不仅可以感动人，而且可以感动物，可以感动神，乃是贯通天人物的宗教精神。就艺术方面言，思无邪或无邪思的诗教即是诚。诚亦即是诚挚纯真的感情。艺术天才无他长，即能保持其诚、发挥其诚而已。艺术家之忠于艺术而不外骛亦是诚。总之，诚亦是儒家诗教、礼教、理学中的基本概念，亦可从艺术、宗教、哲学三方面加以发挥之。今后儒家思想的新开展，大抵必向此方向努力，可以断言也。儒家思想循艺术化、宗教化、哲学化的方向开展，则狭义的人伦道德方面的思想，均可扩充提高而深刻化。从艺术的陶养中去求具体美化的道德，所谓兴于诗，游于艺，成于乐是也。从宗教的精诚信仰中去充实道德实践的勇气与力量，由知人进而知天，由希贤、希圣进而希天，亦即是由道德进而为宗教，由宗教以充实道德。在哲学的探讨中，以为道德行为奠定理论基础，即所谓由学问思辨而笃行，由格物致知而诚正、修齐是也。而且经过艺术化、宗教化、哲学化的新儒家思想不唯可以减少狭义道德意义的束缚，且反可以提高科学兴趣，而奠定新科学思想的精神基础。

以上是就文化学术方面，指出新儒家思想所须取的途径。就生活修养而言，则新儒家思想目的在于使每个中国人都具有典型的中国人气味，都能代表一点纯粹的中国文化，也就是希望每个人都有一点儒者气象，不仅军人皆有“儒将”的风度，医生皆有“儒医”的风度，亦不仅须有儒者的政治家（昔时叫作“儒臣”），亦须有儒者的农人（昔时所谓耕读传家之“儒农”）。在此趋向于工业化的社会中，所最需要者尤为具有儒者气象的“儒工”、“儒商”和有儒者风度的技术人员。若无多数重忠孝仁爱信义和平的道德修养的儒商、儒工出，以树立工商的新人格模范，商者凭借其经济地位以剥削人，工者凭借其优越技能以欺凌人、傲慢人，则社会秩序将无法安定，而中国亦殊难走上健康的工业化的途径。

何谓“儒者”？何谓“儒者气象”？须识者自己去体会，殊难确切下一定义，其实也不必呆板说定。最概括简单地说，凡有学问技能而又具有道德修养的人，即是儒者。儒者就是品学兼优的人。我们说，在工业化的社会中，须有多数的儒商、儒工以做柱石，就是希望今后新社会中的工人、商人，皆成为品学兼优之士。亦希望品学兼优之士，参加工商业的建设，使商人和工人的道德水准和知识水平皆大加提高，庶可进而造成现代化、工业化的新文明社会。儒者固需品学兼优，但因限于资质，无才能知识而卓有品德的人亦可谓为儒者，所谓“虽曰未学，我必谓之学矣”。唯有有学无品，有才无品，只有知识技能而无道德，甚或假借其知识技能以作恶者，方不得称为儒者，且为儒家所深恶痛绝之人。

又就意味或气象来讲，则凡具有诗礼风度者，皆可谓之有儒者气象。凡趣味低下，志在名利肉欲，不知美的欣赏，即是缺乏诗意。凡粗暴鲁莽，扰乱秩序，内无和悦的心情，外无整齐的品节，即是缺乏礼意。无诗意是丑俗，无礼意是暴乱。三四十年前，辜鸿铭站在儒家立场，以攻击西洋近代文明，其所持标准，即是诗礼二字。彼认为西洋近代文明的各种现象，如工商业的发展、君主的推翻、民主政治的建立，均是日趋于丑俗暴乱，无诗之美，无礼之和。故彼指斥不遗余力，颇引起西方学者的注意。又印度诗人泰戈尔，来游中国时，一到上海，即痛斥上海为“丑俗之大魔”。因上海为工商业化的东方大都市，充斥了流氓、市侩、买办以及一切殖民地城市的罪恶，不唯无东方静穆淳朴之诗味，亦绝无儒家诗教、礼教之遗风。泰戈尔痛斥上海，实不为无因。但辜鸿铭指斥西洋近代工商业文明的民主政治，却陷于偏见与成见。彼只知道中古贵族式的诗礼，而不知道近代民主化的诗礼。试观近代英美民主政治的实施、竞争选举、国会辩论、政治家的出入进退，举莫不有礼。数百万居民聚处于大都市中，交通集会亦莫不有序。其工人、商人大都有音乐、戏剧可观赏，有公园可资休息，有展览会、博物馆可游览。每逢星期，或入礼拜堂听讲，或游山林以接近自然。工余之暇，唱歌跳舞，自乐其乐。其生活亦未尝不可谓为相当美化而富于诗意。总之，以诗礼表达儒者气象是甚为切当的。如谓工商化、民主化的近代社会缺乏诗礼意味，无有儒者气象，则未免把儒家的诗教、礼教看得太呆板、太狭隘了。

就做事的态度言，每做一事，皆须求其合理性、合时代、合人情，即可谓为儒家的态度。合人情即求其“反诸吾心而安”，合理性即所谓“揆诸天理而顺”，合时代就是审时度势、因应得宜。孔子为圣之时，礼以时为大。合时代不是漫无主宰，随波逐流，只求合时代而不合理性，是为时髦。合时代包含有“时中”之意，有“权变”之意，亦有合理之意。只重抽象的理性而不近人情，合时代即陷于“以理杀人”，以主义杀人，或近人所谓以自由平等的口号杀人。只求合人性而不合理性及时代，即流为“妇人之仁”“感情用事”或主观的直觉。合人情不仅求己心之独安，亦所以设身处地，求人心之共安。凡事皆能精研详究，以求合理、合时、合情，便可谓为“曲践乎仁义”“从容乎中道”，足以代表儒家的态度了。

儒家思想的新开展，基于学者对于每一时代问题，无论政治、社会、文化、学术等各方面的问题，皆能本典型的中国人的态度，站在儒家的立场，予以合理、合情、合时的新解答，而得其中道。哲学上的问题，无论宇宙观、人生观、历史观与夫本体论、认识论等，皆须于研究中外各家学说之后，而求得一契合中国人精神与态度的新解答。哲学问题本文暂置勿论，试就现在正烦扰着国人的政治问题为例，而指出如何从儒家的立场给予解答的途径。

譬如，就中国现在须厉行法治而言，便须知有所谓法家的法治，亦有所谓儒家的法治。前者即申韩式的法治，主张由政府或统治者颁布苛虐的法令，厉行严刑峻法，以满足霸王武力征服的野心。它是刻薄寡恩、急功好利、无情无义的。现代法西斯主义的独裁，即是基于申韩式的法治。这只能满足霸王一时的武力征服，绝不足以谋国家的长治久安和人民的真正幸福。而儒家的法治，亦即我所谓诸葛亮式的法治，则与之不同。它是法治与礼治、法律与道德、法律与人情相辅而行、兼顾共包的。法律是实现道德的工具，是人的自由本性的发挥，绝不是违反道德、桎梏自由的。西洋古代如柏拉图，近代如黑格尔所提倡的法治，以及现代民主政治中的法治，都可以说是与儒家精神相近，而与申韩式法家精神相远的。以为儒家反法治，以为提倡法治即须反对儒家，皆是不知儒家的真精神、真意义的说法。故今后欲整饬纲纪，走上新法治国家的大道，不在于片面地提倡申韩之术，而在于得到西洋正宗哲学家法治思想的真意，而发挥出儒家思想的法治。

试再就民主主义为例，亦有所谓儒家的民主主义与非儒家的民主主义，如有所谓放任政治，政府对人民取不干涉态度，认为政府管事愈少愈好，政府权力愈小愈好。一切事业，政府让人民自由竞争，听其自然淘汰，强者吞并弱者，几乎有无政府的趋势。这是欧洲 16 至 18 世纪盛行的消极的民主政治，在某种意义上，颇有中国道家的自然主义色彩。这种民主政治的起源，是基于启蒙运动之反对君主专制，争人民的自由平等和天赋人权。其末流便是个人主义的抬头和资本主义的兴起。这当然不是契合儒家精神的民主主义。假如只认儒家思想是为专制帝王做辩护谋利益的工具，则是根本违反民主主义的。这不但失掉了儒家“天视民视、天听民听”和“民贵君轻”等说的真精神，而且也忽略了西洋另有一派足以代表儒家精神的民主思想。这一派注重比较有积极性、建设性的民主，其代表人物为理性主义的政治思想家。他们认国家为一有机体，人民在此有机体中各有其特殊的位分与职责。国家不是建筑在武力上或任何物质条件上，而是建筑在人民公意或道德意志上。人民忠爱国家，正所以实现其真我，发挥其道德意志，确认主权在民的原则。尊重民意，实现民意（但民意不一定指林林总总的群众投票举手所表现的偶然意见，或许是出于大政治家的真知灼见，对于国家需要、人们真意之深识远见），满足人民的真正需要，为人民兴利除弊，甚或根据全体的福利，以干涉违反全体人福利的少数人的活动。政府有积极地教育人民、训练人民、组织人民亦可谓为“强迫人民自由”的职责，以达到一种道德理想。这种政治思想就多少代表我所谓儒家式的民主主义。例如美国罗斯福总统的许多言论，就代表我所谓儒家式的民主政治。试看他逐渐教育民众、改变舆论、感化孤立派、容纳异党、集中权力等种种措施，均与普通的民主政治，特别与 17、18 世纪的消极民主政治不同。

然而他的措施的确仍是一种民主政治，他反对因利图便、玩弄权术的现实政治，而提高人类共同生活的道德理想。但他的政策，并不是不切实际。他站在人民之前，领导人民，集中权力，但并不是独裁。所以我们可以称罗斯福为有儒者气象的大政治家（外国人可以有儒者气象，一如中国人可以有耶稣式的品格。其实美国的大政治家中如华盛顿、富兰克林、林肯皆有儒者气象，美国政治特别注重道德理想，比较最契合儒家所谓王道）。

至于在中国，孙中山先生则无疑是有儒者气象而又具耶稣式品格的先行者。今后新儒家思想的发挥，自必尊仰之为理想人格，一如孔子之推崇周公。他的民权主义，即可以说是最能代表儒家精神的民主政治思想。三民主义中的民生主义最根本，于将来最关重要。以民族主义于抗战建国，推翻异族，打倒帝国主义，影响最大。以民权主义体系最完整，思想最精颖，表现其生平学问经验与见解最多。他对于权与能的分别，对于自由平等的真意义的注释，皆一扫西洋消极的民主主义和道家的自由放任的自然主义的弊病，而建立了符合儒家精神，足以为开国建国大法的民权主义。而且，他在创立主义、实行革命原则中，亦以合理性、合人情、合时代为标准，处处皆代表典型中国人的精神，符合儒家的规范。在《孙文学说》“有志竟成”一章，他说：“夫事有顺乎天理，应乎人情，适乎世界之潮流，合乎人群之需要，而先知先觉者所决志行之，则断无不成者也。此古今之革命维新、兴邦建国之事业是也。”“顺乎天理”即是合理性，“应乎人情”即是合人情，“适乎世界之潮流，合乎人群之需要”即是合时代，足见他革命建国的事业，是符合儒家合理、合情、合时的态度的，而他所创立的主义亦是能站在儒家的立场而做出的能应付民族需要和世界局势的新解答。

以上就政治上的法治与民主问题，而指出以能符合儒家精神的解答为最适当。兹试再就男女问题为例而讨论之。男女问题可以说是中国现代许多解放运动的发端。许多反家庭、反礼教、反儒家思想的运动均肇端于男女关系。许多新思想家皆以不能解决新时代的男女问题为儒家思想发展的一大礁石。但我们认为，男女问题不求得一合理、合情、合时、符合真正儒家精神的答案，是绝不能得到圆满解决的。须知“父母之命、媒妁之言”的旧式婚姻，男女授受不亲的社交隔阂，“三从四德”的旧箴言，纳妾出妻的旧制度，已是残遗的旧躯壳，不能代表真正儒家合情、合理、合时的新态度。反之，酒食征逐、肉欲放纵，追求个人享乐的婚姻，发疯、自杀、决斗的热情恋爱乃是青年男女的堕落，社会、国家的病态，更是识者所引为痛心的。假如男女问题能循有诗意、合礼仪、负社会国家的道德责任的途径以求解答，便可算得契合儒家的规范了。所谓有诗意，即男女关系基于爱慕与相思，而无淫猥亵渎之邪思，如关关雎鸠式的爱慕、辗转反侧式的相思，便有诗意了。所谓合礼仪，即男女交际，有内心之裁制，有社交之礼仪。其结合亦须得家庭、社会、法律之承认。所谓须负社会、国家的道德责任，即男女结合非纯为个人享受，亦非仅解决个人性欲问题，乃有极深的道德意义，于家庭、社会、民族皆有其责任。男女之正当结合，于社会、国家皆有裨益，且亦是社会、国家所赞许嘉勉的，男女关系须受新诗教、新礼教的陶冶，且须对社会、国家负道德责任，这就是儒家思想新开展中所指示的途径。现在中国许多美满的新家庭生活已于无意间遵循着、实现着、代表着此种新儒家的理想了。

所以，在我们看来，只要能对儒家思想加以善意同情的理解，得其真精神与真意义所在，许多现代生活上、政治上、文化上的重要问题，均不难得到合理、合情、合时的解答。此所谓“言孔孟所未言，而默契孔孟所欲言之意；行孔孟所未行，而吻合孔孟必为之事”（明吕新吾《呻吟语》）。须将儒家思想认作不断生长发展的有机体，而非呆板机械的死信条。如是我们可以相信，中国许多问题，必达到契合儒家精神的解决，方算得达到至中至正、最合理而无流弊的解决。如果无论政治、社会、文化、学术上各项问题的解决，都能契合儒家精神，都能代表中国人的真意思、真态度，同时又能善于吸收西洋文化的精华，从哲学、科学、宗教、道德、艺术、技术各方面加以发扬和改进，我们相信，儒家思想的前途是光明的，中国文化的前途也是光明的。

李公朴

(1902—1946)

生平简介

李公朴（1902—1946），谱名永祥，字晋祥，号仆如，生于江苏淮安。社会教育家，民主战士，中国民主同盟早期领导人。1925 年加入中国国民党。1928 年赴美国和欧洲深造及考察。1930 年归国后，任环球新闻社社长。1932 年起先后创办《申报月刊》、《读书生活》半月刊、《青年周刊》等刊物。1936 年与邹韬奋等人共同创办读书生活出版社。同年 11 月被国民政府以“危害民国”的罪名逮捕（史称“七君子事件”），次年 7 月出狱。1944 年 10 月，中国民主同盟云南省支部在昆明成立，当选支部执行委员。次年 10 月当选中国民主同盟中央执行委员。1946 年 1 月与陶行知在重庆创办社会大学，任副校长兼教务长。同年 7 月 11 日在昆明被国民党特务开枪行刺，于次日凌晨离世，年仅四十四岁。

在史量才先生追悼大会上的讲话

1934 年

诸位来宾，诸位读者，诸位同学：

今天举行追悼大会，是我们料想不到的。我们记得自 11 月 14 日报载史先生的噩耗以后，不论与史先生有关系或是没有关系的人，总觉得非常惊异，尤其是一班读者和学生，纷纷地来信来电话询问被难的原因。史先生大殓后，我们又接到许多信主张对我们的导师应有一点表示。经过各方接洽后，举行了一个代表会，决定在今天联合举行追悼会。

希望诸位都有这一个了解：我们来举行这个追悼会，并不单注重形式。我们知道，许多人所迫切需要的，推进社会教育的文化事业，许多年来虽然有人看出这种需要，但是没有人能够起来做，唯独史先生能够力排众议，不顾一切地创办了这许多的文化团体。在每一个团体创办还没有收到相当效果的时候，便发现了不少的困难。史先生总是以毅力去克服它。两年以来，偶尔有人告诉他学校和图书馆的缺点，他总是详细地询问过的。有一次，有人告诉他说图书馆里有不应当有的书——禁书，他问我有没有。我说不晓得，因为图书馆里所有的书都是从书店里买来的。后来把党政机关的禁书目录查对之后，仅有极少数陆续查禁的书，我们便随时把它抽去了，史先生觉得很欣慰。所以仍是依了我们的计划一贯进行。

我们上次在大陆商场举行追悼会、筹备会的代表大会时，有一个共同的意思，就是以后我们要设法集合我们许多最小的力量，成为一个最大的力量，去继承史先生的遗志。要这样，才是我们这次大会的最大的意义。

怎样争取最后的胜利

——要有信心、决心，更要有办法

1937 年 12 月 10 日

诸位先生：

今天我要讲的是“怎样争取最后的胜利”。这个题目所包括的内容很广。这也并不是我一个人的见解，乃综合各方面已反复说过的话，有系统地并不偏重某一方面地加以发挥。

最后胜利要去争取　谁都知道，我们抗战的胜利是在最后，所以“最后胜利”四个字，成为我们抗战的共同目标。可是大家更要知道，“最后胜利”是要用我们的力量去“争取”，不是躺在床上或坐在屋里静待着这“最后胜利”的到来。我们有“最后胜利”的希望，敌人也有他“最后胜利”的希望，我们不用力量去“争取”，就一定被敌人“争取”过去。所以我们不仅要有“争取最后胜利”的信心与决心，更要有“怎样争取最后胜利”的办法！现在我先讲：

争取最后胜利的信心

换句话说，就是我们凭什么有得到最后胜利的信心？要了解这个问题，须先了解今日敌我的优势和弱点。关于这问题，各方面已经说得很多了，现在不过约略提出几点，以明本讲题的系统。

敌人的优势　日本帝国主义，总算是今日的一个强国，它有相当发达的工业基础，与相当广大的海外贸易。自明治维新以来，经过中日、日俄两战，和欧战给予它的机会，于是就确定了它“大陆政策”的基础。它的陆军建设，是以苏联为对象；海军建设，是以英、美为对象。军队机械化的程度，自为我们所不及了。它今日从事第二次世界分割的战争，军事上的准备，已有数十年之久。这是今日敌人的优势，反过来也就是我们的弱点。因为我们军事上的准备，还是最近几年来才一点一点地开始。同时，我们一方面在准备，一方面还在消耗。用我们的准备去对抗敌人的准备，就纯军事的立场说，我们是难战胜敌人的。所以自敌人发动九一八事变、“一·二八”战争，以至华北中央军的退出、成立冀察政委会等等一大串的奇耻大辱，我们都忍耐下来了，屈辱下来了。这是为了什么呢？就是我们在军事上，也必须有一点最低限度的准备。自然，我们这种忍受是有限度的（这问题在后面讲决心的时候再加以说明）。

敌人的弱点　其次，说到敌人的弱点：

第一，是资源的缺乏，无论从哪一方面去看，它没有能支持一二年以上长期作战的力量。即以工业来说，因为它是一个工业国家，但原料与市场，都需要国外供给。在战争状态下，普通工业变为军事工业，商品的运输工具变为军队的运输工具，极大的市场变成了战场，生产的人民变成了士兵，几大都市的工业动摇，全国人民的生活即陷于贫困。就是这一点，即足以陷日本国民经济于解体。我们知道，欧战中德国不是败于军事，而是败于经济。今日的中日战争，好比两个人角力或赛跑，要看谁能坚持最后一分力量，谁就是最后胜利的获得者。日本今日置全副力量于军事一方面，利于速战速决，与欧战中的德国同。而它经济力的薄弱，不能支持持久战，则更比德国为甚。这是敌人一个致命的弱点。

第二，是日本兵力，绝不容许它能完全征服中国。因为它按人口计算，全国总动员，最多也只能出兵六百万。然而这六百万是不能全部开到中国来的。后方生产要人，维持国内治安要人，镇压殖民地的人民更要许多的兵力，所以它纵然把全国的壮丁都动员起来了，最多也只可有四百万人开到中国来。然而中国的人口是可以动员出到比它多数倍以上的兵力，而且我们可以训练几万万民众到处发动游击战。所以它也绝不能以四百万军队消灭我们可以出千万以上的兵力以及无数的游击队而完全征服我国。自然，我们若自己无组织而散漫应战的话，那又是另一问题。

第三，是日本今日为侵略而战，我们是为生存以及保障和平而战。意义不同，在国内国外的反映也不同。日本民众厌恶这一战争，我们全国民众则热烈拥护这一反侵略战争。日本在国际间除德、意两个侵略国家为它声援外，赞成维持现状的和平阵线方面的国家，如英、美、法、苏，无不立于反对它的地位，而同情于我们的抗战。这些国家联合起来，是有左右世界力量的。所以无论国内的民气或国际的同情，它都不能获得有利的形势。这也是敌人今日最大的弱点。

我们的优势　再说到我们的优势。如前所说，敌人的优势，就是我们的弱点。同时，敌人的弱点，也就是我们的优势。这里我们可以分几点来说。

第一，我们的资源足以自给。我们虽没有强固的工业基础，尤其是国防工业，对于武器的供给，将会感到一些困难，特别是重炮与飞机等。但这方面我们是可以从国外的接济来填补的。因为我们是农业国家，所以我们各处军民的给养，都可以设法自足自给。我国国民经济，在艰苦的状态下，数年内足以支持。民众一直在十分艰苦的状态下过活，我们是能够耐得过这艰苦的。我们无广大的国外贸易市场，海岸封锁不足以制我经济的死命。我们的资源是出自农村，破坏了我们的大都市，不独不足以使我们陷于崩溃，相反地，只摧毁了敌人的市场。我们的经济，将因这而走上独立发展的道路。

第二，我们地广人多。我们若是能够把广大的民众组织起来，一方面生产，一方面发动游击战，以集散无常、飘忽不定、以逸待劳、以少制多、乘其不意、攻其不备的战术，使敌人疲于奔命、穷于应付，我们将会很快地看到今日深入南北各路的敌军，必陷于进退维谷、欲罢不能、啼笑皆非的苦境，而遭到最后的惨败。然而我们尽管有着这一个优势，若不去利用，当然还是完全无用。譬如东三省、热河和华北几省，地方不能说不大，人民不能说不多，但轻轻被敌人占领了。几年来，在东三省虽有四五十万以上的义勇军，但还不能给敌人致命的打击，根本威胁其统治。甚至于许多壮丁，还被敌虏押其家眷为质，强暴胁迫地送到上海来自相残杀。这就是因为在敌人已占领的地方，要组织民众起来抗战，就万分的困难了。并且我们这一优势，若不善利用，就会被敌人利用。我们的优势，反成为敌人的优势。过去我们说：战线愈延长，敌人的兵力愈分散，我们牵制其后方的力量也愈大。然而现在的事实，敌兵一直深入，迅速占领我们华北、华东的很多土地而毫无顾忌。无知识的民众，被敌利用做汉奸；腐化的官僚，被敌利用作傀儡；许多可怜的壮丁，被敌连锁起来驱到战壕去替敌人做工事；许多青年的妇女，被敌横施强暴；许多热血的青年，被敌苦打残杀；许多人民的财产，被敌抢劫占用。这种种悲痛的事实，这种种凄惨的状态，这一切的一切，都是因为我们人民虽多，没有起来，地方虽广，没有利用。所以我们抗战的信心，虽然是建立于这种优势上，但这种优势，还须看我们怎样赶快去利用、去发挥。

第三，我们占有优越的国际的形势。上面说过，和平阵线的国家，如英、美、法、苏，是反对侵略战争，同情于我抗战的。我们要知道，国际的关系纯粹是一种利害关系。利害关系和我深切的，同情的成分也就多些。上述国家中，英、美对远东的利害关系最为深切。法在远东的利害，虽次于英、美但因防德的关系，在欧必须与英、苏取一致行动，因此也最注意远东事件的发展。而苏联和我们的关系，在地理上，北部的毗连，大有“唇亡齿寒”之势。在政治上，日本公开以“防共”“进攻苏联”为外交的号召。在军事上，若我东北既失，华北再陷，直等于打开了西伯利亚贝加尔湖的国防门户。其更为深切，自不必说。日本对中国的攻击，也可以说就是对苏联的攻击。这一个国际形势，说明了我们今日外交上应走的路线，苏联与英、美、法，都能给予我以最大的帮助。其次，是全世界被压迫的民族、被压迫的民众（包括德、意、日），无疑的都完全站在我们一方面。自然，我们为争取生存而抗战，完全要以我们自己的力量争取胜利。尽量寻取国际对我的帮助则可，但存一毫依赖他国之心，则绝对不可。如幻想苏联马上出兵来帮助我们，或希望英、美立时对日施以武力制裁，这都是对现阶段国际形势认识不清楚的结果。我们以苏联出兵来说吧，这消息最初是由同盟社和海通社捏造的。它的用意扼要地说：第一，是想挑拨和平阵线间的意见，因为苏联出兵，是要牵动许多和平国家，如英、美、法，尤其是法国与苏联是有攻守同盟的。第二，是想借以加强德、意、日的侵略集团，因为苏联既出兵公开助华，德、意当然可以公开助日。第三，是想造成中国人民对苏联不合理的希望，因为它们知道中国人民若果对这种希望变成失望，是会对苏联发生反感的，这也可以说，是敌人一种离间中苏感情的阴谋。谁知一班对抗战素来缺乏自信的人，既不分析国际间复杂的关系，更不研究苏联公然出兵帮助我们，究竟在国际上有何影响，究竟对我们是否有利，竟然殷切地作此希望。失望之后，即加以指摘，因而悲观。这种错误的认识与心理，应当彻底予以纠正。我们相信，只要我们抗战能持久，国际给予我们的帮助，一定可以一步步地增强。现在事实上，已经是增加有利于我们的趋向，因为为了它们本身的利益，不能不这样。这是我们对国际形势应该有的理解。现在进一步再说到：

争取最后胜利的决心

决心不是随便下的　我们知道，做一件艰难困苦的事情，事先非有“要干干到底”的决心不可。中国对敌抗战，是一件最艰难、最困苦的事情，在抗战中生活较好的要变得苦一些，将士们上前线和敌人相拼，这是非有绝大的决心不可的。绝大的决心，也可说是要准备绝大的牺牲。“九一八”以来，中经许多耻辱的历史，我们都忍耐下来了，就是我们在那时还未到轻言牺牲的时候，所以也不能随便下抗战的决心，这在前面敌人军事上的优势里已经说过了。待到卢沟桥事变爆发，我们是非下抗战的决心不可了。抗战既已开始，就不许有中途妥协的余地，这就是抗战的决心。这决心不是随便下的，既已下了，就要准备任何的牺牲，一切动摇畏惧的倾向是绝对不许存在的。

最近因东战场的吃紧，一班过去患恐日病者，以及对于中国抗战过程没有清楚了解的人，就害怕起来，甚至于懊悔起来，以为既打不过人家，为什么就打，不再忍耐一下，屈辱一下呢？我们深为怪异，中国抗战，大家不是已屡次说过是长期的抗战吗？今日的局势，不是在长期抗战的意料中吗？我们必须清楚地指出，现在的情形，并不是什么意外，中国要以持久性的抗战来克服敌人，一时军事上的胜败，绝不能动摇我们对抗战的信心与决心。我们只要问：在前方将士四五个月艰苦支持中，他们为着什么而牺牲，是为掩护后方的准备争取最后胜利呢，还是为着中途妥协？在后方有没有加紧准备了一切，支持前方作更持久的抗战？有没有集中更多的力量到抗战中来，减少前方将士作战时的许多苦痛？这种对抗战认识得不清楚，出于一班无政治训练的民众，犹可原谅；若是一班受了高等教育、受了政治训练的人，也不能明白这一种简单的道理，那就真是不应该的现象！真有决心的人，是真有牺牲精神的人，凡是决心不够的人，也就是信心不坚定、认识不清楚的人。

事实的教训　在这里我还可以引证我们在抗战中发现的许多事实来作为我们血的教训。

自抗战爆发四五个月以来，我觉得有两件事是值得我们安慰的：第一，是全国人民不分党派，都信任政府抗战到底的决心，政府也信任人民热烈拥护这一抗战到底的决心。在政府与人民之间，如能巩固这种互信，就会随着对敌抗战的炮声带来了我们新的力量。这种统一团结的局面、这种活泼有生气的局面，是我们对敌抗战已经得到了但还须更加维护的最宝贵的收获。第二，是前方将士的拼命杀敌、英勇伟烈，值得引起全国以至全世界人的肃然起敬。我们知道有三连人奉命守住一个突击阵地二天，而结果守了二天半只剩四个人回来的事实；有八百壮丁死守四行仓库，非奉上级命令决不退出的事实。报纸所载实在太多了。这些英勇的战绩，甚至在敌人的报纸上也不否认，而转变了它一向藐视的观念。尤其引起国外人士的热烈赞美，无形中增高了我们的国际地位。一位曾参加过欧战凡尔登一役的军官说，中国军人作战之壮烈，在欧战也是未见。这都是我们抗战几月来所获得的光辉成绩。然而前方将士这样和敌人血肉相拼，壮烈牺牲，后方的人在做些什么？我们实在愧对这些为国家生存而战的将士们！

前方初期抗战意义　前方的英勇将士，这样和敌人拼死战斗，不是叫我们在后方等着看的。他是要求我们清楚了解下列二点的意义：一、给恐日病者看，日本并不是怎样可怕，我们并不是不能打，只看后方怎样支持他们的作战。另一方面是消耗敌人的力量，为长期作战争取最后的胜利。并表现给国际看，中国人并不甘屈服于暴力下，它今日怒吼了。二、尽全力抵挡敌人向全国的进攻，而留出时间来让我们在后方赶紧准备一切。

然而在前方抗战四五月中，后方是否赶紧准备好一切呢？当上海战争还支持于大场一线时，后方人以为并未打到自己头上来，且过再说。假如说，上海进退二十里的地方，能打三个月，那么三个月只退二十里，以苏州人来看，苏州离上海二百多里，不是要三十个月才可以打到吗？从武汉人来看，离上海以二千里算，至少要打三百个月，有二十五年呢，且过再说。但是，等到我军这次退下来了，于是大家又慌张起来，这种苟安的心理，是多么的可恨呵！

唉！我们看！前方将士，是怎样地牺牲？怎样地流血？若平均一天以牺牲二千人算，二千人要流了多少的血？自“八一三”到今天，共是一百一十四天。一百一十四天，又共流出了多少的血？古语云“一寸光阴一寸金”，现在我们以一寸光阴来计算前方将士所流的血，那这一百一十四天中每一寸的光阴，比一寸黄金还不知要贵出多少倍。前方是一寸光阴几百条的命，而后方的人，实在太辜负了流去几十万将士的鲜血，辜负了三四个月宝贵的光阴了！我们是没有赶紧准备好一切，没有配合着前方紧张的军事一致行动起来！然而有错可以改，最怕是自己有了毛病不肯说，又不愿人家说，这才是危险的缺点。我们以为，到今日还有人要从旁笑话人家，他对抗战的诚意如何，就极成问题。但我也觉得执政者，大可不必在这些小节上计较短长，用不到管人笑话不笑话，只要能有补救的办法与成绩给人看。我们今日唯一的要求，就是赶快补救已发现的许多缺点，要赶紧地补救，拿事实给人看，不再讲空话！好听的话与空泛解释，均无补于事实。

最后再说到：

争取最后胜利的办法

组织民众　第一，组织民众，发动民众起来抗战——说到这点，也有人说：“现在乡下的农民，已在替军队做种种艰苦的工作，如筑路、掘壕、运输等等，住在都市里高喊民众组织的人完全看不到这事实，他们以为只有开民众大会才是民众组织。”但我们要问，现在乡下农民替军队做种种艰苦的工作，意义上是出于自动或被动的呢？而自动和被动所得的结果又相同不相同呢？这也不用多辩。大家都已知道，抗战四五月来，军事上已尽了它最大的责任，然而显然的缺点，是全国民众并没有被组织起来、动员起来，结果乃成了只一百多万军队与敌人单独作战的局面。在各战区中，都可听到完全没有民众的援助，而遭到很大的损失与痛苦，如伤兵救护的不能，士兵在后方不能买到东西吃，民众完全不能帮助刺探敌情的谍报工作，以至于在战地只见汉奸不见真正民众等等的事实。我们要明白地指出：这许多事实的出现，完全是广大民众没有被组织到动员到抗战阵线中来的缘故。我们更须明白地指出：中国抗战，不把广大民众组织起来、动员起来，是不能获得最后胜利的。上面说过，地广人多是我们最大的优势，但如不把民众组织起来、动员起来，有这最大的优势，还是无用。过去四五月中，我们并未利用发挥这优势，或是做得太不够有力。在这里，或许又有人说：乡村的农民，完全没有受过教育，没有知识，不但不容易组织，就组织起来，也是没有什么用的。诚然，乡村的农民，他们是不懂得怎样坐洋楼汽车、怎样吃咖啡牛奶，甚至于他们马路都不认得。若霓虹灯、跳舞场，他们更是莫名其妙，若以一个戴方帽子的或自号为都市文人的眼光去看他们，的确，他们的知识是很薄的，脑筋是很简单的。但是我们要知道，他们虽懂不得都市的一切，但乡村的一切，他们比我们懂得多。他们虽认不得柏油大马路，但他们认得青山绿水、一草一木、一条沟、一块土。崎岖的羊肠小道，他们更会爬，更会跑。他们虽没有同都市文化人一样的知识，但他们有的是气力和血肉，有的是忍苦耐劳的精神。正因为他们的脑筋简单，所以他们比某些有知识的人更英勇、更忠实。他们若果知道敌人抢了他们的土地，烧了他们的房屋，奴役了他们的子女，他们不能到香港、到外国，他们是要和敌人拼命的。他们若清楚地了解中国人不打中国人，他们一定不会当汉奸。然而许多的事实，没有人告诉他们，无论过去或现在，以致他们被敌人利用做汉奸、做顺民。这不是他们的罪过，这是我们没有教育他们，这是我们对不起他们。老实说，我们对敌抗战，不是专为土地，而是在保卫人民。最后胜利的争取，与其说是争取领土的完整，毋宁说是争取人民的完整，因为只要人民是我们的，领土一定可以夺回收复。同时，我们要根绝汉奸，也只有把人民普遍地组织起来，把情报网、侦探网布置在每一个角落的村庄里。看不起农民的人们，应该很清楚地了解这一点。所以我们正因为知道乡村的农民不容易组织，没有知识，而更须加紧设法组织，加紧设法训练。过去没有做，现在就要赶紧做。我们的办法是：

组织民众的办法　（一）策励民众自动组织起来，增强抗战的力量——这是要用政府的力量有计划地、普遍地去领导、去推动。最好在政府之下，专设一人民动员委员会，把全国的人才都集中，把全国的青年，尤其是流亡在都市的知识分子，集结起来予以短期的训练。按全国地域，每一县，每一村，都分配若干人去主持这动员的工作。以宣传为手段，以组织为目的，以行动为训练。运用领导与自发互相衔接及融洽的办法，绝对避免被动与服从的方式。务使每一个人民，都不脱离抗敌阵线的组织网，每一个人民的精力，都能贡献于抗敌工作之内而不浪费一分。前次我从上海出来，有一个青年要同我一同出来，我不能允许他，拒绝了他。他伸出一只粗壮的手臂问我："这肌肉发达不发达?"我说："很好。"他说："可惜这发达的肌肉没有用，只在家睡觉、吃饭。"我为这事而长久怅惘着。是的，今日有多少人只消磨精力于睡觉、吃饭之中，消磨于东奔西走流亡生活之中，抗敌工作没有他的份儿。然而他们是热烈要求参加抗敌工作者，他们不能得到自动组织起来、武装起来的机会。今日要做到这一点，策励民众自动起来组织是绝对必要的。

（二）充实民众已有的组织。如各地方的商会、工会、农会、妇女会等，如政府所办的保甲、民团等。这些过去民间原有的组织，要充实起来，加进新的分子，不能给少数土豪劣绅把持，要在真正民主精神的基础上发挥他们抗敌工作的力量。

（三）用政治动员征募壮丁。过去壮丁的征募，办法未尽完善，以致在好多地方有召集壮丁而逃走一空或者还未到前线就死亡大半的现象。实际上，还是抓壮丁的老办法。我们不能因此只骂乡村老百姓不爱国，乃是由于他们还不知道什么是爱国，爱国与他们有什么好处，应当怎样爱。这是政治教育的问题，绝不是官府一纸公文所可补救。所以今日的问题，不是在征募壮丁，而是在征募的办法问题上。我们以为征募的方法，应该以政治动员的方式为原则，要发动民众自己来参加这动员工作，自己来商量这征募工作。政府只需领导之，协助之。就是说，要以宣传的方法，启发民众的高度政治觉悟，使他们根本改变“好男不当兵”的传统观念，彻底明了对敌抗战的切身利害。这样，既可以免除他们的疑惧，复可以杜绝办理征募者的弊端。也只有这样，才能使他们踊跃应征，才能使前方的兵力源源不绝地补充。

最低生活保障　第二，保障民众最低限度的生活——现在抗战时期，许多人都说生活要更艰苦些。这话是对的。但艰苦也有一定的限度，平时生活较好的，不妨苦一些，平时生活较苦的人，不妨更苦一些，但没有饭吃的人，不能叫他不吃饭。我们在这抗战时期，是要“有苦大家受，有饭大家吃”，不能说因为抗战，某些人应该受苦，某些人则应该享福，某些人应该受冻挨饿，某些人则应温饱自若。我们不要忘记，持久抗战的力量，还是在一般劳苦群众的身上。所以我们对他们的最低生活，不能不顾及。只有彻底执行“有钱出钱，有力出力”的办法，只有尽可能地执行统一经济的办法来充实战时财政，才能达到我们持久抗战的目的。前次我在山西，一位牺牲同盟的团员告诉我：一次他到乡下去宣传，一个老太婆对他说：我要听的是怎样给我饭吃。我们知道，这不仅山西是这样。某地有一种屠宰税，民间宰羊一只，要纳税二元，一个农民的羊，夜间给狼吃了，收税的人说他偷宰漏税，罚洋二十元。在许多地方，有农民借了十元钱，一年之后，要还二十元的事实。有许多这样的事实存在，怎样能够引起广大农民对抗战热烈支持？所以要动员民众，要准备持久战，首先必须要使大多数最苦民众的最低生活有保障。这是动员民众起来一致抗战所必要的前提。同时还要确定各种救济办法。（一）对于战区流离失所的难民，除了有计划地开展生产事业与发动游击战争，需要将壮丁青年组织到后方生产机关中和前方抗战工作中使人尽其才、物尽其用外，妇孺老弱，要有通盘筹划的救济办法，使各安其所。这不是慈善事业，这是政府对于人民应有的保护责任。他们因战争所受的损失应由国家的力量来平均负担。有许多人认为前方的将士既这样地死伤，后方的难民就不应该叫苦，这是非常错误的。前方死伤将士，我们固然要十二万分地哀悼与救护，但后方流落无依的难民，我们也要设法安插，不能以前方的事实，掩饰了后方情形，抹杀了后方惨状。尤其是我们要对得起前方伤亡的将士，更只有爱护生者，减少后方损失，以争取最后胜利。因为只有“最后胜利”才是我们前方伤亡将士的代价。所以救济后方难民，也是持久抗战的一个重要措施。（二）对于出征军人的家属，应有确定的生活保障，如免捐抚恤，优待军属。要动员更多民众踊跃上前线，要达到持久抗战的目的，要使将士无后顾之忧，这也是必要的前提。

健全军政机构　第三，健全战时政治的军事的机构——说到这方面，就会有人误会是要改组政府的意思。我们必须诚恳地声明：我们绝对拥护抗战的政府。但在政治与军事的机构与运用上，我们仍然认为还有需要充实健全的地方。抗战四五月来，在前方的行政机关，多数陷于停顿，与前线紧张的军事完全配合不起来，许多职员无所事事。因为地方机关对军队的供给不够，以致有时军队不能不自动开老百姓的门去搜索，使军民的感情无法融洽。在后方的行政机关，又仍还是保持常态，没有一种战时紧张的现象。甚至还有少数只会做官不会做事的官僚，还是在那里敷衍塞责，关起门造数字、报成绩，自欺欺人，完全不顾实际。并且借办兵差或征募壮丁等等机会，还利令智昏地趁火打劫，从中揩油。同时，到处裁员、减薪，前方疏散或撤退下来的公务人员，流亡成难民，生活无着。还有许多机关，天天只在那里搬家，把所有的人力物力，完全消耗于搬家之上，不知道如何与前方军事取得一致行动。诸如前方同后方的脱离，军事机关与行政机关不能配合一致。许多事没有人做，许多人没有事做，到处流亡的大学生、专门人才、公务人员，无法给予工作。这都是说明了我们的政治机构还不够健全充实。在军事方面，虽有许多英勇的战绩，值得我们欣慰，但如前方给养、后方运输、军事指挥联络、器材供给分配、部队掌握编遣、军队生活纪律、伤兵教育管理，以及若干战略上的问题，无疑的也还有多少缺点需要补救。我们要求赶快把战时政治与军事的机构充实健全起来，使每一个负责的军人与官吏，要确能百分之百地负担他们战时的责任，尤其要使接近前方的地方机关，能够领导人民，切实帮助军队。如物品的征发与购置、夫役的招募与遣散、宿营的选择与打扫、军事的招待与联欢、前线的救护与慰劳、后方的防谍与保安、抗敌团体的指导与编遣、运输工具的管理与分配，以及向导的选定、医院的设置、情报的采访、防空的设施等等任务，都需要地方机关负责办理，以使军政合作，军民合作。其次，今日在抗战的基础上，要更加强我国的团结。也只有加强团结，才配说抗战到底。南京有一位重要负责人曾对我说：现在日本进攻中国最毒辣的手段，不在军事而在政治上。他一定要替我们分出许多派别，挑拨离间，造谣生事，无所不用其极。弄到我们自己七零八落，他才容易进攻。抗战发动以来，在全国已实现了空前可喜的团结局面。唯其这一团结是空前可喜的，是达到我们最后胜利的主要基础，所以我们要特别爱护它，加强它，巩固它。现在敌人无时不在企图破坏这一团结。我们要互尊、互信、互谅，以诚恳坦白的事实，彻底粉碎敌人以及其走狗奸细企图破坏的阴谋。不能以我为主，以他为从，以我为真，以他为假，各有成见，各怀鬼胎，给敌人特务工作以可乘之机，而为亲者痛仇者快。要免除这些嫌疑，最好是如兄弟般地在各方面经常进行工作上的互相检讨与监督，以沟通各方面的意见与建议。

广泛发动游击战争　第四，广泛地发动民众游击战——说到这点，也有人说："游击战争，只适宜于交通不便公路没有开发的地方，否则便不能成立。"并举出中国过去许多事实为例。大家知道，游击战争是民众的，只要有民众的地方就可以发动游击战争。自然，地形于游击战术不能说没有关系。但绝不能说，有了交通的地方，游击战争就不能成立。现在我们是对外作战，与中国过去许多内战，根本不能相提并论。同时，我们不是说有了游击战争就不要主力的正规军，相反的我们是要以游击战争来帮助正规军的主力战争。在上面曾经说过，中国的优点，是地广人多。但要充分发挥这一优点，只有发动广泛的民众游击战争。今日敌人进占我们城市交通线，这是"点和线的占领"，我们发动广泛的民众游击战争，则是"面的反攻"，要使敌人占有了点线而不敢一步散开点线，要使它处处遇到障碍，然后配以正规军主力的反攻，由"面的占领"进一步消灭敌人的"点线占领"。我敢相信，假使在全中国各战区都发动了广泛的民众游击战争的话，日本就是动员全国四百万以至六百万的军队都开到中国来，它不独没有方法征服中国，相反的我们将反要帮助日本的劳苦大众推倒这天皇军阀制度。

外交政策　第五，确定外交政策——上面说过，国际与我利害最深切者，同情于我的成分也最多。在外交上，我们应进一步加强国际对我们的援助，特别与英、美、法、苏应有进一步的结合，这是不用说的了。也有人说，今日德、意两国，也仍应寻来作为我们的与国。我们不知道，在德、意已和我们的敌人公开订立他们之间的秘密军事同盟，意国并已公开承认伪满的事实之下，我们要寻来这种与国干吗？抗战已有了四五月，而我们的许大使，还安然驻在东京，这诚如颜惠庆博士说过，一方和人家打，一方却和人家在饮香槟，这个奇怪的现象，无论政府用意何在，站在我们国民的立场，是无法对外解释清楚的。政府方面对苏联关系已有进一步的增进，即是订立了互不侵犯公约，但限于消极的订约，我们还感到不够。我们今日的外交路线，应该严密地防备一切侵略国家的行动，和赞成维持现状的和平阵线方面的国家更紧密地站在一起。在外交运用上，要以自己为主动力量，促进太平洋集体安全制度之建立，对苏联关系，我们要能得到它对中国更多的帮助，这是为争取最后胜利必要走的外交路线。

第六，团结国内各民族一致抗战——过去我们对国内的民族政策，不但不能把各民族团结在一起，一致抵抗日本帝国主义的进攻，反而给敌人利用来进攻我们。我听到有人说：过去德王的生日，日本政府必派代表送大批礼品前往致贺，然而我们政府一个代表也没有。这是否真实，无从证明。但现在德王已被敌人利用作傀儡，这在事实上是可以相信的。过去日本想使用美人计，曾把现在日本利用以为间谍的国际闻名的双重亡国奴的支那女儿川岛芳子，送与蒙王太子，以图日蒙亲善。这都是侵略我们的阴谋。日本帝国主义大陆政策的北进政策，就是以满蒙为起点。所以对满蒙民族的卖好，早已处心积虑，极尽无耻地挑拨离间之能事。甚至于新疆盛世才督办不为所利用，日本不惜企图以数十万元之代价暗杀。所以我们必须把过去与实际不适宜的民族政策完全改变，代以真诚的、平等的互相紧密结合在一起的民族政策。要不妨碍各民族自己的发展，并帮助他们发展，要在一个目标的对日抗战旗帜之下，团结成一个铁的集团，发挥各民族的特点，融合到一个力量中来，以打击外来的进攻。我们应该尽量发挥整个国家的力量来争取最后胜利。

胜利的前例　在这里我再举出一个历史的前例，作为我们坚定抗战决心的一种鼓励。大家知道，俄国革命是经过千辛万苦的奋斗，才得到今日的成功。俄国革命时，它的军备、给养，在各方面，并不胜过于我国，内有白党的作乱，外有各帝国主义的围攻。在 1920 年时，差不多全国三分之二的土地在敌军之手，自己只保有莫斯科一隅之地。再加以全国大饥荒，情形恶劣到万分。但是他们终究是胜利了。我们现在以全国之力，对付一个侵略国家，内部是团结统一的，在国际上除了敌人同盟国家外，最有力量的国家都同情我们，愿意帮助我们的。我们的条件，一切都优于革命时代的俄国，俄国终于取得了最后的胜利，我们何尝不可以取得最后胜利?

现在敌人正在围攻我们的首都，许多人对我们最后胜利的信心已发生了动摇，甚至于失了争取的决心，而感觉到毫无办法。不知道我们现在对敌作战，只是消耗战，只要它占我们一寸土，都须付以极大的代价，即已足尽我们当前的军事任务。只要我们前仆后继，就是失去了首都，再失去了其他的地方，我们也丝毫用不着大惊小怪。这些地方，都是敌人的坟墓。还有许多人看一件事，不从多方面来看，有时好似故意曲解的样子。如有人主张抗战只是军事问题，反攻击我们不应谈政治。不知道我们谈政治问题，并没有说不要军事。等于我们说寻求与国，要根据国际形势、利害关系，但不是说希望人家来帮我们打，我们可以站在后面来观阵。大家要知道，抗战的动员，是需要各部门分工合作，各负各的责任。如前方拿枪杆的固然要人，后方拿笔杆的以及从事生产的也要人，各地方的防御工事固然要做，但各地方的民众组织更不能忽略，绝非某一部分可以包办。不过各部分都要针对着军事上的一切需要有计划地、有联络地进行而已。

最后，我还要再重复地来说几句话作结束。关于争取最后胜利的信心决心与办法，在前面都已经说过了。不过在这些原则下，我们不仅要有勇气克服敌人的残暴，更要有勇气克服自己的缺陷。各种事实的教训，我们应检讨与批评，接受血的教训，产生更有效的补救办法，增加我们抗战的经验，坚强我们抗战的决心。但是有一班悲观主义者，他们只看到事实暴露的一部分，没有看到事实发生的原因结果和补救的办法，以为我们军事技术落后，工业不发达，对外抗战准备不够，所以不能战胜敌人。这种失败主义论者，我们要予以彻底的清除。现在那些对争取最后胜利的信心还发生动摇的人们，我们要明白地告诉他们：这次对敌抗战的情形，不能以表面的形势来观察，应该从实际的效果上去认识。就是说，我们不要仅看到黑暗的一面，而更要看到光明的一面。譬如过去人家说我们是一个无组织的、不统一的国家，只有地方，只有党派，只有小组织，只有乡学系，没有整个的国家观念。然而现在国内任何“不共戴天”的党派，任何不受中央命令的地方，任何势不两立的小组织，任何封建顽固的乡学系，都在“国家第一”的前提下亲密地团结起来了。尤其是各地方的军队，都在最高统帅的指挥下争先恐后地奔赴前线，每一个士兵弟兄，都深刻地觉悟到“兄弟阋墙，外御其侮”的教训，认清了今日杀敌是他们的天职，而英勇地牺牲。同时，敌人无论在什么地方，找不出一个有国际信仰、民众信仰的人做傀儡，所有的伪组织，只有少数腐化的官僚、没落的政客，才为所利用。这些人根本已为时代所淘汰，我们新兴的抗敌阵营，是不需要他们的。这些事实，都充分证明我们在抗战中，不仅在国际上已提高了地位，在国内更产生了空前未有的新气象。这些新气象，就是我们新中国远大前程的基础，就是我们近数十年来所要求而没有得到的局面，就是我们在抗战中所获得的比已失去的要宝贵得不知多少倍的代价和光辉的成绩。今后我们应该有以下几个共同信念：

一、我们要接受血的教训，加强抗敌的力量。

二、我们要加强团结，巩固统一，粉碎敌人和汉奸一切挑拨离间的阴谋！

三、我们要彻底地做有利于自己的事，绝对不做有利于敌人的事！

四、我们要根本肃清恐日病、悲观主义的一切失败主义论，坚决抗战到底！

五、我们要使每一个人的每一分精力都用在抗敌救亡工作上，一草一木都要使它发生出抗敌的力量来。

六、我们要了解抗战的过程是艰苦的，更要了解这些艰苦都是可以克服的。

七、我们要克服一切艰苦，争取最后的胜利！

半年来抗战的回顾[①]

1938 年 1 月 10 日

从卢沟桥事件到现在止，已经半年多了。在这不算短的抗战过程中，我们虽然失去了许许多多的地方，大的都市如天津、北平、上海、南京、太原、青岛、济南等处。现在京沪线敌军正分路进攻扬子江沿岸各地及安徽等地，同时并派兵直驱江苏北部，进逼徐州，连接津浦平汉两路，共袭郑州、开封，威胁陇海路，截断平汉路，使中国南北两线在交通运输上发生更大的困难。同时平绥线敌人现正在太原增加兵力，有分三路南下进窥风陵渡模样。而在华南方面，又有敌军已在中山县附近登岸，准备袭击粤汉、广九两铁路。这种情形告诉我们：目前中国抗战已进入一种比较艰苦的阶段，敌人的魔手已在我国大多数的地方发挥它的残暴的行为了。

但是，并不因为看到比较艰苦的局势就退却，更不因为暂时的军事失利就灰心。尤其不应以许多城市被占就认为大势已去，更不应以物质不如人，就觉得中国无救。我们坚决的同时又很清楚地理解，我们在军事上暂时的失利，是不足以影响我们最后胜利的。

---

① 本文是李公朴在八路军欢迎晚会上的演讲。

我们从抗战期中的各种情形看来，可以知道：

一、我们军政界的领袖们的抗战精神都很坚决。在数月内，我曾见过一些最高领导以及各战区的负责人，他们都表示愿为中华民族流最后一滴血，就是杀到最后一兵一卒也要坚持到底。

二、我们虽失去了不少地方，但我们已渐渐地发展了游击队、别动队、自卫队等组织。尤其是华北方面，各游击队在敌人的侧后方已建立巩固的根据地，经常破坏交通，袭击敌人，牵制敌人的兵力，使敌人不敢深入腹地。敌人所能占领的，只是交通沿线的大城市。离开交通线远的或者较小的城市以及乡村，大都还在我们游击队手里。

三、抗战期中，敌人一方面用武力来压迫我们，一方面却又利用汉奸走狗、亲日派竭力活动，多方离间挑拨，分化我力量，破坏我国内的团结。但是我们全国上下，都更加团结，民族统一战线比从前更加巩固。不但各党各派都能开诚相见，尤其全国各地方的军队，都在一个统一的指挥下，奔赴前线，英勇作战。这是我们近数十年来所没有的极宝贵的收获。

四、在抗战初起时，并没有发动广大的民众，只是政府军队的抗战，而不是全民的抗战。因此，在军事等方面都得不到民众的帮助，处处陷于不利的地位。但现在各抗战领袖，都注意到这个问题，对于组织民众这件事，已在努力施行。同时，日军的残暴，也给民众看清了仇敌的狰狞面目，一致为保卫国、保卫家而奋斗。这种由单纯的政府军队抗战，转变到全民的抗战，是决定抗战胜利的最大因素之一。

五、中国的英勇抗战，尤其是上海之战、平型关之战、忻口之战，已引起国际间极大的同情与赞扬，无形中提高了我们的地位。英、美、法、苏等国，在精神上及物质上都给我们很大的鼓励与帮助。这证明了，中国的抗日，不但有全国人民做后盾，同时还有世界上一切爱好和平的国家及人民的援助。

在另一方面，我们看敌人在这几个月里的情形是怎样呢？

一、在军事方面：在各战线上，敌军都遭到我军的英勇抵抗，使他现代化的军队遭受了极大的打击，消耗了巨量的金钱弹药，丧失了几十万的生命。但是所得到的是些什么呢？虽然他已抢占了不少的地方，但大多数的地方，尤其是华北方面，大多是发动民众、经过坚壁清野的方法，敌人所得到的不过是些空城而已。并且因为游击队在他后面活动，所以他愈深入，愈感到后方联络的困难；他愈前进，愈感到给养及弹药运输的不易。这种种，使敌人的部队在后方时时遭到袭击，使敌人的进攻计划时时受到阻碍。

二、在经济方面：他的对华贸易已差不多完全停止。那些被他占领的地方，因为民众大都跑了，也并不能畅销他的货物。在其他区域，根本就看不到日货的买卖了。日人在上海、青岛等处所有的工厂，已被我国全部破坏。这是很难在短时期内，在那些被占的地方取得报偿的。

三、在他国内方面：日本人民反战、兵士厌战的空气，日渐浓厚。从被俘虏过来的日兵口中，我们知道：日兵已在怀疑这次打中国是什么意义，打中国对他们有什么好处，他们完全被日军阀利用了。在上月间，从日本的广播中，听到了日官府的报告，说最近曾在东京一处就捕了三百多的左派领袖。我们知道这些所谓左派领袖，一定都是些反战、反侵略的有力分子。仅在东京就这样多，可见人民反战的积极。现在虽有一部分被捕，但反战的种子，差不多已全播在日本民众的心坎上。反战运动是一天天在长大和发展。

四、在国际方面：日本虽有那德、意两国在做声援，但世界上广大的反侵略的国家和人民，是站在我们这一方面的。近两月来，日机曾轰炸英美船舶，侵害各国的商业利益，这一切更引起各国对于日本的仇视。

关于敌我的情形，从上面所分析的看来，我们可以明白知道，我们在军事上、政治上已日益好转，如抗日民族统一战线的巩固，全国上下抗敌意识的坚决，全国民众渐渐参加到抗战中来，战略战术也日渐改革，一切都向好的有利方向发展。再加上国际上的物质及精神上的帮助，我们是十二万分地相信，我们是一定可以打倒那政治、经济、军事日陷不利，而且国内反战激烈、国际地位孤立的日本帝国主义的！只要我们的统一战线更加巩固，坚持抗战到底，最后的胜利一定属于我们的！

最后我用一个公式，来做我今天讲话的结论。

中国的持久抗战 + 国际间的援助 + 日本国内的崩溃 = 中国最后的胜利。

台静农
(1903—1990)

生平简介

台静农（1903—1990），本姓澹台，字伯简，原名传严，笔名有青曲、孔嘉等，安徽省霍邱县（今六安市叶集区）人。作家、文学评论家、书法家。幼承庭训，读经史，习书法，中学后入北京大学国文系旁听，后北京大学研究所国学门肄业，奠定了国学基础。1925年春初识鲁迅，后两人关系密切，友谊深厚。1927年后任教于辅仁大学、厦门大学、山东大学及齐鲁大学等。抗日战争全面爆发后，举家迁四川，任职国立编译馆。1946年赴台，后任台湾大学中文系教授，是1949年后最受大陆文学界尊敬的去台作家。1972年退休，仍任辅仁大学、东吴大学讲座教授，从事教学和写作。1990年因患食道癌在台北台大医院去世。台静农治学严谨，在文学、艺术、经史等多种领域均涉之甚深，并以人格耿介、文章书画高绝驰名。有《静农论文集》《静农书艺集》《台静农散文集》《台静农短篇小说集》等行世。

鲁迅先生的一生[1]

1938 年

有人说，鲁迅先生的一生是一首史诗。是的，我们要想知道他的一生，先得看看他所生长的是什么样的一个时代。从 1840 年直到现在，将近一百年的光景，在这一百年的中国历史上，正是一个暴风雨的时代，外面有帝国主义的势力，武装地踏进中国来，而内里面却被几千年的霉烂的封建势力支配着。这霉烂的封建社会，自然抵不了帝国主义的铁蹄的践踏，所以在这些年中划上了许多血痕，耻辱一天一天地增加，而我们的鲁迅先生却生长于这个时代。从他的诞生，直到他死去的前一分钟，他是和这样历史的命运做毫不容情的搏斗，他要将这历史的命运粉碎，他要将这历史的命运抛弃在深渊里去。我们要了解鲁迅先生的伟大的人格与工作，我们不得不看一看他所处的是怎样的一个时代。

他生于 1881 年浙江绍兴一个中产人家。十二岁读书的时候，他喜欢描画，并搜集图画。独对于《二十四孝》中的“老莱娱亲”同“郭巨埋儿”表示厌恶，这厌恶完全出于幼小的真诚的心灵，足见从他幼小时的心灵里已经萌芽了对于虚伪的封建道德的憎恨了。不幸他十三岁的

① 本文是台静农在重庆鲁迅先生逝世两周年纪念大会上所做的一个报告。

时候，他的祖父因事下狱，家庭中忽然经过这样大的变故，几乎家产全没有了。他就寄居在一个亲戚家，有时还被人称为乞食者。于是他决心回家，适逢他的父亲又患重病，三年多才死去。在这三年中为了他父亲的病，常常出入于当铺里、药店里，这时候他受了不少刺激。他在《呐喊自序》上说道："有谁从小康人家而坠入困顿的么？我以为在这途中，大概可以看见世人的真面目。"他揭破了几千年封建社会的假面具，发现了它的真实了！

十八岁的时候，他到南京考入江南水师学堂，据他的《自传》说，"我渐至于连极少的学费也无法可想；我的母亲便给我筹办了一点旅费，教我去寻无须学费的学校去，因为我总不肯学做幕友或商人——这是我乡衰落了的读书人家子弟所常走的两条路"。是的，穷乏逼他走进了南京水师学堂。但是，我们知道，他尽可以不拿学费，关起门读四书作八股，以他的天资，又何难从秀才举人层往上爬去——这条路是乡党亲戚所赞美的，达官贵人所常走的大道呀。然而他不屑为，如做商人、幕友一样的不屑为，他竟不顾当时一班人的鄙弃而选择了去学洋鬼子的一条路。这为什么呢？他厌恶这霉烂了的封建社会，他决心要去研究另一世界新的智认，他接受了科学。

他在水师学堂半年后转入路矿学堂，两年毕业后，被派到日本留学，入东京宏文学院。在宏文学院第二年，他有一首《自题小像》的诗，是值得珍贵的文献：

灵台无计逃神矢，风雨如磐黯故园。
寄意寒星荃不察，我以我血荐轩辕！

这是1903年作的，他那时正二十三岁。这诗据许寿裳先生的解释道："首句说留学外邦所受刺激之深，次写遥望故国风雨飘摇之状，三述同胞未醒，不胜寂寞之感，末了直抒怀抱，是一句毕生实践的格言。"

什么怀抱呢？我来意译末了一句吧，就是说“拿我的赤血献给中华民族！”这虽然是意译，大概没有译错。果真他实践了他三十年前所说的话，直到两年前的今天上午五点钟二十五分钟！

宏文学院毕业了以后，他进了仙台医学专门学校，他改了行。为什么呢？《自传》说：“因为我确知道了新的医学对于日本维新有很大的助力！”同时也因为他的父亲误于中国的医术，于是扩大他的爱到所有的同胞身上，不要误死在离奇的中国医术的手中，要整个民族健强起来！他研究两年的医学以后，他又改了行，他要研究文艺。这又为什么呢？《自传》说：“这时正值俄日战争，我偶然在电影上看见一个中国人因做侦探而将被斩，因此又觉得在中国还应该先提倡新文艺，我便弃了学医，再到东京，和几个朋友立了些小计划，但都继续失败了。”许寿裳先生《怀亡友鲁迅》的文中记载当时在东京的谈话道：

> “我退学了。”他对我说。
>
> “为什么？”我听了出惊问道，心中有点怀疑他的见异思迁，“你不是学得正有兴趣么？为什么要中断……”
>
> “是的，”他踌躇一下，终于说，“我决计要学文艺了。中国的呆子、坏呆子，岂是医学所能治疗的么？”
>
> 我们相对一苦笑，因为呆子、坏呆子这两大类，本是我们日常谈话的资料。

由这简单的谈话中，可以看出他那滚沸的热情：他要救同胞们无辜的死亡，他去学医；他又看见单纯的健康，无济于民族的衰落，他又去研究文艺；他是栖栖遑遑地要取得更切要、更有意义的为整个民族的工作。

他于是约了几个朋友，打算创办一个文学杂志，杂志名为《新生》，因为印费关系，没有实现，这就是《自传》上说的“和几个朋友立了些小计划，但都继续失败了”。周作人先生说：“其时留学界的空气是偏重实用，什九学法政，其次是理工，对于文学都很轻视，《新生》的消息传出去时大家颇以为奇，有人开玩笑说这不会是学台所取的进学新生么?”这样的环境之下能不失败吗？三十年后文学杂志很多了，三十年前的却是这样的困难，足见一个先知者拓荒的工作之艰苦了。然而，他不因为他的《新生》被人冷落和嘲笑于未出世就贼害了而灰心。他又去专门做介绍的工作，一面辛勤地搜集材料去翻译，一面艰难地去筹印刷费。终于 1909 年 2 月印出一本《域外小说集》，6 月又印出一本。这《域外小说集》的原本已经成为近代的难得的善本书了。我往年在北平的时候，曾经得到一本，单就印刷看来，恐怕现在的出版界还没有那样的精致的。我仿佛记着封面上绘的有个将出的太阳，也许就是“新生”的意思吧。我们知道近代的出版界之注意封面及印刷与形式，几乎完全受他的影响，足见他对于出版界的艺术之讲求，绝不是偶然的了。至于《域外小说集》的内容，选择是极谨严的：他选择的小说，一是偏重斯拉夫民族的传统，一是被压迫民族的作品。日本那时的翻译界虽然比较发达，然而还没有注意到这两方面。周作人先生的《关于鲁迅》文中，说得很详细了。他爱斯拉夫民族的传统，那种坚实的、反抗的精神，同时他同情于被压的民族的沉重的气息。这两本书的销售，却可怜得很，在东京只卖掉二十本，在上海也不过如此，读者是这样的少，自然无力再印了。至于《域外小说集》的译文，蔡元培先生说“译笔古奥，比林琴南君所译的，还要古奥”。是的，他那典雅的文笔确不是林琴南辈所能赶得上的。然其翻译的态度，同后来见解是一贯的，他在第一册序言上说道：“特收录至审慎，迻释亦期勿失文情。异域文术新宗，由此始入华土。”这和后来他反对所谓“意释”而要保存原文风格的主张是一致的。

《域外小说集》出版的这一年是1909 年，他就在这一年回国任浙江两级师范学堂生理学、化学教员，第二年任绍兴中学堂教员兼监学，又一年辛亥革命绍兴光复，改任绍兴师范学校校长。中华民国建国南京临时政府成立之时，教育部部长蔡先生就请他在教育部任事，之后孙大总统辞职，袁世凯继任大总统于北京，他即随教育部北上。袁世凯之任大总统，原是利用北洋军阀，夺去政权的。政权到手以后，政治阴谋就渐渐暴露，那时他已经看出了。在他《哀范爱农》的三首诗中，处处可以看出他的悲愤。他说“风雨飘摇日”，又说“人间直道穷”，又道“狐狸方去穴，桃偶已登场”，这简直是痛骂当时的新政权了。最后他说：“故人云散尽，我已等轻尘！”这更可以看出他的内心是如何的悲凉感慨了。在日本时，他要拿文艺转移性情，改造社会，可是碰壁了，失败了；回到祖国来，满清的统治刚推翻，又遇到这样的反动局面，我们当能想象得到他的痛苦。然而他的心还是热的，他从古人的著作中来寄寓他的热情，于是他来整理《嵇康集》。大家都知道嵇康的“非周孔而薄汤武”的名言，他于“故人云散尽”的时候，只有引古人为同调了。这在前人未始没有这样心情的，如黄黎洲晚年喜欢《谢皋羽集》、顾炎武之著《日知录》，不单是文学的、学术的，而是政治的！

此外在这个时期于中国学术方面，却做了不少有价值的工作，如辑佚方面有《古小说钩沉》《会稽郡故书杂集》《小说旧闻钞》，校勘方面的有《唐宋传奇集》《岭表录异》，石刻方面的有《六朝造像》《六朝墓志》，古代美术方面的有《汉画像》。可惜有的成书了，有的只是材料。如《汉画像》的收集，近代恐怕没有比得过他的丰富，这种学问，最近才有人注意，而他早在收集研究了。蔡元培先生屡次想将他这一部分东西印出来，因印费浩大，终于没有实现。在整理文学遗产的方面，不朽著作《中国小说史略》就在这个时期下了许多搜集材料的功夫。

1918 年新文学发难的时候，大家都忙着理论的争辩，而他发表了他的小说《狂人日记》，从此给中国文学史划了一个新的时代。“阿 Q”现在已成了民族的习语了。在他的两个小说集里所表现的正是整个的封建社会的民族性，里面有种种不同的面孔，这不同的面孔上都深印着几千年来留下的斑痕，有吃人的礼教，有喝人血的药方，有不可理喻的愚顽，有瘫病似的懒惰，有臭虫一样的封建主，有牛马一样的苦工，有被压迫不出气的呻吟，有无力的、没用的知识分子……这些都是这古老民族的思想和生活——就是它的文化。这样文化的民族，禁得起帝国主义的铁鞭子吗？自然不能够的，所以他以悲悯的态度，将它的病源赤裸裸地暴露出来，想把它从痛苦中得了治疗，从半死中得救，重新有意义地活下去！有惊奇他的艺术，称他为"小说家"，我想是不正确的，他的笔端，他的艺术，是以整个的民族为对象呀！

1919年起，他开始发表他的杂文，就是后来搜集起来印出书的《热风》。我在上面说过，他早就绝情地从封建社会里跳出来的，唯其如此，他能完全体验出封建社会的冷热的征候，所以毫不容情地攻击这中国进步的障碍物封建社会的一切。虽然在二十年后的今日，我们再翻开看时，觉得仍旧是我们一块光明透彻的镜子。

1925年（民国十四年）一部分无耻的士大夫寄生于北洋军阀的政权之下，形成了一个文化的反动局面，他是单刀独马地出来同他们肉搏，他说："要催促新的产生，对于有害于新的旧物则竭力加以排击。"又说："不愿在有权者的刀下，颂扬他的威权，并奚落其敌人来取媚。"又说："有真要活下去的人们，就先该敢说，敢笑，敢哭，敢怒，敢骂，敢打，在这可诅咒的地方击退了可诅咒的时代！"这些话都是那个时代说的，由此我们可以看出他是怎样的一个战士。

1926年，北京不容他再住下去，他就成了厦门大学的文科教授，1927年又到了广东任中山大学文学系主任兼教务主任，一学期后，他就回到上海了。以后，他放弃了个人的教书生活，他决定了他自己要走的路。在文字上，在行动上，他是更积极地没有丝毫的松懈工作着。他把握着真理的铁腕，挥着他锋利无比的匕首，向真理圈子以外的面面击去！他说过："真的猛士，敢于直面惨淡的人生，敢于正视淋漓的鲜血。这是怎样的哀痛者和幸福者？"我想，只有我们的鲁迅先生，才敢直视那惨淡的人生，才敢正面看那淋漓的鲜血。他是哀痛者，是幸福者，也就是胜利者！近年以来，日本帝国主义疯狂地向我们民族进攻，他发表了许多珍贵的意见。如对于“救亡路线”“民族革命大众文学”，正是我们当前走着的一条正确的路。

此外这些年中他关于中国文艺界的培养，在翻译方面，他介绍世界名著，他介绍新兴的文学理论，他主办专门翻译的杂志如《奔流》《译文》，这些在中国文艺的土地上，他成了肥料的输送者。在新的艺术方面，他提倡青年从事版画，他把国际上的名作介绍给中国青年，终使中国青年的艺术家，博得了国际的赞许。最近中国青年的艺术家在抗战的洪流中尽了极大的力量，我们能忘却我们的先知者么？至于他将宝贵的时间，编辑青年作家的著作，甚至于琐细的校订的工作，这些都是为了什么呢？可惜时间上不能一一详细地报告，现在我只能将更重要的他的“救亡”意见说一说。

他说：“现在中国最大的问题，人人所共的问题，是民族生存的问题。所有一切生活（包括吃饭，睡觉）都与这问题相关，例如，吃饭可以和恋爱不相干，但目前中国人民的吃饭和恋爱却都和日本侵略者多少有些关系，这是看一看满洲和华北的情形就可以明白的。而中国唯一的出路，是全国一致对日的民族革命斗争！”

他又说：“我以为在抗日战线上，是任何抗日力量都应当欢迎的……中国目前的革命政党，向全国人民所提出的抗日统一战线的政策，我是看见的，我是拥护的，我无条件地加入这战线，那理由就因为我不但是一个作家，而且是一个中国人，所以这政策在我是认为非常正确的。”

是的，现在中国四万万五千万人，已经镕化起来成了一个巨人，奋起他的铁拳，正向日本侵略者打去。不幸，鲁迅先生这时候离开了我们，不及看见“全国一致对日的民族革命斗争”，这是我们的悲恸，同时我们也可以告慰先生的，就是我们已经实行了先生伟大的教训，“一致对日的民族革命斗争”。现在已经抗战十四个月了，我们的精神却更团结，我们的力量却更加强，我们胜利的信念却更坚决！为了争取最后的胜利，我们每一个黄帝子孙都得学习先生的精神，就是“拿赤血献给中华民族!”我们相信，明年今日我们一定可以高唱着伟大的民族革命斗争胜利的凯歌，来纪念先生的!

冯雪峰
(1903—1976)

生平简介

冯雪峰（1903—1976），原名福春，笔名雪峰、画室、洛阳等，浙江义乌人。诗人、文艺理论家。1921年考入浙江省立第一师范，开始写作新诗。1922年与友人组成湖畔诗社。1925年到北京大学旁听日语。1926年开始翻译文学作品及文艺理论专著。1927年加入中国共产党。1929年迁居景云里茅盾家中，与鲁迅过从密切。1930年参加"左联"成立大会，后任"左联"党团书记。1932年与鲁迅等四十余人联名发表《上海文化界告世界书》；参加发起组织中国著作家抗日会，被选为执行委员；先后任中共中央宣传部文化工作委员会书记、中共上海中央局宣传部干事。1933年底到瑞金任中共中央党校副校长。1949年6月赴北京参加第一次全国文代会，为华东代表团团长；当选为中国文学艺术界联合会第一届常务委员。1950年任上海市文联副主席。后调北京，先后任人民文学出版社社长兼总编，《文艺报》主编，中国作协副主席、党组书记。1957年被划为右派。1976年患肺癌去世。1979年中共中央为他平反并恢复名誉。

鲁迅与中国民族及文学上的鲁迅主义[①]

1937年10月19日

今天是鲁迅先生逝世周年纪念日，指给我讲的题目是“鲁迅与中国民族及文学上的鲁迅主义”。我不会演说，就只大概讲一讲我的观点。

记得去年在万国公墓下葬的时候，上海的一万多群众就曾在鲁迅先生的棺上，给他盖上了写着“民族魂”三个字的一面大旗。这三个字，对于鲁迅先生，自然非常的合适，但我觉得，这应该是中国民族的战斗者之魂。在我们民族中就有许多的魂，无论白天黑夜，和我们接触着，这些在官府，在民间，在学界，在洋场……所有可以生息得意的角落里都存在着的黑暗的鬼魂，鲁迅先生用了“勾魂摄魄”的笔就给勾画了出来一大半，其中已经最为大家所熟悉了的是阿Q，鲁迅先生和这些鬼魂搏斗着，他不能不是中国民族中的战斗者之魂。

讲到中国民族——是的，中国民族有它的光明和光荣，而且在今天，不仅只少数人战斗着，大众的民族的革命战争大大地开幕了，首先对着日本帝国主义。但是，胜利的代价绝不是廉贱的。据我看来，鲁迅先生毕生所画的民族史图中关于中国民族的解剖与指示，是燃起了伟大

① 本文是冯雪峰在上海鲁迅逝世周年纪念会上的讲话。

的民族革命战争的主要的火把之一，这是不用说的，但尤其还应该是保障民族革命战争的决定的胜利，和指示今后的民族的改造的经典吧。

中国民族，它的死症，鲁迅先生毕生所搏斗过来的，在今天就并不能一下子从身上卸下。自然，我们是早就战斗起来了，站得起来了，但死症的重量，吊悬在我们民族身上，似乎比任何东西都还重。这是当然的，我们的民族，即大家所夸耀的古民族，本来已走上和有些已经灭亡的古民族一样的灭亡的过程，数千年的所谓亚细亚式的黑暗和野蛮的专制的统治的结果；更加以近百年的——这是欧罗巴式了吧——帝国主义的残暴的、非人的压迫与宰割，中国民族在今天以前其实只能说一半是活着的。政治的黑暗，领土主权的丧失，固不用说，却去看看作为这些的结果的中国民族的人的素质吧，几千年的黑暗的专制政治，和近百年的帝国主义的宰割，将中国人民摧残、压迫、曲折得成了怎样的病态了。从前有一个美国传教士，他在中国住了多年，曾列举出了中国人的特性二十多种，而大半是坏的。但我觉得那还是表面的，不是最深刻的观察。鲁迅先生的解剖，才真教人战栗。试去一看他笔下的学者、教授、国粹家、洋博士、高等华人，甚至新式的青年的“人性”吧。这是一类，对于这一类，鲁迅先生的憎恶里没有一丝的爱的成分。再试去一看那生活在这些自以为高人一等的人们所合力维持的政治统治、生活制度、思想教育之下的小孩、女人及农民吧。只要想一想闰土和阿 Q 就够。不用说，对于祥林嫂、单四嫂子、闰土、阿 Q 以至孔乙己等等，他们从没有从任何人那里接受过像鲁迅先生所给他们那样深大的爱过，但闰土的麻木，阿 Q 的自贱贱人，孔乙已的卑污，是教人怎样地战栗呢？这是又一类，他们的“人性”给磨折得这样了。然而这些是结果，自然又即刻成为原因，经了鲁迅先生的指明，更教人战栗的，却是造成这些的政治统治的黑暗凶残，和吃人的所谓中国的文明、封建主义的文明，以及外来的征服者的残暴——他们就坐在这中国文明上吃着中国统治阶级给他们安排好了的人肉酒筵。请看鲁迅先生的指出吧，中国人民历来究竟曾做过一天的“人”么？他说：我们自己的统治者将自己的人民做奴隶，有时做牛马；而对于进来的更强的征服者，中国的统治者自然自己也成为奴隶，但他们对于自己的人民却还是“奴隶总管”，并且又是刽子手，又是给征服者安排人肉酒筵的好厨师。所以，中国民族不能推翻它的这个征服者及给征服者办人肉酒筵的厨师的共同的统治着手，中国民族自然只有死灭的一条路。这就是鲁迅先生以毕生之力指明出来的中国民族的衰弱史的总图，在今天以前还没有人给描画过这样的惊人和精确。这幅史图和推翻这历史的鲁迅先生所做的图案，就成为燃起我们民族的革命和今天对日本帝国主义的革命战争的火把；但这不是说我们今天已经可以庆贺地将它置之高阁了。

别的且不说，鲁迅先生以毕生之力做了民族史图，和中国民族衰弱史一同，就有更鲜明的中国人民的血战史陈列在那里。中国大众不仅能看见自己的血和自己的战斗的传统，而且要知道自己的弱点，尤其要知道在中国民族的唯一的出路中的自己的责任和自信。

在这史图里，我们首先就分明地看见，在征服者和给征服者办人肉酒筵的厨师的合力统治之下，中国的民众——奴隶，是在反叛着的！奴隶的反叛，当然大都逃不出失败的命运。在这之下，就产生了奴隶主义和奴隶失败主义——阿Q主义。阿Q主义，那精义，不过是奴隶的自欺欺人主义，阿Q的有名的精神胜利法，就是奴隶的失败主义的精华。是的，阿Q本人不过是奴隶的一分子，是中国的被剥削了几千年的农民的代表，他本人只是给人到处做短工的一个流浪的雇农；正因为如此，倘将阿Q的自欺欺人办法，仅仅和他自己——一个奴隶，一个做短工的人相联结，这办法就反而教人同情，因为这也是他的一种自卫的战术，否则他就不能生存，而且终于不能生存。然而这是失败后的奴隶，甚至是在做稳了奴隶之后而幸喜着、而得意着的驯服的奴才的意识，而且还说是中国文明的精华！然而奴隶是总要反叛的，也应该反叛的，失败了，也仍应该反叛，到不是奴隶的时候为止。不过，我们就因此知道，奴隶的被压迫史，才真是阿Q主义的产生史。阿Q主义也依然是血所教训成的，依然是血的结晶。奴隶的反叛被压平了之后，更强的征服者却进来了，我们上面已说过，这时连居在奴隶之上的奴隶压迫者，也非成为被征服的奴隶不可了，但他们却有合适的地位，就是：对于残暴的征服者自然采用阿Q主义，而同时则为虎作伥！已经同样都是奴隶了，但仍有高低之分，一切都仍须取偿于自己的民众。为虎作伥——“学者”“正人君子”们则为为虎作伥者作伥——伥是能够站在老虎旁边分得一杯血的。这样，人民——奴隶却不得不付出更多的血，人肉筵宴上所吃的自然不仅只是一些羔羊，而中国民族的被征服史，才又是阿Q主义偿付更多的血的代价的历史。我们不必去看古远的历史，即看百年来的历史吧，否则就看二十年来的历史，或者仅看近十年的历史，恐怕还要更明白。但是，这才真是中国的人民——奴隶的战斗的鲜血的史图呢！要用血结晶成阿Q主义，非有超乎平常的大量的血不可；有阿Q主义的长远的历史，就非有更长远的奴隶的血战的历史不可。血能够教训成阿Q主义，血难道不更能够教训成反阿Q主义么？鲁迅先生以毕生之力做了中国民族的解剖图，做了奴隶的被压迫、民族的被征服的史图，做了阿Q主义的史图。然而鲁迅先生也做了奴隶——中国大众的血战的鲜明的史图。这一点是尤其应该注意的。

中国人民被压迫了几千年，也被异族践踏了几千年；然而他们也血战了几千年的，但是，他们仍应该知道自己的弱点，尤其必须要有最后的出路和对于这出路的自信。

于是，鲁迅先生以最大的爱给予大众，给予阿Q。然而他对阿Q的阿Q主义愤怒了，并且真的憎恨了——这是最伟大的愤怒和憎恨！这是民族的和阶级的爱！奴隶应该反抗，鲁迅先生号召着，并且不但应该反抗不安稳的牛马的命运，而且应该反抗安稳的奴隶的地位。他对人民号召着：我们应该在做稳了奴隶及做奴隶而不可得的时代之外，争得第三种时代，争得“人”的地位。唯有奴隶们争得了这地位，中国民族才算真的从死亡的命运里脱离了出来。不用说，我们是这样地反抗着的，战斗着的，而且在今天是百年以来最强大地反抗着了。但是，就应该这样地反抗着，要坚决，要有自信。

于是，鲁迅先生就不但以他的言论，以他的文学，并且以他一生所走的战斗的路，示给我们以中国民族的出路和对于这出路的自信。刚才，许广平先生说过，鲁迅先生原是信奉进化论的，但后来他确信阶级革命论了。可是，鲁迅先生要有对于民族的伟大的爱，和拥有民族的战斗的传统，这才能够达到这确信，也必然达到这确信；并且唯有达到了这确信，这才会有对于民族的伟大的爱。可是，对于历史的真理的到达，就增加了对于这种爱的确信，为这种爱而战斗，也增加了对于自己的力量的自信。在今天以前，还没有谁在对于大众的爱上，对历史的透视上，像鲁迅先生这样本质地拥有着中国民族的战斗的传统的精神的吧。刚才郭沫若先生曾将鲁迅先生和孔子比拟。不用说，鲁迅先生的思想、精神和战术，都绝非师承孔子，而且鲁迅先生论到中国的历史时是常掊击儒派的，但儒派也并非全是虚伪者，例如儒派中的战斗者的所谓“知其不可为而为之”的精神，鲁迅先生是尊敬的，也师法的。但我以为，在中国，战斗的，为大众、为奴隶们服役的牺牲的精神最伟大的是墨子的精神。墨子精神，在中国也还幸而未断绝。关于墨子，鲁迅先生很少论到，但在一篇历史故事（《非攻》，收《故事新编》中）里，他是用了非常亲爱的笔触描画了历史上的墨子的伟大的、傻子似的姿态，和他伟大的、大众爱的事业与精神了。相传墨子又是师承禹的。——在这里，可以插一句闲话，关于禹，大家知道，我们曾有一个考据学者说并无其人，禹不过是一条虫。比当代我们的学者都富有历史知识的鲁迅先生看到这种说头，却愤怒了。鲁迅先生不但有历史的考据学上的根据，证断禹是一个治水的组织者，我想，他的愤怒还更由于禹的那种伟大的爱的精神吧。（对于人类的、民族的历史的认识，这是非常重要的。）鲁迅先生也曾以一个历史故事（《理水》，同收在《故事新编》

中）用非常亲爱的笔触描画了传说中的禹的伟大的、傻子似的姿态及其伟大的、大众爱的事业和精神，而以无限的蔑视描出了“学者”们的渺小，一如他们实际上所表现。凡是读者，读着这两篇故事，都会深深地感到在墨子和禹的炭笔画像中有着鲁迅先生自己的伟大的、傻子似的姿态——这是当然的，但孜孜为利的渺小的“学者”又怎能懂得。其次，如在宋末、明季等等时代，即所谓中国人民连做奴隶也不可得的时代，便在所谓“士大夫”阶级中，和凶恶卑劣无耻者徒一同，也尽有为民族而做壮烈牺牲的正义的人们在。鲁迅先生和这些人们的精神上的相承，这是大家都知道的。鲁迅先生在清末的青年时代，即是相类的一个民族革命者。对于中国文学的历史的关系上，作为一个中国民族的文学者，鲁迅先生是特别由于遭遇上的同感和对社会的大胆的、叛逆的同情，与乱世时代的诗人们起着精神上的共鸣的（除见于他的言说，他还曾以极大的精力校勘过《嵇康集》，并且曾以孔融的态度和遭遇自喻，凡这些也可以补助地说明这一点的）。他不能不和中国文学史上具有伟大的社会热情和人类爱的大诗人们有着精神上的联系。……总之，鲁迅先生和中国民族的战斗的传统及其文化上的精神上的关系，是很明白的。但是，鲁迅先生要能够承接和发扬中国民族的战斗传统，尤其要能够给它以真实的出路，还非有他自己的时代的血的经历不可。鲁迅先生的时代，我们的时代，是怎样的时代呢？青年的血、大众的血，淹得鲁迅先生几乎不能喘过一口气来。为什么？却是因为青年们和大众是在为民族的现实和前途而战斗着。……中国的青年和大众承接着数千年的战斗的传统在战斗着，而且比过去更沉勇、更坚毅。战斗着的鲁迅先生于是不能不在这自己的时代，达到中国民族的真实的出路，达到历史的真理。他说：“唯有新兴的无产者才有将来！”这就是鲁迅先生在自己的时代得到的自信，同时也增加了为中国民族而血战着的中国人民的自信。

于是，我们理解：唯有秉着对于民族的伟大的爱而为中国民族战斗着的鲁迅先生，才能拥有着中国民族的战斗传统，而达到历史的真理。唯有在中国民族的解剖中达到了中国民族的出路，只有争的不是牛马，也不是奴隶的，从未有过的第三种的“人”的时代这一历史的真理的鲁迅先生，才必然要达到唯有无产者大众才有将来的这历史的真理。中国民族的四千年的历史之最后的向世界的出路，就完全尽于这两句话的预示中了。而且这预示，其实也正是世界的、中国的现实。但这就给了为民族而战斗着的中国人民大众以决定的自信。

以伟大的人民的爱为民族和大众而战斗的鲁迅先生，信奉进化论是当然的，而且必然要进到阶级革命论，因为只有人民的爱的要求和力量才需要和能够拥抱伟大的进化论，但尤其是只有人民的爱的要求和力量才需要和能够进而拥抱伟大的阶级革命论。但如果鲁迅先生在还仅仅信奉进化论的时候，对于中国民族的病症的去除、民族的出路、奴隶的翻身，只能寄希望于渺茫的未来，而在进一步达到历史的新的真理的时候，信奉阶级革命论的时候，却置确信于现实；那么，这就更给了为民族而战斗着的中国人民对于自己民族的力量以自信。鲁迅先生证明着，中国人民并非是“散沙”，如果是“散沙”，那是统治阶级造成功的，一如造成阿Q主义；而且，也只有在治成了“散沙”之后，在“沙”之外的侵略者、征服者，才就“如入无人之境”地进来，于是，这时候，则“君子为猿鹤”，逍哉遥哉地去做他们的大汉奸，而“小人为虫沙”，人民只得像虫沙一般地被践踏。但是反对“虫沙”的命运的中国人民并非“散沙”，鲁迅先生证明着，中国人民大众自己更证明着，他们历来战斗着，现在是百年以来最强大地战斗着了。我们要有自信，反对“沦为异族的奴隶”的牛马的命运，也就不可不争得不再做“自己人的奴隶”的前途，首先民众要有为民族而战斗的、生活的改善和团结的自由。只有这样做去，才能达到民族革命战争的决定的胜利。……

鲁迅先生所用的主要的武器是文学，他为中国民族和大众这样地战斗着，也就造成了在文学上的他所特有的特征，而且将这特征移交给我们的文学运动。

和中国的送殡的民众以“民族魂”三个字盖了鲁迅先生的棺材一样，在这之前，在鲁迅先生还活着的时候，外国的批评家就也说过：“鲁迅是中国文学的良心!”这就是说，因为有鲁迅先生的存在，中国现代文学就不是死沉沉的、安分的、驯良的文学，却是战斗的文学了。有了鲁迅先生，这样，中国现代文学是跟着中国战斗着的大众的心脏的跳动而跳动，在挑拨着人民的心。以鲁迅先生为首领，中国的年轻的文学的坚毅的意志和阵线就形成着，而且进军着，对任何困难和敌人都不退让。

将文学作为主要的武器而为中国民族作战的三十年中间，鲁迅先生所完成的伟大的历史任务，就在于：他击退数千年来一直毒害着中国人的灵魂的、中国腐烂的和僵死的文化，却将中国文化中的优良的要素和战斗的传统，将那在野蛮的、封建的、黑暗的压榨下人类所艰难地产生的中国民族文化的真真人类的、世界的、精神的传统，和新兴的无产者大众联结起来，而使中国民族文化有着人类的、世界的出路，同时也就使新兴的无产者大众接受着自己民族的这一份遗产。鲁迅先生将世界的文化、世界革命的文学导引给中国的大众，使中国民族和世界的文化接近，并且也将中国民族的、大众的战斗文学送给了世界文学。鲁迅先生是中国革命的知识分子的代表，是中国战斗的知识青年和文艺青年的马首，有了他，中国现代的文学者就有了自己的战斗的目标和旗帜，不但团结在文学上而奋斗着，而且一起地认识了中国民族的历史及其真实的出路，而和人民大众的战斗联系在一起，为着中国民族出路及新的人民大众文化而奋斗着。

有了鲁迅先生，及以他为中心而形成的中国的青年的文学的阵营，中国才算有了真真的人类黎明期的文学运动。关于这一点，人们以鲁迅先生和苏联的高尔基比拟，这当然是可以的。鲁迅先生在著作之文学的数量和重量上是不及高尔基的，但鲁迅先生对于中国民族的重要不但不逊于高尔基之于俄罗斯民族，而且在这一点上可以说是超过的。这种比拟，只是就类似之点而说，如对于劳动者大众的关系，两人是相似的。但在这一点上，如果我们仍以外国历史发展的相似的阶段来比较，则鲁迅先生还尽了 V. G. 培林斯基的历史的任务，在文学建立上又尽了果戈理的任务，却是非常明白的。鲁迅先生因为我们中国现在所处的历史的地位不同，是将俄罗斯民族的思想运动在一百年中所完成的历史任务，不得不缩短到在二三十年中来完成了；这是我们现在的人类黎明期的文学运动的特殊之处，鲁迅先生也不能不一人而尽着果戈理、培林斯基，以至高尔基的历史任务。自然，跟苏联之于人类的世界史的伟大意义一样，高尔基的世界的意义是他同时代的世界作家无人能及的；鲁迅先生的世界的意义则被限制着。由于中国文字的特殊，中国民族在国际上地位的低下，这固然也影响着鲁迅先生个人之世界的声誉，但最主要的是他对于世界文化的作用却也被限制着了。但鲁迅先生的对世界的影响，就和中国民族的地位一样，正要我们去争取；同时，鲁迅先生也已经取得对世界的伟大的影响，欧美各国译了他的著作且不用说，最主要的是对于东亚的人类黎明期的文化运动中的领导的作用是已经发生着了。自然可以说，倘使在强大的民族，鲁迅先生是很早就取得世界的地位，而且倘使在会爱惜、尊敬、保护自己的天才的民族，则鲁迅先生的发展，至少在文学上的发展是更伟大的。但我们现在说这些话也是无须的了。在我们，在受着全世界黑暗势力的压迫的，一面腐败、衰颓，一面却是战斗着、有着将来的民族，却特别以黑暗空中的电光似的鲁迅先生的特色为重要。鲁迅先生，在文学上也就和其他方面一样完成了他在我们民族在人类黎明期的文学运动中之世界史的任务。

鲁迅先生借文学而为民族和大众作战，这样，就造成了他在中国思想史和文学史上的特殊地位，而且造成了他在文学上独特的特色。他的特色和我们应学习之点，是我在这里所不能完全举出的，我们也要以他的全部著作当作我们文学工作的学习经典，现在我仅仅举出许多主要特点中的几点。

首先，鲁迅先生独创了将诗和政论凝结于一起的“杂感”这尖锐的、政论性的文艺形式。这是匕首，这是投枪，然而又是独特形式的诗！这形式，是鲁迅先生所独创的，是诗人和战士的一致的产物。自然，这种形式，在中国旧文学里是有它类似的存在的，但我们知道旧文学中的这种形式，有的只是格式和笔法上有可取之点，精神上是完全不成的；有的则在精神上也有可取之点，却只是在那里自生自长的野草似的一点萌芽。鲁迅先生，以其战斗的需要，才独创了这在其本身是非常完整的，而且由鲁迅先生自己达到了那高峰的独特的形式。这种形式，在世界文学中当然是有的，但即在世界文学中，于同一类形式的作品里，在社会性的尖锐和深远上，在政治战斗性的重量和艺术的深刻上，能如鲁迅先生这样的，却也仍不多见。鲁迅先生的杂感、杂文，在文学上是要和但丁、海涅及萨尔蒂科夫、谢特林等人的作品一样不朽的，这不仅是中国民族文学的奇花，而且是世界文学中的奇花。在现在，也因为中国文字的特殊，和鲁迅先生艺术的高迈，就很难求得适当的译者，将这移植到世界文学中去，以致限制着它对世界文学的影响的作用，但我们就特别要承接和发展这一种武器和这一个独特的诗的传统。

第二，鲁迅先生的为民族和大众而战斗的意志和博大的爱，他的对历史的透视和对人生的睁眼正视，这些就产生了他的有显明光彩的独特的现实主义。鲁迅先生的现实主义，是历史的真实和民族的爱的一致。因此，鲁迅先生的现实主义不是冷血的自然主义，也不是温暾的、庸俗的现实主义；他的爱和憎是分明的，而且深刻到可怕的地步，他的现实主义是伟大的大众爱的产物。在人民爱的基石上，从历史的实践出发，这样，不但社会的正义感是鲁迅先生的艺术的泉源，而且他的全部艺术都是慈爱和严酷的交流，爱与憎的矛盾与一致。他在他的小说中，对于他的人物和社会的历史环境的关系的一致上，也最分明地反映着这一点，而教示给读者去向社会奋斗，并对自己的弱点奋斗。例如在阿 Q

这典型人物与其典型的历史环境的矛盾的一致上，岂不是分明地教给我们，阿Q与社会环境的矛盾，及阿Q与其阿Q主义的一致和矛盾，等等关系，因而我们知道有所憎爱，有所去取的么?《阿Q正传》是阿Q根性的暴露史，却也是阿Q的被压迫、被迫害史，是他的生活斗争的失败史，展开在我们面前的是中国民族史和社会史。我们看见不仅是阿Q的肖像，而且是阿Q的灵魂；不仅是阿Q的单纯，而且看见他的复杂；不仅在阿Q中看见一个阿Q，而看见他的全部的社会阶级关系。恩格斯所说的“典型环境中的典型性格”的艺术，鲁迅先生的《阿Q正传》及其他诸作可以说是达到了最高点。但这个非在人民爱的基础上，从中国民族和大众的历史实践出发不可；这是鲁迅先生在现实生活上的现实主义的战斗态度和分明的憎与爱之在艺术上的表现。这是鲁迅先生的特色。

和这相联系的，是他的韧战主义。这也是鲁迅先生从实践出发，针对着对中国社会的战斗的艰难性而结成的特点。这一点，不但在实际战斗上时时警告着，要纠缠如毒蛇，要彻底打击敌人，而且在文艺创作上也贯穿着这一点——所以写了闰土，还预示了闰土的下一代；阿Q被枪毙了，则还有小D（小同）留着；这都不能看作鲁迅先生对黑暗时代的赓续的悲观，而是教我们韧战。这也正是鲁迅先生的现实主义的特色。

第三，鲁迅先生由于为民族和大众作战，由于他的为社会进步的、现实主义的艺术观，又必然使他抱着艺术的大众主义，肯定着中国文学之“大众化”的出路。特别最近的五六年他主张着，打算着，如何首先使大众和中国文学从象形的方块字里解放出来。中国文学的“大众化”及中国文字语言的改造，是鲁迅先生和我们的文学运动所必然要走到的去路。

从鲁迅先生的文学的特征的许多主要点中，我现在仅提及这几点，这几点以及其他的特征，我们现在就称为鲁迅主义。鲁迅主义，是现代现实主义之中国的特色！

文学上的鲁迅的特色，是现在中国的年轻的文学的基本的特色；我们现在是走着他的路，而且必须走着这道路而发展下去。鲁迅先生在他逝世前，指出中国民族的最近的出路是对日本的民族革命战争，中国文学运动的最近的任务则是民族革命战争的大众文学的运动。我们现在从事着这种文学运动，这就是要从极广大的全民族、全社会的生活的改造的意义上去着眼，而将鲁迅先生的特征承接与发展下去。我们战斗着，像鲁迅先生似的韧战下去，终能达到我们所战斗的目的。

李霁野
(1904—1997)

生平简介

李霁野（1904—1997），安徽霍邱（今六安市叶集区）人。中共党员、民进成员，作家、教育家、翻译家。1922 年开始发表作品。1925 年在鲁迅指导下，与韦素园、台静农、韦丛芜成立未名社。1927 年肄业于燕京大学中文系。1952 年加入中国作家协会。1956 年加入中国共产党。1997 年 5 月 4 日去世，享年九十三岁。曾任台湾大学外语系教授、系主任，南开大学外语系名誉主任，天津市文化局局长，天津市文联主席，第二、三、四、五、六届全国政协委员。著有小说集《影》《不幸的一群》，散文集《四季随笔》《忙里偷闲》《回忆鲁迅先生》《给少男少女》《意大利访问记》《鲁迅先生与未名社》，杂文集《鲁迅精神》，诗集《海河集》《今昔集》《妙意曲》，专著《近代文学批评片断》，译著有长篇小说《被侮辱与被损害的》《简·爱》《在斯大林格勒战壕中》《虎皮武士》等。

读书与生活[1]

1944 年 1 月

到白沙来，原是应了朋友的约，来看看梅花的，听说有三百棵，很羡慕诸位的幸福。不料却有同学来找我演讲，我不免叹一口气，心想说书的命，到什么地方也逃不脱。不过我实在没有什么可说，因为我只带来一个空空的脑袋，预备装满了好风景、好印象回去，却原来也要付代价。这年头，穷日子真难过。幸而听几位先生说，诸位很爱读书，我因此想到现在要讲的题目。诸位也许笑我，“三句话不离本行”，我想这样笑我是不应该的，因为读书也罢，生活也罢，我都外行得很。现在纠缠到一块来说，恐怕更说不好了。

听一般人的说话，读书仿佛是怪令人头痛的事情。不是“一部廿四史无从读起”，分量太多，就是天气不好，“春天不是读书天，夏日炎炎正好眠。秋又凉来冬又冷，收拾书包好过年”。——这首好诗，别处的学生听说都是很心会的。说是进学堂读书来的，为什么这样为难呢？我想，现在的教育制度要负一部分责任：拿死的知识填塞了之后，再拿考试来测量结果，不要几年，学生就变为完全被动的了，读书的兴趣也

---

① 本文是李霁野在四川白沙国立女子师范学院的演讲。

被消灭。我记得自己在学校读英文时，先生曾经用过几种英国文学名著做教本，结果我往往想到这些书的颜色和样式便觉得厌恶。我这样怀着偏见来厌恶的，有那位“写起文章来像天使”的高斯密斯（Oliver Goldsmith）。以后我每看他的文章，特别看看他那聪明的高额头，便觉得怪对他不住。连对莎士比亚（William Shakespeare）我都表示过不敬，诸位就想一想这些教育家的本事！幸而我自己碰到一本《天方夜谭》，使我对外国文学的兴趣，没有完全被闷死。从此我发现了一个新天地，在课堂上虽然不免常打盹，课外却往往懒得睡觉。我用不着再听先生三番五次地说，“书中自有黄金屋”，或“书中自有颜如玉”。我知道他们只使我见到“颜如铁”，我倒不如闭眼念几声佛。我不知道别人的经验怎样，不过我相信在塞与考两重夹板中间，总压不出很好的结果。

所以我觉得，要想培养读书的兴趣，非将态度根本改变了不可。读书不是要应付考试，不是要敷衍外来的要求，却是要满足内心的需要，充实自己的生活。换了话说，读书必须是自己的有机的一部分，必须和自己的生活经验熔为一炉。若是书和生活经验发生了亲切的关系，书便有了味道，变为知己的朋友一样了。若是生活经验从读书扩大推广，充实的机会就无限地增多了。书将人的生活方式和态度根本改变，是常有的例子。反之，实际生活的经验越丰富，读书的欣赏和理解力也就越深广，也就越能领略书中的真味。所以读书与生活是相辅相成的，必须两者并进，才可以达到佳境。光读书而无生活，只尝得到间接的经验，和吃嚼过的饭差不多；光生活而不读书，却势必空虚、狭小。

我现在来举几个小小的例子，说明我这一点点的意思。我说读书可以增广加深生活的经验，因为名著是最好的感情和思想的结晶，我们可以从其中吸收无穷的、精神的养料。很平常的东西，经过名著的作者，特别是诗人，描写之后，便有了意味，在读者的心中形成了联想。这样的诗句便成了“Open，Sesame！”（《阿里巴巴与四十大盗》中开门的咒语）一样的咒语，可以替读者打开了珍贵的宝库。诸位知道，罗马有一位大诗人维吉尔（Vergil），他在中世纪被人认为魔术家，因为他的半行一行的诗，往往可以在读者心里唤起无穷的联想，仿佛是咒语一样。

最近翻译吉辛（George Gissing）的《四季随笔》（The private papers of Henry Ryecroft），其中有一段将这个意思讲得最好。他引约翰生（Samuel Johnson）的话：在读过书和没有读过书的人之间，同死人与活人之间，有同样大的差别。接着他说蝙蝠和枭鸟，若不是因为入了诗人的世界，他也许看到它们，听到它们，只怀着厌恶或迷信。可是，

> Then nightly sings the staring owl,
> To-whit!
> To-who! ——a merry note.
> 凝目的枭鸟夜夜歌唱着，
> To-whit!
> To-who——欢快的歌调。
> On the bat's back I do fly after Summer merrily.
> 我在蝙蝠的背上飞来飞去，快快乐乐地追随夏季。

这两种鸟便入了超凡的境界，变为富于诗的联想的了。可是对于不读诗的人，它们和麻雀有什么不同呢？夜莺、云雀、布谷，也因为诗的联想，更被人珍视。这种微妙的经验，不读诗的人却无福领略。我因为韩愈的诗句——“黄昏到寺蝙蝠飞”，对于蝙蝠也颇怀好感，而且每见到它，往往想起“绕床饥鼠，蝙蝠翻灯舞”，仿佛见到了诗人辛弃疾独宿的凄凉情况。读过一点诗词的人，黄鹂、燕、鸠、杜鹃等鸟所引起的情绪，也自然和未曾读过诗的人完全不一样。我们经过诗人的眼睛来看万象，经过诗人的耳朵来听万籁，仿佛是增加了一种感官；而不曾读过诗的人，却仿佛是瞎了眼睛、聋了耳朵，他们的生活经验自然也就贫乏得

多了。其他如树木花草，本身固然是美的，也因为诗的联想而更美。梅呀，柳呀，梧桐呀，芭蕉呀，在不读书的人的心目中，假如引起什么情绪的话，也完全是另外一回事。所以读书使我们的生活丰富。

吉辛又说到中夜的钟声使他惊醒，若不是为了莎士比亚的联想，他也许会诅咒它扰乱睡眠呢。读过张继的“夜半钟声到客船”，假如诸位中有人中夜被钟声惊醒，不会因此感到喜悦吗？

生活的方式和态度被读书所改变，是所以还要办教育的基本理由，恐怕诸位从教育家听的已多，见的已多，我用不着多说了。我只说一件小事。多年前我读到一篇论散步的文章，作者特夫莱严（G. M. Trevelyan）说他有两位大夫，一位是他的左腿，一位是他的右腿，在身心失调的时候，他总请它们医治，而且一治必好。那时我还在穷学生时代，而且颇有人担心我活不下去，所以常请这两位大夫侍候我，是最合理，也是最经济的事。决然下聘约。不像目前许多教授，只兼挂名的差事，它们倒是很热心服务的。几年后旧同学见到我，都惊讶我居然不但没有入墓，却比以前健康些了。这还是小益处。它们给了我更多的精神上的快乐。我觉得我的整个的人生观，都差不多因为它们改变了。别的人听说都是用脑子思想的，我却用腿思想的时候也颇多。我向诸位保证，腿实在不像许多脑子那样空虚。假如我早几年读到这篇文章，我不知要多得多少益处；特别他论到青春苦恼期的一段，会给我最健全的启示。我先说到蝙蝠，诸位也许有讥笑我悬空的，这一回可脚踏实地了。

我说生活的经验也可以增加读书的理解和欣赏，让我也来举一点小小的例子。记得有一回，和在座的台静农先生谈到中国诗的意境，我说很欢喜柳永词中的“杨柳岸晓风残月”。他问我，前一句“今宵酒醒何处”如何？我摇摇头，因为我不善喝酒。他却觉得酒醒后那境界更好。这有点不好商量。不过他继续说，有一次回故乡的途中，却亲身经历过这境界。我只有甘拜下风，承认他的欣赏更真切。在我，“杨柳岸”和

"晓风残月"从没有合成过一张和谐的图画。

我在北平，教学生读过一点诗，有一位坦然承认念不出什么味道。多半是情诗，他正在厌恶女性，难怪的。暑假后，他见我第一句话便说他喜欢那些诗了。我笑了笑，知道他不是在厌恶中过日子了。

对于名著的欣赏，有许多地方很受自己的经验限制，所以脍炙人口的名著，有时读不出什么好，也不必扫兴的。怎样的名著也往往有不精彩的地方，不一定就是自己的了解力过差。就是最精彩的地方，也不是人人都可以同样领略。有人说，一年读一次莎士比亚，每次都可以有新发现。真正的名著，大体都很耐咀嚼，咀嚼一回，总可以得到些真味。不要只相信别人的说法，虽然明达的批评可以帮助我们的欣赏，可惜这样的批评并不多。我们和十个人相交，未必有两三位可以成为朋友；从书中所得的友谊温情，比例却比较高。有时我们自己的经验没有成熟，不能了解欣赏一部作品；有时同一作品，因为读的时间不同，给我们很不同的印象，可以证明自己的经验往往在读书上有绝大的决定作用。所以我们要想深入到书里去，非同时将生活经验尽力扩大不可。有批评家说，少年人读西万提斯（Cervantes）的《唐·吉珂德先生》（Don Quixote）会发笑，中年人读了会思想，老年人读了却要哭，也就正是这个道理。

所以生活同读书是分不开来的。一方面不要做书呆子，将脑袋里装满着死书，一方面也不要空着脑袋过生活。读书应当是生活的一种享乐，不是令人头疼的工作。生活应当用书籍来陶冶，使它美化并充实。读书，我们可以接近古今中外的良师益友；生活，我们才可以接受他们给予的恩惠。这样将生活和读书熔为一炉，我想英国诗人勃莱克所说：

> ……A world in a grain of sand,
> And a heaven in a wild flower……

一粒沙里一个世界，

一朵花里一个天国。

这境界我们有时候可以领略到。

谢谢诸位的耐心，费不少时间来听这几句很平常的话。

桃花源与牛角湾[①]

1944 年 5 月

在诸位快要考试的时候，自治会的同学找我来说几句话。我想到一个诸位一定很爱听的题目：“我不赞成考试”。不过，我要是真就这个题目说话，学校当局恐怕今晚就要通知，已经为我买妥了船票。所以我就另想一个仿佛有点奇怪的题目。其实意思是很平常的，我只用“桃花源”和“牛角湾”代表两种读书的态度。

诗人陶渊明的《桃花源记》，诸位大概是早读过的，总还记得那位渔父怎样到了“豁然开朗”的境地。我们乡间的一句土语，说人无论在哪一方面越来越狭小，便是钻进了牛角湾（或尖）。两相比较，桃花源大概是愉快些的，所以我虽然没有把握领诸位进去，也至少要尽力奉劝诸位，不要向牛角湾里走。今晚我只略谈到读书的方面，而且从消极着手，劝诸位有几件要避免的事。

第一件要避免的是戴假面。换了话说，就是不要牵强附会。因为“文以载道”的说法，在中国很有势力，而所载的道又往往是歪曲的，中国的读书界真被闹得个乌烟瘴气。处处拿这歪曲的道做标准来批评，

① 本文是李霁野在四川白沙国立女子师范学院的演讲。

有些著作的真面目，非被遮掩起来不可。最显著的例子是《诗经》。道学先生们是最怕提到男女之情的，认为是可耻，是罪过。所以“投我以木瓜，报之以琼琚”，实在令他们皱眉；“静女其姝，俟我于城隅”吗？头痛得很。“鸡既鸣矣！朝既盈矣！”“匪鸡则鸣，苍蝇之声！”——实在比苍蝇闹哄哄的还不成体统！但是诗被尊为经了，“硬是”没办法。幸而他们有一副尊君的假面具，就用它将他们心目中认为的丑恶遮盖起来，直到近些年才被人揭穿。现在诸位大概都敢承认《诗经》里有许多首是纯真的情诗了，可是早二三十年你们若这样说，也许会有人逼着你们悬梁或投水。道的力量是有这样大的。

我们常听到爱国的士女说，道德是我们的唯一的国宝，别的国家不是没有，便是只有劣等的货色。我所以加重说“我们的”，是怕诸位误听了我的意思，以为我说我们只有这一件国宝。我要有那样意思，真是罪该万死：我们的国宝绝对不止一件。我可是要说，这个宝贝不仅我们有，别的国家也有。我们就以经对经来举例。他们有一部《圣经》，大家知道的。《旧约》里面有一部《雅歌》，歌中有这样的句子：“我的良人好像羚羊，或像小鹿。他站在我们墙壁后，从窗户往里观看，从窗棂往里窥探。”怪不规矩的。“我的新妇，你的嘴唇滴蜜，你的舌下有蜜有奶。”这比木瓜琼琚还不成话。再有：“愿他用口与我亲嘴，因你的爱情比酒更美。”道学先生也只好摇头，骂一声该死。不过也是被尊为经的，只好蒙上假面，另加解释。我们有君，他们有天主，都是至尊，向他们那里一推，就一切没有问题了。所以他们说，《雅歌》里所写的不是男女的爱，是比喻，是对于上帝的爱。若有人提出别样的解释，便是异端邪说，这样的人只好请他上火柱。我上面仿佛说到投水了。一水一火，实际上是并不冲突的。我们是“中学为体，西学为用”，还是“西学为体，中学为用”呢？

他们的注经解经，在牵强附会上，实在比我们有过之，无不及。中世纪有许多 Schoolmen，专做这钻牛角湾的工作。他们所戴的假面具，虽然在文艺复兴时代及以后常被揭开，现在并没有变成仅只在博物馆陈列的东西，还是蛮有势力的。

这样蒙了道的假面去读书，特别是抒情的作品，是荒谬极了的，就是读一辈子，也得不了真解。所以假面具是第一要揭开的。因为这样的假面具，往往是用错误的思想糊成的，所以要先在自己的思想上，下一番考察的功夫。

第二件要避免打花脸。花脸，诸位在旧戏里大概是都看过的，例如曹操，出场总打着白脸；在一般人的心目中，“白面曹操”是一个绝大的奸雄。既然捉了曹，我就用他做更进一步的例。因为《三国演义》是一部很流行的小说，曹操又是舞台上一个常出现的人物，他的脸经过这一画，和实际上的情形差得很远了。只看演义和戏的人，更不知道他在文学史上颇有点地位了。

孔夫子是被人尊为圣人的，可是因为理学家还有他们的信徒，在有些地方也很为他打了花脸，我以为真面目也被隐盖起来不少。读到有些人派给他说的道理，我不免觉得他是怪没有人情的。可是想到他老先生说：“有朋自远方来，不亦乐乎？”又说：“饭疏食饮水，曲肱而枕之，乐亦在其中矣。”同时也无妨“食不厌精，脍不厌细”，却觉得近人情得很。再想到“子见南子”，不免叹息连及门弟子子路还那样不知趣，后世的误解、打花脸，大概是难免的了。将曹操涂白脸，使他坏透骨，是抹杀真面目；按照自己侏儒的尺度，抹杀或涂改巨人的弱点，以为这样可以将他变为神，捧上天，也是一种打花脸。真相不能显露，在两种情形下是同样的。西洋的好传记所以有生命，就是因为不打花脸，保存真面目。中国的行状墓志之类所以不堪读，原因也就在这里。西洋的墓志铭也同样有这个毛病。仿佛是拉姆（Charles Lamb）吧，小时候读这许多墓铭之后，惊讶地问道：“Where are the naughty ones?”（调皮的人们在什么地方呢?）

在这里我附带说一说，表面上很轻微的轶事，往往比大事件更容易表现一个人的真性格。要了解一个人的真面目，这些也绝不可忽略。读过《宋人轶事》中东坡轶事的人，一定比仅读诗文书信的人了解深。《约翰生传》（*Boswell*：*Life of Samuel Johnson*）的魅力，多半就在这里。知道孔子爱吃姜，“不撤姜食”，是很小的事，不过我觉得颇有意味，因为——我是爱吃姜的。

所以读书总要尽力保存原著者的真面目，连细微的地方也注意。别人的解释往往有心或无心地给人打花脸，不要轻信二道手的知识，总直接读原著，并细心不要替人打花脸，扭歪人家的面目。

第三件要避免踩高跷。这种游戏在乡间赛会玩灯的时候常有，诸位多数人大概是看过的。脚下踏着很长的木腿，头差不多有屋檐高，要仰起头来才可以看见人脸，小的时候我记得很佩服。不过作为游戏则可，读书采取踩高跷的态度却是不可以的。做学问的基本精神要谦虚。我们的精力和时间都是很有限的，连小小的一部分东西往往终身还研究不到精透，若是稍稍知道一点点就自满起来，实在是既可怜，又可笑。我们乡间有一句土话，“满罐不摇半罐摇”，所以摇的总是半瓶醋。在研究学术的地方，这样的人是绝对要不得的。他们最好是去走江湖，卖假药。我想起两个小小的例子，都是发生在国立大学里的。不久前茅盾出了一本书，书名叫作“霜叶红似二月花”。一位大学教授不下十次发出这样的议论：新文学不懂得平仄，将杜甫的诗句中“于”改为“似”，不通之至的。知道“于”是平声，“似”是仄声，有点四声的常识，对于读中国诗确有些用处。不过，拿这点点常识扬扬得意地大发议论，是怪有点可笑的。其实书名并不一定要依照原诗。何况那一句诗，若是我记得不错，是杜牧的。将小杜错成老杜，恐怕比一字平仄之差严重得多吧。可是他得意得很，总大言不惭地说来说去。犯错误是谁也难免的，可恶的是那样的态度。实物示教的办法，我是很赞成的。诸位若一看那样踩高跷的姿态，大概要警戒警戒自己，不要那样出丑吧。可惜我们这里，还没有看到那样好教授。

这位教授也以专门研究歌德（Goethe）自负，一本《浮士德》（Faust）天天拿在手里，常常还读几行的。看到吉辛的《四季随笔》中将他的自传《诗与真》写作“wahrheit und dichtung”（真与诗），就发议论道，真糊涂，书名都弄得颠倒错乱。我毫不懂得歌德，也不记得在什么地方仿佛看到过，他自己原来就这样命名他的书，不过以后改成今名了。我请教他是否是这样子，他十分肯定地说：“哪有这样事!”所以连我也糊涂在内了。

诸位大概记得一只蛤蟆在井里看天，慨叹天太小了的笑话。我奉劝诸位不要变成这样的蛤蟆。不过，要跳到江里，跳到海里，我倒不一定要劝阻诸位的。

希腊的哲人劝人要知道自己，因为自知之明是智慧的初步，是一切修养的基础。孔子说：“知之为知之，不知为不知，是知也。”这样真诚的态度，做学问的人应当尽力养成。

我奉劝诸位不要踩高跷，并不是连所有高跟鞋也都反对在内，跟不太高的鞋，也无妨穿穿。我们多少都喜欢穿点高跟，这是情理之常，完全平底，有时倒未免显得矫情。我是最讲人情的。而且我说要谦虚，绝不是要养成自卑心理的意思。真正的自知，不仅要知道自己的限度和弱点，也要知道自己的可能性和力量。

最后我要奉劝诸位不要怕鬼子。换了话说，就是对于外来的生疏的思想，不要怕得什么似的。对于不习见的东西起疑心，甚至害怕，原是生物自卫的本能，没有什么大可非议；不过随着教育程度的增加，这种趋势应当逐渐减少，终于消灭。多年前我回到乡下的老家，因为穿短服，很被人骂为洋气。我在这里说话若穿短服，诸位一定毫不惊奇，最多不过因为破旧一点，笑一笑。许多被认为可怕的外来思想，其实不过像短衣服一样，见惯了，平常得很。

近代各种学术的比较研究（Comparative study），把一般的成见破除了不少，对于养成宽大的观点很有帮助。我随便举几个浅近的例子。进化论已经是近代思想的一部分，大体是被人公认的了；可是在西洋仍有不少神学家反对，在中国还没有被一般地了解，更不用说承受。说人从最低级的生物演进，人的远祖是动物，可从比较研究得来许多的证据。植物和动物的生命，都从一个受过精的细胞，种子或卵开始。人也是从一个细胞开始。若是从一个细胞可以发展成含有无限可能的人，人种演进的原则有什么可以惊异呢？解剖其他动物做比较的研究，也发现了许多有趣的事实。鲧鱼的鳍，看来和人的胳膊和手毫无相像的地方，可是去下皮来，骨架却惊人的类似。鸟翼正相当于人的手，不过为适应飞翔，少了两个手指头。我看见过一张马的骨骼和人的骨骼对比的图，除了四蹄的演变和手足显出差异之外，相类似的程度也是一目了然。

解剖学和外科手术，都证明人的脑子和其他动物的，在组织上相似，指挥动作的部位分配也相同。因此从动物的实验所得的知识，对于治疗有很大的帮助。

就是受了感情的刺激，人的反应和其他动物的，也很有相同的地方。两条狗哆起牙来，狺狺叫着要打架的情形，诸位当然是都看过的。这和两个人握起拳头，呼吸短促，鼻孔翕动，准备动手的情形，有什么不同呢？

用X光透视，猫狗一类动物的消化过程，是可以看到的。在食物正消化时遇到剧烈的刺激，消化便立刻停止。因为这时候脑、肺、心、筋肉，都需要更多的血，准备战斗或逃跑。所以呼吸短促，心跳加速，脑和筋肉都紧张起来了。诸位饭后若和人口角，一定会觉得胸口发闷，消化欠佳了，因为人的消化，也同样受感情的影响。所以为自己，也是少生气为好。

受了剧烈的感情刺激，不仅血液里增加了糖，副肾腺（Adrenin glands）也有更多的分泌输进血液里面去。这种分泌，不仅帮助神经停止消化的工作，也可以消除筋肉的疲劳，而且若是受伤流了血，还有凝血使它少流的功效。感情紧张起来，自然不是非打不可，不过打的准备是有的了。例如给诸位一个极端严格的考试，诸位也未必卷起袖子来打监试员，不过格外能开夜车，消化不良，心跳迅速，血压增高……总之，和准备动打的情形是完全一样。唉，常常想动打，活着还有啥趣味？所以我反对考试，也不是没有一点科学的理由。既然说到了这两个讨厌的字，我索性向诸位交出我的小抄：关于这些事实，我的常识都还不够，我只转抄一点侃诺教授（Dr. Walter B. Cannon）的话，他将达尔文（Darwin）的有些观察，更进一步证实。

许多对于动物的生理和病理的研究，都是经过实验的，所得的结论都可以应用到人的身上。这种比较研究不仅改变了人的观点，也已经给予人类许多实际的益处。而且这种比较研究，不仅限于动物，也伸张到植物的范围里了。

吉恩教授（William W. Keen）在一本书里说到印度的植物学者饱司（Jagadis Chandia Bose），实验出植物对于蒙药的感受反应，和人是相同的；植物在夜间渐渐将活动减低到最低限度，天亮时活动再重新开始，和人也正是一致。他又研究出，植物皮的活动细胞层，在每隔约十四秒的时间中，规律地扩大缩小，促成汁液的循环，像人的心使血液循环一样。所以他得到一个结论：动物生活中许多令人迷惑的问题，可以从考研植物生活上得到解决。

法尔教授（Cliffard H. Farr）的新颖见解，吉恩教授在同书中也提到的。他说植物有感官（sense organs），而且受了温度、压抑、气体和电的刺激之后，发生不同的反应和活动。吉恩教授自己甚至说，植物显出记忆，而且有些活动满可以看为快乐和痛苦的表示；至于从土壤中选出适宜的化学品，选取最适于生长的气候，叶子向着阳光，根背着阳光，却显出植物是有意志力了。无论我们对于这些见解怎样看法，这种比较研究对于动物——包括人在内——生活的了解，能有很大的帮助，是没有疑问的。

既然提到了植物，我就再举一个别样研究的例子。这种研究的结果，历史家、人类学家都不能忽略，也可以看出比较研究的重要。苏联的生物学家瓦维洛夫（Vavilov）和其他的科学家，搜集了三万三千五百种麦子，加以比较研究，将它们分为不同的六类。一类的中心是阿比西尼亚（Abyssinia），从这里发生的农业，是埃及文明的萌芽。一类的中心是阿富汗（Afghanistan）东南部，印度和米索波达米亚（Mesopatamia）的麦子是从这个中心传来的，现今欧洲和北美的麦子也就是这类的变种。瓦维洛夫从这些研究得到结论：农业在山间开始，以后才传到江河的流域。若是他这个结论对，文明开始于江河流域的说法便要改变了。因为有农业，有可以储藏的食物，文明才可以开始。自然，文明究竟从什么地方开始，现在还不能确定，不过这种研究是个重要的线索。考古学家的发掘，可以供给许多珍贵的材料。所以要解决一个问题，往往需要将多种学问的收获，加以比较研究。说到考古学的发掘，我顺便提一提，在米索波达米亚南部，乌尔（Ur）地方的考古工作，使我们知道四千五百年前那地方的文明比现今的半个世界都高。记住这点事实，听国粹文化家纵谈我们自己的五千年文化，我们能不红脸吗?

既然冒犯了国粹文化家，我索性就再不敬一下吧。刚讲到的是食物，我们还是不离本题。我想，古一点的“空见葡萄入汉家”，近一点的番茄和土豆，他们大概都是觉得不合胃口。请便。胡椒大概也是他们诸位不吃的，我可喜欢酸辣汤。若是我们请他们闭口不要费米，他们大概会回答，这是国产呀！可惜科学家不识趣，偏说菲律宾大概是米的老家！

因为在风俗道德方面，褊狭的见解最为普遍，比较研究也就更为重要。例如我最初见到书上说，埃及人崇拜母牛，认为神圣，我觉得真是再可笑不过了。以后稍稍多知道一点，看法也就改变了。在原始人的心目中，最迫切的问题是生命的延续，一切赋给生命的东西，因此都容易被认为神圣。牛乳是给人生命的，从吸吮牛乳的姿态向上看，牛的身体形似天宇。这样一解释，他们的崇拜便是很自然的了。其他在现代人看来很荒谬的崇拜，都从这个基本的观念出发。他们所崇拜的是生命的来源，所以崇拜物在他们眼中并不是不洁或丑恶。有些地方在人老到无用的时候，便预备两三天粮食，把他们送到山里等粮尽饿死。现代人一定说，这是多么残酷、多么不道德呀。不过，我们对于道德的了解更深时，便会知道，道德没有绝对的标准，是因时因地不同的。在一个经济力不足以养活老废人的社会中，若因为顾及他们而危害幼小者的生命，在他们一定认为是不道德的。生命的延续是第一要事，所以老人饿死，他们认为当然。批评西洋的家庭组织不合人情的议论，是常常听到的；我们所赞扬的是五世同堂。不过，稍稍细心看一看，还是他们的人情厚，我们的人情薄。我们是上一代向下一代讨债，人家是教育下一代，并认为这是应尽的义务，不是要偿还的债务。

有一种凄惨的记忆，我是很不容易忘掉的。这虽然不是我注意道德问题的唯一原因，却是很重要的一种。小时在我家邻近，有两个精神失常的女子。一个是被母亲管得严，不与外面任何人接触的少女，一个是母亲天天勉强她吃斋念佛的年轻寡妇。以后我稍稍读点心理研究的书，我才悄然明白，她们是受了歪曲的道德观念牺牲的人。她们不过是无数人中的两个。将所谓野蛮人的道德加以比较研究的学者，常常加重语气说，他们的道德往往比我们的聪明得多、合理得多了。

我想，我所举的这一点例子，可以大概说明我的意思了。我不过要奉劝诸位，处处要保持自己的真面目，也处处不要抹杀别人的真面目，努力做谦虚的真人，用开明勇敢的态度接受新的思想、新的印象，这样眼光便可以远大，做学问也就有随地逢源的乐趣了。我虽然不敢保证诸位可以进桃花源，宋朝的诗人所写的佳境，诸位却随时可以神游：

山重水复疑无路，
柳暗花明又一村。

漫谈食睡哲学、希腊悲剧、包公案、性别及其他[①]

1944 年 5 月

前些天我很荣幸，参加了一个盛大的典礼，行礼前吃了很好的饭。不幸我的习惯很不好，平常吃了粗茶淡饭之后，也非午睡不可，盛餐之后，更觉得有一睡的必要了。自然不能那么方便。天下少有极端的事，不幸中也可以有幸。有几篇很长的好讲演，我因为洗耳恭听，自然很安静，于是难免打了几个盹。这完全是吃得太好的关系，吃后总引起睡来，真是可叹。不过不会睡熟的，所以想起食睡哲学来了。想到希腊悲剧，也多少和正文有关，至于《包公案》等等，却是晚间回来休息时，自己的一点余兴了。

我热心午睡，说起来恐怕有二十年以上的历史了，所以我还有资格说几句话。我说热心，也并不极端，大体以一小时为限。法国文艺复兴初期，有一个人文主义的学者，很好读书，有一天紧靠他书房跟前的厨房失了火，管家连忙跑来告诉他走开，因为火势是很凶的。他说，找太太去，我不管家事！接着还是看他的书。我也热心不到这样地步。不

① 本文是李霁野在四川白沙国立女子师范学院的演讲。

过，已经有了二十多年历史，以后我还预备活三五十年，也不想改，大概也就勉强可以了吧。

莫看说来容易，这点小事也是费了一番艰苦才做到的。我以前是很崇拜孔夫子的，《论语》都“包过本”。所谓包本，对诸位或者还要加一句解释：一书读完，将全书一次背诵，用私塾的术语说，叫包本。诸位大概记得：“宰予昼寝，子曰：‘朽木不可雕也。’”既然包过本，很难忘掉的，那时候我还年轻，“不可雕也”是不乐意的。我想，怎么好呢？

幸而想出了一点道理，不然恐怕未必还能在这里说话。我想孔夫子是曲阜人，是我们常说的山东大汉，身体一定是很结实的，他活了七十三岁，可以证明我的推想对。何况他又坐了马车，周游列国，总在阳光和空气里面呢。我自己怎么样？不是大汉，没有问题。一个大夫曾经警告我说，你不能病。我问他：“病了怎样呢？”他微微笑了笑。那意思诸位大概也明白。三十多年来，我总没有给他机会使他的预言实现，所以我们胜负未决；不过，结实我是不敢夸口的。至于坐马车到处跑，我觉得也倒很有趣，不过未必能讨到饭吃，所以我也办不到。因此我决定，就是在这一点点的小事上，孔夫子也使我望尘莫及，我若拼命追赶，只好凑合完事。他根据了他的体力和生活所定的标准，对于我不适合，我只好违背至圣先师的教训，睡午觉。

说起来我真是不配教你们。一坏百坏，从此算无可收拾了。第一，我失去了对于权威的信心了。唉，真是一个苦恼！远不如引经据典，孔夫子怎么说，孟夫子怎么说，或者学贯中西，西哲某怎么说，洋大人怎么说，这样活下去舒服。第二，我失去了一手拿剑、一手拿经的勇气了。现在渐渐老起来，也不想对训导处贡献意见，将诸位分成睡午觉和不睡午觉的两派，非将其一开除不可了。地球在宇宙间虽然小得可笑，容纳两样人的地方是还有的。所以不午睡的人也不必听李夫子，请随便散步或写字去，只是不要扰乱别人就是了。

食的问题，是这样想起来的。一个朋友近些天显得发了胖，许多人纷纷请教，是怎样胖起来的呢？吃怎样的营养品呢？可见现在胖起来，不，不瘦下去，就很不容易，所以大家都想发现一点秘诀。这位朋友大概是不愿宣布，只说，吃没有什么吃胖的。我不懂逻辑，意思大概是说，没有吃什么就胖了。这是怪有点玄的，是不是？

我就想一想。不一会儿我就将这个秘诀发现了。我要有什么秘诀，绝对不保留，不像他们对原子弹似的。例如前些时，我有一个学生写信来说，情人生疏了，怪苦恼。我立刻就将爱的秘诀传授了。比诗人威廉·勃莱克（William Blake）的高明。不过，他是男孩子，所以在诸位不适用。而且一经宣布，天下恐怕纠纷更多，不如保留的好，请诸位原谅。

且说发胖的秘诀。我想这位朋友是吃哲学吃胖的。诸位笑我荒谬，呀呀，请先等一等，再下断语。我所谓哲学，是对于人生、对于社会等等的一种看法。看法宽大的，心就不狭小，精神也容易健康愉快，身体也容易胖些。所以我要将我的意思换了话说，“心广体肥”，诸位一定会说，这有什么了不得，谁不知道！可是有许多事，表面看来都像我的秘诀一样荒谬，其实也未必尽然。最好想想再下断语，不然人家说二五，你因为听不惯，便说可笑，非坚持一十不可，那倒真有点可笑了。

说到吃哲学发胖，我要附带声明一句，我不是纯粹的唯心派，奉劝诸位吃空气过活。英国的约翰生（Samuel Johnson）是文坛一时之雄，虽然他没有第一流的著作，波司威尔（Bswell）在为他作的传记中，记述许多有趣的逸事。约翰生向他说，你要想常有朋友来破除寂寞，最好总预备些好茶点。他的话恐怕是很有点经验的。所谓 after dinner mood，酒余饭后的心情比饿着肚子愉快，有这种心情，诸事比较容易解决。我恐怕也难免这种心情，虽然我绝不欢喜赴宴会。所以诸位将来成立了小家庭，自己显显本领做点好菜，我是有请必到。不过，我很反对极端和功利。中国人对于酒余饭后的心理，研究得太透彻，事事从这里求解决。这样的菜饭吃了也许长满脸横肉，也许因为过费心机，吃得骨瘦如柴，我奉劝诸位不要学着吃。太胖太瘦，都是不好看的。

在中国还有筵席，是用人的肉和血做成的。用礼教的名义做的，已经有先辈指明过，我现在所说的是另外一种。前年我从北平出来，在洛阳住了一时，正值豫灾惨重的时期。有一两次我沾光被小阔人请吃饭，讲究得很。一回有一个不识趣的人在杯觥交错的时候说，这一席是三个孩子的身价。当时卖孩子的很多，二百元一个，父母子女依依不舍的情形，到处都是。“吃人的筵席”，我觉得我就是陪同吃人的。报纸多次登载放赈、放赈、放赈，有一天果然兑了现，报纸都大登“灾民受惠不浅”。每一个灾民得大洋三元，在当时可以买一个半烧饼。这样的筵席有时也不易辨别，但我一觉得有人味的嫌疑时，莫说午睡，吃后往往连晚上也睡不了。我自笑我的胃口太不好了。

我的话扯得太远了，我原是只想说说笑话的，但是脱不了教书匠的习气，仿佛曾劝诸位不要将表面上荒谬的事情，一下就断定是荒谬，反过来说，堂皇的场面，不要一见就目眩，拜倒在地。

> Not all that glisters is gold.
>
> 发光的未必都是金子。

诗人的话，大体是没有错误的。

提到诗人，我常听人说，他们有 inspiration，灵感。我在恭听演讲时，倒也有了点灵感，先也还有点诗意，因为想到希腊的悲剧，以后却越想离诗越远。其实，我哪里懂什么希腊悲剧，哪里配谈希腊悲剧呢？这只是自贴广告，说穿了不值一笑。不过骗人失信是要不得的，我总得略点一下题。多数希腊的悲剧，都取材于通行的神话和传说，所以观众对于故事的演变和结果，事先是知情的。剧中的人物却不知道自己的命运，往往无意说出的话预兆着将来，对于观众满有意义。所以剧中人物所了解的是表面的意义，观众所了解的是话中的隐含的意义。这就是所谓 dramatic irony，希腊悲剧是常用的。

我所以想到希腊悲剧的原因很简单：台上人所讲的是表面的意义，台下人所想的是隐含的意义，构成一种很好的 dramatic irony。自然有两点不同：第一，讲演的人对于他话中的 irony，是自己心会的，希腊悲剧的人物却真正毫不理会。第二，听讲演的听众拿讲演人的表面意义和他的过去和现在的生活做对照，欣赏 dramatic irony；观剧的人们却拿演剧人的话和他将来的生活做对照，欣赏 dramatic irony。剧中人不知道自己的将来，所以说出预兆的话，听众为他担心时，他并不害怕得脸色苍白。讲演的人未必知道听众心会的隐含意义，所以也并不面红耳赤。所以看戏是怪有趣的。

我来举一两个例子。曾犯贪污行为的人在台上大讲其廉洁，知道他过去和现在行为的听众，无异看希腊的悲剧，所以，再口是心非的讲演，也是值得恭听的。我曾听过一个国立大学校长大谈尊师，不惜反复训诲学生，尊师，尊师，还是尊师！可是他为捧官僚，宁可把学校的住宅留下来长期空着，教授却可以没有房子住。当时我因为还没有悟出这个道理，颇有点愤慨，现在想起来是怪可笑的。

上面我说到约翰生，仿佛他只欢喜吃好茶点似的，诸位要这样想，是错误了。此老心直口快，他认为小人的，他可以直呼不讳。可惜世间，特别在中国，这样的人太少，所以有许多堂皇的场面，不能被揭开，露出下面的卑污丑恶来。

要论堂皇的场面，当然以官场为最多，可惜我是乡下人，见识少，没有什么可谈的。报上看来，耳朵听来，都不能算是直接的报道，所谓 first hand information，所以官场现形记我无法为诸位述说。我现在动不动就讲到二十年前、三十年前，诸位都还没有出世的时候的事情，自己想起来怪好笑。不过“现时”，总是少谈的好，我又大概没有机会再和诸位谈话了，就请原谅我再说一次三十年前、二十年前的事。

三十多年前，我很爱读《包公案》。他有时候听人告冤状，连鬼都帮他忙，我真佩服他是了不得的清官。当时自然也毫不奇怪冤状何以那么多，也不奇怪他为什么不遇到坏鬼捣他的乱。以后也偶然听到县官出访，乡间的老百姓有时在轿前叩头喊冤，县大老爷替他伸冤报仇，做过一两次之后，往往到处都可以为他树起德政碑。我那时想，用《包公案》做参考，做这样一位县大老爷也不坏。以后稍大一点，渐渐觉得要时常出访，也是太辛苦的生活，而且一生中间，也怕访不出许多有趣的案子来，官瘾就渐渐淡下去了。上中学之后，听到什么“法治”之类的异端邪说，我的清官梦便烟消云散了。上中学的时代，对于一切还是看得容易，所以我想，我的梦一完，包公的时代也就过去了。哪知道不然的。二十多年前，在北洋军阀的时代，我有一个同乡，国民党党员，被捕下了狱。据说是罪当处死刑的，不过只被打了几个死去活来，等北洋军阀倒台被释放。审讯他的人依然走红运，继续做他的官，在筵席上他将审讯这位同乡的故事，当为美谈传说。他说，第一次要判决他死刑时，仿佛有一阵阴风吹过，他一惊，心想莫非有冤吗，没有判。第二次，阴风吹得他头疼，自然判刑也是延缓了的。第三次他决心非判不可了，阴风吹得自然更厉害。他一想，有冤无疑，决心先不判，等着托梦了。我的这位同乡因此活了命。以后在他手里送命的人还很多，因为时代终于改变，阴风大概是不再吹的了。

我想这位老爷一定也爱读《包公案》。

以后我也经历过更多惊险的场面，不过，不过，——我们不如就以不过了之吧。何况这种场面究竟不如堂皇的场面愉快，我们且离开官场，到别的方面找找去。

普通的堂皇场面，总捧出一面道德、正义或公理的牌子。这样的牌子往往要骇倒人的，势力大得很。诸位稍稍留心，原是随时随地可以看到的，用不着我说。不过近在眼前，天天可以看到的东西，我们往往忽略过，看不到。例如，我几乎每天到校外去散步，可是一棵金黄叶子的白果树、一丛火红的秋叶，我经过朋友的指点才注意。还有我有一只用过几年的表，一个同事突然考问我，表面是罗马数字，还是亚剌伯数字。我想了想，结果还是答错了的。所以我还是给诸位举几个例。有一个学校的教授，用道德的牌子，反对一位女生的恋爱，自以为堂堂的公理，当然在他的掌握中无疑。他也许想找求发谗言的材料，竟偷看人家的私信，看其中有怎样的阴私。用这样卑劣手段支持的公理，在性别上是有问题的。自然，我指的还不止这一类。最近《大公报》记载——我并无特别通信员报告，只看报纸的记事——四川大学发生了一点风波。有些学生发现别些学生的阴谋，搜出文件之类来了。阴谋是要不得的，公理显然在发觉的学生这一面。不过，发现阴谋，搜求文件的事，由学生来执行，我的见识少，在民主的国家，似乎还没有前例。我不免疑心，自然是不对的，这里的公理，性别恐怕也有问题。

我说公理的性别有问题，有些同学大概疑心我说胡话。学过法文的同学，也许以为是有关法文主词的阴性或阳性。要解释，又要回到二十年以前去，真是没有法子，下不为例。

约在二十年前，一个女学校发生风潮，有了对立的两派。有些名流学者为一派学生说话，口口声声说是拥护公理。有一位先辈，是专爱在堂皇的假面上捣窟窿的，说他们的公理不过是婆理。吃过一餐好饭之后，总要想些愉快的思想，才合卫生之道，所以我回来就想戏，想《包公案》，想这怪有意思的话。

我总不愿谈目前，不过，我想到那怪有意思的话，想到性别，却也另有一点近因。那天参加典礼前曾到镇上去，从《白沙简报》上看到璧山同性结婚的新闻，照例是要捧出道德的牌子骂几句的。我曾经同诸位略谈过这问题，在这里不想再说什么话。我只提到还没有完全忘记的，一点生物学的常识。动物在降生后的初期，性别是可以用人工改变、决定的。将雄性的有些内分泌注射到雌性的身上去，雌的就渐变为雄的。使雄的有些内分泌停止，它就渐变为雌性。但是将雌性特有的内分泌注射到雄的身上去，却丝毫不发生作用。

从我对公理所说的话联想，诸位也许以为我是怪悲观的。其实不然。何以见得呢？我刚刚说过的这点生物学的常识，看起来很微细，却就使我怀着很大的希望。用阉割使天下完全成为清一色的婆理，自然很有可能，但大体说起来，只有三分之一的机会。用公理进攻婆理，婆理是要被消灭的。拿婆理和公理纠缠，不会发生什么效力。

我说是漫谈，总算还没有欺骗诸位。我谈得实在是漫无头绪。诸位老是听不清楚也难怪的。我近来觉得仿佛有点精神失常，说话往往毫无伦次。因此我总避免在外边散步，也不坐船，怕迷迷糊糊地落到水里去。不过，“天有不测风云，人有旦夕祸福”，万一我果然落到水里，诸位可认定了是我精神失常，万不可相信有水鬼。我们办的是最新式的教育，不准相信有水鬼的。

我的记性不甚好，仿佛记得开头讲到了吃饭。没有什么关系。我喜欢吃，我是还记得的。所以最后我有一点小小的请求：水里的生虾活鱼恐怕没有什么好吃，请诸位记住偶然给我扔下几个粽子去。

至上的艺术——爱[①]

1944 年 12 月

前几天学校附近发生了一件恋爱悲剧，一时颇引起了一点纷纷扬扬的议论，有几位英语系的同学想要我说几句话，我立刻就答应了。我所以毫不推却，因为这个问题很重要，是值得谈谈的，并不是因为我觉得我可以讲得好。我一向对这问题倒是注意的，不过我所知道的太少了。诸位来听讲的很多，听了大概会失望的，尤其因为我并没有什么爱的秘诀可以传授。

爱是有许多种的，我这次所要讲的是两性的爱。

诸位多半是研究西洋文学的，所以我开头先讲讲爱情在西洋生活和文学中所占的重要地位。我想我最好借用诗人的口：

I know
Of no more subtle master under heaven,
Than is the maiden love for a maid,
Not only to keep down the base in man,

① 本文是李霁野在四川白沙国立女子师范学院的演讲。

But to teach high thoughts, and amiable words,
And courtliness, and the desire of fame,
And love of truth and all that makes a man.
——A. Tennyson:“Idylls of the King”

我知道
天下没有比对于一位女郎的初恋
更灵巧的教师,
不仅将男子心内
卑污的一切抑制下去,
却也教给高尚的思想,可爱的言辞,
礼貌,求名的欲望,
爱真理的心,和使人成为堂堂男子的一切。

诗人的话是并不过火的:爱情是支配生活的一种力量。在中国,项羽的故事是大家熟知的,他是一世的英雄,他的流传万古的绝叫是:

虞兮虞兮奈若何!

这比失去天下让他感到更大的痛苦。这首《垓下歌》为我们这位英雄增色不少。

在西洋中古有种武士制度,诸位是知道的。这种制度的理想有许多地方自然颇可笑,但它在西洋生活上留下很好的影响,就是对于妇女的尊重。这种尊重妇女的传统和对于爱情所持的态度,是研究西洋文学的人要首先了解的。

我们再看看在西洋的文学中,爱情占怎样的地位。西洋最古的文学是希腊和希伯来的。希腊最早的重要文学作品是相传为荷马(Homer)所作的两部史诗:《伊里亚得》(Iliad)和《奥第赛》(Odyssey)。前者以进攻特罗伊（Troy）的故事做材料，后者叙希腊的英雄奥第修斯（Odysseus）凯旋回去所遭遇的故事。这个战争的导火线是巴里司（Paris）和海伦（Helen）的恋爱。

希腊有一位女诗人萨波（Sappho），关于她，柏拉图（Plato）有一首诗铭，可以说是推崇备至：

> Some say there are Nine Muses.
> So few then?
> Sappho of Lesbia makes their number ten.
> 有人说，有九位司文艺的女神。难道这样少？
> 里斯比的萨波使她们的数目变成十人了。

他的意见是古今批评家都同意的。她写的是情诗。

希伯来的文学宝库是《圣经》。作为文学看，《圣经》最好的部分恐怕是《雅歌》吧。《雅歌》是情诗。

在罗马文学中，可以和荷马并肩的诗人是维吉尔（Vergil），他的史诗《伊尼伊得》（Aeneid）中最脍炙人口的故事，大概是狄多（Dido）因爱诗中的英雄失望，而火焚了自己的悲剧吧。以抒情诗著称的加达拉斯（Catullus）和渥维得（Ovid）更不用说，后者还写了一部《爱经》（The Art of Love），被人作为借口将他放逐。

第四世纪基督教在欧洲渐渐得势了，人的眼光从现世转到未来，从人间转到了天国；所以古希腊、罗马的文学被人轻视忽略了。“原罪”（Original sin）的观念更想在人性中将爱情闷死。可是第四世纪留传下一篇《维尼丝祭前夕》（Pervigilium Veneris），是异教思想的花朵。这篇诗的叠句是：

> Loveless, mayest thou love tomorrow, loving still tomorrow

love.

没有爱的，愿你们明天爱起来；在爱着的，愿明天仍然爱。

可见爱情是闷不死的。不过窒息的时间也够久。直到11世纪后半至13世纪前半这两世纪的时间中，法国南部普鲁文斯（Provence）产生了许多诗人，他们被称为“troubadour”，欧洲抒情诗的传统才算复活了。他们所歌咏的是爱情。

使中古完结，近代开端的，是文艺复兴运动。这运动在意大利开始，是人间本位思想的复活。意大利的诗人皮特拉克（Petrarch）是这运动的前驱，这自然是他的伟大功绩；可是使后代对他有亲切怀念的，或者是他为劳拉（Laura）所写的情诗吧。

这样复活起来的抒情诗的传统，在西洋文学中演变发展着一直到现代，使爱情成为西洋文学的主要题材。自然，我并不说是全部。

中国没有情诗的议论，是我们常听到的，当然不正确。我们的诗文有些走了载道的歪曲道路，或者空无内容，倒也是实情。可是有许多有生命的作品，也大都用爱情做材料。我们最早的诗歌集《诗经》，古诗十九首的一部分和其他一些汉朝无名氏作品，晋、宋、齐朝的《子夜歌》，许多最好的唐诗和宋词，都可以做我们的例证。所以道学家想将爱情从生活和文学中挤出，到底是做不到。

其次我想讲一讲近代思想家对于爱情持怎样的态度。他们的第一个基本态度是主张灵肉一致。基督教的观点以为灵是神圣，肉是罪恶，所以想使灵高升，非将肉消灭不可；因为消灭是做不到的，就极力给它吃苦。异教的观点却以为肉是灵的寄托，没有脱离肉的纯灵的生活。英国的诗人勃朗宁（Robert Browning）有这样几行诗：

For pleasant is this flesh;

Our soul in its rose-mesh

Pulled ever to the earth, still yearns for rest.

因为肉体是愉快的；

我们的灵魂在它的玫瑰网眼里

永远倾向大地，渴望休息。

……Nor soul helps flesh more, no, than flesh helps soul.

灵对于肉的帮助并不超过肉对于灵。

将这个意思说得极清楚。

近代的思想家不仅不将肉体看作犯罪的根源，并且还主张用净观的态度（Sense of purity）看人的本能生活。两性的关系，除了最低级的少数种生物外，普遍存在于全世界的生物。将这关系看为不洁，看为罪，只好敬请闭眼，等候着世界末日的来临了。两性的爱是生命的来源，所以用不洁的眼光来看的人，是从生命的源泉来毒害人生。他们违反着自然律，戕害了自己，在无意的报复行为中，立下些道德的规条，在人间撒遍了毒恶的种子，引起心理的冲突、失常，种种的悲剧。净观的态度并不是解决一切的万应药，不过这是向正当方向走的，而且只有持这样态度，才可以寻求科学的知识，向愚昧和顽冥进攻。

以前的人和现在的许多人，关于性的一切，总持着将人蒙在鼓里的态度。不仅家庭不准谈说，学校的生物学和生理学也毫不谈到。这种缄默的阴谋所酿成的不幸，真是令人寒心。近代的思想家持开明的态度，向无知和顽冥进攻，主张将性的知识作为人生常识的一部分，教给男女的孩子，而且以为能在十岁以前完成这种教育最好。自然，儿女有这样的问题发生，以后也仍然可以随时向父母请教。所以关于性的生理和心理，科学的研究在好些国家已经很有成绩，而且研究所得的知识，在开明的家庭和学校已经在应用着了。

在性的生活中，和在社会生活中一样，有变态和病态存在。以前的社会学者对犯罪人，也就是社会生活中变态和病态的人，是很苛刻的，法律和习惯自然也同样。因为犯罪学在近代的进步，一般人更明了犯罪的性质，例如先天决定，于是对于犯罪人也就改变了态度，偏于同情的怜悯了。对于性生活的变态和病态，态度的变化也和这同样。我们的态度是要了解这些情形，正视事实，不是要苛责，要裁判。同情的了解和指导才是我们应做的事。而且性生活的许多现象，也不是轻易就可以判定怎样是正态，怎样是变态，近代的权威蔼理斯（Havelock Ellis）还这样说呢。即使我们能断定是变态了，其中所包括的问题往往复杂得很，不是道德家片语就可了事的。我们在任何研究上都要先学谦虚。若是“哎呀呀”就可以解决了同性爱的问题，训育员的脑子倒也是够用了的。

不过变态和病态不是我们今天要谈的主题，我只是要略谈一谈我们对于爱情应该怎样看法，持怎样的态度。我觉得，我们应该将爱情看作一种艺术。我们现在所了解的爱情观念，是很近代的产物。以前的人，现在也还有多数人这样，以为两性的爱既是天赋，所谓“食色性也”，姑且黯然承认它存在就是。有些人耸耸肩头，不在上面多费心思；有些人以想到谈到为耻；有些人甚至认为罪恶，即使不能消灭，也非尽力践踏它不可。他们宁可在黑暗中和“魔”格斗，有时失足跌倒，有时戕身丧命，结果总是“道”高一尺，“魔”长三丈。现在一般的大度幸而在渐渐改变着了。

将爱作为一种艺术加以研究，在波斯和印度原已有过，可是近代生物、生理、心理等科学的发展，才给这种研究奠定了稳固的基础。多方面的知识是必要的，愚昧必须首先铲除。有人说，若将食的知识保守秘密，像对性的知识一样，实行沉默的阴谋，世界上不知道要闹出多少悲剧来。幸而人类没有这样愚蠢，所以从发明了用火以来，食的方面渐渐进步，现在食不仅是果腹，也是有艺术意味的事情了。食物的研究也是近代科学的一部分了。对于性的研究，我们也应当持同样的态度。也许有人以为这样便损失了爱的神秘性，也就是损失爱的美了。这想法是一种错误。我再打个比喻说，在显微镜下看过了植物的细胞组织之后，一个新的美丽的世界却在我的眼前展开了。所以正当的知识应当是这种艺术的基础。

我们研究食物，知道了各种的维生素，进一步我们便要研究怎样保持提取最大的营养价值。换了话说，有了知识，我们还要有技术。在爱的艺术上也是这样子。

世间最美的东西往往是最脆弱的，例如花。爱是嫩美的花，需要小心地培植。所以除了知识之外，爱的艺术需要入微的体贴。不浇水，花是要枯死的。没有体贴入微的培植，爱也要枯死。要“动员”我们天性中最好的一切，才可以有使这种艺术达到完美地步的希望。光是知识和技能还不够，我们还要有对宗教一样的严肃。自然，我不是指悬空的宗教，也不是说道学家板脸鼓嘴的严肃。

有些人说嫉妒和占有是真正爱情的特征，我想这怕是通行的意见吧。当然，自己的爱人总是天下第一，唯恐失去，也是人情之常。不过，用嫉妒和占有做保镖，在恐惧的空气中维持着的爱情，是不是顶有趣的宝贝，我可就不大知道了。罗素（Bertrand Russell）说嫉妒和占有是足以致爱情死命的，我想这话很可以供想维持爱情的人深思。待到所占有的只是躯壳，而仍然施用残酷的手段，维持着自以为得意的外表，那就更不足道了。使对象痛苦，或从对象接受痛苦而感到满足，这种残酷是变态，不是我现在要说的。自私，不体贴对方，要求认为当然的爱，我认为都是残酷。这和嫉妒、占有，同样应当避免。爱情不是这样能够获得或维持的。

以下我想关于各种可以料想到的情形，分别简单地说几句话。

相互的爱自然是最圆满的，愿诸位都有爱也被爱的幸福。要使这种幸福持久，积极的方面是要求得知识和技术，消极的方面要避免嫉妒、占有和残酷，我们已经说过了。用自由和信任做爱的两翼，使它翱翔。

这二者是爱的空气和阳光，在这里面生长起来的爱，才有健全的生命。爱既是有生命的，爱的艺术便没有止境，要使它日趋完善，就有不断细心经意的必要。不过既然无拘束、无疑惧，这应当是人生最愉快的工作。

相互爱了，因为某些原因不得不分手，在人生中也不是不常有的事。

> Since there's no help, come let us kiss and part.
>
> 既然没有办法了，让我们来亲吻分离。

这也许是所谓 Mushroom Growth，也许经时是很久的，但都未必酸苦，却往往像一场好梦，留下甜蜜的记忆来。

被爱可是并不爱，往往也是怪苦恼人的事，对不对？我觉得诗人是很可爱的，可是诸位的前辈使他们有不少吃过很大的苦头。我们在班上已经读过好几首诗，哀求他们的女神不要残酷无情，不要漠然轻视。不过大体是没有用的。这自然无话可说。我记起约在二十年前的一件小事。一个诗人为一位女子写了几首情诗，被她送给一个报纸发表，同时有一封不甚客气的公开信；幸而记者很高明，仅将诗发表了，传为一段佳话。这样的事幸而以后不大听到了，或者我们应该感谢这位记者的手腕也未可知。可是拿这样的诗信之类向学校当局去告状，在不几年前我知道是还发生的，我不觉得是可喜的现象。爱是一个男子对于女子所能给予的最高的敬意，不接受是没有什么的，不过态度要大大方方，而且绝对不应当给人不必要的痛苦。在爱情上表现得小气和残酷，是最准确的量人的尺度。

反过来说，也有爱人而不被爱的时候。一般人常说，不爱即恨。恨也不是完全坏的情感，假如恨用在适当的地方。不过在这样情形下，恨却是没有什么大道理，因为尊重彼此感情的自由，是我们在任何情形下都要记住的。由于爱情的失望而玩世悲观，也是不应当，这时候我们要用勇气和自尊做我们的支持。勃朗宁有一首诗，大意是说在爱情中无妨跌倒再起来，这样度过一生。有这样勇气的人，大概也不会永远跌倒。将精力转注到别的方面，使它发生“升华作用”（sublimation），也是常听到的劝告。不过升华作用并不像表面看来那样简单，而且副作用流弊很多，不是多数人所能做到的事。生活中没有捷径可走，我们要有勇气正面看人生的事实。

爱情会有变化，怎样好呢？这是常听到的焦虑的问题。因此有许多人怀着畏惧，怕吃不起这痛苦。也无法奉劝必吃；不过甜的也只好请闭口。人生的经验，是没有纯甜的。

我给你们朗诵埃思里奇（George Etherege）的一首诗，供大家思考：

要说我们的爱情能存在多久，
西莉亚，我们的能力还不够；
我们现在所尝味的快乐，
一点钟内也许一闪而过；
只有那些不朽的有福灵魂，
才在恋爱中没有变化发生。

既然我们是人间的情侣，
莫问我们的爱情有多长时期；
只是留心，在还相爱的时间，
使每分钟都被欢乐充满：
不肯求生，就只因为必死，
那岂不是发疯发痴？

单因为功利的考虑而起的变化，够不上爱的水准，我们置之不论。动机纯洁的变化，也是常有的，这或者是彼此在适应上有克服不了的困难，或者是因为原来的认识不足。若是未结婚，问题自然较为简单，无论在双方或单方，坦白承认这事实，比隐蔽着自己的真感情好。已结婚而没有孩子的，离婚的影响比较小，有孩子的就要多一层考虑了。这是一种很大的不幸，并不是道德或不道德的问题。我们只能有同情，不能加以道德的批判。在当事者的本人呢，应当很郑重从事，要先考察这种不幸的原因是不是缺乏知识和技术；必不得已了，要顾到对于孩子的义务。虽然反对离婚的人在各国都有，可是失败的婚姻所引起来的社会问题很严重，使许多近代人改变了态度。要想避免这失败，不是迁就现实就可以做到的，更可靠的是爱的艺术。我们希望这种不幸渐渐地减少。我想这个意见是多数人可以承认、可以接受的吧。

我可是很“愿天下有情人都成眷属”，所以我再来谈结婚。我们常常听到人说，“结婚是爱情的坟墓”。这句话有一部分真理，因为没有充分知识的爱情，生命原就单薄，结婚又包括许多复杂问题，毫无准备的人恐怕也只好掘墓，维持着躯壳，得不到人生的幸福。这坟墓是“无知”掘的，和结婚无涉，我们应当将责任交代清楚。在明了爱的艺术的人，结婚不是爱情的终结，却是爱情的延续。自然，两个人的充分适应，不是一件容易事，而且往往要几年的时间。所以精心的培养，在结婚后和结婚前一样的重要。只有保持着情人的态度，继续对爱的艺术精求，才可以使爱情持久，一生在蜜月中度过。

使结婚的关系持久，孩子也是一个主要的因素。不过孩子也引起许多新的问题，非有充分的准备，也往往发生很不幸的影响。这里知识也是同样的重要。中国无知的父母和不幸的儿童之多，实在是一件顶令人伤心的事。在这方面也有很重要的工作要下手，特别是女子的责任重大。做父母的应当充分吸收运用现代科学的知识，对于孩子自降生那天起的教育问题，都要先细细思考。自安于愚昧，将不幸加在新生者身上，对于孩子，对于社会，都是严重的罪过。

无知是我们的危害，贫穷也是我们的劲敌，疾病和死亡往往随着来到。对于孩子，养的问题和教的问题同样不能忽视。为母亲的健康，为孩子的教养，孩子的数目都有加以限制的必要，尤其在现今的中国。生育节制在现代许多国家都在实行着了，虽然还有少数顽固的道德家反对。许多失败的婚姻在孩子的问题上可以找出原因来。要想有成功的家庭生活，孩子的问题绝不容忽略。

最后有一个问题，同爱情结婚有密切的关系，是常有人问到，常引起争辩的，就是，女结婚后应当“主内”，管家庭的工作呢，还是应当从事社会的工作呢？在我觉得，非要妇女“主内”不可，不使她们有接触更宽广生活的机会，是不应当的。家庭的工作男子也应该担当一部分，怀着高超感，认为这是不值得他们注意的琐事，是对于他们的尊夫人不敬，恐怕还是请他们再思的好。所以在参加社会的工作上，妇女应当有同样的机会。不过，作为点缀是毫无意义的。

在目前，托儿所和育婴学校都没有，家庭的工作相当繁重，往往事实上限制妇女参加社会的工作。教育幼童，妇女究竟较为适当，而且这种工作的意义重大，不在任何种工作之下。所以不是事实上被束缚如奴隶，这种工作也未尝不愉快，而且也不致剥夺了接触宽广生活的机会。能将两三个孩子好好教养起来的母亲，应该得到应有的尊敬，她自己也有权利自豪。这需要很丰富的经验和学识，还有一种最高的本性可以活动——母性的爱，这种工作是崇高的，其余的工作多半有关名与利；将这些看得更高，我觉得不解。至于超功利的事业，如学术的研究或创作，若是妇女做得好，有孩子也还是做得好，两者并不一定是水火。

浅陋的话已经说了不少，我现在来简括地将我的意思总结起来。将肉从灵分开或看为罪恶，是不对的。性是纯洁的，我们应当将爱作为一种艺术来培植。这需要知识，需要技术和细心的体贴。嫉妒和占有只能保持爱的躯壳，我们应当有勇气、有宽容，使爱在自由的空气中生长。

结婚是爱的继续，孩子是家庭的基石，二者都各有特殊的问题，需要充分的知识和技巧。在任何阶段，愚昧都应当努力破除。在完成爱的艺术这工作上，男子不能是家庭的暴君，女子也不应是玩偶家庭的住客；能做贤达的父母，爱的艺术便开花结实，到了成熟的地步。

我和诗人同意，以为对于女子的爱是最好的教师，所以女子是教育的中心人物。英国的散文家斯提尔（Richard Steele）说以利萨伯·哈斯婷（Elisabeth Hasting）："to know her was a liberal education"（认识她是一种高尚的教育）。我们这里有六百位同学，我想每位都是一所大学，所以教育的功效应该等于六百所大学了。愿诸位愉快地完成这任务！

试谈人生[①]

1945 年 4 月

前几天自治会的同学来邀我做一次“学术讲座”，我没有敢答应，因为我既不学，又无术，从何讲起呢？不过，她们改了话头，说，就请随便讲几句话吧。这样我就不便推却了，因为会说话，不哑，我是无法否认的。

那么，讲什么呢？记得上一回讲演，说到愿诸位“有情人都成眷属”，自然这一次要讲“娃娃经”才好。实在的，这是很值得讲一讲的题目。我上次略略提到“爱经”，这一回又出了个好题目，如果能有人将这两种“经”讲到好处，我想一定可以和我们的《十三经》有同样的价值，或者价值更高。若能多这两部“经”，我们倒更有可以自豪的文化了。现今在大吹嘘固有文化的人，似乎还言之过早。不过，据说这里有五六十个大小娃娃，专家很多，这一“经”也不是我敢谈的事。

所以我就想起现在要说的题目。自然，谈人生也是专家的事，不过，我总算活了四十、四十一，也许四十二三年了，略谈几句怎样活着，或想怎样活着的话，大概也还没有什么不可吧。我只想，也只能说

---

① 本文是李霁野在四川白沙国立女子师范学院的演讲。

几句平平庸庸的话，并不是要评述古今哲学家的人生哲学。而且我确是“试谈”，因为对于人生，我也还在不断地摸索。

将人生看作舞台，看成一场梦，是古今中外一种很普通的思想。我们的诗人固然说：

浮生若梦，
世事一场大梦。

英国的诗人莎士比亚也说：

We are such stuff,
As dreams are made on.
制成我们的材料，
同制成梦的是一样。
All the world's a stage,
And all the men and women merely players.
全世界是一个舞台，
男男女女都只是演员。

我们就将人生看作舞台，看成梦。不过，我们既然来到人间，也就是登了舞台，我们就要演一出好戏；我们既然入了梦境，我们就要做一场好梦。

我是持异教的观点（pagan view）来看人生的。我觉得，我们生活在人间，我们就不能离开现世，更不应当对现世加以轻视。我们是用肉体生活在人间的，我觉得，我们应当用净观的态度，来看一切本能的生活。一切躲闪生活的态度，一切否定人生的说法，我都不取。高抬起灵的世界来轻视或忽略现世，是一种躲闪，是一种否定。在自然的生活上加桎梏，走捷径，妨害生活充分地发展，也是一种躲闪，也是一种否定。我觉得，我们的基本生活态度应当是积极的、肯定的。地上是我们的乐园，天国让不好好活在人间的人去享受。没有人间的温暖，我想天国也不是什么好住的地方吧。

根据以上这个观点，我觉得在一个人的一生中，应当每一个时期有每一个时期的生活。第一要避免早熟。我的意思是说不要将小孩子看作或变成小老头。儿童的发现，在中国似乎还没有广遍的开始，在西洋也不过是很近的事。我们要想一个人充分正当地发展，从降生的第一天就应当注意到他的生活。前半岁和后半岁的婴儿很不同，两岁和三岁的孩子也很有差异，我们应当尽量应用现有的科学知识，使他们各有应有的生活。常听做母亲的人说，孩子过了三岁就不“好玩”了。是的，他的好奇心锐敏起来，问题多了，一事一物都是他探究的资料，在无知的父母看来实在是麻烦不过。于是今天一场骂，明天一顿打，直到他“少年老成”了为止。生命的嫩苗经这样一摧残，以后的发育不问可知。中国无孩子气的孩子之多，也就是早熟现象的普遍，我想原因大概就在这里吧。我们中也有幸运的例外，不过受过这样牺牲的还是最大多数。诸位是将来负教育责任的人，自身或曾受过的悲剧，以后不要使它重演才好。

因为早熟，所以也有早衰的现象。这是我觉得要避免的第二件事。因为少年就老成了，所以青年的老人也特别多。正是应当朝气勃勃的时候，却已经暮气沉沉了。正是在不应“更事”的时候，却已经人情世故了如指掌了。活在这样面面圆的人群中，也许是愉快的事吧；但要寻求旺盛的生命力，却不如到墓场去的好！这样干枯了的生命，经不起什么风波，只在僵死的情况中鬼混罢了。我们所期望的青年期的生活，绝不是早衰的。

因为早衰，自然也就早死。我所谓死，并不一定是埋在土里的意思。不能接受新的印象、新的经验、新的思想，换句话说，就是变成了老顽固，我以为这就是精神的死亡。这是我们第三件要避免的事。若是各时期的生活都是充实的、好好度过的，老年的时期也自有它的意义和味道，正如经过春夏，有成熟的秋季一样。春夏的鲜花固然可喜，金黄的果实是一生丰富的收获，也同样可以珍惜。早熟、早衰、早死的人，便不会有这样的收获。

童年、少年和青年时期，都常常被人称为“黄金时代”，我想中年和老年时期至少也应当是金黄的才是。要想这样，非将上面的三种坏现象避免了不可；要不然，恐怕黄铜的也谈不上。婴儿、童年和少年时期，不是我们自己的力量所能支配的，在我们也是属于过去的了，我们的责任是对于后来的人。从青年时期起的生活成为金的呢，还是铜的呢？却大部分有赖我们自己的态度和努力了。

劝人不要错过现时的思想，在古今中外的诗里是颇为普通的，例如《金缕曲》便脍炙人口：

劝君莫惜金缕衣，
劝君惜取少年时。
花开堪折直须折，
莫待无花空折枝。

不过，“现时”不仅是少年时的人所独有，儿童和老年也各有他们的现时，他们也应当有权利使他们的现时花满枝。各时期的生活自然是不同的，但各有它们的花——冬季有蜡梅不是？

不错过现时是好的，但只有使各时期的生活充实才算是不错过。现时不能久留，对它有留恋的感觉，自然也是人情之常；所以惋惜一逝不返的童年，伤怀失去难再的青春，也是许多文学作品的好材料。不过迷恋过去是不好的，因为这样足以阻滞新生命的发展，也就是妨碍了下一个时期的生活。我觉得贺知章的一首《采莲曲》颇可以表现我的意思，现在读给诸位听听，就可以免得我说许多废话了：

稽山罢雾郁嵯峨，
镜水无风也自波。
莫言春度芳菲尽，
别有中流采芰荷。

岂但现时不久就要过去，衰亡也是很快就要来到的呵。无常之感所以也充满了古今中外的文学。人生确是无常的，不过人生的可爱处也多半就在这无常。许多人羡慕长生，自然我也不会有活厌烦的时候；不过仙丹到现在还没有结果，在我死前我也不想存很大的希望了。精神的衰亡，我总要尽力避免，到闭眼为止；不过总要有闭眼的时候，我想诸位大概也没有什么妙方。当然，要是有的话，我很乐于请教。那么，我们就假定衰亡是要到来的了。畏惧吗？不的。我并不是像圣保罗（St. Paul）一样，怀着到天国的希望，念念于不朽，所以敢向死亡挑战道：

Where is thy sting!
你的毒钩在哪里！

诸位知道，英国有一位顶健全、乐观的诗人勃朗宁（Robert Browning），他有这样几行诗：

I was ever a fighter, so-one fight more,
The best and the last!
I would hate that death bandaged my eyes, and forbore,
And bade me past.

我永远是一个战士，
所以再来打这最好最后的一仗！
我会厌恶死亡蒙闭我的双眼，
吩咐我爬过他的身前。

不过他的夫人死去不久，他是怀着在天国团圆的希望的。

我说不要害怕死亡，那原因还是在人间。若是我们果真各时期有了各时期的生活，我们就真没有白白过了一世。我们享受了我们的时光，应当将空间让给后来者了。我们的戏要有个收场，我们的梦要有个结束的时候。

英国另有一个诗人兰多（Savage Landor），我很欢喜他在一首短诗里所表现的，对于生和死所持的态度：

I strove with none, for none was worth my strife.
Nature I loved, and, next to
nature, art;
I warmed both hands before the fire of life;
It sinks, and I am ready to depart.
我不和人争斗，因为没有人值得我争斗。
我爱自然，其次我爱艺术；
我在生命的火前温暖我的双手；
一旦生命的火消沉，我愿悄然长逝。

以上是我觉得我们对人生应持的基本态度。进一步我再试谈一下，我觉得我们应当过怎样的生活。

我觉得我们的生活应当具备三个条件。第一个条件是“深”。我们知道，要想培植奇花异木，浅土薄沙是不行的。暖房养出来的花草因为得天不厚，所以特别容易枯谢。海水因为深，所以能掀起巨浪，而且在深处藏着珍珠。只在浮面上过生活的人固然吃不到什么酸苦，但也尝不到什么甘乐；在他们的口里，人生只是淡淡的，没有什么大不了的味道，眼泪固然不多，笑也是浮在脸皮上的。这些人根性薄，他们的根不在人间，我们就让他们飘空，不谈也罢。

要使生活深，我想第一不能敷衍。见面只谈谈“今天好大雾”或“昨夜月亮好”，“菜油五百一斤”或“黄金几万一两”，“张三下台”或“李四登场”——我想大概谈不到是什么深交。可是许多人所谓友谊，大概是不过如此。今天你请我吃一餐饭，明天我请你喝一回酒，也许是怪有趣的热闹生活，不过我不知道这人情有怎样的尝试，也许他们彼此心照吧。

这样的待人，我想是不够的；这样的接物，我想也不够。有些人只消几句话便露了底，因为他们原没有深；有些物一目了然，因为没有什么可以深究。但是这样的，我想是少数，也愿意是少数。想使生活不属于这少数，我们要处处不敷衍才办得到。人生中有许多宝藏，万物有许多的奥妙，只有向深处探讨的人才可以欣赏，可以发觉。这些可以增加我们自己生活的深，是用来观照我们自己生活的好材料。

我记得在一篇谈散步的文章里，有着这样意思的几句话：要认识、喜爱岩石，我们非紧紧蹲伏在上面不可；山上的树或草根，在我们攀山时帮助我们上去一次之后，我们对这样的植物便觉得亲切起来了。不将脚跟和手指钻进苔藓的陡岸的人，不知道水和日光会使它发出怎样奇妙的香味。这样的接物不是敷衍的，他的经验才深。

要使生活深，第二我觉得不能畏惧。我们的教育大体是以畏惧做基础的。孩子顽皮或夜哭，母亲总要说“麻胡子来了”一类的话。最近我还听到人用拍墙或装怪声做手段，骇孩子不哭。稍大怕鬼，再大怕人。总之，一怕百事大吉。罗素（Bertrand Russell）说西洋的男子存心将女子胆子教小，以保持他们优势的保护者的地位。我们倒是男女平等的。

其实，这也怕，那也怕，还活着干什么呢？你们看林间的果实，它们是怎样生长起来的！今天风吹，明天雨打，经不起的或者早早落地，或者中途发酸枯死，只有那些不怕风吹雨打的，最后才变甜成熟。躲躲闪闪，怕这怕那的人，最多不过成一颗酸果，早点落地，倒也好的。所以怕是要不得的。

有些人愿意生活中只有快乐，只有幸福，对于痛苦却畏如蛇蝎。这和天天只吃糖果过活的人一样，若是能活下去的话，牙齿要坏，胃口也不好。我是宁愿给蝎子咬一口的，而且我向诸位担保，这是并不恶的经验。蛇，有机会再尝试。除糖之外，用点酸辣咸苦做调味，用不着我奉劝，诸位已经在实行了。在生活中也要这样。不敢深味人间苦的人，也不能深味人间的快乐。人间苦是净化我们生活的火焰，想生活有尝试的人，不怕在火焰里燃烧！诗人勃朗宁说得好：

> Be our joys three-part pain!
> Strive, and hold cheap the strain.
> 让我们的快乐四分之三是痛苦，
> 努力吧，费劲也毫不在乎。

第二个条件是“广”。要想生活广，我觉得一个人必须有一种中心工作。这种中心工作，你可以终身从事。在准备的时期中，不要将自己限在太狭小的范围里面，要使自己知道的方面尽量得多。中国所谓先博后约，英文所谓 know something of everything before you know everything of something 都是这个意思。自然，这不是说乱糟糟杂凑一些知识。这样塞些不曾消化的材料算不了博，当然也谈不到约。光怀着图一时实用的目的求知识，也算不了最高意义的求知。想在工作上胜任愉快，往往需要许多表面毫不相关的知识。现今以学问做基础的工作都高度地专门化了，从事这种工作的人往往太缺乏常识，不能不说是一种缺陷。前些年有一个大学教授，对当时青年们讨论得很热闹的问题毫无所知，说是查遍《大英百科全书》，找不出一点影子，所以莫名其妙，大发了一阵牢骚，一时传为笑话。一两年前听说过一件故事：一位经济学专家听几个人谈到陶渊明不为五斗米折腰，他大为惊讶地说："当今居然有这样有气节的人呀！"你也可以说，这是对工作无用的知识，不知道并没有什么要紧。是的，倒没有听说过因此扣薪的事。不过，就是无实际用处的知识，也是越多越好。记得吉辛在他的《四季随笔》里说过，知道一种野花的名字以后，便觉得彼此亲切得多了。我常常叹息自己关于花鸟知道得太少，虽然我向来不教博物。

中心的工作是重要的，和中心工作有关无关、有用无用的知识也重要。多一点知识，就容易多一点愉快的经验，也就是生活广一点。我说到花和鸟，只是随便举一个例罢了。其实中心工作以外的兴趣，种类多得很，各人可就心爱的选择。这些兴趣也就是消遣，它们可以使人的身心得到舒散，得到休息。种类越多，生活的范围也就越广。自然不能喧宾夺主，以这些兴趣作主要的生活。

除了工作和工作以外的兴趣，我们要充分从我们的环境中，吸收可以增广生活的材料。第一我们要接触人。认识了解我们的同辈，以他们做借镜，可以增加我们生活多方面的知识和经验。圣慈伯里（Saintsbery）说，每一个人的生活无论怎样平庸，都有写成一本好书的材料。所以从人的观察和认识，我们可以有许多的珍贵收获。

第二我们要接近大自然。牛顿（Isaac Newton）看苹果落地而发现了地心吸力的故事，已经是人人周知的了。我们的诗人陶渊明和王维的田园诗，也几乎是家传户诵。对于科学家，对于诗人，大自然都开辟了一个新天地，他们的生活也就成正比例地增广。我们不能期望人人成科学家，成诗人，但是在我们的天赋和能力的范围之内，我们也未尝不可以得许多宝贵的经验；多一分经验，生活也就是增广了一分。有许多经验非亲自尝尝，不知道真味，而且虽经别人道破，我们仍然是隔膜。我们现在讲的是大自然，我就试举两个小小的例子。

王文海有句诗，“鸟鸣山更幽”，是传为佳句的。我原也喜欢这一句诗，但觉得亲切，却在身临其境之后。有一次下午，我在北碚一处山间散步，幽静极了，几乎针落地都可以听到。我静静地站着，突然听到一声鸟鸣，我便立刻记起这句诗。有一次就在我们学校后面的山谷里散步，一声鸟鸣打破了空谷的沉寂，我也有同样的感觉。这以后，“鸟鸣山更幽”不仅是传诵的佳句，却也成了我的一点很亲切的经验了。

离学校不远有一棵很大的桐树，多数同学大概是看到过的。有一天黄昏我去看桐花，时时有几朵花轻轻地飘落。苏轼的一首词里面有“落花寂寂”的句子，这时我才亲切地感觉到这意境。可惜我不是诗人，不能用文字将这时的情绪表达出来；不过这点小小的经验，我觉得是很可珍惜的。我们住在乡间，也许有人觉得是鄙陋，是苦事吧。但在能善于吸收环境中精华的人，类此或更好的经验可以常常有。这不能不说是一种广、一种丰富。

除了自然的环境之外，社会政治的事件中也尽有增广我们生活的材料。活在人间，闭眼无视社会的现象，那就同坐在井里一样，所看的天是不会大的。这样的生活谈不到广。你若有一点想象力，从报纸上的一条社会琐闻，也往往可以看到许多有深远意义的问题。例如，这几天的报纸登载一则教授失踪的新闻。诸位试想，大白天里，无鬼无妖，一个人会凭空无影无踪，岂不比一部侦探小说远有趣味吗？不过，多年前有些小孩子，因为读迷了“小人书”，竟结伴去寻仙求道，有的甚至于没有了下落。太注意侦探小说一样有趣的事件，诸位怕也会迷路，甚至“自行失足落水”，还不如闭起眼睛来福气福气吧。

附近有一个女子投水自杀，诸位大概是听说的。据说是情死。她所爱的男子被他姐姐阻止，不准和她结合。她没有家世，手边恐怕也没有金条，所以死去不多时，这场人间的悲剧也就随着流水过去了。这个近在眼前的例子，是不是很可以发我们的深思？

听说现今的青年们有很多“玫瑰色的梦”和“天鹅绒的悲哀”。这样的梦，我想大概很可爱。这样的悲哀一定又软又柔，不比糖果难吃，很好的。不过，不要忘记了，人生坐在天鹅绒上的时候少，坐在针毡上的时候多。避开现实，只坐在天鹅绒上的人，是经不起一针的怯弱者。爱玫瑰也不要忘了刺！不然刺一扎了手，便泪眼朦胧，连玫瑰也看不清楚了。

一个人若不自限在太小的范围之内，随处的风俗人情都可以供我们观照。现在快过年了，处处都可以看到用猪头祭祖。用三牲祭祀，本来是很普通的事了，似乎也没有什么可惊奇。不过，是怎样起源的呢？你从此可以追溯到野蛮人的人祭（human sacrifice），那就不是很平凡的事了。

从头我想到帽。现在有人遇到你们不脱帽，你们大概会怪他不敬吧。为什么呢？习惯。不错的。怎样来的习惯呢？却有一段有趣的历史。以前的贵人外出，是要有人打伞给遮住太阳的，这情形你们从中国的旧戏中还可以看得到；贫贱的人只合挨晒，不准享受这样的特权。以后伞变为帽，贫贱的人也可以戴了；但没有阔气惯，所以一遇贵人，仍然恭恭敬敬地脱去，表示不敢僭越的意思。渐渐脱帽就变成表示恭敬的礼貌了。

你们戴耳环、指环，觉得是很好的装饰。我们也非打起领带来不可。不过诸位要原谅我说实话，据说环是表示奴隶所有权的遗物。领带的祖先是贵族，据说是从武士甲胄上的护胸物变出来的。我们的装饰比你们高贵得多了。

尊重国旗，已经成为近代国家的普遍习惯了。这也有一段有趣的故事。胎儿降生的时候，胎衣和脐带一起脱离亲体。原始的人相信国王和他的胎衣是双生，在母体中有助他的生长，出了母体也还是暗中保护他的。所以埃及的国王出巡时，胎衣挂在旗杆上，脐带下垂着，有人举着在他跟前行走，作为一种保护。这渐渐演变为旗帜。近代的国旗便是从这里脱胎的。

在近代的学校里，球戏是很平常的了。据说这也起源于古埃及。在新王行加冕礼时，演一种生与死斗争的剧，故王的木乃伊代表死的方面。以后仅用木乃伊的头来代表，再以后又改为球形的东西代替了头。生与死争夺这球形的东西演变为各种近代的球戏。诸位玩球时，大概是没有想到的吧。

所以接触人，接近自然，留心社会政治事件，观察风俗人情，都可以增广我们的生活。

生活的第三个条件是“高”。我所谓高，是超出小我的意思。能使人超出小我，达到生活的高的，有几件事。第一是友谊和爱。真正的友谊是珍奇的，不会用敷衍和应酬得来。它可以教给你知道，不，教你感觉到慷慨、宽宏、同情、互助等等高贵的感情是怎样的。它可以使你对人生增加信心，感到人间的温暖；它是雨天的阳光，不幸时的鼓励和安慰。它可以培养你性灵中的善、的美、的真，并使你追求人生一切高尚的东西。知道友谊是什么的人，不会自私自利，因为友谊使他超出了自我的小范围。

我所说的爱是广义的，最有力的当然是父母对于子女，和两性之间的爱。讲起父母的爱，我想起一件小事，虽然近二十年以前了，印象还是很清楚。我在一个医院里，一位抱着刚生的婴儿的母亲，坐在手推的二轮车上从我的身边过去。她看着孩子微笑——我想这微笑足可以和蒙纳丽莎（Mona Liza）的微笑媲美。这是一秒钟就过去的事，但是在我却比许多国家国际的大事还不容易忘记。在这时刻，她是达到了生活的高了。

两性的爱是使人超出自我的最大的力量，我已经有机会和诸位略略谈过了。最近我们在班上读了一首勃朗宁夫人（Elizabeth Barrett Browning）的十四行诗，开首的四行是这样的：

How do I love thee? Let me count the ways.
I love thee to the depth and breadth and height
My soul can reach, when feeling out of sight
For the ends of Being and ideal Grace.
我怎样爱你吗？让我来计算我的爱法。
追求着宇宙的意义在无限中探寻，
那时我的灵魂所能达到的高、广、深，
我就以这样的程度爱你呀。

这样的境界有高，也有深。

我们的诗中，也不乏歌咏高深爱情的作品，我只从汉朝的《铙歌》中举一个例：

上邪，我欲与君相知，长命无绝衰。
山无陵，江水为竭，
冬雷震震，夏雨雪，
天地合，乃敢与君绝。

不幸在中国爱情被礼教摧毁，我们的诗歌也蒙受了无法估计的损失。

还有使我们超出小我，达到生活的高的，便是理想和真理的追求。诸位知道希腊有关于普罗米修斯（Prometheus）的神话，说他从天上偷火到人间，促使了人类，大神宙斯（Zues）因此严惩他，可是他始终绝不屈服。这种崇高的境界，历史上许多为真理而献身舍命的人，都是达到了的。他们所拿的火种，无论是火柱、断头台、电椅、西伯利亚，或大刀，都扑灭不了。匈牙利爱国诗人裴多菲有这样一首诗：

生命诚可贵，
爱情价更高；
若为自由故，
二者皆可抛！

所写的也就是这样崇高境界。

鲁迅在《中国人失掉自信力了吗》这篇文章中，赞为“中国的脊梁”的那些历史上的和当代的有名无名的人物，也为万世所景仰。我们要向这样的崇高攀登！

孔子说：“未知生，焉知死！”我却将他的意思转变一点说：“未知死，焉知生！”

最后，我觉得宗教的感情也可以使我们达到生活的高。我不是说的有任何仪式外表的宗教，而且我的意思并不和我开头所说的基本观点冲突。我觉得英国的思想家霭理斯将宗教的感情解释得最好。他说忘记了狭小的自我界限，觉得灵魂扩大了，便是宗教。仰视疏星朗月的天空，瞭望白浪滔天的海洋、一泻百丈的瀑布，或蜿蜒千里的江河，觉得灵魂和大自然一致了，我想就是这样的境界吧。

我们在世间的生活总难免有重重的躯壳，只有友谊、爱情、理想和真理，可以帮助我们将这些躯壳打破。要想我们的生活达到崇高的境界，重重的躯壳非打破不可。

生活有了高，有了广，有了深，才可以说是充实。只有充实的生活才可以消除因空虚而引起的嫉妒和恶意。所以我们要想建起地上的乐园，必须拿有高、有广、有深的生活做基石。

有人将人生比作古希腊的火炬竞走，是颇有意味的比喻。我们从黑暗中来，一闪就回到黑暗中去。我们的责任是从以前的人接过火炬，再将它传给后来者。使火炬不熄灭，或更进一步增加它的光，便是人生的意义和价值。

“严父慈母”的新估价[①]

1945 年 12 月 14 日

自治会请我向诸位同学说几句话，大概是因为我好说话、饶舌，所以在全校罢课，各位先生都闭口的时候，还要我献一回丑。不然就是因为我好说话，在大家没有好功课可听，需要一点余兴的时候，我总不会扫大家兴，板起脸来，说一声“决议罢讲”。再不然，就是因为我爱说好话，曾经祝诸位“花好月圆”，而且招待过两次新女婿了。因为我说话好，我知道是绝不会的，所以置之不论。若是为了其他三个原因，我可以说都是错误的。第一我好说话。我在北碚一年，有人说没有听过我一连说三句话，是真的。好说话也不尽然，我在这里的口碑，诸位大体知道：坏脾气，不好说话的。说好话吗？也未必。今晚我所要说的便是坏话多。

诸位看这一点小事，你们就闹得错误百出——我是按一个人犯一个错，以一乘百计算的——所以关于其他的事，我奉劝还是多思考一番的好，不要觉得太有把握。什么样算是小气，算是褊狭呢？人云亦云，凭了不过半打的成见过生活，便是小气，便是褊狭。什么算是大方，算是

① 本文是李霁野在四川白沙国立女子师范学院的演讲。

宽容呢？持开明的态度，求了解不同的观点，时时将自己的意见加一番新估价，开一点新天地，便是大方，便是宽容。专门教育家的高见怎样，我不大知道，就我素人的眼光看，教育的功用应该就是养成这样的态度。

思想像衣服一样，会旧会破，会不合时，所以有时需要改做，有时需要弃置。受大学教育，将来又要负教育责任的人，不能只做估衣商，时常要去布店，动动剪刀的。讲起衣服的比喻，我觉得“严父慈母”的观点，真是一件古老的旧衣，开头就裁得不成样，现在实在有改做的必要了。这件衣服，我们在或长或短的时间中都曾穿过的，诸位可以自问一下，现在是否还在穿着。不多天前，一位母亲被六七岁的孩子无理性地纠缠不休，我适逢从旁边过，她笑一笑说：“严父慈母，不好做……”我只好唯唯诺诺，加快脚步，我心里可是怪难过的，因为她有做好母亲的材料。诸位只要不闭着眼，这样的母亲是随处可以看到的。这是我想起说这个题目的最近原因。至于这个问题在我的心里存在，恐怕总有三十年了。我曾经看过不少被“严父”或“慈母”牺牲的孩子。因为“严父”的观念作祟，有些家庭简直冷如冰窖，试问在没有温情的环境中，孩子怎能生长好？所谓“慈母”，却又一反父亲的态度，而且因为是一种大家推崇的反动，势必过火到有害的地步。于是孩子在这一冷一热中，仿佛害着恶性疟疾一样，只有丧心病狂的人，才会说这样的儿童是幸福。

本来父母之道千头万绪，我是不配谈的。我不过就所知道、所想到的一点，讲给诸位做参考。我说“严父慈母”的观念，是开头就裁得不成样的衣服，我可以引一段书，表明这并不是新异得了不得的思想，非以“过激目不可”。俞正燮在他的《癸巳存稿》卷四中，有一则《严父母义》，这样说：

> 慈者，父母之道也。《大学》云：“为人父，止于慈。”

《礼运》云："父慈子孝人之义也。父子笃，家之肥也。"《左传》晏子云："父慈子孝，礼也。父慈而教，子孝而箴，礼之善物也。"……《孝经》云："孝莫大于严父。……"又云："以养父母日严。"又云："祭时致其严。"皆谓子严其父母也。《表记》云："母亲而不尊，父严而不亲。"此汉儒失言，于母则违严君父母及养父母日严之训，于父则违慈孝之谊，由误以古言严父为父自严恶，不知古人言严，皆谓敬之，《易》与《孝经》皆然。……

这段文章我觉得说得很好。从这我们可以看出，"严父"原是敬父的意思，并不要父亲做铁面的包公，或无情的阎罗王。父亲也是要和颜悦色，有情有理，才可以得到儿女真心的爱。"父慈子孝"原是很自然的。

中国关于父子的观念，有两个大错误，其一是父亲要有威严，所以处处要儿女畏如神明。其实用畏惧作基础，连权威也只是维持一点表面，爱是很难存在的。第二要儿女尽孝道。这简直是放债讨债，哪里谈得到什么天伦之乐。当作应尽的义务，孝是没有许多人实行的；就是实行的少数人，也往往不真不深，敷衍敷衍面子。建立在人情上的父子之爱，却就不同了。这种爱的关系是人生的一大幸福。

我说在错误的"严父"观念中没有真孝，至少很少有真孝，诸位中也许有人以为我的说法偏激、错误。其实这话再平庸不过了。我是向无高见的人，只用常识的眼光来看世事。今天早晨一个朋友告诉我，一个教育视察员从某地回来，发表谈话说，一切平静，并无学潮。这不是和"此地并无黄金三百两"一样吗？二十几年前，我的一位体育先生告诉我说，若是觉得身体的某一部分存在，便是某一部分有了问题了，在健康的情况下觉不到存在，我一直觉得这话很有道理。道学家宣传孝道越厉害，每有一点荒谬的孝行，例如割股，无害的孝行，例如怀橘，便大加宣扬，便是证明孝行是何等珍奇，何等少。很流行的二十四孝图，诸位大概是都看过的，卧冰求鲤、饱喂蚊虫，不知诸位怎么样，我可办不到。这热心的宣传，我以为就是“并无学潮”式的谈话，表明要提倡的孝行，已经有了问题。自然的慈孝关系，像健康的身体一样，是不觉的，根据我所指出的那两种错误观念，可就建不起这样关系来。诸位想想，怀个把橘子老人家吃，还要被宣扬一番，人情岂不就淡薄得可以了吗？可是在父必严、子必孝的家庭中，这已经可以传为美谈了。

所以说父亲应当严厉是错误的，我们不能恭维“严父”。这样的父亲得不到子女的爱，他们的关系往往像路人一样隔膜。这是彼此剥夺整个幸福。子女从家庭中所得到的潜移默化的影响，比学校所能给予的还要重要，在这方面，做父亲的也应该担当一部分的工作。没有亲切和睦的关系，这种影响不会深入，所以就教育的意义说，严父已经将这种资格失掉了。

现在这种情形幸而好多了。若是诸位有怀橘的孝行，学校便发给一个奖状，大家一定要吃惊发笑。和情理的增加成正比，孝的标准也提高了。在受过新式教育的人中，“严父”的数目减少，不过有不少又变成了“慈母”，走到另外一个极端来了。

我们就放下老太爷不提，再来谈谈“慈母”。对于子女，母亲还要更重要，所以我的话也略多一点。我说我们应当将一向“慈母”的观念重新估价，不是主张像对待“严”一样，将“慈”也取消，绝不是。我以为慈爱对于孩子不仅好，而且是绝对的必要。我是要将“慈母”的观念弄清楚，并就现在的科学研究所给我们的指示，略说一说怎样的人才配得到我们的尊敬，才能做新时代的慈母。母亲的责任是重大的、神圣的，不能苟且从事。所以我们第一要将错误的观念铲除。

一向所谓慈，十分之九是超出了合理的爱，对儿童姑息的意思。爱是好的，姑息却是绝对的恶。惯坏的孩子还不如早死了父母幸福。我不是愿意说过火的话，因为受了过分姑息的孩子，在人的关系上很难适应，在任何环境中不仅自己不快乐，也往往将不幸加在别人身上。这样的孩子容易神经过敏，觉得人情冷淡，世俗刻薄，不如意的地方特别多。性情软的处处觉得受人气，性情强的处处给气别人受。一个朋友说我下不了地狱，可也上不了天国。要是人间充满了姑息坏了的孩子，教我怎样办呢？所以我将这个问题看得很严重。

现在我再来用点具体的事说明我的意思。以前多半因为人觉得婴儿期没有什么教育的重要，所以对它忽略。婴儿既然不懂什么理性，一切只好随着他。小猫似的闭着眼，哭起来是怪有点可怜的，女子的心肠又慈悲，再加上没有正确的知识，开始就走上姑息的路，几乎是无可避免。现在我们知道，婴儿期是最重要的，教育从降生的第一天便开始。婴儿期的教育便可以决定他的一生。在许多事情上，第一步都是至关重要。教育婴儿的第一步，是建立良好的习惯。

最初要养成的习惯是规律地食与睡。按时哺乳已经是现代育婴学第一个基本通则，可是在中国，不遵行的有百分之九十九。不仅对于婴儿柔嫩的肠胃有必要，对于养成其他习惯也是必备的基础。母亲是否要犯姑息的错误，这也是最好的试金石，抵抗号哭着要奶吃的婴儿，一个母亲需要很大的勇气。不过，天下的慈母们最好记住，往往在她们认为无关紧要的行为上，她们便播下了不幸的种子。再说奶质好，有了专门大夫指定的食物，健康的孩子在睡眠中也微笑，世间若有比花更美的东西，便是这样的微笑。哭的时候自然也有，若不是因为身体的苦痛，对于他只有好处；哭是肺部的运动，稍带也运动他的腿和胳膊，在他的生长上很有必要。较大孩子的夜哭，若不是由于习惯坏，自然应当请教医生。婴儿吃过便睡，渐大，醒的时候渐多，用摇篮和催眠歌曲原是中外同样的，现在这种办法已经被人家排弃了，不过我们大多数人还在用，这是不正当的办法。从最初起，就应当使睡眠成为当然的事，不需要任何的帮助，这个习惯的养成看来很简单其实也需要很大的耐心和勇气。若是有一日姑息，唱一个小歌，第二日也许就要有摇床，第三回也许要开灯看着你唱和摇，以致睡眠成了顶麻烦、苦恼的事情。我就知道有好些个孩子，非父母轮流抱着在屋里走不肯睡觉，使大人、小孩的健康都受损，母亲不累死就算是幸事。这样的婴儿要求的注意越来越多，终于成了家庭的霸主，事事非听他不可。光只给父母添点麻烦倒也罢了，不过害处绝不止此。这样的孩子最容易自私，不体贴别人，要在以后的生活上克服这种性格上的弱点，他不知道要吃多少苦，何况克服不了的时候很多。

这点点道理自然很简单，可是受过很好教育的母亲也常常以为没有什么必要。她们只知道孩子在一天有些时候特别不乖，想尽种种的方法仍然无效，有时不免伤心流泪，以为孩子天生来得不好；脾气差点的，口头唠唠叨叨，讲些孩子全不理会的道理，不听话的习惯就慢慢养成了；脾气坏的就动手打，因此毁灭了儿童的自尊心，亲切的关系破坏，母亲能够教育子女的力量便这样断送了。原因很简单：孩子不是因为不能按时有食物，饿了，便是因为不能按时睡觉，累了。近代的研究指明，问题的儿童多半是因为营养不足或不当的缘故，睡眠和食物有分不开的关系，也是健康的要素。因为小慈悲或懒惰或无知，对于孩子这两方面姑息的，都是最大的残酷。自私，不听从合理的指导，没有自尊心，都是性格上很大的弱点。这些弱点都是老牌的“慈母”送给她们孩子的“恩物”。

还有养成姑息习惯的时候，便是孩子生了病。其实，食眠的习惯比健康对于他还要重要。除了医生指定的改变之外，原有的规律，应当更严格地遵守。在这时表示过分的爱和因爱而起的焦虑是常见的现象，最好极力加以约束，不要一时摸摸头，一时摸摸手，一会儿吻吻，一会儿抱抱，影响他的静睡。集中一切使他健康恢复，不要在病中养成他过于自怜的感觉。这种感觉对于他的身心都不好。

和病有关的就是伤。跌倒流血在孩子原是常有的事。若是发生了，安安静静地敷点必要的药，重要的找医生，不要慌慌乱乱、小题大做。

对于意外的应付，在孩子是一种很好的训练，不要将懦怯和畏惧在这时候向他心里灌注。自然，应当避免的危险，是要替他或教他避免的。

对于自己的孩子们有偏爱，爱自己的孩子胜过爱别人的孩子，大概是很难避免的。往往有很明达的父母偏爱最长或最幼的孩子，将他惯坏了，引起兄弟姊妹的不和。我们那里的土话称最小的孩子为“老憨”，成问题的儿童特别多，和独生子女一样，那原因也不外乎姑息。和别人的孩子相处，因姑息而徧袒自己的孩子，已经普遍到几乎被人认为美德。情人的眼里既然出西施，母亲的眼里自然也出天使。不过，做母亲的人最好记住：天使堕落为魔鬼是以前有过的事，以后也还会有，全要看母亲对他们持个怎样的态度。受姑息过的孩子，在其他孩子中不是破坏团体，欺负弱小的孩子，便是跑着回去找妈妈哭喊告状，是最没有出息的。他们的母亲往往也最多是非，爱明争和暗斗，教不好孩子的。

小孩子是需要伴侣的，他们自有他们的正义，也有应付的方法，用不着大人操心的。不多时前两个母亲为孩子大起口角，一家关起门来不让一家孩子进，这家的母亲就滔滔不休，大给自己的孩子仗义。有仗义的母亲的孩子动不动就是哭，我想是未必幸福的，我若是母亲，我宁愿他多挨别的孩子几次打，学着少哭，以至于不哭。

在偏爱一个孩子的母亲，和对别的孩子偏袒自己孩子的母亲，一定自以为慈吧。其实，她们最残酷，因为她们使孩子成为嫉妒、愤恨的对象，孩子从姑息的爱所得的，远不如他失去的多。不能和同辈适应的孩子以后在生活上所会遇到的困难和失败，我们是可以预料到的。世间不和谐的现象之普遍，我想这也该是一个重要的原因吧。

因为同伴是重要的，使孩子得到同伴的环境，所以也非注意不可。孟母三迁的故事是大家都知道的，这样的好例子，做母亲的应当学习。曾有一个时期，因为遗传过分被重视，很有人以为天性可以决定一切；现在我们承认环境占着同样的重要。将儿童放在良好的环境中，使他们有自己的生活，使他们从同辈学习团体生活所必具备的美德，比姑息偏爱，唯恐他们吃亏，处处加以保护，不知要好多少。同辈叫一声“不和你玩了”，是一种有力的、有益的制裁，许多母亲竟不知利用，在孩子哭着回来的时候，却安慰他，说别的孩子这不好、那不好。这样培养不成他们的是非观念，往往以非为是。这样护自己孩子的短，只足以使他们迁怒别人，变成令人厌恶的性格。

说到迁怒，有一样常见的错误，我也顺便提到。假如孩子碰了桌子，跌了一跤，做母亲的往往打打桌子，跺跺地，口里念念有词，说：“你不好，打你；你不好，跺你。”这样的母亲真慈得可以了。可是她没有想到，她慈得过分，孩子在应有的慈善性上便不免要有欠缺，习惯过深，这样的孩子往往容易为幻想损害，对他人施用残酷。

我以上总说做母亲的往往“慈”得过火，其实还是太客气的说法，因为对于 ladies，我一向总是客气的。现在我要不客气一下了。有一句悲愤语，诸位大概都是听过多次的了：“自由，自由！多少罪恶假借你的名义行事！”我现在要模仿这句话说：“慈母，慈母，多少罪恶假借你的名义行事！”

做母亲的应当记住，小孩有他们自己的人格、自己的生活，母亲的责任是要教养他们慢慢独立起来，不应使他们总成为自己的附属物。从减少不必要的过分照料起，如教他们自己穿袜鞋、扣衣扣、洗脸刷牙，到能离开母亲，自己生活。说起来怪简单的，可是许多母亲先拿孩子做玩物，姑息着，总当他永远是孩子，觉得长大就没有趣味了。日子久了，这样的孩子就成了废物。诸位要睁开眼睛看看，会发现这样的大孩子惊人得多。这样姑息地爱着孩子的母亲，无形间就慢慢发生了占有心，嫉妒也就随着来了。婆媳的往往有仇，原因大半在这里。

我们那里有两句谚语：“山喜鹊，尾巴长，娶了媳妇忘了娘。”是以孝的名义责骂成婚的儿子忘恩的。其实明达的母亲应当知道，儿子爱媳妇胜过爱母亲，才是近情近理呢。罗素说，慷慨有时是变形的自私。过度慷慨的母爱，往往是遮掩起来的自私，我们不要受蒙蔽，盲目崇拜。

我说感情成为极端，会酿成很大的不幸，并不是凭空说话。事实是很有的。有一对夫妻，感情很好的，丈夫是独生子，很为母亲所宠爱，但妻子却为她所不容，终于离了婚。丈夫后来发了神经病。我想诸位也许知道这样的例子，不过有别样的解释、别样的看法。

我的话说得已经够多了，其实意思是很简单、很平庸的。我只是说明严父的观念是一种错误，父亲同子女保持和爱的关系，才可以在教育子女上发生良好的影响，彼此享受人生的一大幸福。母亲在教育子女上更占重要，一向的慈多半是姑息，对于孩子身心的发展都有很大的害处，是应当铲除的。这样姑息的母亲，不配得到“慈母”的荣耀。现代的慈母，要有丰富的生理学、心理学、医学、食物等的常识。她要有耐心，有勇气，以合情合理的态度，应付解决儿童的问题。她的爱是深的，但不仅是生物本有的爱，却是经过了科学的洗礼，有适当的知识和技术加以辅助。她不期望子女尽孝报恩，但是她所能得到的子女的爱，是传统的孝子、孝女做梦也想不到的。她在子女成人时，觉得完成了一件崇高的工作，这便是她所希望的最高的报酬了。这是新时代所需要的慈母，她才配得到我们最高的崇敬。

张荫麟

(1905—1942)

生平简介

张荫麟（1905—1942），无字，号素痴，广东东莞人。学者、历史学家。幼时其母过世，父亲严格教授国学。1922 年毕业于广东省立第二中学。十七岁时发表《老子生后孔子百余年之说质疑》，指出梁启超的考证错误，梁启超称之为“天才”。1929 年清华大学毕业后赴美，在斯坦福大学学哲学。历任清华大学、浙江大学、西南联合大学教授。1937 年受中研院史语所所长傅斯年之托，撰成《中国史纲》。陈寅恪誉他为“清华近年学生品学俱佳者中之第一人”。1937 年卢沟桥事变发生后，只身南下，应浙江大学所聘，在西天目山禅源寺为新生讲中国通史课，不久辗转南迁，返回东莞。1938 年赴昆明西南联合大学任教。1940 年浙江大学迁至贵州遵义，任浙江大学国史教授兼史地研究所史学组主任导师。1942 年因肾炎病逝于遵义，病危时犹诵庄子《秋水》篇。一生治学格言，是“为学贵自辟，莫依门户侧”。

论中西文化的差异

1942 年

文化是一发展的历程，它的个性表现在它的全部发生史里。所以比较两个文化，应当就是比较两个文化的发生史。仅止一小时代、一阶段的枝节的比较，是不能显出两文化的根本差异的。假如在两方面所摘取的时代不相照应，譬如以中国的先秦与西方的中古相比，或以西方的中古与中国的近代相比，而以为所得的结果，就是中西文化的根本异同，那更会差以毫厘，谬以千里了。

寻求中西文化的根本差异，就是寻求贯彻于两方的历史中的若干特性。唯有这种特性，才能满意地解释两方目前之显著的、外表的而为以前所无的差异。若只注意两方在近今一时代之空前的差异，而认为两方的根本差异即在于此，一若他们在近今一时代之空前的差异是突然而来，前无所承的，在稍有历史眼光的人看来，那真是咄咄怪事了！

近代中西在文化上空前的大差异，如实验科学、生产革命、世界市场、议会政治等等之有无，绝不是偶然而有、突然而生的。无论在价值意识上，在社会组织上，或在社会生存上，至少自周秦、希腊以来，两方都有贯彻古今的根本差异，虽然这些差异在不同的时代，有强有弱，有显有隐。这三方面的差异互相纠结，互相助长，以造成现今这三方面的发生史上的差异。下文以次述之。

一

凡人类正德、利用、厚生的活动，或作为正德、利用、厚生的手段的活动，可称为实际的活动。凡智力的、想象的或感觉的活动，本身非正德、利用、厚生之事，而以本身为目的，不被视作达到任何目的之手段者，可称为纯粹的活动。凡实际的活动所追求的价值，可称为实践的价值。凡纯粹的活动所追求的价值，可称为观见的价值。过去中西文化的一个根本差异是：中国人对实际的活动的兴趣，远在其对纯粹的活动的兴趣之上。在中国人的价值意识里，实践的价值，压倒了观见的价值；实践的价值，几乎就是价值的全部。观见的价值简直是卑卑不足道的。反之，西方人对纯粹的活动，至少与对实际的活动有同等的兴趣。在西方人的价值意识里，观见的价值，若不是高出乎实践价值之上，至少也与实践的价值有同等的地位。这一点中西文化的差异，以前也有人局部地见到。例如在抗战前数年时，柳诒徵先生于《中国文化西被之商榷》一文里曾说：

> 吾国文化，唯在人伦道德，其他皆此中心之附属物。训诂，训诂此也。考据，考据此也。金石所载，载此也。词章所言，言此也。亘古亘今，书籍碑版，汗牛充栋，要其大端，不能悖是。

又说：

> 由此而观吾国之文学，其根本无往不同。无论李杜、元白、韩柳、欧苏、辛稼轩、姜白石、关汉卿、王实甫、施耐

庵、吴敬梓，其作品之精神面目虽无一人相似，然其所以为文学之中心者，君臣、父子、夫妇、兄弟、朋友之伦理也。

柳先生认为中国人把道德的价值，放在其他一切价值之上，同时也即认为西方人没有把道德的价值，放在其他一切价值之上，这是不错的。不过，我以为这还不能详尽地、普遍地说明中西人在价值意识上的差异。在上文所提出的价值的二分法当中，所谓实践的价值，包括道德的价值，而不限于道德的价值。唯有从这二分法去看中西人在价值意识上的畸轻畸重，才能赅括无遗地把他们这方面的差异放在明显的对照里。

说中国人比较地重视道德价值，稍读儒家的代表著作的人都可以首肯。但说中国人也比较地重视其他实践的价值，如利用、厚生等类行为所具有的，许多人会发生怀疑。近二三百年来，西方人在利用、厚生的事业上惊心炫目的成就，使得许多中国人，在自惭形秽之下，认定西方文明本质上是功利（此指社会的功利，非个人的功利。下同）主义的文明，而中国人在这类事业的落后，是由于中国人一向不重功利。这是大错特错的。正唯西方人不把实际的活动放在纯粹的活动之上，所以西方人能有更大的功利的成就；正唯中国人让纯粹的活动，被迫压在实际的活动之下，所以中国人不能有更大的功利的成就。这个似是自相矛盾而实非矛盾的道理，下文将有解说。

《左传》里说，古有三不朽：太上立德，其次立功，其次立言。这是中国人的价值意识的宣言。历来中国代表正统的思想家，对这宣言没有不接受的。许多人都能从这宣言认取道德价值在中国人的价值意识中的地位。但我们要更进一步注意，这仅止三种被认为值得永久崇拜的事业，都是实际的活动，而不是纯粹的活动；这三种头等的价值，都是实践的价值，而不是观见的价值。所谓德，不用说了。所谓功，即是惠及于民，或有裨于厚生、利用的事。所谓言，不是什么广见闻、悦观听的言，而是载道的言，是关于人生的教训。所以孔子说："有德者必有言。"

亚里士多德的《尼哥麦其亚伦理学》①，其在西洋思想史中的地位，仿佛我国的《大学》《中庸》。《伦理学》和《大学》都讲到至善。我们试拿两书中所讲的至善做一比较，是极饶兴趣的事。

亚里士多德认为至善的活动，是无所为而为的真理的观念，至善的生活，是无所为而为的观见真理的生活。《大学》所谓"止于至善"，则是"为人君止于仁，为人臣止于敬，为人子止于孝，为人父止于慈，与国人交止于信"。这差别还不够明显吗？

中国人说"好德如好色"，而绝不说爱智、爱天；西方人说爱智、爱天，而绝不说"好德如好色"。固然中国人也讲"格物致知"，但那只被当着正心、诚意、修身、齐家、治国、平天下的手段，而不被当作究竟的目的。而且这里所谓知，无论照程朱的解释，或照王阳明的解释，都是指德性之知，而不是指经验之知。

王阳明的解释不用说了。程伊川说："知者吾所固有，然不致则无从得之，而致知必有道，故曰致知在格物。"又说："闻见之知，非德性之知，物交物则知之，非内也。今之所谓博物多能者是也。德性之知，不假见闻。""致知"所致之知，为"吾所固有"，即由内，而"不假见闻"，即德性之知也。朱子讲致知，是"窃取程子之意"的，其所谓"知吾之知"，当然是致"吾所固有"之知了。实践价值的侧重在宋明的道学里更变本加厉。在道学家看来，凡与修身、齐家、治国、平天下无明显关系的事，都属于玩物丧志之列。"学如元凯方成癖，文至相如始类俳。独立孔门无一事，却师颜氏得心斋！"这是道学家爱诵的名句。为道学家典型的程伊川，有人请他去喝茶看画，他板起面孔回答

① 亚里士多德，古希腊哲学家，其《伦理学》是由其儿子尼哥麦其亚编纂的，故名《尼哥麦其亚伦理学》，通译《尼各马可伦理学》(*Nikomachea Ethika*)。

道："我不喝茶，也不看画！"

我不知道有什么事实可以解释这价值意识上的差异。我们也很难想象，这差异是一孤立的表象，对文化的其他方面不发生影响。这价值意识上的差异的具体表现之一，是纯粹科学在西方形成甚早，而在中国受西方影响之前，始终未曾出现。我们有占星术及历法，却没有天文学；我们有测量面积和体积的方法，却没有几何学；我们有名家，却没有系统的论理学；我们有章句之学，却没有文法学。这种差异，绝不是近代始然，远在周秦、希腊时代已昭彰可见了。

纯粹科学，是应用科学的必要条件。没有发达的纯粹科学，也绝不会有高明的、实用的发明。凡比较复杂的、实用的发明，都是（或包含有）许多本来无实用的发现或发明的综合或改进。若对于无实用的真理不感兴趣，则有实用的发明便少所取材了。这个道理，一直到现在，我国有些主持文化学术或教育事业的人，还不能深切体认到。传统的价值意识囿人之深，于此可见了。

观见价值的忽略、纯粹科学的缺乏，这是我国历史上缺少一个产业革命时代的主因之一。

有人说：中国的音乐是抒情诗式的，西洋的音乐是史诗式的。不独在中西的音乐上是这样，在中西全部艺术上的成就也大致是这样。想象方面的比较缺乏史诗式的艺术，与智力方面的缺乏纯粹科学，是相应的。史诗式的艺术和纯粹科学，同样表示精细的组织、崇闳的结构，表示力量的集中、态度的严肃，表示对纯粹活动的兴趣，和对观见的价值的重视。

二

其次，从社会组织上看中西文化之发生史的差异。就家族在社会组织中的地位，以及个人对家族的权利和义务而论，西方自希腊时代已和中国不同。法国史家古郎士说："以古代法律极严格论，儿子不能与其父之家分离，亦即服从其父，在其父生时，彼永为不成年者……雅典早已不行这种子永从其父之法。"又斯巴达在伯罗奔尼撒战役以后，已通行遗嘱法，使财产的支配权完全归于个人而不属于家属。基督教更增加个人对家族的解放。在基督教的势力下，宗教的义务，是远超过家族的要求；教会的凝聚力，是以家庭的凝聚力为牺牲的。《新约》里有两段文字，其所表现的伦理观念，与中国传统的伦理观念相悖之甚，使得现今通行的汉译本不得不大加修改。其一段记载耶稣说：

> 假若任何人到我这里来，而不憎恶他的父母、妻子、儿女、兄弟和姊妹，甚至一己的生命，他就不能做我的门徒。

另一段记载耶稣说：

> 我来并不是使世界安宁的，而是使它纷扰的。因为我来了，将使儿子与他的父亲不和，女儿与她的母亲不和，媳妇与她的婆婆不和。(两段并用韩亦琦君新译)

基督教和佛教都是家族组织的敌人。基督教之流布于欧洲与佛教之流布于中国约略同时，然基督教能抓住西方人的灵魂，而佛教始终未能深入中国人的心坎者，以家族组织在西方本来不如在中国之严固，所谓物必先腐，然后虫生之也。墨家学说的社会的含义和基督教的大致相同。而墨家学说只是昙花一现，其经典甚至成了后来考据家聚讼的一大问题，这也是中国历来家族组织严固的一征。基督教一千数百年的训练，使得牺牲家族的小群而尽忠于超越家族的大群的要求，成了西方一般人日常呼吸的道德空气。后来基督教的势力虽为别的超家族的大群（国家）所受而代，但那种尽忠于超家族的大群的道德空气是不变的。那种道德空气是近代西方一切超家族的大群，从股份公司到政治机构的一大巩固力，而为中国人过去所比较欠缺。

我不是说过去中国人的社会思想一概是家族至上。儒家也教人忠孝两全，教人“移孝作忠”，教人“战阵无勇非孝也”，教人虽童子“能执干戈以卫社稷，可无殇”。孔子亦曾因为陈国的人民不能保卫国家，反为敌国奴役，便过陈不入。有些人以为过去儒家所教的忠，只是“食君家之禄者，忠君家之事”的意思，那是绝对错误的。不过中国人到底还有调和忠孝的问题，而西方至少自中世迄今，则不大感觉到。在能够上达的人看来，忠孝两全诚然是最崇高的理想，但在大多数只能下达的人看来，既要他们孝，又要他们忠，则不免使他们感觉得“两姑之间难为妇”了。

而且，对于一般人，毕竟家近而国远，孝（此处所谓孝就广义言，谓忠于家族）易而忠难。一般人循其自然的趋向，当然弃难趋易了。就过去中国社会组织所表现于一般中国人心中的道德意识而言，确有这种情形。而这种情形在西方至少是比较轻浅的。像《孟子》书中所载“舜为天子，皋陶为士，瞽叟杀人，则如之何”的疑问，和孟子所提出舜“窃负而逃，遵海滨而处”的回答，是任何能做伦理反省的时代的西方人所不能想象的。许多近代超家族的政治或经济组织，虽然从西方移植过来，但很难走上轨道，甚至使人有“橘逾淮而为枳”之感者，绝对尽忠于超家族的大群的道德空气之缺乏是一大原因。

三

再次，就社会的生存上看，过去中国的文化始终是内陆的农业的文化。而西方文化，自其导源便和洋海结不解的关系。腓尼基、克列特，不用说了，希腊、罗马的繁荣是以海外贸易、海外掠夺和海外殖民做基础的。在中世纪，海外贸易的经营仍保存于东罗马帝国，而移于波斯人和阿拉伯人之手。文艺复兴的时代，同时也是西南欧海外贸易复兴和市府复活的时代。从 12 世纪西南欧的准市府的经济，到现代西方海洋帝国主义的经济，是一继续的发展，是一由量的增加而到质的转变的历程。这历程和希腊、罗马的海外开拓是一脉相承的。而海外开拓的传统是中国历史上所没有的。

这点差异从两方的文学也可看出。西方之有荷马和桓吉尔的史诗，好比中国有《诗经》和《楚辞》。荷马和桓吉尔的史诗，纯以海外的冒险的生活为题材，他们的英雄都是在风涛中锻炼成的人物。而在《诗经》和《楚辞》中，除了“朝宗于海”“指西海以为期”一类与航海生活无关的话外，竟找不出一个“海”字。近三四百年来，像克茫士[①]、康拉德（英小说家，专编海上生活）之徒在西方指不胜屈，而中国则绝无之。中国唯一与航海有关的小说《镜花缘》，其海外的部分却是取材于《山海经》的。

我不是一味讴歌洋海的文化而诅咒内陆的文化。二者各有其利弊。孔子说：“智者乐水，仁者乐山。智者动，仁者静。”我们也可以说：洋海的文化乐水，内陆的文化乐山；洋海的文化动，内陆的文化静。而且我们也可以更进一步说：洋海的文化恰如智者，尚知；内陆的文化恰如仁者，尚德。洋海的文化动，所以西方的历史比较的波澜壮阔，掀扬社会基础的急剧革命频见迭起。内陆的文化静，所以中国历史比较平淡舒徐，其中所有社会的大变迁都是潜移默运于不知不觉，而予人以二千

① 克茫士，今译卡蒙斯，其叙事诗《葡萄牙人》以达·伽马的航海故事为题材。但在达·伽马之前，航海家迪亚士已经到过好望角。

多年停滞不进的影像。洋海的变化乐水，所以西方历史上许多庞大的政治建筑都是“其兴起也勃焉，其没落也忽焉”，恰如潮汐；而中国则数千年来屹立如山。（第一次世界大战后，希特勒汲汲经营陆军，图霸欧陆，而不甚着意海军，以图收复殖民地，他未必不是有见于此理。）这差别固然有其地理环境的因素，但地理环境所助成的文化发生史上的差异，研究比较文化的人不容忽视。

海外开拓是产生资本主义的一大原动力，虽然资本主义的发达也增加了海外开拓的需要。一般仅止根据《共产党宣言》去讲唯物史观的人，以为照马克思的说法，欧洲资本主义的社会是蒸汽机的发明所造成的（所谓生产工具决定生产关系）。其实，马克思晚年在《资本论》里已经放弃这种说法。近年讲马克思主义的人，绝不提到《资本论》里对资本主义起源的更逼真的解释，我觉得是很可诧异的。在《资本论》里，马克思把资本主义分为两个时期：

一、手工制造时期；

二、机械制造时期。

照定义，在资本主义的手工制造时期，蒸汽机还没有出现，怎么说蒸汽机的发明，造成资本主义的社会呢？马克思以他所目击的英国为例，资本主义发生的先决条件是大量无产无业的普罗列特列亚[①]聚集都市，以供拥有资财的人的利用。因为海外市场对英国毛织品的需求，使得这样制造事业（起初是由小规模的工场和家庭出品的收集来供应的）在英国特别繁荣，同时羊毛的价格也大涨。于是拥有巨量土地的贵族，纷纷把本来供耕种用的土地收回做牧场，同时把原有永久的佃户驱逐。这大量被剥夺了生产的资藉的农民的聚集都市，和海外市场对英国织造业的继续增长的需求，便是造成最初出现于欧洲的大工厂的动力。以上

① 即 Proletarian，意为无产者。

都是马克思在《资本论》里的说法。我们更可以补足一句：蒸汽机的发明也适应着海外对英国织造业的继续增长的需要的（但非纯由于适应此需要。远在此时以前，西方已有以蒸汽为发动力的机构，唯视为无用的奇器，陈列于博物院者而已）。所以要明白近代西方生产革命的由来，不可忽略了西方航海事业的传统，要了解中西文化在其他方面的差异，也不可不注意西方航海事业的传统。

匡亚明
(1906—1996)

生平简介

匡亚明（1906—1996），原名匡洁玉，又名匡世，笔名润之。江苏丹阳人。教育家、作家。1926 年考入上海大学就读，同年 9 月加入中国共产党。1930—1931 年出版社会科学论著《社会之解剖》和描写大革命的短篇小说集《血祭》。1932 年任中共中央和江苏省委合办的上海《日日新报》主笔，同年秋任中共江苏省徐海蚌特委宣传部部长。1933 年任上海工会联合会秘书长兼宣传部部长。1949 年后曾任华东政治研究院党委书记兼院长、中共华东局宣传部党委副部长等职。1955 年 9 月至 1963 年 5 月任东北人民大学（今吉林大学）党委第一书记兼校长。1963 年调至南京大学任党委书记兼校长。1964 年当选为第三届全国人大代表。“文化大革命”期间遭到批斗。1978 年恢复南京大学的领导职务，再度担任南京大学党委书记及校长。1991 年 6 月任国家古籍整理出版规划小组组长，晚年曾任中国孔子基金会会长等职。1996 年 12 月 16 日病逝。

儒家哲理观——“中”

1925年

中国是伟大的文明古国，它的哲学思想，正好似庄严的深山幽谷，多么丰富，多么深邃，绝非三言两语所能简括说清。但因一时读书有感，昧然想从丰富深邃的哲理中提出一个“中”的思想来，加以学术性讨论，自知难免很多遗漏失当处，但愿海内外明哲，给以批评指正，借以引起学术界对此问题做进一步研讨，这就是作者本意所在。

十·二七晚润之附识

中国哲学思想是发源于北方——黄河流域——平原，因在这平原上宜耕宜牧，所以就产生出一种重实际生活的哲学思想。孔子是这样，就是老、庄、杨、墨也是这样，总不外乎国家怎样就可以太平，人民怎样就可以安乐，个人怎样就可以修身……总而言之，都是较重于实际的社会问题、生活问题。到后来，佛教道教的学说兴起，虽渐渐也带了些“出世”的色彩，但终于是极微薄而至多不过占一小部分的势力罢了。所以中国哲学思想的中心，我认为就是重实际生活。

在这重实际生活的思想里，因为受了种种时代和环境的影响，就发生了两个极端的派别：一派是纯粹“为我”的消极主义；一派是纯粹“利他”的过激主义。前者的代表是杨子，后者的代表是墨子。“为我”主义完全从自身着想，除自身以外都不去管，但也不去加害他人。换句话说，就是社会是各个“小我”的集合体。这各个“小我”如能“各人自扫门前雪，不管他家瓦上霜”地把自己顾好，那社会上自然无争战掠夺的祸害了。所以杨子说：

损一毫利天下，不与也；悉天下奉一身，不取也。人人不损一毫，人人不利天下，天下治矣！

“利他”主义，亦即所谓兼爱主义，是从“大我”上着想的，所以墨子口口声声只说：

视人之国，若己之国……天下兼相爱则治，交相恶则乱。

只要有利于他国他人，则简直可以把“小我”牺牲了。这两派的思想，各执一偏，都太极端了！但都属空想而难于实行，而且“人性不同，犹如面”。这些“为我”“利他”的极端思想，果能实行时，也难保不酿出可怕的危险来，因此一点，就产下直到今日而还存在的“中”的哲理观。“中”就是不高不低、不左不右的意思。照梁漱溟先生的说法，凡事都求其调和得中，便称作“中”。

现在先要弄清何为哲理观，因为不明何为哲理观，绝不能进而讨论到“中”的哲理观。要明白何为哲理观，先要知道哲学的定义。历来对于哲学所下的定义，多不一致。我现在姑引胡适之先生在他所著的《中国哲学史大纲》里下的定义看一下。他说：

凡研究人生的切要问题，从根本上着想，要寻一个根本的解决，这种学问叫作哲学。

这是胡适之下的定义，当然还可以有别的定义。如果暂以胡适之之说为例，那么，哲理观就是寻求“人生的切要问题”“根本的解决”的学问和思想。而今所谓“中”的哲理观，又是从中抽出来的一小部分。但不要看轻这一小部分的哲理，它在中国哲学史上确占有重要的位置。

要知道“中”的哲理，实出于两不相容的极端主义的调和的要求。孔子说：

执其两端，用其中于民。

这里的“中”就是：

不偏之为中……中者，天下之正道。

“中”是没有定体的。尺有所短，寸有所长，随时随地，都有“中”的存在。儒家认为大至治国平天下，小至修身养性，只要能得乎“中”，就无往不利了。所以孔子又说：

道之不行也，我知之矣！知者过之，愚者不及也。道之不明也，我知之矣！贤者过之，不肖者不及也。

他以为道之不行、道之不明，都是受了“有过不及”的干扰。所以愈加提倡这个“中”字去补救那种“有过不及”的流弊。朱熹解

“中”字道：

> 中者，无定体，随时而在，是乃平常之理也。

但要达到这平常之理而无“有过不及”的流弊，确是一件难事。所以免不了孔子有“中庸其至矣乎，民鲜能久矣”的嗟叹。

虽然中庸的道理，实难做到，可是这种思想确根深蒂固地种在我国民的脑子里，直到现在而未消失；也可以说中国的国民性也多少受了这“中”的哲理的影响。我且把它的几个要点分述如下：

一、重“天命”。许多不顺遂的、失败的事情，是免不了的；假使世上事事都是遂意的，事事都是成功的，那是不可能的。事实上，“失败”“逆意”是奋斗的兴奋剂；“遂意”“成功”是苟安的麻醉药。世界的一切光明进化，都是奋斗的结晶。苟安则必然导致安于现状、停滞不前的局面。儒家却常常拿出一个“天命”来安慰人们。说是一切成败苦乐的事情，都是天命的安排。能够顺着天命去做事，就是中庸之道了。孔子说：

> 君子依乎中庸，遁世不见知而不悔，唯圣者能之！

又如：

> 君子素其位而行，不愿乎其外。素富贵，行乎富贵；素贫贱，行乎贫贱；素夷狄，行乎夷狄；素患难，行乎患难……上不怨天，下不尤人。故君子居易以俟命，小人行险以侥幸！

按儒家意，遵守“天命”行事是君子，冒险“侥幸”行事是小人。

所以当你贫贱的时候，就照贫贱的地位去做事，勤耕力作，修德养心。虽形式上是劳苦的，然精神上是快乐的，心灵上是高洁的。假使耐不得贫贱，就去偷盗，即使侥幸成功了，结果还是“必不得其死”的。所以“守分安命，顺时听天”，就是中庸之道的一个标准范围，同时也是达到这标准范围的方法。儒家就是这样教人安于自己的地位和处境。到了孟子，他又更进一层地说：

> 天之将降大任于斯人也，必先苦其心志，劳其筋骨，饿其体肤，空乏其身，行拂乱其所为，所以动心忍性，增益其所不能！

孟子把一些人遇到的艰难困苦，说成是天对他们的考验，要他们不怨天，不尤人。其实，孔孟重天命的缺陷，就在于含糊其辞，不明朗，没有能明确指出，“天命”不是指有一个什么“神灵”在天上指挥自然界和人间社会一切事物的运行，而是指自然界和人间社会自身逐渐形成的运行规律，那就清楚明朗了。当然我们也不应以辞害意，以致把孔孟在这里所讲的既不左也不右而适中的“天命”和宗教上有人格的上帝之命相混淆。这点当另文说明，就不在此详加论述了。

二、重内心自励。内心是一切动作的动机，单从行为、动作上去考量一个人的“善”“恶”是靠不住的。因为行为不过是内心中表现出来的一部分，还有许多有了动机而没有表现出来的隐藏在内心里。所以要判别一个人的“真善”“真恶”，不是仅就行为上可以做到的功夫，还要从内心上去考察才行。但是“内心”是一个无影无踪的抽象名字，如何能去考量它呢？于是又提出一个所谓在“后天的内心”中，含有“先天的良心”的说法，虽然“内心”能够征服“良心”，同时“良心”也有支配“内心”的可能。《大学》上说：“十目所视，十手所指，其严乎!”这“十目”“十手”，就是指先天的“良心”，就是“良心”去监督“内心”所起的动机。所以欲求得“德参天地”和“配天”的功效，就当力求发挥“良心”的功能，使后天的“内心”渐渐消失，至于无形。因此又提出一个“诚”字来，表出“良心”的“力”与“象”。《中庸》说：

诚者，天之道也；诚之者，人之道也……从容中道，圣人也！

所以要做一个“人”，就得先尽“人道”。“人道”是什么？也就是“诚”。怎样做到“诚”呢？孔子求“诚”的方法是：

博学之，审问之，慎思之，明辨之，笃行之。莫见乎隐，莫显乎微；故君子慎其独也！

《中庸》上有一段讲“诚”的功效道：

唯天下至诚，为能尽其性；能尽其性，则能尽人之性；能尽人之性，则能尽物之性；能尽物之性，则可以赞天地之化育；可以赞天地之化育，则可以与天地参矣！

这都是推诚之道，致力于“中”的方法和大用。切莫把“诚”看得、讲得太神秘难懂了，说到底，就是“内心的自励”的结果。

三、重保守。在这“中”的哲理中，“保守”居很大的势力。拿“进化论”来讲，“保守”是它的仇敌。但是在这种“中”的哲理能历久时而不受淘汰的，究竟是什么道理呢？我们且看孔子的说法。他说：

回之为人也，择乎中庸，得一善，则拳拳服膺而弗失之矣。

“弗失之”，就是“保守”的意义。保守什么呢？就是“善”，这“善”怎么得来的？就是从“博学之，审问之，慎思之，明辨之”中得来的。这种保守的态度，换句话说，就是“疑以求之，信以行之”的意思；也就是“假使我认为这件事是可能的，是善的，是对的，是适乎中庸之道的，那么，总要取信实的态度努力去做；千万不要碰到钉子，就轻易失之”。孔子又说：

生乎今之世，反乎古之道。如此者，灾及其身者也。

我们平心静气地想一想：这“古之道”，就是通常说的“天地之道”，古今相通的“天经地义”，并不是狭义的“宜甲不宜乙，宜古不宜今”的道理。就如“仁义礼智信”的五项美德，谁敢说古人是要的，今人是不要的？至多不过在名形上有所改动而精神实质是相通或相似的罢了。所以孔子上面所说的“古之道”，是广义的。若说凡是“古之道”都是好的，都应保守的，岂不是“削足适履”了吗？难道富于理智的孔子连到“取舍”的道理都不懂得吗？这都是历代的腐儒拿这“保守”专看作单纯的“保守古道”，“保守”之前的一步取舍的功夫，即博学之，审问之，慎思之，明辨之，及温故而知新，等等，都被无形地抹杀；以致所研究的老是几卷经书，所做的都是八股一类的东西，专去为孔孟做片面注解，真是很可怜的！有人以为这是孔子“述而不作”一句话的流弊，其实这不应责怪孔子，要怪的应是一些人没有理解他这句话的真实意义。

上面所述的三条——或许不止三条——是“中”的哲理之简要解剖。临了我还要说明，“中”的哲学提倡听天由命，安分守己，放弃抗争，确实是一种消极的保守思想，社会要进步，要变革，就要突破这种思想，就要打破它对人们头脑的束缚。这是应该打破的消极保守的东西。但另一方面，还要看到儒家“中”的哲理在教人如何困苦自励，如何“博学”“审问”“慎思”“明辨”“笃行”等方面，确有其合理的、积极的思想实质所在。在儒家“中”的哲理中，前者应打破、清除，后者应保留、发扬。能如此，就可以在儒家“中”的哲理中找到有益于当今的不少珍贵思想。

张岱年

(1909—2004)

生平简介

张岱年（1909—2004），曾用名宇同，别名季同，原籍河北省献县，出生于北京。哲学家、哲学史家、国学学者。1928年考入清华大学，旋即退学，又报考北京师范大学教育系，被录取。1933年北京师大毕业后即受聘到清华大学哲学系任助教。1936年写成名著《中国哲学大纲》。1943年任北平私立中国大学哲学教育系讲师，次年改任副教授。1946年回到清华大学哲学系任副教授。1952年后任北京大学哲学系教授、中国社会科学院哲学研究所兼职研究员、中国哲学史学会会长、中华孔子研究会会长、清华大学思想文化研究所所长等职。1989—1994年，清华大学陆续出版《张岱年文集》六卷本。1996年河北人民出版社出版《张岱年全集》八卷本。晚年写有《客观世界与人生理想——平生思想述要》。2004年4月24日在北京去世。

中国哲学之特色①

西洋哲学本旨是爱智，以求真为目的；如谓中国哲学也是爱智，虽不为谬误，却不算十分切当，因中国哲学家未尝专以求知为务。中国哲学研究之目的，可以说是闻道。孔子说："朝闻道，夕死可矣。"（《论语·里仁》）闻道亦曰知道或睹道。道兼赅真善：道是宇宙之基本大法，而亦是人生之至善准则。求道是求真，同时亦是求善。真善是不可分的。

哲学与中国哲学

哲学是一个译名，其西文原字出于希腊，本是爱智的意思，后来西洋哲学家所立的哲学界说甚多，几乎一家一说。其实都只是一家哲学之界说，而不是一般哲学之界说。总各家哲学观之，可以说哲学是研讨宇宙人生之究竟原理及认识此种原理的方法之学问。

中国古来并无与今所谓哲学意义完全相同的名称。先秦时所谓学，

① 本文节选自张岱年所作《中国哲学大纲》的序论。该书写成于1936年，商务印书馆曾两次决定付印，皆因战事未能如愿，直到1943年张岱年到私立中国大学哲学教育系任讲师时，才作为讲义第一次被印出。

其意义可以说与希腊所谓哲学约略相当。《韩非子·显学篇》：“世之显学，儒墨也。”其所谓学，可以说即大致相当于今日所谓哲学。先秦时讲思想的书都称为某子，汉代刘歆辑《七略》，将所有的子书归为《诸子略》，于是后来所谓诸子之学，成为与今所谓哲学意谓大致相当的名词。

到魏晋时，有玄学的名称。南北朝时宋明帝置总明观，设儒、玄、文、史四科，科置学士十人。（见《南史·王俭传》）于是玄学成一专科，与经学、文学、史学平列。所谓玄学，意谓约略相当于今之哲学。

到宋代，又有道学、义理之学、理学等名称。道学、义理之学的名称，在北宋时即已有之。（有人认为道学的名称起于南宋，义理之学的名称起于清代，都是错的。）北宋张横渠《答范巽之书》有云：“朝廷以道学政术为二事，此正自古之可忧者。”程伊川称其兄明道：“功业不得施于时，道学不及传之书。”（《上孙叔曼书》）又张横渠《经学理窟》有云：“义理之学，亦须深沉方有造，非浅易轻浮之可得也。”理学一词在南宋时已甚流行。黄震《日钞》云：“自本朝讲明理学，脱出诂训。”（《读论语》）以周子二程与朱晦翁之学为理学。所谓道学、理学或义理之学，其内容与今所谓哲学甚相近。在清代，义理之学一名称尤为流行。清人将学问分成义理、考据、辞章三类，所谓义理，即是哲学。

所谓玄学与道学，其所指的范围不同。玄学以老庄、《易》为本，必是与老庄或《易》相近的学说思想，方可称为玄学，而关于孟荀及墨学的研究或类似的思想，则不能称为玄学。道学或理学则即是新儒学之别名，墨家与老庄的思想正是道学所排斥的异端，当然在道学范围之外。所以玄学与道学，乃是各有其界域的，各是一派哲学或一类型的哲学之名称。在此点上，与今所谓哲学之为一般的名称，并非相同。而总括玄学与道学的一般名称，在以前实在没有。

中国先秦的诸子之学、魏晋的玄学、宋明清的道学或义理之学，合起来是不是可以现在所谓哲学称之呢？换言之，中国以前的那些关于宇宙人生的思想理论，是不是可以叫作哲学？关于此点，要看我们对于“哲学”一词的看法如何。如所谓哲学专指西洋哲学，或认西洋哲学是哲学的唯一范型，与西洋哲学的态度、方法有所不同者，即是另一种学问而非哲学。中国思想在根本态度上实与西洋的不同，则中国的学问当然不得叫作哲学了。不过我们也可以将哲学看作一个类称，而非专指西洋哲学。可以说，有一类学问，其一特例是西洋哲学，这一类学问之总名是哲学。如此，凡与西洋哲学有相似点，而可归入此类者，都可叫作哲学。以此意义看哲学，则中国旧日关于宇宙人生的那些思想理论，便非不可名为哲学。中国哲学与西洋哲学在根本态度上未必同，然而在问题及对象上，及其在诸学术中的位置上，则与西洋哲学颇为相当。

中国哲学一名词，含义并不单纯，更须略加厘析。第一，所谓中国哲学，可以指中国人的哲学，也可以指中国系的哲学。哲学可以分为数系，即西洋系、印度系、中国系。中国人的哲学，未必即是中国系的哲学。如中国佛学，便是中国人的而属于印度系的哲学，其根本态度、问题、方法，都是从印度来的，所以虽产生在中国，却不属于中国系，不是由中国哲学传统中出来的，而是由印度哲学传统中出来的。哲学的系别，在今日将趋于消失，但在过去确实存在。第二，哲学又有一般的与特殊的之不同，中国哲学可以专指中国之一般哲学，也可以泛指中国之一切特殊哲学。如美术哲学、历史哲学、政治哲学，都是特殊哲学，而不在一般哲学范围之内。本文所谓中国哲学，乃是指中国系的一般哲学。因是专指中国系的，所以中国佛学的思想，不在本文范围之内。因是专指一般哲学，所以中国的美术哲学、历史哲学，本文也都不论及。

中国哲学之区分

中国哲学家对于其所讲的学问，未尝分别部门。现在从其内容来看，可以约略分为宇宙论或天道论、人生论或人道论、致知论或方法论、修养论、政治论五部分。其中宇宙论、人生论、致知论三部分为其主干，总此三部分，正相当于西洋所谓哲学。（修养论与政治论可以说是特殊哲学，不在一般哲学范围之内。）

中国哲学中知识论及方法论颇不发达，但亦决非没有。孔子即有关于求知之方的训语，墨子似乎更注意辩说，老子、孟子亦都有论方法的话。而公孙龙、《墨辩》、庄子、荀子，对于知、名、辩，尤有较详的学说。汉以后的哲学，此方面理论较略，然王充是有其真理论的。宋儒也颇注意方法，特如邵康节、张横渠、程伊川、朱晦翁，都有关于知识与方法的议论，而朱、陆争点之一，可以说即在方法上。明代王阳明关于心物知行的学说，更可以说是讲知识的。清代的王船山、颜习斋、戴东原，亦颇注重于方法。所以我们实在应认为中国哲学中有致知论一部门。

宇宙论可分为二部分：一、本根论或道体论，即关于宇宙之最究竟者的理论。二、大化论，即关于宇宙历程之主要内容之探究。人生论可分为四部分：一、天人关系论，即关于人与本根之关系，人在宇宙中之位置的论究。二、人性论，即关于人性之研讨。三、人生理想论或人生最高准则论，即关于理想生活之基本准则之理论。四、人生问题论，即关于人生的各种问题，如义与利、兼与独、损与益、动与静等等之讨论。致知论包含二部分：一、知论，即关于知之性质、可能、表准之理论。二、方法论，即关于求道之方、名言与辩等之理论。

中国哲学书，向来没形式上的条理系统。朱子作《近思录》，目的在分类辑录北宋诸子的哲学思想，似乎应该做一个条理分明、系统严整的梳理了，但结果却分成十四部分，各部分互相出入的情形颇甚。中国哲学既本无形式上的条理系统，我们是不是应该以条理系统的形式来表述之呢？有许多人反对给中国哲学加上系统的形式，认为有伤于中国哲学之本来面目，或者以为至多应以天、道、理、气、性、命、仁、义等题目顺次论述，而不必组为系统。其实，在现在来讲中国哲学，最要紧的工作却正在表出其系统。给中国哲学穿上系统的外衣，实际并无伤于其内容，至多不过如太史公作《史记》“分散数家之事”，然也无碍于其为信史。我们对于中国哲学加以分析，实乃是因其固然，依其原来隐含的分理，而加以解析，并非强加割裂。中国哲学实本有其内在的条理，不过不细心探求，便不能发现之而已。

中国哲学之特色

中国哲学，在根本态度上很不同于西洋哲学或印度哲学，我们必须了解中国哲学的特色，然后方不至于以西洋或印度的观点来误会中国哲学，所以在讲中国哲学的理论系统之前，应先对于中国哲学之特色有所探讨。中国哲学之特点，重要的有三，次要的有三，共为六，分说如下：

第一，合知行。中国哲学在本质上是知行合一的。思想学说与生活实践，融成一片。中国哲人研究宇宙人生的大问题，常从生活实践出发，以反省自己的身心实践为入手处，最后又归于实践，将理论在实践上加以验证。即是先在身心经验上切己体察，而得到一种了悟，了悟所至，又验之以实践。要之，学说乃以生活行动为依归。

中国哲人探求真理，目的乃在于生活之迁善，而务要表见之于生活中。孔子说：“知之者不如好之者，好之者不如乐之者。”（《论语·雍也》）所谓乐之，即依其所知以实践，而获得一种乐趣。孟子说：“君子深造之以道，欲其自得之也，自得之则居之安，居之安则资之深，资之深则取之左右逢其源，故君子欲其自得之也。”（《孟子·离娄》）深研学问之鹄的，在于自得于道，到自得于道的境界，便能有最大的精神自由。荀子说：“君子之学也，入乎耳，箸乎心，布乎四体，形乎动静，端而言，蝡而动，一可以为法则。……君子之学也以美其身。”（《荀子·劝学》）学之目的乃在于行为之改进，道德之提高。不仅儒家有如此见解，即“散于万物而不厌”的惠施，其理论也以“泛爱万物，天地一体也”为归结。后儒如周子说：“圣人之道，入乎耳，存乎心，蕴之为德行，行之为事业。”（《通书》）研讨真知，必表见为德行事业。要之，理论是生活的解说，生活是理论的表见。所谓“广大高明不离乎日用”，乃为学之理想境界。在日常行动上表见真理，要做到着衣吃饭都是“至理之流行”。

中国哲人在方法上更极注重道德的修养，以涵养为致知之道。庄子说：“且有真人，而后有真知。”（《庄子·大宗师》）所谓真人即是无好恶爱憎之情感，忘生死善恶之区别的人。必有真人的修养，才能有真知。荀子说：“人何以知道？曰心。心何以知？曰虚一而静。”（《荀子·解蔽》）必有“虚一而静”的修养，然后能知道。张子说：“穷神知化，乃养盛所致，非思勉之能强，故崇德而外，君子未或致知也。”（《正蒙·神化》）崇德乃致知之途径。程伊川说：“人道莫如敬，未有致知而不在敬者。”（《语录》）敬是致知所必需的修养。中国哲人，都以为欲求真知，须有一种特殊的修养，穷究宇宙人生的真际，要先在德行实践上做功夫。

以此，中国哲学中有许多名词与理论，都有其实践的意义，离开实践，便无意义。想了解其意义，必须在实践上做功夫，在生活上用心体察。这些名词与理论乃指一定的实践境界。

要之，中国哲学乃以生活实践为基础，为归宿。行是知之始，亦是知之终。研究的目的在行，研究的方法亦在行。过去中国之所谓学，本不专指知识的研究，而实亦兼指身心的修养。所谓学，是兼赅知行的。

第二，一天人。中国哲学有一根本观念，即天人合一。认为天人本来合一，而人生最高理想，是自觉地达到天人合一之境界。物我本属一体，内外原无判隔，但为私欲所昏蔽，妄分彼此。应该去此昏蔽，而得到天人一体之自觉。中国大部分哲学家认为天是人的根本，又是人的理想，自然的规律，亦即当然的准衡。而天人之间的联系者，多数哲学家认为即是性，人受性于天，而人的理想即在于尽性，性即本根，亦即道德原则，而道德原则乃出于本根。此种倾向在宋明道学最甚。邵子说："学不际天人，不足以谓之学。"（《观物外篇》）程明道说："天人本无二，不必言合。"（《语录》）程伊川说："道未始有天人之别，但在天则为天道，在人则为人道。"（《语录》）天与人，本来一体。天道与人道，只是一道。

天人既无二，于是亦不必分别我与非我。我与非我原是一体，不必且不应将我与非我分开。于是内外之对立消弭，而人与自然，融为一片。西洋人研究宇宙，是将宇宙视为外在的而研究之；中国人则不认宇宙为外在的，而认为宇宙本根与心性相通，研究宇宙亦即是研究自己。中国哲人的宇宙论实乃以不分内外、物我、天人为其根本见地。

天人相通的观念，是中国哲学，尤其宋明道学中的一个极根本的观念。不了解此观念，则许多思想都不能了解，而只觉其可怪而已。

第三，同真善。中国哲人认为真理即是至善，求真乃即求善。真善非二，至真的道理即是至善的准则。即真即善，即善即真。从不离开善而求真，并认为离开求善而专求真，结果只能得妄，不能得真。为求知而求知的态度，在中国哲学家甚为少有。中国思想家总认为致知与修养乃不可分，宇宙真际的探求，与人生至善之达到，是一事之两面，穷理即是尽性，崇德亦即致知。

西洋哲学本旨是爱智，以求真为目的；如谓中国哲学也是爱智，虽不为谬误，却不算十分切当，因中国哲学家未尝专以求知为务。中国哲学研究之目的，可以说是闻道。孔子说："朝闻道，夕死可矣。"（《论语·里仁》）闻道亦曰知道或睹道。道兼赅真善：道是宇宙之基本大法，而亦是人生之至善准则。求道是求真，同时亦是求善。真善是不可分的。

第四，重人生而不重知论。中国哲人，因思想理论以生活实践为依归，所以特别注重人生实相之探求，生活准则之论究，未尝将我与非我分开，因而我如何能知非我，根本不成问题，亦不怀疑外界的实在（先秦未有怀疑外界之实在者，北宋思想家大多排斥佛家的外界虚幻之说，认为外界依附于心者唯有南宋的杨慈湖及明代王阳明），故根本不感觉知论之必要。西洋以分别我与非我为我之自觉，中国哲人则以融合我与非我为我之自觉。分别我与非我，故知论特别发达；融合我与非我，则知外物即等于自觉，而实无问题。因而中国哲人虽亦言及知识与致知之方，但未尝专门研究之。

第五，重了悟而不重论证。中国哲学不注重形式上的细密论证，亦无形式上的条理系统。中国思想家认为经验上的贯通与实践上的契合，就是真的证明。能解释生活经验，并在实践上使人得到一种受用，便已足够，而不必更作文字上细微的推敲。可以说中国哲学只重生活上的实证，或内心之神秘的冥证，而不注重逻辑的论证。体验久久，忽有所悟，以前许多疑难涣然消释，日常的经验乃得到贯通，如此即是有所得。中国思想家的习惯，即直截将此所悟所得写出，而不更仔细证明之。所以中国哲学家的文章常是断片的，但中国哲学家并不认为系统的长篇较断片的缀集更为可贵。中国思想家并不认为细密论证是必要的，反之，乃以为是赘疣。

第六，既非依附科学，亦不依附宗教。中国古代宗教不发达。古代人民当然信天帝神鬼，但没有正式的宗教。后来方有道教，又从外边输入了佛教。中国思想家虽亦受佛教、道教的影响，然在根本态度上都是反对二教的，多以驳斥二教为己任。在先秦时，孔子疑鬼而信天，然亦不肯多言天道。唯墨子最信天鬼，有宗教气息。自老子打破天的尊崇位置后，哲学家中以天帝为主宰者，可谓绝无仅有。宋儒虽言天，然绝非指有意志之主宰。印度哲学是与宗教不分的，西洋中世哲学是宗教的奴婢，即在近世哲学中，亦多有以证明上帝存在为一重要课题的。在中国，似彼以证明上帝存在为一重要职任之情形，实完全没有。先秦哲学家中荀子最善破除迷妄，后汉王充，尤专以攻破迷妄为职任。宋儒中如张子、二程子，亦极致力于破斥神鬼，更企图予“鬼神”二词以自然的解释。要之，中国哲学中从无以证明神的存在为务者。

中国自古即有科学萌芽，却没有成熟的科学，所以根据科学研究以成立哲学系统的情形，在以前的中国亦是没有。

以上六点，可以说是中国哲学之一般的特色，即中国哲学之一般的根本倾向，与西洋或印度的哲学不同的。至于中国哲学各部门之特点，下文另述。想了解中国哲学，必先对于中国哲学之根本性征有所了解，不然必会对于中国哲学中许多思想感觉莫名其妙，至多懂得其皮毛，而不会深悟其精义。

曹 禺
(1910—1996)

生平简介

曹禺（1910—1996），本名万家宝，字小石，祖籍湖北潜江，出生于天津。剧作家、戏剧教育家，被称为“中国的莎士比亚”。1922 年入读南开中学，并参加了南开新剧团。1928 年入读南开大学政治系，次年转入清华大学西洋文学系。1933 年大学毕业后，到河北保定育德中学任教。数月后，又进入清华研究院研究戏剧。1934 年 7 月发表剧本《雷雨》于《文学季刊》。同年 9 月回天津，在河北女子师范学院外文系任教。1935 年发表《日出》，同年 8 月应邀赴南京国立戏剧专科学校任教。1942 年初赴重庆从事戏剧写作和编导活动。1946 年 3 月与老舍应美国国务院邀请赴美讲学。1947 年 1 月回国，到上海实验戏剧学校任教，同时开始构思创作电影剧本《艳阳天》。1948 年该剧本由文华影业公司拍成影片，曹禺自任导演。中华人民共和国成立后，曹禺曾经担任过中央戏剧学院副院长、北京人民艺术剧院院长等职务，还写了《胆剑篇》和《王昭君》两个剧本。1992 年，全国优秀剧本创作奖更名为“曹禺戏剧文学奖”。1996 年 12 月 13 日去世，享年八十六岁。

编剧术

1938 年

关于编剧这一项技术，当作学科在学校来讲授，还是近三四十年的事；而抗战戏剧的编剧方法，更是崭新的东西了。

一切剧本全都有着宣传性的，不单是抗战剧。但是现在有许多问题，是在抗战期中的演剧才发生的，所以提出来讲一讲。抗战剧既是戏，自然也不能脱离控制一般戏剧的法则，所以讲的有很多是一般的编剧方法，在应用时应该尽量斟酌变通。

讲编剧之前，先谈一谈戏剧本身。戏剧被“舞台”“演员”“观众”这三个条件所肯定。戏剧原则、戏剧形式与演出方法均因为这三个条件的不同而各有歧异。譬如古希腊演剧，由于舞台的简单，没有布景来表明时间、地点，所以剧本的编制自始至终多半限于一个地点。以后，生吞活剥的学者，读了希腊的剧本，就勉强臆定那些剧本的作家是遵守“时间”“地点”“动作”统一的三一律，实际他们所遵守的还是实际舞台上的限制。又如罗斯当（Rostand）的西哈诺是为了名演员科克南（Coquelin）而写，因科克南的演技千变万化，只有西哈诺那样诡异神奇的角色，才能显出他的本领，戏剧的感应能力才能尽量发挥，这是演员影响编剧的一个例子。至于“观众”能影响编剧，更是显然的，因为戏是演给观众看的，观众的性质若不了解，很容易弄得牛唇不对马嘴，台上的戏尽管自己演得得意，台下的人瞠目结舌，一句也不懂，这样的戏剧是无从谈起的。

抗战剧的编制，当然也不能脱离“观众”“舞台”“演员”这三种限制。抗战剧要深入各阶层、各地域，要在各种不同的地方——有时在城里，有时在农村，有时就在街头，有时又在设备相当完善的剧场——做各种演出。因为舞台不同、观众不同，所以同一个抗战剧不能到处演得，也不能随地演得有实效。有的同志下乡演戏，演的是有名的、有内容的、有实效的抗战剧，但结果是失败了，觉得那剧本非重写不可，因为城市内所谓的“抗战名剧”，移到乡下，突然失却了它所凭借的特殊的“观众”与“舞台”的缘故。

除了上述三个条件之外，我们还要注意造成舞台的幻觉。有一个木匠看“逼宫”，因为曹操演得太狠毒了，一气劈死扮曹操的伶人，这就是不明白“舞台的幻觉”的影响。舞台上的现象，当然只是像，像真实而非真的事物，像人生而非实际的人生。因为戏剧如果演出毫无变动的真实、全不选择的人生，那么随便拉一个乞丐到台上坐一会，也可以说是戏剧了。所以在舞台上用一些布条当作树，观众虽明知不是真树，但却承认它是树的样子，看去也就是树了。用编剧技巧来感动观众，我们所根据的艺术心理的基础是“舞台的幻觉”。在写剧本时，运用“时间”、“地点”及“人物上下场”，氛围的造成，以及结构布局，我们要“经济”、“鲜明”、“有意义”以及其他种种，就是因为我们不能在舞台上和盘托出毫无变动的人生。我们固然不能否认“舞台上的真实”是“真实”，但它决非生吞活剥全不选择的真实。

一个写戏的人除了注意“舞台”“演员”“观众”三个现象之外，还要顾到“时间”和“地点”的限制。观众普遍只能忍耐两个半钟点到三个钟点，要在这短短的时间里，创造人生，而有真切的人物，具有起承转合的故事，时间不能不经济；我们现在舞台上的物质条件（街头演出及不需布景的演出除外）太坏，不能任意更换地点，为着集中观众注意力，也以少变动地点为是，因此，我们写戏分配地点也需要经济。

编剧的过程，分作五个步骤来讲：

一、材料的囤积

材料的来源，是靠平时不断地收集、登记、整理、囤积起来的。平日不收集，要写作的时候，在报章杂志上摘取一点材料而加上凭空的臆造写成的作品，是很难完美的。除了侈谈想象的作品不讲（其实，伟大的想象，也是深刻观察体味人生的结果），大部分成功的作品，绝不是凭空想象出来的。非仅戏剧如此，一般的文艺作品，也非靠平日多多囤积材料不可。我们听说有些作品是凭一时灵感的激动写成的（假定灵感是如世俗所传说的赋有那样神奇的能力），但如若灵感不来，创作岂不就要停顿，所以戏剧工作者不能等待灵感，而应该设法使灵感油然而生，随时随地心内都蕴藉着一种“鸡鸣欲曙”快要明朗的感觉。这种心理的准备，就需要材料的囤积了。创作的初期过程，正如母鸡孵卵一样，母鸡虽是每天伏着不动，不见工作的形色，而在蛋壳里小鸡却逐渐成形，终于到一天，破卵而出。不慌不忙的母鸡，其实是在工作着！文艺作品的产生，正有同样的“孵化作用”（incubation）。“材料的囤积”便是作品孵化中母鸡的工作。积多了各种记忆，它们便会交相影响，激起变动。潜移默化中，稍一触念，有时恍惚若灵感顿至，充满了生趣的人物与图画，蓦然一幕一幕现在眼前，又亲切又熨帖的真实，毫不吃力地在笔下涌出，这就是我们的行将成形的小鸡了。

囤积材料，应不断地用笔用纸耐心地随时随地记录。譬如在宴会中见到一位有风趣的人，就可以将他的行动、说话等详细记下，在将来描写这一类的人物的时候，就可以取作借镜；在小说、书报上见到一段好对话、真确的人物描写，或者精当的结构，预备写戏的人，更应不惮烦地记下来。甚至于平日和朋友谈话中，我们也有无数的材料可以收集。譬如前几天，我遇见了一位近十年不见面的女朋友，本来她的小孩还抱着很小，现在已长得很高了，我们谈了许多“老话”，她十分伤感。她从前是公认最美的女人。谈完了话，临别时她忽然指着她的儿子，笑着问我：“这孩子像不像从前的我呀?”我察觉她话内的心情，我也笑了笑说：“你也并不老啊!”她临别一句话很简单，但很有内容，于是回到家里，我就记载下来。又如：有一位老先生，外号叫“蛋炒饭”，这名字的来源就值得我们记载的。他已是将近六十岁的人了，依然在某部里当个小官。眼见多年前与他同寅的亲戚朋友，早已飞黄腾达，升为达官贵人，因此他常发牢骚。感慨之余，不免吹吹牛，替自己装装门面。于是偶尔遇到人请他吃饭，他总是老在家里叫他的老妻，预备一碗蛋炒饭，自己吃个半饱，满嘴油光光地去赴宴，表示自己已赴了一次宴。酒席上了第一碗菜，他用筷子点了几点，就匆匆地告辞说：“我还有一处要去应酬呢!”但他偷偷地回了家，吃他的第二碗又冷又硬的蛋炒饭。“蛋炒饭”就这样叫起来。诸如此类随时记下来，预备将来运用。

二、材料的选择

戏剧有时间的限制，更要有统一的印象，不能把什么都随便地写上去，所以在搜集材料之后，就要讲求选择了。有人说：“戏剧的艺术就是选择的艺术。”这话是值得我们玩味的。

我们的古人曾经说过：“文以载道。”简单地说，我们的文艺作品要有意义，不是公子哥儿嘴里哼哼的玩意儿。现在整个民族为了抗战而流血牺牲，文艺作品更要有时代意义，反映时代，增加抗战的力量。在这样伟大前提之下，写戏之前，我们应决定剧本在抗战期中的意义，具体地讲，它的主题跟抗战有什么关联。我们可以讲，主题是剧本的中心思想，正如一幢房子必有一根支持全屋重量的大梁。初学写戏的人，必须明白主题的重要（可惜的是在人们实际写作时却时常不为注意，或者注意到而仍不明显），所以现在不妨再申述一下。

写戏的人决不能凭着一时的高兴，拾到材料就写，他应该先找出这材料在所写的戏里面的意义，主题就是选择材料的标准。因为囤积的材料不能一股脑儿塞进一个剧本中。我们是写戏，不是摆杂货摊，有了主题，根据它来选择，整个剧本才能一致地有了意义。

主题第一应该“显明”，不要含糊，令导演戏的人觉得眼花缭乱，东是主题，西也是主题。在未动手写剧本时，最好先决定结尾如何地宣传；并且最重要的自己要相信自己的“信念”，然后学习怎样使人相信。若是误解了宣传的意义，以为凡是宣传都是因为本身不可靠，才竭力宣传使人相信可靠，这样聪明的人是不配谈宣传、谈抗战剧的。第二应该简单，应当清楚地指导观众怎样同情的方向，更紧紧地抓住他们的同情，死也不要放松。然而我们却万不可采用死胡同式的主题（dead alley theme）。换句话，我们所用的人物，以及所编排的故事，不可以写得使观众无法同情起来。例如有一个剧本写有姊弟二人，相依为命。弟弟得了可怕的麻风病，她听到一个谬误的传说，说是这种病只有在和一个女人发生关系才可以解救；姊姊虽已订婚了，但是她非常怜爱自己的弟弟，听信了这种治麻风病的谬说，便痛苦地牺牲了自己。不巧又为她的未婚夫撞见了，她无以自解，愧恨而死，弟弟亦随她自杀。作者竭力描画姊姊性格的伟大，以为这样伟大的牺牲，可以引起观众的同情，事实上因为采用主题的不得当，观众感到惶惑无主，对女主人公同情不好，不同情也不好。又如前几天报上载有一家母女二人，三个日本兵破门进来，逼女儿到楼上剥她的衣服，母亲跑去救她，被日本兵打得不成样子，推下楼去，一时晕厥过去。醒来时，她听见女儿在楼上抵拒喊叫之声，惨不忍闻，心里愤恨极了，举起火烧了楼，女儿和日兵都惨酷地死在火里。母亲听不下女儿的呼号声音，也跳入火里烧死。这种材料过分刺激，常使观众顾不得同情，只觉得“恐怖”，观众心里只有恐怖和惨酷，是不能引起抗战的信念的。

主题是个无情的筛孔，我们必须依照主题狠心地、大胆地把材料筛它一下，不必要的、不合适的材料淘汰去。这样写来，作品才能经济扼要。

三、预备剧本的大纲

话剧是建筑，不是堆砌。所以也像建筑物一样地需要精确的设计。哪怕写一个独幕剧，我们最好依角色上下场分成许多场面，哪一场谁“上场”，谁“下场”；哪一场最重要，最能表现主题，都应预先自己弄明白。假如必须有一段话要发挥，要加在哪一场、什么时候、由什么人说出来才表现得最恰当、最有力，也都要想清楚。所以大纲里面应列“场表”，记载哪些人上下场、发生哪些事实、有哪些重要的话。譬如第三幕有一个杀人的动作，那么事先就应在第一、第二幕里计划周密，杀人动作之前做充足的准备，逐渐引入紧张的地方。有了计划才有分寸。多幕剧固然如此，独幕剧也应如此。

对于大纲，自然也有人不重视的，不过为着初学写戏的人是有大纲再写戏，比较妥帖些。

一般地讲，剧本要使观众逐渐发生兴趣，紧张的场面总放在较后，这种例子，俯拾即是，无须多说。

人物的个性、对话、动作等等，亦应于大纲中想透了再动笔，力求其明了周详。易卜生创作时所写的人物，栩栩如生，一若真有其人，一闭眼就可见到似的。因为他也是先在大纲中详细描写，做过一番苦功夫的。我们要成好作家，这种预备功夫绝不可少，只凭聪明取巧写剧本，反而是个拙笨的方法。

大纲完成后，在写作时有了意见，自然还可以改动。有时，剧本完成后，经过多少改窜，结果和原来的大纲，相去很远，然而这并不是废去大纲的理由，因为大纲是个起点，没有起点，一切以后的变动是无从谈起的。

四、人物的选择

我们常说某某先生就是那一类人的典型。所谓典型，就是把一个阶层或一类人的共同之点，异于别阶层、别类人的行动、习惯、语言、思想集在一个代表者身上所造成的人物。换言之，典型人物是拥有其他属于同阶层或同类的人的共同特点的。

典型和个性略有不同。譬如张某爱财如命，一毛不拔，典型的写法是把所有吝啬人的同点完全装在他身上。这样写法的好处是：第一，观众容易懂；第二，容易引起观众兴趣。坏处是难得彻底真实，不易使人心服。因为写典型总是免不了特意使他明显，于是时常夸张人物的特点，加以重复。比较起来，个性是不易写的，但写到恰好时，是使人心服的。因为个性不止于着重他与其他同类人的同点，却更着重他的异点的。粗枝大叶地讲，譬如张某虽然吝啬，但如果他的女儿病重，他固然依然故我，不肯拿出钱来请高明医生，但是听见病人不断地呻吟的声音，或是偶尔倚在窗前，看见街头缓缓抬过一口黑色的棺材的殡丧行列，那时，他忽然悟到世上有着比金钱更重要的东西，忘记了他的吝啬根性，于是花费他看得比自己生命还重的钱去请医生来挽回病人的生命，这就是比较近于个性的描写了。舞台上的好个性很多，诸位可以看看易卜生的 Held Gabler，便是最切当的例子。

有人曾经问我：抗战剧里的人物，还是写他的“个性”好呢，还是按“典型”写好呢？我想这种问题不能概括论定，须视观众性质如何而说。如果是在农村里演剧，观众接触话剧的机会少，理解力也比较弱，自然人物典型化，对他们是较易接受的。在城里剧院上演，观众平日对话剧接触的机会较多，理解力也强一些，有时对于过度夸张和重复的典型，不易受感动。他们（其实何止于他们）要更新鲜、更真实、更清晰的人物。最近抗战剧有人认为将流入滥调，有时观众看见广告写什么“伟大国防名剧”，便皱起眉毛怕看，一部分便是因为剧中所谓典型人物，用得太滥、太公式化的缘故。

人物典型化，很易流为“过分夸张”。如抗战剧中所写汉奸和英雄，大都是这类典型更加强调化的产物。这样写法，固然黑白分明，不易错误，但是结果往往宣传自是宣传，观众自是观众，二者之间毫不发生任何深刻的关系。比如说：汉奸奉承敌人，这是可能的。为着奉承，他献出全部家产，敌人忽然看中了他的妻子，他也乖乖地献出妻子！敌人杀了他的母亲，他也心甘情愿，不作一声。写到后来，自然是英雄出来，杀死汉奸，于是观众拍掌欢呼，满意而散。然而这班看戏的先生们心里想些什么呢？他们想汉奸原来是这样一个不知廉耻、不知好歹的怪物！我呢，（观众半意识地这样想）总算对得起父母妻子了。日本军阀当然是坏东西，我怎么能做这样大逆不道的汉奸呢？看了这样的戏，有的观众自己虽然确确实实地有了汉奸行为，而永远也不会自知，自己的身边明明有着汉奸的戚友，也看不出来。所以典型不能写得太夸张，因而离开真实。要使观众觉得汉奸时常正是和他差不多有着人类的脆弱性的人物，只为了“一念之差”，把握得不稳，不能认清国家与小我的关系，因而犯了汉奸的行为，半黑半白的小汉奸，只要我们睁开眼就在我们眼前。看了抗战剧，我们希望观众能恳切地想想自己的行为，留心身旁的人的行为，这才收到宣传的功效。

再如写爱国志士，写士兵，都极容易写得肤浅，无血肉，不真实。写出来，有时非但士兵们看着滑稽，就是一般观众也觉得兴味索然。如何去创造一个有血有肉的爱国人物呢？如何使我们的观众得到一种不可磨灭的深刻印象呢？我开不出仙方，使诸位立刻获得这样的神奇，不过我可以讲一段故事，说明这条路大概在哪里。几年前，古北口的抗战开始。那时我正在北平，知道了，很兴奋地随着朋友们一同去慰劳前线的士兵。一路上已经看见了许多令人感动的事实。我们到了前线的后方，有一天，在道旁看见对面抬着一个年青的伤兵，胸前湿腻腻的是绛红的血。他的牙咬着，眉头皱着，显出很痛苦的样子。他忍耐着，他不敢喘气，因为偶尔深深喘一下，便压出更多的血由衣服的夹缝中渗出来。他的脸几乎被黑泥涂满，看不见他的颜色，我们只看见他凸出的眼睛望着我们，他不哼一个字。我们扶他起来，为他裹好创口，倒水给他喝。虽然我们都没有学过看护，但是同伴们的殷勤和诚恳仿佛感动了他。他的眼里逐渐流露出和善的光彩，但是他没有说话。这时有一个医官来了，我们请他给那伤兵诊视。他诊视过后，低低告诉我们说："流血过多，恐怕没有希望了!"他紧紧握着拳头，已经觉到生命就要离开他了，他的手在空中摇了摇，他忽然挣出几句最亲切的山东话："洋学生，我不成了，……你们待我太……太好了，我……"这时他手抚着腰，困难地从破口袋里掏出一张破烂的票子，带着很惭愧的神色，仿佛觉得拿不出手的样子，说："我这里就……就剩下两角钱了，洋学生你们拿去洗个澡吧!"说完，就死了。这印象深深地留在我们的脑里，至今难忘。这就是一个活生生的中国士兵，他在疆场虽然为国家死了，但是他和他的问题，却还活在我们大家的心里。如果我们能好好地写出这样的人物，他不只感动我们，他更会使我们了解抗战中的许多实际重要的问题，逼我们非迅速解决不可的。

归纳一句话，抗战剧中的人物，要真实亲切。要做到这一步，我们要充分体验抗战生活，不怕收集材料的种种困难。

五、写

一切准备好了，我们应该谈怎样起首了。如何起首，各人有各人的不同的方法。如果将作家的大纲拿来和剧本对照一下，就可以看出他的创作过程：有的从头按序写起；有的从末尾倒行写起；有的从紧张场面写起；有的为点醒主题，从思想部分最重要处写起。各人有各人的写作习惯，每种写法各有长短。

起首第一件事，我们应求“头绪清晰”；故事的头绪不能太多，多了易乱。如果头绪实在多，斩截不下，那么自己应设法逐渐介绍，有兴味地介绍。掺和着“动作”来介绍，不要在开幕五分钟内，填鸭式地把观众应知的过去背景及故事头绪，匆促地硬塞在观众的脑内。铺叙故事如此，介绍每个上场人物也如此。处处交代得清楚明白，然后慢慢地展开重要的剧情。

第二件事是“动作”。写剧不是写对话，是表明人与人之间相互反应的精神活动。这种活动的显明表示，莫过如“动作”。所谓“动作”不一定是拿起枪打死一个汉奸，有时心理上的冲突，常常比表面上的动作，还要动人的。譬如：拿起枪要打死一个敌人，发现这个敌人正是从前自己最好的朋友，当责任与私谊在争执的时候，表面仿佛看着没有动，其实已有动作了。

第三件事是要抓住观众的注意力。有了动作，还要看编排，换句话说，就是要引起观众要看那“动作”的渴望，预先知道在那一幕如火如荼的动作就要展现在眼前了。所以写第一幕时，就预备着第二幕，抓住观众的兴趣，叫他们等待着第二幕的展开。我们的旧小说内，有所谓“欲知后事如何，且听下回分解”的手法，虽不十分与我们现在讲的相当，然而却是很相近的。这种手法，我们有一个专门名词，叫作运用（suspense）（余上沅先生译作“跌宕”，洪深先生的《电影戏剧的编剧方法》上译作“紧张”）。我们利用观众对主角的同情与好奇心，告诉观众一点儿，而又不是完全告诉他们，叫他们期待着更大的转变，这样，在幕与幕之间，依据这种手法，在看戏人的心里，做强有力的联系。

然而方法只是方法，并不是一切戏剧都要如此。譬如高尔基的《夜店》，柴霍夫（契诃夫）的《三姊妹》《樱桃园》，并不用这样的手法，而一样抓住观众的注意。我所以特别提出来，是因为刚写抗战剧时，这种方法是最容易学习的。

文章有所谓“起承转合”，戏剧——若是以故事为中心——到了“中段”也有所谓故事“陡转”（peripety）的方法。我们说过 suspense 常常是预示观众若干端倪，对更有力的发展，引起他的期待的心情。“陡转”常常是出乎观众意料之外的故事的转捩。这种转捩，多半与主角有关。譬如写一义勇军的领袖，被敌人发觉，抓去审讯，判决处死，正在执行死刑的千钧一发的当口，义勇军的队伍忽然攻入敌营，救出领袖。主角由生而死，由死而生，完全陡然发展，但操纵着观众的情绪，绝不亚于我所说的 suspense。这是一个简单的办法，但是许多伟大的作品，常是因把它运用得精妙而获得成功。

“陡转”有二种：第一，故事的。见于形象，如上面所举义勇军领袖的例。第二，人格的。是内心的变动。例如一个莽将军，本来是无恶不作，但是经历渐渐告诉了他国家与个人的关联，隐约地启示他什么是对的，终于有一天，因为受了绝大的刺激，使他忽然舍身报国，做了爱国的烈士。这种精神上的“陡转”如果写得真切，是最能动人的。说到这里，我要再三声明这些所谓的方法，决非颠扑不破的道理。创作的天才，自然懂得运用它们，以至于舍弃它们。千万不要为这些话限制了自己的自由发展。

谈到结尾，有一两点还要注意：

第一，不可公式化。

现在普通抗战剧的结尾，很少不是在一种公式下写成的。结果，总是“汉奸打倒，志士抬头”。我并不是主张“汉奸不打倒，志士不抬头”。我是说这些仿佛纸糊的人物，在台上跳跳蹦蹦地喊着胜利的口号，时常会给人以空虚落寞之感的。实在讲，伟大的戏剧，好的结尾的动人之处，固然在结构的精绝，然而更靠性格描写的深刻。例如吴祖光先生编的《凤凰城》，结尾苗可秀死了，大愿虽然未酬，但是他的伟大的人格却更深入观众的心里。假如依着一贯的公式，不顾真实，硬为凑成一个欢喜的结局，观众纵然一时鼓掌欢呼，但不及原来的结局那样深远动人，足以启发观众崇高钦敬的心情、激动强烈的抗战意识。

我不反对“大成功”的结尾，正如我相信事实上我们的抗战早晚要成功一样。但若只是靠结局“大成功”做写戏的无二法门，以致结构幼稚、人物浅薄，这是我们所深恶痛绝的。

第二，不可临时凑。

中国旧剧界有一句老话：“戏不够，神来凑。”编唱本之前没有计划，写到后来，自己也不知道如何结尾，只能用鬼神出现，搭救好人（如《南天门》），凑成一个善恶终有报的结尾。这种错误，即是在伟大的剧作家，有时也不免要触犯的。例如莫利哀（莫里哀）所作的《伪君子》的结尾，奸人得势，忠厚的奥贡养虎贻患，受了泰笃夫的种种欺凌，妻子被侮辱，财产被侵占，眼看泰笃夫要把做房主的奥贡赶出门外，戏是急转直下，简直无法转圜。然而正在戏要收束的当口，忽然不知为什么，被贤明的国王知道了，突然派来一群官吏，将泰笃夫抓去处罪，于是善良胜利，大快人心。这种毫无预备的、奇突的发展，显然看出临时凑合，使人无法信服。与戏收尾，有时固然可以出人意外，细细回想一下，却也要在人意中，这才有趣味。

第三，要点醒主题。如果一直找不着机会来点明主题，那么在最后的结局当口，是不该再忘却的。

关于对话方面，我们要注意：

（一）适合性格。

（二）适合舞台上的逻辑，注意舞台上的空间与时间的确切。在一个戏里面，假定邻居至少在一里路外，那么，如若与邻居隔窗谈话，是空间上的不合逻辑；出去到十数里外做一件事，过半分钟就回来，却报告事情已经办妥，这是时间上的不合逻辑。两者都同样地破坏了舞台的幻觉。

（三）要清晰简要，不要咬文嚼字。不要噜噜苏苏地、成段成章地写。刚写作的人借某个人物的嘴，说出很多的理论，结果，不但离开了真实，兴味也失却不少。

归总讲来，有几点要请诸位特别注意：

（一）编剧的三种限制——舞台、演员、观众——在目前以认识观众，最为重要，所以写抗战剧前，必须了解观众的性质，跑到乡下对穷苦的农人谈节约是笑话，要观众觉得亲切，我们要熟知观众的生活，彻底观察，体验他们的需要。

（二）话剧感动人的，不是“话”，而是“剧”。剧的重要成分是动作，所以爱好话剧的人跑进剧场，绝不是听一幕一幕的话，而是欣赏一幕一幕的动作。剧本应该多动作，有些好的剧本，删去了对话，依然成为完美的默剧。写剧本应尽量多找动作，用动作来代替对话。记住！在台上用一个真实的动作，比用一车子的话表述心情更有力量。

（三）写好剧本，决不能凭一时冲动提笔就写，要有长期的准备，列出详尽的计划才能写成的。写成后，还要再三修收，不辞劳苦，耐性地修改，这样才能产生好的剧本。

末了希望诸位在有空时多看戏，多读剧本，多参加戏剧的活动，多体会里面的奥妙。最深奥的戏剧的艺术，须要自己来探讨。闭门造车，看了一两本编剧法，是不能帮助我们写成一个伟大的抗战剧本的。

我对于大会的一点意见[①]

1949 年 7 月 2 日

这次大会中，来自各地的朋友们都是在自己的工作岗位上有经验与成绩的工作者。有的在农村与部队里进行多年的斗争，有的为争取民主在蒋管区从事文艺活动。在深入工农群众的生活中，多少文艺的先进，经过艰苦的改造过程，已经掌握住了群众的观点；有些人，限于客观事实，还不能获得这正确的立场。工作区域各自不同，各人的业务也不一样。大家都各有所长，也可能各有所短，但是我们都有不少宝贵的经验与能力。

我们是在毛泽东思想领导与新民主主义旗帜之下团结起来的。这是我们的原则。

今后的文艺批评与文艺活动必须根据这个原则发展。我们要努力学习毛泽东思想，研究、认识新民主主义与今后文艺路线的关系，从思想上改造自己，根据原则发挥文艺的力量，为工农兵服务，为新中国文化建设服务。这是我们每个人应该解答的课题。

然而首先却是团结，自然我们必须在群众生活中得到教育，但作为

---

① 本文是曹禺在全国文学艺术工作者代表大会上的发言。

开始，更需要在这次全国文艺干部的大会里获得初步的团结。团结需要大家互相了解，互相认识彼此在思想上与业务上的短长。

由于各人的历史、环境与经验的不同，大家对于如何致力于新民主主义阶段的群众文艺的做法可能有些歧异。我们只要避开本位主义与经验主义的作风，了解客观情况而不隔断历史，便会明白思想的进步，在今日的我们可能是程度上的差别。参差的观点只要不违背原则，不停留于眼前的阶段，将会充实、丰富文学艺术的检讨与发展，是有益于普及与提高为工农兵服务的文学艺术的。

严肃而深入地互相学习、互相教育，一面是诲人不倦，一面是学而不厌。

时时刻刻检查自己，勉励别人，来保证全体的进步，解决客观现实的文艺要求。我们的团结里必须有斗争，斗争中必须有团结。在不断的正确批评与自我批评中，我们应该保持诚恳与谦虚的态度。有了这种态度，才会认清我们大家可能都有些缺点，却绝对地都有些长处。因为在今日，每个人都是拿出了最优良的一部分，来促成这史无前例的中华全国文学艺术工作者的大团结。

聂　耳
(1912—1935)

生平简介

聂耳（1912—1935），原名聂守信，字子义（亦作紫艺），云南玉溪人。音乐家，中华人民共和国国歌《义勇军进行曲》的作曲者。从小喜爱音乐。1918 年就读于昆明师范附属小学。利用课余时间，自学了笛子、二胡、三弦和月琴等乐器，并开始担任学校儿童乐队的指挥。1927 年进入云南省立第一师范学校。在校期间与友人组织九九音乐社，经常参加校内外的演出活动，还自学了小提琴和钢琴。1930 年夏天毕业后离开云南至上海。1931 年 4 月考入黎锦晖主办的明月歌舞剧社，任小提琴手。1932 年 11 月进入联华影业公司工作，参加苏联之友社音乐小组，并组织中国新兴音乐研究会，参加左翼戏剧家联盟音乐组。1933 年由剧作家田汉介绍加入中国共产党。1934 年 4 月加入百代唱片公司主持音乐部工作，同时建立百代国乐队（又名“森森国乐队”）。1935 年初创作了著名的《义勇军进行曲》。为防止被反动当局逮捕，他按照党组织的决定离开上海，取道日本赴苏联。1935 年 7 月 17 日在日本神奈川县藤泽市鹄沼海滨游泳时，不幸溺水身亡，年仅二十三岁。

在联华影业公司演艺界创作会上的讲话

1932 年

青年导演蔡楚生自从导演了《南国之春》后，我们看到了不少的批评，不管它是捧是骂，我们总觉得他在中国电影界是有希望的人物，因为他是肯努力的青年。

我不再给《南国之梦》多费口舌，也不给他的第二部作品《粉红色的爱》做介绍或批评，只望他在以后的作品里不要再做麻醉群众阶级意识的工具。

《粉红色的爱》已经是拍完了。“我正预备讲拍一部下流的东西。”这是楚生亲口说出的话，这，倒是出乎意外的消息。

所谓“下流”，当然是站在资产阶级的道德立场所决定的“下流”，劳苦群众为了肚子吃不饱而做非法举动，失业者因为没有饭吃而做强盗、当土匪，站在四马路拉人，无疑地便是他们认为“下流”了。

楚生要拍一部“下流”的东西，不知他怎样去决定这“下流”的意义。在我的理想中，也许他渐渐地在转变了，在这部“下流”的作品中，至少会描写出多量的下层阶级生活，同时暴露出“下流”的必然性。否则，必是替资产阶级统治者做欺骗大众、麻醉大众的工具！

楚生是青年，我总是热烈地希望着他能很快地走上条正确的大道，不要再做着艺术家的迷梦！我们期待着青年导演的“下流”作品的到来，这也应该是今天在座的诸位需要明白的所在。

蒋南翔
(1913—1988)

生平简介

蒋南翔（1913—1988），江苏宜兴人。教育家。1932年入清华大学中文系。1937年抗日战争全面爆发后，任中共中央北方局、长江局青委委员，全国学联党团书记，中共中央南方局青委书记，中央青委宣传部部长。1945年抗战胜利后，任中共中央东北局青委书记。1949年起任中国新民主主义青年团筹委会副主任、团中央书记处副书记。1952年11月至1966年6月出任清华大学校长，其间1953年在清华大学创设了学生政治辅导制度，1956年5月至1966年6月兼任清华大学党委书记，1965年1月至1966年7月任高等教育部部长。1977年起历任中共天津市委书记、国家科委副主任、中共中央党校第一副校长等职务。1988年5月3日病逝于北京，享年七十五岁。

北平学生运动的新精神[①]

1937 年 4 月 25 日

同学们，师长们，全国各界同胞们：

本会在三届第一次代表大会闭幕以后，现在在这里郑重宣布我们今后对于学生运动的主张和方针：

第一，我们热诚拥护国家的统一，拥护政府已定的对内外国策的实现，使中国能够走向民主的现代化国家的道路。

我们认为：目前中国民族最大的威胁是日本帝国主义。中国民族要获得真正的独立和解放，必先挣脱日本帝国主义所加于我们的枷锁，驱除日本在华的军事、政治、经济、文化等一切侵略势力。而国家的统一，则为保证一切抗日斗争的胜利的必要条件。

我们又认为：西安事件的和平解决，以及最近三中全会在对内外国策上所表示的团结御侮的精神，是促成中国真正统一的最有效的办法，是我们抵抗日本帝国主义的侵略、争取中国民族的自由和解放的最光明的途径。我们愿意以爱护祖国最为热切的北方青年的名义，对于这一奠定统一基础的救国大计，表示热烈的拥护，并且愿意尽我们的最大努

① 本文是蒋南翔为北平学联三届第一次代表大会所撰写的宣言。

力，帮助政府促成已定的对内外国策的实现。

我们所衷心企求的是国家的统一，是政府的领导，全国人民精诚团结，一致御侮；我们所坚决拥护的也是国家的统一和团结御侮的救亡大计的实现。

因此，我们是彻底地反对任何人、任何理由的破坏国家统一的行为的。只是我们认为：统一救国不仅是今日全国人民及各地地方政府应该奉行的最高原则，尤其应该是中央政府治国的最基本的信条；而且对于维持国家的统一，当国者的中央政府尤要比人民及各地地方政府负更大的责任；我们除要求全国人民及各地方政府不得借口任何理由破坏中国的统一外，尤要求中央政府的一切设施能顺应凡民的公意，合乎民主的原则，在根本上消除足以引起国内分裂的可能因素。我们相信，中国的真正统一，只有这样地建筑在中央政府、地方政府，以及全国人民的整个基础之上，才有彻底实现的可能；使中国“走向民主的现代化国家的道路”，也才不至于只落得成为一句空话。

第二，我们愿以最大的诚意，促成北平学运的统一。

自从西安事变以后，北平学生间就发生了不幸的分裂，一小部分学校的一小部分同学，另外自动成立了新学生团体（北平全市公私立大学中，仅有辅仁大学一校正式参加）和本会对立，这是很可痛心的。现在西安事变早告和平解决，国内的团结御侮，也已奠定了初步的基础，和热忱拥护国家的统一一样，我们也同样希望北平学生运动的能够统一。因为我们深感到救亡的事业太艰难巨大，我们集合一切力量来做，犹恐不及，自相分裂，对于国家实是一种不智的行为。只有我们的最大敌人日本帝国主义，才欢迎我们分裂，希望我们分裂，并且不断地在挑拨我们分裂。我们却不能中敌人的险谋毒计，自甘分裂，以减削自己的力量。

为了要促成北平的学生能够团结、北平的学运能够统一，我们过去就曾迭次诚意地呼吁统一，并且严格坦白地批判自己的错误加以纠正，并且更在历次的一切运动中，如三中全会后的庆祝和平统一大会，如三月十二日的致祭总理的衣冠冢，如春假中的汤山旅行，事先均郑重地商请新学生团体的合作，但结果均遭拒绝。

然而我们仍还没有对新学生团体诸同学绝望，仍还愿意在这里诚恳地重复我们统一北平学运的呼吁。我们相信北平的学生倘能大家捐除成见，在工作上、在组织上团结起来，这对于国家、对于社会会是一种很有价值的贡献；而自相分裂，则是一种可耻的、有助于敌人的愚行。我们也相信这个简单而重要的原则，是可以为每个健康的中国所承认的，我们尤希望参加新学生团体的同学们能平心静气考虑一下学生间统一和分裂这个问题的得失，能够同意我们的要求统一的原则。

倘若新学生团体仍旧固执成见不肯和我们合作，则我们也仍然不因此而利用自己光荣的传统、合法的地位和广大的群众基础等各方面的优越条件，来向新学生团体交战，把对外的锋锐转向对内，一定要压迫新学生团体和我们合作而后快。我们认为这样用强制的方法求取统一，结果将使两方的裂痕更深，距离统一的目标愈远，必致与政府过去所采取的武力统一政策同样造成相类似的错误：自损力量，便于敌人。我们绝不愿意踏进惨痛的覆辙。我们唯有继续加紧我们所应当做的工作，一切为国家、为民族，绝不为私斗；对于新学生团体，我们不但不存心摧毁它、伤害它，而且能力所及，愿意在工作上帮助它。同时我们希望新学生团体也能本着和我们同样的态度，努力工作。我们相信：只要我们的目光同是集中在神圣的救国工作上，把人事的偏见放在其次，那么在努力共同的救国事业的过程中，开诚相处，是可以逐渐地消除彼此间的误解，获得真正的团结和统一的。而且我们确信：这个学生间的真正团结和统一，将来一定会得到来；因为我们相信今日北方的青年是伟大的中国民族的最优秀的一部分，他们都有爱护祖国的热忱和认识真理的睿知，这就足以给我们这个肯定的确信。

第三，我们今后的中心工作，是要用最大的努力从事文化运动。

我们认为，“一二·九”以来学生运动所走的道路，到三中全会为止已经告一段落；今后的学生运动，在本质上一定要有一个全新的转变，然后才能有更光辉的开展。

过去学生运动的主要内容，是反对华北的“特殊化”，反对政府继续过去的对外妥洽屈服、对内武力统一的政策。其时学生运动的形式，是以一种冲锋决斗的姿态而出现的；因为当时时机急迫，全国懵然，非大声疾呼冲锋陷阵，不足以发聩起聋。由这而引起全国人心的振奋，华北危亡局面的转变，亦证明了这样做是正确而有代价的。但自三中全会以后，敌人的军事政治的进攻表面上和缓下来，尤其是政府的对内外国策，有了新的更改，因此今后学生运动的内容，也就有随而改变的必要。我们认为：文化运动就应该是今后学生运动的主要内容。

因为日本帝国主义的进攻虽然暂时和缓下来，但绝不是永远停止。我们看到最近日本军权政权的日益法西斯化，以及林内阁正式公布的“实现举国一致外交政策，推进举国总动员的准备”的新政策，可以知道我们强邻是如何地正在处心积虑准备未来更猛烈的进攻和屠杀，目前的暂时和缓，仅只是更残酷的侵略战争前夜的一种间歇。因此我们更需要利用这大战前夜的间歇，全国上下加速度地完成我们的抗战准备，以备随时共赴国难。

全民抗战的准备工作，非常庞大而多方面的，全国上下须要有很合理的分工，才能收得最大的效果。关于政治、军事、经济、外交等各方面的准备工作，当然要仰仗政府去做通盘筹划。同时对于三中全会以后改变了对外屈服、对内镇压的国策的政府，我们可以表示完全的信托，并且希望今后的政府能够不负全国人民的殷殷属望。而余下的一份文化工作，我们愿意自动地担当起来，以辅政府之所不足。我们认为这是我们本分所能够做而且应该做的重大工作。

我们从事文化工作的范围，主要可以分两方面：一是追求知识，自我教育；二是传播文化，教育大众。

在第一方面，我们深感国家多难，我们将来的责任甚重，没有足够的才能和修养，不足以肩负异日重担。因此我们现在就得痛下志愿：追求知识，学习真实的本领；锻炼体魄，陶养高尚的思想和人格，使我们将来步入社会，都能成为身心健全的公民、建设新中国的最有能耐的战士。

因此，我们今后要尽量接受学校课程内的切实有用的知识，不轻易废弃功课。但我们认为现在中国的教育制度还有许多缺陷的地方，常有许多最迫切、重要的知识，不能在教室内课本内获得，所以我们除一面要求教育当局能注意这个严重问题，加以改善外，同时更还要在正式的功课以外，提倡自由研究，各就性之所近，自动组织各种研究、实习、考察等砥砺学行的团体，发挥青年互助的精神，用集体的力量来帮助解决钻研学问上的共同困难，并且以高尚的志愿，互相鼓励和督促。

在第二方面，我们深感中国民族要求自力更生，则克服广大的中国人民的文化上的落后也是非常的重要问题之一。我们所凭依抗御外侮的最后保证是人民大众的力量，人民大众的力量也诚然是可恃的，但现在全国百分之八十以上的人民还都是文盲，依然保留着中古时代的愚昧无知的状态，须要我们去教他们认字，教他们认识世界、认识敌人和友人，教他们知道起来卫护祖国，争取自己的生存，然后他们才能贡献给自己的民族以伟人的可恃的力量。这种提高人民文化程度教育全国民众的事业，本是政府的职责，但由于实际上的困难，政府现在一时势难兼顾周到，而我们受着国家长期教养的知识青年，在传播文化、教育大众的事业上，愿意自告奋勇为祖国服役。如农民识字班、民众补习学校、乡村宣传队等等，都是目前唤醒民众、教育大众的有效工具，我们以后将很重视多多地开辟这一类工作，甚至希望进一步能够更广泛地普及于全中华民国！

师长们，前辈们，在这样一个广大而落后的民族里，大规模地开展文化运动，这是一件多么伟大而艰巨的工程！仅有我们教养未充分的年轻人的参加，当然是太嫌力量的单薄和难收最大的效果的，我们但愿尽力为这个巨大的工程，首先奠下一撮土、一方石，表示北方青年创造和奋斗的精神。至于整个工程的缔造和完成，我们期待着一切前辈们的帮助和指导，我们期待着，期待着！

图书在版编目(CIP)数据

经济与道德 / 潘光旦等著. — 北京 : 中国文史出版社, 2019.12

(民国演讲 ; 第十编)

ISBN 978-7-5205-1336-4

Ⅰ. ①经… Ⅱ. ①潘… Ⅲ. ①演讲-中国-民国-选集 Ⅳ. ①I266

中国版本图书馆 CIP 数据核字(2019)第 209994 号

责任编辑: 薛媛媛

出版发行: 中国文史出版社
社　　址: 北京市海淀区西八里庄 69 号院　邮编: 100142
电　　话: 010-81136606　81136602　81136603 (发行部)
传　　真: 010-81136655
印　　装: 北京新华印刷有限公司
经　　销: 全国新华书店
开　　本: 720×1020　1/16
印　　张: 22.25　　字数: 289 千字
版　　次: 2019 年 12 月第 1 版
印　　次: 2019 年 12 月第 1 次印刷
定　　价: 69.50 元